Jimmy Giménez-Arnau

Zelos

ZELOS

Enredos y leyendas medievales

Jimmy Giménez-Arnau

Planeta Fábula

Còrsega, 273-279, 08008 Barcelona (España)
Diseño de la cubierta: Compañía de Diseño
Ilustración de la cubierta: miniatura de «Le roman de la rose» (MS Douce 195, fol. 118r), The Bodleian Library, Universidad de Oxford
Primera edición: setiembre de 2000
Depósito Legal: B. 27.341-2000
ISBN 84-08-03539-8
Composición: Fotocomposición A. Parras
Impresión: Hurope, S. L.
Encuadernación: Encuadernaciones Arte, S. A.
Printed in Spain - Impreso en España

A Nacho y Rocío Fagalde
y Diego Ortiz Zambrano

NOTAS DEL AUTOR

El zelo medieval (del latín *zelus*) se escribía con zeta, la zeta lo volvía embriagador y virulento.

Bien venidos al tiempo de las fascinaciones.

De haber transcurrido la historia que narro tres siglos más tarde, habría citado a Lorenzo de Médicis, que encargaba la realización de sus obras «*por appetito di bellezza*».

JIMMY GIMÉNEZ-ARNAU

Primera parte

El legado de los zelos

El caballero no sabía contar sino de uno en uno. El mercader con el que ajustaba la compraventa tampoco le iba a la zaga. Maniatados por la ignorancia —por algo corría el año de 1202—, tenían que afrontar la transacción sin prisa alguna, con una lentitud que a cada paso se hacía interminable. Sin embargo, se entendieron.

—Pieza de plata a la talega, carnero fuera... Pieza de plata a la talega, carnero fuera... —repetía una y otra vez el señor feudal.

Entre animal y moneda cupo plazo para bendecir o maldecir la vida, para divisar la muerte y hasta para contemplar el campo. Era otoño en Castilla. Ligeras nubes grises cruzaban la mañana con la misma rapidez que las alondras, no daba tiempo a verlas venir cuando ya se habían ido. Un viento gélido vencía a los girasoles contra el suelo, raptaba las hojas de los sauces.

Aquel cristiano, poco menos ancho que alto, con la melena grasienta, sin afeitar, enfundado en una piel de lobo que le caía hasta las botas, dominaba la situación. Cada cuenta se hacía por separado y llevaba su tiempo. El judío había de pensar en plata y cada pieza contenía su farsa, su mugre, su roce, su muesca, su forma y su peso, y la transacción se eternizaba.

En un momento dado, el mercader creyó ver que a un carnero le faltaba una parte importante de su anatomía y comentó perplejo, sin buscar riña:

—¡A ese animal le falta una pata!

—No por eso deja de ser un carnero. Tú llevas las calzas rotas, el capuchón torcido y por eso no dejas de ser judío.

—¡Pero...!

—¡Basta ya de complicarme el trato! ¡Ahora vete!

El caballero cristiano, dueño del punto final, cerró el trato, impaciente por acabar cuanto antes. El judío miró hacia una loma y, habiendo reparado en las alborotadas crines de unos potros árabes que pacían, osó volver a abrir la boca ante el caballero, cuando su obligación era la de mantenerla cerrada.

—Puedo darte un puñado entero de plata por uno de aquellos rocines. ¿Lo aceptas, cristiano? —dijo el mercader.

—¡Jamás, judío! La caballería es cosa de caballeros. Lo que ves no son rocines. Esos magníficos potros nunca se destinarán al trabajo; tras su doma y adiestramiento se harán caballos de batalla, y en mi honor está entregarlos a mi rey, don Alfonso, para luchar contra el infiel. Además, un plebeyo no puede comprar ni montar corceles —zanjó el noble la cuestión.

Blasco de Nieva, amo y señor de aquellas heredades conocidas con el nombre de Señoríos de Morjas, era menos noble de lo que presumía, siendo apenas un hidalgo de privilegio que había accedido a la hidalguía por merced real, pues así lo dispuso el rey de Castilla en pago a los servicios del de Nieva, destacado entre los leales a la corte desde su más pronta adolescencia por su arrojo de hombre de armas y, sobre todo, por su maña inigualable para obtener fruto del bandidaje, habiendo dado a la Corona manadas enteras de caballos robadas a los almohades en incursiones al campo enemigo durante noches de pálida luna.

Nuestro noble ladrón de caballos también contaba con otra clase de nobleza debido a su matrimonio con Catalina Guzmán, hidalga de sangre que descendía de la Casa de los Guzmanes. Tal enlace confería a Blasco una nobleza capaz de ocultar su incultura acerca de todo cuanto no concerniese al lema de su escudo: «Cabalgar, cazar, luchar.»

El caballero era un ser elemental provisto de sentimientos elementales. Sostenía su escala de valores sobre dos pilares: estar con el rey a bien y estar en paz con Dios. La nobleza cristiana era el brazo armado de Cristo y el espíritu feudal no tenía piedad con aquellos que no cumplían sus reglas, es decir, que no pagaban diezmo al amo y estipendio a la abadía

Los portadores de mantos de oso, pieles de lobo y botas de lince imponían la norma a su antojo. Cuanto más agresivas pareciesen las pieles que cubrían a un caballero cristiano, más invencible se le consideraba. A pesar de ello, el de la piel de lobo cedió frente a lo inevitable y aceptó como ley, cuando se encaminaba hacia el recinto familiar con el pensamiento puesto en su esposa, las palabras del físico que le salió al paso.

—Dios la reclama —dijo el físico.

Se refería a Catalina, que agonizaba en sus aposentos. Blasco no contestó nada y continuó andando. El médico le fue detrás.

Ver aparecer a un físico hacía temblar, y los prácticos de la curandería, conscientes del pavor que despertaban, con tal de atenuar el rechazo que producían entre las gentes iban bien afeitados, se atildaban con esmero. Vestían un manto forrado con hebras de esparto, siendo amplio el jubón, puntiagudos el capuz y el calzado y, el conjunto, en tonos marrones.

—Es la bula. Catalina no puede con la bula —musitó el físico.

—¿Tiene dolores? —dijo Blasco.

Sin mirar ni parar de andar, apartó de su lado al físico.

—Es la bula... —volvió a quejarse el del capuz.

Aquel médico lo único que diagnosticaba a ciencia cierta era la muerte. Cuando no daba con el mal, que era casi siempre, decía que su paciente no podía con la bula, una fuga de las energías que permiten vivir. Como no fue atendido, se detuvo, levantó las manos hacia el cielo y recalcó:

—¡Es la bula! —La bula justificaba el fracaso de cualquier tratamiento.

—¿Pero los tiene? —insistió Blasco, sin volver la cabeza.

—De tener dolores Catalina, la dama no los muestra. Pero su piel se enfría con demasiada rapidez —explicó con la voz quebrada el físico.

—Eso tiene arreglo —dijo el caballero.

Se abrió paso entre un grupo de soldados, frailes, monjas, criados y aldeanos que se habían arremolinado en torno a la abadía de Morjas, mitad casa señorial, mitad convento benedictino. Catalina, por su linaje, por su amable serenidad, suscitaba el respeto de la soldadesca, la veneración del clero y la estimación del vulgo. De ahí la concurrencia, la dama era querida; de buscarle defectos, sólo podríamos citar uno: que se rascaba sin parar. Su propensión a las alergias, su escasa atención al aseo personal y su afán en encerrarse en el palomar con sus aves mensajeras e infestadas de parásitos eran la causa de tales picores.

—Trae vino —ordenó Blasco.

Un criado corrió a cumplir la orden. Los milanos volaban bajo. El peso de las vigas había abierto unas grietas en el adobe del pórtico principal de la abadía e incesantemente se colaba el viento, silbando como un ofidio. Blasco se fue para la casa, cruzó el patio y se internó en una galería con enormes arcadas de madera donde las palomas acallaban con sus zureos los pasos que imprimía el noble contra el suelo de tierra pisada, hasta llegar a una oscura estancia y plantarse delante de un gran fuego. Ardía la encina, la mejor leña. De manera absorta, abandonó su mirada en el crepitar de las llamas, cedió a su abatimiento y, tras desenfundar el puñal que portaba al cinto, se hincó de rodillas ante el fuego y lo clavó en las ascuas.

Las llamas dibujaban los distintos rostros de Catalina.

Blasco, que no leía ni escribía, primero vio, con admiración, a la dama que le había introducido en las esferas del poder y del prestigio; no en vano Catalina había sido educada en un monasterio benedictino, junto a su amiga de la infancia, Berenguela, hija del rey Alfonso VIII, que en el correr de los años sería llamado el de las Navas en los reinos cristianos y apodado el Maldito entre los musulmanes.

Luego se le apareció el rostro de la esposa, el de la dulce y amante Catalina, que jamás le había preguntado si venía de robar caballos a los moros o virginidades a las doncellas, que siempre se le había abierto, fuera la del alba o la medianoche fuera, como una flor. Se iba la fiel amiga cuyo aplomo era el puntal que reforzaba la invisible inseguridad que hay en todo hombre, se desvanecía la persona que entendía la brutalidad del guerrero.

Por último, se dibujaron entre las llamas los rasgos de la madre, de la generosa Catalina cuya matriz amplia y renovada había engendrado seis hijos varones: los dos primeros nacieron bien formados pero muertos; los dos siguientes fueron arrebatados por una peste; a los dos últimos, que eran los que quedaban vivos, se les sumaba la adolescente Catalina. La moza no venía del vientre de Catalina, era fruto de un desliz que Blasco tuvo con una monja, hecho bien sabido en Morjas, aunque la hidalga hubiese criado a la niña como si fuera suya. El hijo mayor, Álvaro, según su padre, era la esperanza de la raza. Sergio, el preferido de la hidalga, era el benjamín de la familia. A los vivos habría de dar Blasco la noticia de que su joven madre —que aún no había cumplido treinta y dos años— estaba a cien suspiros de la muerte.

Cuando el criado se presentó con una copa llena de vino cárdeno, se le indicó que la dejase sobre el suelo de tierra arcillosa y que se retirase. Una vez a solas, el caballero cogió el puñal de entre las ascuas e introdujo la hoja, que estaba al rojo vivo, en la copa: un súbito hervor logró calentar el caldo e hizo revolotear a las palomas. Entonces sacó el puñal del vino, lo clavó en la tierra para terminar de enfriarlo, lo enfundó de nuevo y tomó la humeante copa entre sus manos. Como si se tratara de una ofrenda, inclinó la cabeza ante el fuego donde se habían ido apareciendo los distintos rostros de su esposa, después se incorporó y fue a su encuentro.

Por un ventanuco entraba un triste haz de luz a iluminar la alcoba. Se oía un rumor confuso, el cuchichear de las monjas se entreveraba con los latinajos de los frailes. Catalina, tapada hasta el cuello con pieles de ciervo, languidecía en la cama. Sólo asomaba su cabeza, cubierta por un tocado con adornos en oro y ocre. La expresión de su cara era ausente, sus párpados estaban violáceos, también sus labios. Se notaba que, bajo las pieles, había cruzado las manos sobre el vientre y que, lentamente, de pausa en pausa, se rascaba; de no haber sido por la picazón parecería que ya descansaba en el sepulcro. Pero todavía vivía, no podía morirse sin antes haberse despedido de sus hijos, especialmente de Sergio, el más pequeño.

Blasco conocía de sobra el amor de la dama hacia los suyos. Con cuidado de no derramar el vino según ascendía los escalones que daban a la alcoba mandó que una monja fuera a por los tres e hizo salir a cuantos invadían la estancia, desde el padre abad hasta los demás. Cuando lo hicieron, el hidalgo cerró la puerta con el hombro y se acercó a Catalina con la copa humeante entre las manos. Quería estar a solas con su esposa.

La mujer entornó los ojos al percibir la proximidad de su marido, de la mirada de la hidalga brotó una apagada luz; apenas reunía fuerza para ser sagaz, bondadosa hasta el último instante. Blasco, sin atender a la lánguida mirada de su esposa, se preocupó de templarle el cuerpo con el vino caliente. Le pasó una mano por la nuca, alzó a su dama e hizo que bebiera. La enferma logró dar dos tímidos tragos antes de que el líquido empezara a desbordarse de su boca. Blasco se hundió en la desesperación, tan masculino era el caballero que no lograba entender que, más que el calor del vino, lo que había reconfortado momentáneamente a su dama era el calor que encerraba el gesto de que su esposo le proporcionara cuidados.

Devuelto a la entereza, comprendió que nada se podía hacer para dar a su hidalga alivio, que la vida se fugaba. Tiró la copa a un lado y con la piel de ciervo secó los labios de Catalina. Habituado a tomar las decisiones importantes junto a ella, ahora que iba a quedarse solo no sabía qué hacer ni en quién confiar. La moribunda expresó con voz delgada, terminal, sus últimas voluntades, que miraban por sus hijos.

—Catalina, la única hija que tú me has dado y que como hija tengo, tomará los hábitos, ha nacido para rezar —sugirió la voz agónica de la hidalga.

—Los dos lo sabemos —aceptó el hidalgo.

—Álvaro deberá seguir tu ejemplo, nuestro hijo mayor ha nacido para las armas, querido esposo.

—Lo sé. Álvaro es la gran esperanza de la familia —convino Blasco.

—En cambio, Sergio, mi pequeño Sergio, el más frágil de nuestros hijos, no tiene aptitudes para la guerra ni convicciones para el convento. A Sergio llévalo a Vernuy, al taller de arte de Vernuy, te lo suplico, te lo encomiendo, esposo. ¿Recuerdas aquel conde provenzal que nos regaló los sauces de Oriente? ¡Dime que sabes de quién te hablo!

La dama, angustiada, exhibió una inquietud no exteriorizada hasta aquí.

—Sé de quién me hablas, Catalina, recuerdo al conde.

—¡Demuéstrame que sí!

—Aquel noble vino bien entrado marzo, hará varias primaveras, a comprar corceles árabes para Felipe Augustus, rey de Francia.

—Veo que te acuerdas, Blasco.

—Sí, el conde trajo a su esposa, aquella lombarda de la Casa de los Saluzzo —dijo el caballero, haciendo memoria.

—Retienes más a la condesa que al conde… —ironizó la dama.

—¡Recuerdo su arte en la doma del caballo! —aclaró Blasco.

—Me trae calma que no los tengas en olvido. Sor Tadea habrá de darte el mapa de llegada a tal condado provenzal. Sergio ha de ir a vivir con el tercer conde de Vernuy. ¡Jura, Blasco, que tú mismo llevarás al niño! —insistió, con trémulo desasosiego, Catalina.

—¡Juro que se hará como has dispuesto con cada uno de nuestros hijos! —declaró el caballero.

—Te creo, hidalgo, me lo has jurado —subrayó con levedad la dama.

—No dudes de mi palabra, Catalina. ¿Pero qué ha de ser de mí? Dame tu leal consejo —rogó el de la piel de lobo.

—Cuando falte, administra nuestras tierras y nuestros bienes como siempre hice yo, con el temple justo, atendiendo el consejo del padre abad, de acuerdo a los designios de Dios Nuestro Señor —dijo la hidalga y volvió a entornar los párpados.

—¿Puedo fiarme del benedictino cuando se saque de la manga sus molestos aguijones?

A nuestro hidalgo le preocupaba no saber contar sino de uno en uno y veía aguijones en lugar de números.

—El prior, tan insistente como docto, es un santo avaro. Siempre se equivoca en provecho de san Benito y en detrimento nuestro. Has de estar bien alerta en sus cuentas —previno la mujer.

—Como dices, se hará —salió la marcialidad del hombre.

—Ahora, querido esposo, dame tu adiós, el mejor de tus besos y que pasen los niños —musitó Catalina.

—A todos tus deseos no puedo más que rendirme —cedió Blasco.

La besó en la frente durante unos instantes, que eran toda una vida con ella. Ambos se habían casado temprano, cuando él tenía veinte años y Catalina rozaba los quince. Tras la despedida, la hidalga volvió a suplicar:

—Déjame con Sergio más tiempo que con sus hermanos, todavía es muy pequeño...

Fue lo último que Blasco de Nieva oiría de Catalina Guzmán.

El hidalgo asintió y abandonó la alcoba. La hidalga volvió a suspirar tranquila. La sociedad medieval se dividía entre los que luchaban, los que rezaban y los que trabajaban. Catalina había destinado un hijo a cada uno de estos menesteres. Pensó que se lo agradecería la cristiandad.

Blasco, con la brusquedad que le caracterizaba, se dirigió a sus hijos. La adolescente y el benjamín estaban acurrucados entre las monjas; en cambio, Álvaro, su preferido, aguardaba de pie junto a la puerta, con aire feudal, el porte firme, sin mendigar consuelo.

—Vuestra madre morirá de aquí a nada. Vais a verla por última vez. Tú, Álvaro, por ser el único de mis varones que está dispuesto a defender estos señoríos con las armas, pasarás primero —manifestó Blasco, con el semblante duro.

Segundos más tarde, un muchacho de catorce años con grandes bucles penetró en la alcoba. Llevaba un vestido azul con mangas estrechas que remarcaban su fuerte complexión, y calzas grises. Se sentó a la vera de su madre, la besó en la frente y Catalina abrió los ojos.

—Querido Álvaro, cada día te pareces más a tu padre...

El muchacho se infló de orgullo y ella demandó:

—¡Jura no apartarte nunca de él!

—¡Lo juro, madre!

—Cuando tu padre entre en combate guarda su flanco izquierdo, donde más veces le han herido.

Catalina se encontraba extenuada y volvió a cerrar los ojos.

—¡Juro que haré cuanto deseas, madre!

Al ver que su madre se extinguía solicitó de ella un último favor.

—¿Puedo domar la yegua pinta que padre capturó para ti hace dos veranos? —preguntó el chico con ansiedad.

—¿Hablas de *Amaralba*? Dómala, pero antes con paciencia que con sangre, aunque es algo pronto. Recuerda que una yegua árabe ha de ser domada entre su tercera primavera y la cuarta hierba —dijo Catalina, a sabiendas de que su joven guerrero vería satisfacción en ello.

—¡Gracias, madre, pero padre quiere que la dome ya!

—No la domes antes de la tercera hierba, porque sólo a partir de su cuarta primavera, *Amaralba* estará madura para la doma.

Álvaro, agradecido, besó de nuevo a su madre, luego salió soñando con la doma de la pinta, sin derramar una lágrima ni teniendo en cuenta los consejos recibidos. El muchacho había nacido para la guerra.

La adolescente Catalina tenía diecisiete años y pocas luces; quizá el haber nacido de una monja sordomuda tuviera algo que ver en ello. Entró con las mejillas inflamadas por el llanto, ocultando su mirada bajo el flequillo. Venía envuelta en un ropaje blanco, lleno de pliegues, que la cubría de la cabeza a los pies. Sujetaba un rosario de gruesas cuentas que destacaba entre sus finos dedos. Se acercó al lecho, se arrodilló ante su madre, se persignó y arrancó a gemir. Catalina entornó los ojos; la encontró llorando.

—Mi moza llorona... Procura que la vileza no te alcance. Recógete en los brazos de María Santísima, las hermanas benedictinas te enseñarán la senda. Reza al Todopoderoso por mí.

La hidalga quiso reservar el escaso aliento que latía en ella para el menor de sus hijos.

—Siempre recé por ti, madre. En cuanto mueras, que será muy pronto, según padre nos acaba de decir, Dios Nuestro Señor en persona te dirá que rezo mucho por ti.

Su rudeza provenía de Blasco, y su misticismo de la sordomuda que la alumbró. Tras ponerle a la moribunda el rosario en los labios para que lo besara, la adolescente abandonó la alcoba entre sollozos, apretando el rosario contra el pecho. La moza, evidentemente, había nacido para rezar.

Sergio entró a dar su adiós con una rama de tomillo en la mano. Vestía como su hermano —sólo que en tonos verdes—, las mangas estrechas acentuaban la delgadez de su cuerpo. Contaba nueve años y su mirada tenía un encanto especial; se le notaba destrozado por el trágico suceso y rebosante de amor hacia su madre. Se acercó en silencio, se subió a la cama, se tumbó encima de la persona por la que sentía auténtica adoración y se le abrazó al cuello. No lloraba el crío, pero en cada uno de sus ojos había estancada una lágrima.

—Sergio, cariño mío, la persona que más quiero en este mundo —dijo la hidalga al sentirle entero sobre ella y, con mucho esfuerzo, esgrimió una agónica sonrisa.

—¿Verdad que no morirás, madre, sin que muera yo contigo?

Sergio lo preguntó con la ternura propia de su edad.

—Mírame, hijo —repuso, sin responder, la hidalga.

—Padre dice que es la última vez que voy a verte —dijo Sergio levantando la cara y mirando a su madre, que entreabrió los párpados para mirarle a él.

—Tienes sus mismos ojos, Sergio, la misma mirada... —dijo una Catalina enigmática.

El niño se distrajo.

—¡Te he traído tomillo, mira qué bien huele! —Sergio apretó la rama en su puño hasta que, a ambos, les acarició el aroma.

—Gracias, hijo.

La hidalga se hundió en un silencio del que salió balbuceando:

—Dios me llama...

—¿Por qué no llama a otra más mayor que tú, madre? —contestó la lógica infantil.

—No debes hablar de Dios en vano, querido Sergio —dijo Catalina, suavizando la orden con una lóbrega y última sonrisa.

La madre sabía que el crío era de una sensibilidad creciente; de sus tres hijos, era el único que ofrecía su entendimiento al latín, sin dejar de ser un curioso de la alquimia, e incluso hábil con los bordados, nociones que ella misma le había transmitido. A Sergio le privaban también las leyendas que le contaba Catalina cuando se juntaban en el palomar; sus preferencias se dirigían hacia las historias que inventaban los labios de su madre y que hablaban de filtros fantasiosos, de pócimas para rendir a cuantos se resistían a ceder al trance de los enamoramientos, conmoviéndole las historias de amor por encima de las que cantaban gestas heroicas. Catalina sabía que Sergio, debido a su temperamento sensible y a su indefensión, había nacido para ser un noble siervo de las Bellas Artes.

—Quiero morir contigo, madre. Tú eres la única que me quiere de verdad —dijo el niño desde el fondo de su alma.

—Escucha, pequeño mío, harás todo lo que diga tu padre. Te lo pido de corazón. ¡Dime que lo harás, Sergio! —rogó la moribunda.

El ruego salió con el recelo de no saber si su pulso la asistiría para comunicar algo realmente hermético que le quedaba por desvelar.

—¡Mi padre no me quiere ni una pizca así!

El niño juntó los dedos pulgar e índice sobre la mirada de su madre.

—Tú sabes que padre sólo habla con Álvaro. Pero haré lo que me pides.

—Con el tiempo sabrás que tu padre te ha querido mucho, incluso antes de que nacieras.

—¿Desde antes? —se sorprendió el niño.

—Siempre hay alguien en esta vida que nos quiere de verdad. Contamos más para los demás de lo que creemos.

Catalina deliraba, su sagacidad acababa de sufrir el primer colapso.

—¡Este cuento no me lo habías contado nunca! —se extrañó el niño.

—No es un cuento, Sergio, es una verdad, los demás nos ven con mejores ojos de lo que imaginamos.

Fue el segundo colapso mental de Catalina.

—Si tú lo dices, madre...

—Lo creo, hijo. ¡Dime que buscarás ese elixir!

—¿Qué elixir?

—El que hace ser feliz junto a las personas que el destino te designa...

Sin duda la moribunda deliraba. Sergio se abrazó al extravío de su madre como una llama a un tronco.

—Madre, ¿siempre habrá alguien que me quiera tanto como tú?

La vida apuntaba a que sería imposible. Ésa era la triste realidad.

—Siempre, hijo mío. Te lo desvelará el paso de los años... —musitó Catalina.

Después cerró los labios, también los ojos, y se marchó de este mundo. Por voluntad de Dios, Sergio acababa de perder su talismán. En cierto modo, fue como si falleciera con su madre. Se había desmayado de pena en el mismo espacio en el que ella había muerto. Ambos yacían suspendidos en limbos separados. La joven dama para siempre, el pequeño hasta que volviera en sí.

Aquel niño tardaría varias lunas en comprobar qué había de cierto en cuanto le había vaticinado la única persona que le daba calor y mimos a escondidas, pues Blasco tenía prohibido —aunque fuera uso admitido el que los guerreros, al saludarse, se besaran en la boca— acariciar a los varones. Pero Catalina le había enseñado a su hijo a pasar inadvertido durante el inhóspito y muy peligroso tiempo que juntos les tocó vivir, época dura en la que las luchas, las hambres, las pestes, las plagas y las imaginaciones se habían desbordado las unas sobre las otras.

Cuando el de Nieva abrió la puerta halló a su dama muerta y al niño sin sentido. El silencio de la muerte no tardaría en ser ocupado por los cantos de los frailes, a los que se unirían los rezos de las monjas. Todos los presentes —los criados por descontado— se habían arrodillado tras haberlo hecho el padre abad, que sostenía un gran cazo con asas en el que quemaba romero. Sólo el viudo, su hijo Álvaro y el físico permanecían de pie entre los vapores que salían del recipiente para fundirse con el frío que hacía dentro de la abadía y en lo hondo de las almas.

Blasco retiró al niño del cuerpo de su esposa como si levantara una pluma, lo depositó en los brazos del físico y exigió su reanimación.

El de Nieva pertenecía a esa estirpe de atletas de la guerra que no teme a la muerte. Tampoco los animales, domésticos o salvajes, la temen, por no saber qué es; sólo temen el peligro. Inquieto por lo que se le echaba encima, pretendió, siempre primitivo en el razonar, ver rendida a Catalina sobre la losa del sepulcro de una vez por todas, saltándose así la solemnidad de las pompas fúnebres. El padre abad se negó en rotundo.

—Antes de reunirse con el Altísimo, el cuerpo de una cristiana de bien ha de ser lavado con recato, vestido con camisa y sobrevesta limpias y expuesto en el lecho de parada durante la ceremonia de los funerales, siendo velado con los Santos Evangelios abiertos entre las manos hasta que la campana toque a maitines —dijo el benedictino.

Siguió arrodillado, cercado por los efluvios del romero, mientras otro fraile prendía unos cirios gigantes a cada lado de la muerta.

Blasco dejó al del clero con sus pompas, tomó del brazo a Álvaro, más excitado con la idea de domar la pinta que apenado por el trágico suceso, y juntos marcharon hacia el patio para desollar un jabalí que había sido lanceado a galope tendido tres amaneceres atrás, asunto que a ambos les parecía —de tal forja, tal hierro— más provechoso que la inútil vela de un cadáver.

Blasco accedió al patio precediendo a Álvaro. El vástago

le contaba todo a su progenitor y no pudo contener otro paso el secreto que guardaba.

—¡Madre me ha autorizado a domar la pinta que capturaste para ella, padre! —dijo el muchacho.

Blasco no tuvo en consideración la ilusión de su hijo. La bandada de alondras tan pronto picoteaba en el suelo como levantaba el vuelo; con sus idas y venidas ayudó a tejer aquel triste atardecer de otoño en Castilla. La panza de la campana se mecía de un lado a otro del campanario, monótonamente, tocando a muerto entre el aullar de unos canes. Los Señoríos de Morjas se vestían de luto.

A los tres días, Sergio seguía inconsciente y el mundo falto de toda cordura. Desde la desaparición de Catalina, nadie sabía qué iba a ser de sus hijos, de la herencia y de aquellas tierras.

El padre abad mostró insistencia para que se adoptaran medidas que serenasen la alteración del pulso en Morjas. Estas cuestiones alborotaron la precaria organización mental del hidalgo, excitaron su primitivismo y sus sienes empezaron a palpitar mientras se dirigía hacia el picadero. Como en el lecho de muerte le había jurado a Catalina que atendería el consejo del prelado, no le quedaba otra salida que discutir innumerables pormenores con el benedictino, que le seguía como un perro allá donde fuese y que le sacaba de quicio.

—No quiero ser pesado, Blasco, pero hay que tomar determinaciones. Desde la muerte de Catalina no he logrado que tomes una —recriminó el abad.

El hidalgo no repuso. Había amanecido nuboso, llovía para calarse y todo lo veía gris. Apretó el paso y, sin despegársele el abad, alcanzó unas estacas que sostenían brezo cerca del picadero, donde Álvaro pretendía domar la yegua pinta, cuyos relinchos se alzaban sobre el ruido del llover. Empapados, Blasco y el benedictino se refugiaron bajo el chamizo.

El grosor de la lluvia convirtió el redil en un lodazal. No avanzaba la doma, la yegua podía con Álvaro; mojada la cuerda, costaba lazar tan bello animal por el cuello. Blanquinegra era la pinta, la arábiga dignidad de su casta hacía palpitar sus flancos, su aliento agitado mantenía a distancia al muchacho, que no conseguía lazarla. Perdido en esta observación anduvo Blasco cuando el abad arrancó con modales sibilinos.

—Veamos, hidalgo, los dos creemos en Dios, lo cual nos permitirá...

Blasco lo paró en seco, y mira que llovía.

—Yo no sé creer. Catalina creía por mí. Para creer en Dios estás tú. Yo robo y mato por Cristo, con eso cumplo con la cristiandad.

—¿Ves como eres un buen cristiano? Sólo falta que aprendas a creer.

—Eso se aprende de chico o no se aprende. Ve al grano, abad, que llueve a cántaros.

El benedictino se frotó las manos, luego acarició un par de cicatrices con forma de media luna o de herradura —la una boca abajo, la otra boca arriba— que tenía a la altura de la nuez, gesto que solía repetir cuando presentía que iba a salvar una situación.

—Entonces hablemos de lo que urge. Urge escribir a Berenguela, la hija preferida de nuestro rey Alfonso y constante amiga de Catalina. Hemos de comunicarle el fallecimiento de tu esposa.

—Bastante tengo yo con ser el viudo. Escribe tú.

—Habría que escribir a los familiares de Catalina con idéntico propósito.

—También escribe tú. Sabes que yo no sé escribir.

A Blasco le daba lo mismo ser un analfabeto, defecto honorable entre los hombres de armas, pero le preocupaba que el prior hubiera descubierto que no sabía contar ni sumar; le revolvía las tripas, y la mirada se le llenó de una furia semejante a la que la yegua vaciaba por los ojos mientras soltaba coces a la lluvia. Impertérrito el abad, ensimismado en su maniobra de sacar lo máximo de las carencias del amo, se frotó la nuez con ambas manos antes de exponer una cuestión vidriosa.

—También urge concretar la dote que habrá de aportar

tu hija, la joven Catalina, con el fin de que sea admitida en el convento, de acuerdo con la firme voluntad de su madre y a la profunda vocación de la muchacha.

—¿Qué propones, abad?

—Doblar el tributo anual que Catalina y tú teníais a bien donar a la abadía, libremente, sin tener que hacerlo, por ser considerados estos señoríos territorio exento en la provincia y en la diócesis, debido al privilegio que te fue concedido por merced real cuando Alfonso VIII de Castilla te honró con la hidalguía.

El prelado estaba seguro de que su envolvente discurso engordaría la hacienda de los benedictinos. En cualquier caso, sirvió para atrapar la atención de Blasco.

—El tributo del que hablas, ¿en qué consiste?

—¿Anualmente?

—Sí, por año.

—En doce arrobas de aceite, ocho carneros, sesenta gallinas, cinco gansos, tres marranos, cincuenta cántaras de vino, dos libras de pimienta y tanto pan como pueda apetecer el convento.

—Queda doblado el tributo.

—En nombre del Señor y de san Benito te doy las gracias.

—¿Algo más, abad?

—Otro día, si te parece, Blasco, en otras circunstancias, hablaremos de las cuentas de la abadía, que ahora diluvia.

—Eso, otro día —dijo Blasco, y escupió en el barro.

Su hijo, rebozado en lodo, no se hacía con la pinta; cada vez que intentaba lazarla se le ponía de manos, relinchaba bajo la fuerte lluvia. Blasco dejó al abad bajo el chamizo para acercarse allí donde tenía lugar la inútil doma. Su grasienta melena le parapetaba; el agua que caía a trombas rebotaba contra algo que se vislumbraba en su imaginación y que acabaría por sugestionarle.

Fue el principio de un encantamiento. Era algo luminoso, cubierto de escarcha de plata, como esas señales que cambian el destino de toda una vida. Blasco tuvo una visión. Vio entre la lluvia cómo una puerta dorada le abría sus hojas y le mostraba el acceso a la luz.

En tanto, Álvaro recogía la cuerda sin perder de vista a la yegua, que tampoco le quitaba ojo desde el otro lado del picadero y que todavía resoplaba bravamente; el hidalgo se mordió el labio inferior para no llorar, hubo de dar ejemplo y morderse la tristeza, tragarse la rabia que le estaba provocando el abandono de Catalina.

El caballero sabía que casi todos los seres humanos —analfabetos o cultos— están mal hechos. No andaba descaminado; en lo que respecta a las leyes de los sentimientos, la civilización no había avanzado ni una legua y los seres humanos seguían guareciéndose de la tragedia. Por algo la mayoría de las personas sólo aprecian un amor verdadero cuando el amor se ha ido y ya no existe esa persona que nos quiere y a quien querer. Los sentimientos son irreversibles incluso para aquellos que aman con tal de no sentirse solos. Poca felicidad hay en este mundo, pocos dan con ella y menos que pocos la saben o la pueden conservar —pensaba Blasco—, pero el drama no podía afligir a un guerrero y no se planteó acertijos de palabras tales como si amó y fue amado. El suyo no era un dolor transitorio, era un desconcierto existencial, que es profundamente más grave. De ahí que su instinto se hubiera abierto a las visiones; necesitaba hallar una salida honrosa en reconocimiento póstumo a su amada.

La visión, sentida abnegadamente, incitaba a vivir una gesta heroica e irradiaba un diáfano sentimiento. La puerta dorada se había abierto de par en par y Blasco se vio atraído por una fuerza superior que raptó su mente hablándole con su misma voz pero de distinta forma y, ya sumido en el trance, le sedujo el resplandor de una epopeya. Se sentía obligado a cabalgar en dirección a la llamada de la luz para cubrir la noble misión que el loco sentido del humor de Dios le había inspirado y cuya culminación significaría la gloria. De salir adelante en dicha gesta arriesgada, ennoblecería su posición ante Cristo y ante el rey de Castilla y daría sentido a su viudez llenando sus horas con resurgidos alicientes, aparte de solventar su futuro, el de los suyos y el de aquellos señoríos. La visión parecía ser un regalo del destino, un cofre lleno de luz, un brote de fe, el salvoconducto capaz de abrir las hojas de la puerta dorada y, de atravesarla, poder emprender el camino hacia la luz verdadera con la cruz a la espalda, con el sagrado emblema de Cristo cosido a la malla, dejando el lejano y el reciente pasado, bienes, penas, personas, recuerdos, todo tras de sí. Secuestrado por el encantamiento, el hidalgo acababa de transformarse en un cruzado que desconocía la interpretación de los símbolos que habían iluminado su visión. No sabía que el cofre simbolizaba el corazón; la puerta, el mundo, y la cruz, una derivación dramática. El año de 1202 había puesto en marcha la Cuarta Cruzada y Blasco pretendía ser uno de tantos caballeros cristianos que sacase su atormentado corazón al mundo por exigencia de una visión, por mandato divino. Cuando su hijo estuvo al alcance de su aliento dejó de soñar.

—No me deja lazarla, padre —se excusó Álvaro.

—Qué veo, ¿no llevas los hierros? —Blasco se refería a las espuelas.

—Madre me pidió que domara a la yegua con paciencia antes que con sangre —fue la nueva excusa del muchacho.

—¡Tu madre ha muerto para confundirnos! ¡Sal de ahí y sígueme!

Se encaminaron a la casa con el abad detrás. Llovía y llovía. De la abadía salió el físico soltando gritos, agitando con torpeza las mangas de su jubón, imitando a un cuervo que levanta el vuelo:

—¡Tu hijo, el pequeño Sergio, ha vuelto en sí!

La histeria del físico daba a entender que él era el sanador. La verdad era otra, un mágico suceso había devuelto a Sergio a la realidad.

Desde la muerte de su madre, el niño yacía en un catre que las monjas habían montado en un altillo contiguo a la alcoba de Catalina. En aquella habitación —por la que se accedía al palomar— se guardaba todo cuanto tuviera que ver con los saberes que la hidalga había transmitido a su hijo, además del legado de la sangre. En dicha estancia, antes de producirse el mágico suceso que escaparía a la atención de todos, Sergio dormía en su limbo, abrigado por la paja y por las palabras de los manuscritos propiedad de su madre.

Entonces ocurrió que sor Tadea, monja escuálida, cejijunta y puntillosa a la que le había sido encomendado encontrar el mapa que indicaba cómo llegar a Vernuy, halló lo que buscaba y, con la sorpresa que da lo conseguido, se le cayó el mapa de las manos, yendo a caer éste sobre la faz del niño. Debido a causas inexplicables, el roce del papel sacó a Sergio de su limbo y lo retornó a la vida.

Propagada la noticia de acuerdo a la versión del físico, la primera persona que entró a ver al niño fue la hermana. La moza había sufrido un remiendo en su estética durante el tiempo que duró la inconsciencia de su hermano. Estaba distinta y Sergio tardó en reconocerla. Traía la cabeza rapada y llena de costras con liendres machacadas, pues la moza se había convencido de que Jesucristo valoraba en altísima medida la higiene corporal. Pero lo que realmente despistó a Sergio fue la alegría que irradiaba su hermana, que no había contenido sus berrinches en los últimos años, salvo para comer y dormir. La novicia estaba irreconocible. Pensaba —pensando en lelo— que había descubierto el júbilo divino; todo lo demás le resbalaba: la lluvia que caía, las manualidades, las emociones... Desde que se soltó del pecho de la sorda y le escondieron la teta de la muda empezó a dar señales de estar fuera de su acuerdo. La moza parecía un ángel con el cerebro mutilado levitando sobre la barbarie general de aquella época.

Sergio seguía sorprendido. Su hermana, perdido el pudor y radiante como nunca, pinzaba el hábito con una mano para no pisarlo mientras agitaba la otra, en la que traía un trozo de jabalí atravesado por un palo. Poco le faltó al niño para volver a desmayarse; el guarro le daba asco y la aspereza del hábito le producía dentera.

—Come, que estás muy flaco, casi más que antes de comer —dijo la falta de sentido de la novicia.

—¡Eso es asqueroso! —protestó Sergio y volvió la cara.

—¿Cómo puede darte asco si es tocino?

—¡Me da asco la carne, y la grasa más!

—¡Vamos, Sergio, abre la boca!

La joven Catalina buscó la boca de su hermano con el palo, el forcejeo hizo revolotear a las palomas en la habitación contigua.

—¡Quita de ahí, novicia, no le hurtes energía al niño! ¿No ves que está muy débil? —gritó desde la puerta sor Tadea, que apareció de pronto portando un cuenco de madera. Apartó a la novicia y se inclinó ante Sergio—. Tómate esto, niño, te hará bien, es leche templada con gachas de avena y miel. Tómalo, que está muy rico —dijo sor Tadea con bondad.

Sergio se incorporó como pudo entre la paja. Estaba depauperado, tenía ojeras y la mirada más triste de Castilla. Colocó el cuenco entre sus piernas, lo sujetó con una mano y con la otra empezó a comer. Metía sus pequeños dedos en el cuenco y se llevaba la comida a la boca; sentía hambre, se encontraba vacío espiritual y físicamente. Era normal, con él estaban las únicas dos personas que le prestaban alguna atención, aparte de algún gesto aislado que Álvaro pudiera dedicarle. La corta edad de Sergio atraía la mínima compañía, la máxima soledad.

—¡Mi hábito nuevo es precioso! ¿A que me sienta bien?

La moza giraba sobre sí misma dándole vuelo a la negra y áspera tela.

—¡Para, novicia, no marees al niño, deja que coma con calma!

—¡Cómo me gusta mi hábito nuevo! ¿Verdad que es precioso?

Sor Tadea hubo de insistir porque la moza no paraba de girar.

—¡Para, te digo! Aprende humildad si quieres llegar a ser una buena benedictina.

La novicia no repuso. No le importaba marear a Sergio, alterar a la monja ni alborotar el palomar; la adolescente estaba ida, era feliz girando.

—¡A las mozas irreverentes y a las novicias presumidas como tú las rapta el diablo! ¡Para, novicia, te digo que detengas tu girar!

La joven Catalina siguió sin darse por enterada y, girando, se metió en el palomar; allí siguió girando aún más de prisa, provocando un revuelo de palomas.

—¿Qué hora es, sor Tadea? —preguntó la voz inanimada de Sergio.

—¡La hora del asno! —contestó enfadada la benedictina.

El tiempo lo medía el oído. Antes de amanecer, la campana tocaba a maitines. A la del alba cacareaba el gallo. Abriendo la mañana se oía relinchar al caballo, mugir al buey y gorjear al gorrión. A mediodía trinaba el jilguero, y el amo, habiendo comido, roncaba con estruendo mientras el pobre silbaba a la vera de un árbol y el fraile resoplaba traspuesto, convirtiendo en ecos las paredes de su celda. Los rebaños de cabras y ovejas regresaban balando en la mitad de la tarde, y a la caída de ésta, la golondrina trisaba y el asno se empalmaba con larga exageración y rebuznaba. Recién cegado el crepúsculo, siseaba la lechuza, ululaba el búho y roznaba el amo otra vez. Entrada la noche, maullaría el gato para acabar aullando el lobo a toda tráquea entre tinieblas. Debido a la sutil *leyenda de los cantos de la hora*, la manilla del tiempo no se atascaba ni había que llevar a reparar el ingenio.

Era la hora del asno. La abadía se preparaba para la cena. Álvaro secaba su ropa, afilaba sus espuelas junto al fuego, limando los hierros. En tanto, un casi beodo Blasco bebía vino a sorbetones, con un ojo extraviado en sus delirios y con el otro atento al asado. Por suerte, la incesante lluvia otoñal había inundado con lodo los escondites de un buen lote de reptiles —culebras, lagartos, ranas— y sólo hubo de esperar que asomaran a respirar para poder llenar medio saco con unos bichos tan calumniados como de carne fina.

Había asado para su familia, mas no para el físico. Éste observaba cómo su ayudante, un zagal tuerto, destripaba y descabezaba los reptiles. Bajo la atenta mirada del curandero seleccionaba algunas cabezas, casi todas las tripas, también recogía en un cuenco el gotear de la sangre, todo servía para inventar futuros remedios. Con la primera luz partirían a la búsqueda de nuevos desdichados. Según el médico, su ciencia había cosechado un gran éxito porque la bula de Catalina era la bula y no la habría curado, de estar vivo, ni el mismo Maimónides. Tampoco se cuestionaba que la reanimación de Sergio no se debiera al físico. Faltaba, pues, cobrar, subir a la carreta y partir.

—El niño ha vuelto andando del más allá porque le unté antibula detrás de las rodillas y en las plantas de los pies…

Antibula, así llamaba el embaucador a sus potingues, se supone que para hacer valorar su curandería, para embolsarse más plata. El muy bellaco mentía a sabiendas porque Sergio volvió del limbo debido a un roce misterioso, pero como los que esperaban a que el asado saliera de las llamas ni lo imaginaban, coló el engaño. Blasco dejó de sorber vino, rebuscó en su bolsa y le soltó unas piezas de plata al físico, que hizo una reverencia exagerada y le indicó a su ayudante que recogiera las cabezas, las vísceras, las pieles y el cuenco, insinuándole que llevara todo a la carreta. Tenía la intención de partir temprano a esparcir su nefasta ciencia por esos mundos de Dios.

—¡Las pieles no! ¿Para qué quieres tú las pieles más que para venderlas? —objetó Blasco.

—No me confundas, hidalgo, la piel de un reptil previene distintos males; la de rana sirve para cubrir llagas, la del lagarto para sanar orzuelos, y no hay torniquete mejor para desangramientos que la de serpiente —dijo el físico, agitando las mangas de su jubón con cierto nerviosismo.

—¡Las pieles no! Con ésas y con otras que capturaré mañana haré coser para mi hijo un manto rayado con culebras y lagartos, y las ranas yo me las trago enteras —remató el de la piel de lobo.

—¿Un manto para mí, padre? —saltó Álvaro.

—¡Sí, hijo, un manto de guerrero!

—¡Gracias, deja que te abrace!

Mientras Álvaro se abrazaba a su padre, el físico se fue hacia al fuego, se inclinó y, cuando se disponía a coger un trozo de asado, el hidalgo le apartó con el brazo que sostenía la jarra de vino y le amenazó:

—¡Como toques la carne te parto el cuello!

Salpicado por la espuma, el curandero se hizo atrás y sacudió su jubón para deshacerse de las manchas. Blasco cabeceaba, daba miedo, su cara estaba encendida por la ira y por el reflejo de las llamas, su grasienta melena era un hervidero de piojos. Intervino Álvaro para calmar la bronca.

—Físico, tú y el zagal cenaréis en la cocina.

—¡Bien dicho, hijo, que coman guarro! ¡Fuera, he dicho! ¡Fuera de aquí los dos! —vociferó Blasco, hecho un energúmeno.

Luego alzó su copa para que un criado la rellenara. Según se iban los expulsados, se cruzaron con sor Tadea, que traía de la mano a Sergio, precediendo a la novicia cuyo hábito negro venía rebozado de plumas y deyecciones de paloma. No sabían que Blasco estaba bebiendo mucho; llegaron con cordialidad y se toparon con un infierno.

—Hidalgo, Catalina y Sergio vienen a darte las buenas noches —dijo la monja.

—¡Lo que me faltaba, la boba y el niño de los bordados! —refunfuñó Blasco sin apartar la mirada del fuego.

Sor Tadea pensaba darle la nueva de que había encontrado el mapa que conducía a Vernuy, pero al verle ebrio optó por comunicárselo en momento más adecuado.

Crepitaba la carne de los reptiles. La novicia quedó hipnotizada por las llamas, se le petrificó la sonrisa de oreja a oreja. El niño fue a besar a Blasco y topó con su rechazo más enérgico.

—¡No me beses! Deja los besos para tu hermana; a la boba le hacen falta y a mí me sobran. Tanto beso tardará en hacerte un hombre.

Blasco le echó a Sergio una mirada de arriba abajo y remachó:

—Estás flaco como una espina, débil como un capullo. Anda, niño, come o acabarás por transformarte en una rosa.

—Ya cené. Sor Tadea te lo puede decir —dijo Sergio con temor.

—Pues cena más. Hay rana, lagarto, serpiente, ¿qué prefieres?

—Hidalgo, el niño ya comió sus gachas con leche y con miel, y las comió con ganas, que es cuando el alimento sienta bien —terció la monja.

A Sergio se le revolvió el estómago, se apartó del padre y se acercó a su hermano.

—¿Qué estás haciendo con las espuelas? —preguntó, con su natural interés por todo.

—Afilarlas —repuso Álvaro, dándose importancia.

—¿Para qué lo haces?

—¡Para qué va a ser! ¡Para clavárselas en los flancos a la yegua que mañana domará! —aclaró Blasco con violencia.

—¿Qué yegua? —Sergio evitó al borracho, le tenía pavor.

—La que era de nuestra madre —contestó Álvaro con cariño.

—¿*Amaralba*, la pinta? —se alarmó el pequeño.

—La misma, sí —dijo el muchacho.

—¿Cómo la llamas, he oído bien? —preguntó Blasco, y sorbió más vino.

—La llamo *Amaralba*... —contestó Sergio con timidez.

—¿Desde cuándo un nombre así para una pinta? —preguntó el beodo.

—Madre y yo se lo pusimos este verano, padre, cuando tú se la diste a ella y vimos que se ponía contenta y trotaba con la salida del sol, a la del alba, por eso la bautizamos así, por amar el alba —explicó el niño.

—Los animales no se bautizan. Los corceles y las yeguas están para castigarlos, domarlos y montarlos. ¡Bautizar pezuñas es bautizar necedad!

Las palabras de Blasco produjeron un silencio denso. Álvaro y Sergio se miraron asustados. El hidalgo recabó la opinión de la religiosa.

—¡Que hable la monja!

—Niño, tu padre tiene razón; un animal carece de alma, y bautizarlo...

—¿Que *Amaralba* no tiene alma? —se extrañó Sergio.

La monja le guiñó un ojo a Sergio haciendo ver que era mejor no discutir con el borracho. Álvaro tranquilizó las cosas.

—Padre, ¿has visto que Catalina viene cubierta de plumas, que está rapada y que se ríe? ¿Verdad que nunca la habíamos visto pelada ni reír?

—¿De qué te ríes, moza? —dijo Blasco sin retirar la mirada del fuego.

La novicia, extasiada en las llamas, no habló. El hidalgo giró la cabeza para mirarla e insistió, mientras masticaba un cacho de serpiente que se le salía de la boca.

—¡Di, boba! ¿De qué diablos te ríes tú?

—No río, padre. Estoy contenta porque voy a ser la novia de Jesucristo. Luego seré su esposa y me llamarán Jesusa —dijo la novicia con esa dulce sonrisa callada de las disminuidas.

—¡Qué dice esta idiota! ¿Alguien lo entiende? —gruñó Blasco.

Nadie contestó, y el hidalgo dirigió su extrañeza hacia sor Tadea.

—Habla, monja, no calles. ¿Desde cuándo está para encerrarla?

—Desde que estrenó el hábito de novicia; desde entonces cambió el llanto por la risa y rige menos juicio que su...

Sor Tadea se calló, adrede, a la espera de que Blasco autorizara la conversación, como así fue. El hidalgo bajó la voz para que no llegase al oído de sus hijos lo que hablaran.

—¿Te refieres a la sorda?

—Y muda al mismo tiempo. Recordarás que la madre perdió los cabales al alumbrar a esta criatura —susurró la monja.

Blasco eructó para decir que sí.

—También recordarás que a raíz del parto la sorda se volvió repentinamente casta y que la muda se volvió violenta en grado sumo.

—Por eso Catalina mandó encerrar a la tarada.

—¡Cómo no iba a hacerlo tu santa esposa, la sordomuda era un peligro, al padre Abad casi le arranca la nuez entera de un mordisco! Había que confinarla en una celda, a cal y canto, como ahora sigue.

—¿Mi hija habrá heredado la violencia de la muda?

—No, no es peligrosa; tu hija es como un ángel. Para mí que ha heredado la actitud casta de la sorda, con una salvedad.

—¿Qué insinúas, monja?

—La novicia es una presumida, pero tan leve defecto lo corregirá la penitencia monacal —dio positivo la benedictina.

—Acabará enseñando los colmillos de la muda —certificó el borracho.

Sergio permanecía serio, sensiblemente apagado, con su mirada entregada al fuego. De pronto se volvió hacia Álvaro y le habló, procurando que su voz no llegara a los oídos del beodo.

—¿De verdad vas a clavarle estos hierros tan terribles a *Amaralba*, lo dices en serio?

El niño tocó con sus dedos el filo de las espuelas y se estremeció.

—No me queda otro remedio, Sergio, he de domarla. Madre quería que lo hiciese con paciencia, pero padre insiste en que la doma requiere sangre, y como padre es el que manda... —dijo Álvaro por lo bajo.

Sor Tadea y Blasco se miraban intentando entender qué le ocurría a la novicia, mas no siempre dos personas cuyas miradas se cruzan coinciden en sus pensamientos. La monja estaba pensando algo que al beodo nunca se le habría ocurrido, por muy seguros que estén los hombres de que su razón es superior a la intuición femenina: que acaso fuera él, Blasco, y no la sordomuda, el progenitor mentalmente descompensado del que había heredado la moza aquella tara, que le sonaba como un cencerro en el cráneo.

Tras estos pensamientos, la religiosa dio las buenas noches, cogió a Catalina de la mano, retiró a Sergio con la mirada y los llevó a dormir. La despedida de Blasco fue triunfal, balanceó los ojos dentro de las cuencas y eructó. La monja se persignó según se iba con los niños.

Vino el nuevo día a confirmar el cielo gris de aquel otoño. Los Señoríos de Morjas, con la resaca de su dueño al frente, iban a presenciar acontecimientos increíbles. Una sorpresa sucedería a otra, como volaban las alondras para formar bandada. Había cesado la lluvia; su lugar lo había ocupado el lodo, y sobre éste se deslizaba el viento. Hacía frío en Castilla.

Sería la hora del buey cuando Álvaro, llevado por una ira contenida, repleta de perplejidad, recorrió la abadía en busca de su hermano. Sus espuelas se oyeron tintinear en todas partes desde el atrio hasta el palomar. Hubo de cruzarse con sor Tadea para saber de Sergio.

—¿Has visto a mi hermano, monja?

—El pequeño está muy débil, estará dormido en la habitación que fuera de Catalina.

—Allí no está, sor Tadea, ya miré.

—Entonces creo que sé dónde puede estar. Sígueme, Álvaro.

La monja precedió al muchacho hacia la alcoba en la que había fallecido su madre. Una vez allí, sor Tadea se manejó con soltura en la tétrica oscuridad que reinaba en la alcoba y, a tientas, tiró de un cordel, entreabrió un ventanuco y se coló la luz, cayendo sobre un arcón junto al cual reposaban las calzas y los zapatos de Sergio.

—Aquí tampoco está —dijo Álvaro, mirando a su alrededor.

—Mira bien, muchacho, mira dentro del arcón.

Álvaro hizo caso del consejo, levantó la tapa del arcón y halló a su hermano acurrucado entre la ropa de su madre, durmiendo plácidamente.

—¿Qué hace Sergio aquí? —preguntó Álvaro.

—Lo mismo que hacía cuando vivía vuestra madre, esconderse en el arcón; el niño lo hace tras cometer una travesura. ¡Alguna habrá hecho Sergio, algo se traerá entre manos! Señal de que las gachas le han dado fuerzas. Iré a por más a la cocina. Mientras lo hago, despiértale con temple, y no olvides, Álvaro, que tu hermano sigue débil. Ahora vuelvo.

La monja abandonó la alcoba y Álvaro, antes de despertar a Sergio, se agachó y pudo comprobar que las calzas y los zapatos de su hermano estaban llenos de lodo. Su enfado inicial quedó en alivio; de ahí que sonriera, cogiera al niño por un pie y le soltara un lengüetazo. Sergio despertó de un brinco y también sonrió; era un juego entre ellos, Álvaro siempre le despertaba de la misma forma.

—Dime, Sergio, ¿qué fue lo que enlodó tus calzas?

Sergio, más acurrucado que antes, tapándose la sonrisa con ambas manos, le echó a Álvaro una mirada muy viva y siguió con el juego en términos de distendida complicidad.

—Habrá sido un sueño, algo que soñé.

Volvió a sonreír mucho el niño y con él sonrió el muchacho, arrodillado ante el arcón. El juego proseguía, le tocaba jugar a Álvaro.

—¿Qué has soñado? Confía en mí, no se lo contaré a nadie.

—¡A nadie, Álvaro, a nadie! Los sueños son secretos.

Bromeaban, así se confesaban cosas delicadas que, de haberlas conocido Blasco, les habrían traído, cuando no castigo, riña. El irracional respeto al que el padre los tenía sometidos, que cada cual sorteaba a su modo, los obligaba a emplear estos trucos. Sin haberlo planeado, los hermanos se disponían a mantener a solas la primera conversación adulta de toda su vida, sobre todo el pequeño que, con su despertar, sentía que se había reavivado aún más su sensibilidad, aletargada durante casi cien horas, y que este don le abriría paso hacia donde se encaminaran sus pensamientos. Los nueve años del niño parecían los catorce del muchacho, y viceversa. Sergio poseía la vivacidad de una ardilla y le iluminaba su inspiración, estaba deseoso de pensar con libertad. En cambio, Álvaro, duro de mollera, semejaba un tejón, era de ideas fijas y husmeaba con tozudez.

—¿Verdad, Sergio, que el barro sale de donde pienso?

—Supongo que sí, porque soñé, ya pasada la medianoche, cuando en la abadía todos estábamos durmiendo, que venía madre.

—¿Nuestra madre?

—Soñé con ella; la vi, de veras, Álvaro, créeme.

—Te creo. De ser mentira, no dirías haberla visto.

—Anoche, madre y yo estuvimos vagando juntos. ¿Me crees?

—Sí... Ahora cuéntame tu sueño antes de que vuelva la monja.

—¡Como padre se entere de que tú sabes lo que te voy a contar!

—Ya sé, no me libro del látigo.

—Ni yo de cruzar a rastras el campo de ortigas. Padre es un salvaje.

—¡Qué hablas, padre es un hidalgo de privilegio, un caballero!

—Según se vea con tus ojos o con los míos.

—Eso es brujería. Nadie puede ver con los ojos de otro. ¿Quién te enseñó a mirar de tal forma?

—Madre, ella me enseñó.

—¿Así empieza tu sueño?

—No. Quiero decir que tengamos cuidado con padre, tiene peligro.

—De nuestro padre nada podemos temer.

—Eso lo piensas tú, Álvaro, visto con tus ojos. Tú eres muy fuerte, basta mirarte, podrías soportar cualquier castigo, pero mírame a mí y hazlo con mis ojos, como yo sé que soy, como yo me veo por dentro, yo soy incluso más débil de lo que tú me ves por fuera.

—Veo que has estado enfermo.

—No tengo ni la cuarta parte de fuerza que tú. Mi debilidad le da asco a padre, se avergüenza de mí. Anoche volvió a llamarme el niño de los bordados; dio a entender que si no comía reptiles me convertiría en una rosa. No me había visto desde la muerte de madre y me prohibió que le besara. Padre me niega el cariño, cada vez que me ve me maldice.

—¿Para qué me cuentas esto?

—Necesito que me protejas, Álvaro, no sabemos qué va a ser de nosotros. Con madre se vivía con orden; ella sabía meter a padre en razón. Pero sin madre cerca, padre no sabe parar.

—¿Qué quieres decir?

—¡Que no sabe parar de beber cuando bebe, ni sabe parar de gozar cuando se junta con una doncella, ni sabe parar de matar cuando pelea contra los moros!

—Venga, Sergio, tú exageras.

—Hazme caso, ándate con ojo, no dependas tanto de él; no tanto como yo lo hacía de nuestra madre, porque el día en que padre te falte te sentirás solo, sin nadie, como ahora me siento yo.

—Lo dices porque la enfermedad te ha debilitado mucho.

—¡No estuve enfermo, Álvaro, entérate!

—Estuviste desmayado, Sergio, el físico tuvo que reanimarte.

—¡Ese embustero, que no salvó a nuestra madre, va a reanimarme a mí! Durante tres días fingí el desmayo...

—¿Lo fingiste?

—Sí, y no me costó mucho porque yo sentía que una tristeza muy grande me había aplastado sin permitirme levantar. Lo fingí porque me aterraba abrir los ojos y no ver a nuestra madre ni poder abrazarme a su cuello, que es donde yo me sentía seguro; los abrí cuando sentí que algo que ella había tocado con sus dedos me acariciaba la cara. Abrí los ojos porque creí que iba a verla a ella de nuevo...

—Ése fue el sueño, ¿verdad?

—No, Álvaro. Te intento decir que el físico no me trajo del más allá porque yo estaba en el más acá, ya sin nuestra madre al lado, sintiendo tantos peligros como presiento.

—No tengas miedo, Sergio, yo te protegeré.

—Hemos de ayudarnos, y hemos de aconsejar a padre.

—Padre se vale por sí.

—Eso lo creerás tú, Álvaro; sin madre cerca veremos qué hace, porque la brutalidad de padre puede llevarnos rápidamente al desastre. ¡Hemos de sujetarle por el bien de todos!

—Padre no se deja sujetar.

—Si se dejaba guiar por nuestra madre, a lo mejor le convencemos para que piense las cosas antes de hacerlas.

—Está visto, Sergio, que no lo conoces.

—¡Claro que lo conozco, padre es según le dé! No razona, es un salvaje. Hemos de hacer un pacto de hermanos.

—¿Qué quieres pactar?

—Que yo siempre pueda contar contigo, Álvaro; y tú, conmigo.

—Dalo por hecho. Pero dime, que sigo esperando, ¿qué soñaste?

—Soñé que nuestra madre volvía, venía flotando sobre su misma mirada, entró por el ventanuco, por donde ahora entra la luz, alzó la tapa del arcón y me besó, y yo entonces me desperté...

—Te dijo algo, ¿verdad? Ella siempre hablaba contigo...

—Madre no me dijo nada, sólo me dio dos manzanas.

Había aparecido el espectro materno, la visión había sido real; qué más daba si Sergio soñó o se inventó que había estado con su madre. Lo crucial era que ella existía en la imaginación del pequeño.

—¿Qué más pasó, Sergio?

—Madre me envolvió en su mirada y me transportó en dirección al corral donde estaba la yegua. Sí, volamos hacia el picadero.

—Lo suponía, tus calzas están embarradas. ¡Haría mucho frío!

—No, en los sueños no hace frío ni calor.

—¿Veíais algo en la mitad de la noche?

—Madre me guió con su mirada; ella veía muy bien.

—¿Qué pasó en el picadero?

—Allí soñé que le dábamos las manzanas a *Amaralba*.

—¿Le disteis las manzanas a la pinta? ¿Qué más pasó?

—Que *Amaralba* se puso muy contenta mientras se las comía. Le gustaron mucho. Y madre me dijo dos secretos al oído. Después desapareció.

—¿Qué te dijo?

—Que buscase un elixir.

—¿Un licor mágico?

—Algo así; debe de ser una especie de ungüento que te frotas y te da la felicidad, un remedio prodigioso. También me dijo que soltara a *Amaralba*, que la dejara libre.

—Supongo que obedeciste y soltaste a la yegua.

—¡Sí, tenía que hacerlo, me lo estaba pidiendo nuestra madre! ¡Claro que la solté! Y *Amaralba* se marchó galopando, y se terminó el sueño.

El símbolo de la yegua al galope representaba el movimiento cíclico de la vida. El sueño estaba bien vertebrado, tenía sentido. Sergio suspiró, ya nadie le clavaría a *Amaralba* aquellos terribles hierros en sus flancos. Álvaro tomó aliento, en el fondo le producía pavor tener que domar a una pinta tan brava; el niño le había convencido de que todavía era un muchacho y no el hombre que alardeaba ser. La libertad de *Amaralba* les había dado alas a los dos, les había quitado un peso de encima y les había hecho más hermanos que nunca.

Sor Tadea entró con un cuenco; venía con las gachas, la leche y la miel. Se lo dio al niño, que seguía entre la ropa de su madre, metido en el arcón. Después, la monja se metió en la biblioteca. Allí cogió una diminuta bolsa de piel de visón y un pergamino que tendría el tamaño de dos manos abiertas; era el mapa que conducía a Vernuy. Volvió a salir y marchó a vérselas con Blasco. Álvaro se fue con ella y Sergio, tranquilo por primera vez en muchos días, permaneció en el arcón comiendo las gachas con ganas, con las mismas ganas que la pinta se había comido las manzanas.

Ver tendido a Blasco frente a las ascuas reponiéndose de su borrachera a ronquido partido resultó algo inquietante. El padre abad, abrazado a unos papeles, lo contemplaba con indignación cuando sor Tadea y Álvaro se incorporaron a la escena. Habló la monja:

—Álvaro, haz el favor de despertar a tu padre. El abad y yo tenemos que resolver varios asuntos con él.

Álvaro se agachó y puso su mano sobre el pecho del hidalgo.

—Padre, despierta, que ya trina el jilguero.

Blasco abrió los ojos, resopló, se sacó las legañas con sus gruesos dedos y se puso de pie. En seguida llegó un criado y aguardó sus órdenes.

—Tráeme agua fría, muy fría. Y manteca de cerdo.

Desapareció el criado y habló el prior.

—Espero que hayas descansado bien, Blasco, porque tenemos bastante trabajo pendiente.

—Lo tendrás tú, abad —dijo Blasco.

—Aquí traigo los inventarios y dos cartas ya escritas. La primera es para Berenguela; la segunda va destinada a los familiares de Catalina.

El benedictino quiso enseñarle los escritos, pero Blasco los apartó de su presencia. En esto regresó el criado cargado con una cántara. El hidalgo se la arrebató, se la echó por encima hasta que no quedó una gota y sacudió la cabellera; apenas podía ver, el agua se le había metido en los ojos. Entonces extendió una mano hacia el criado y ordenó:

—¡Venga, venga, pasmado! Dame la manteca antes de que se me seque la cara.

El criado le entregó una taza pequeña llena de manteca de cerdo. Blasco se restregó la grasa en la barba, que era de días; finalmente desenfundó su daga y empezó a afeitarse. La manteca se usaba para no llevarse toda la piel.

—¡Un hombre ha de ser limpio, abad, no como vosotros, los frailes, que nunca os laváis y siempre oléis que tira para atrás! —dijo Blasco mientras se afeitaba.

Los piojos corrían por la melena del hidalgo, espantados por el agua fría, prueba de que el castellano cuidaba su higiene. Álvaro aprovechó el instante para desterrar su complejo de culpa, atenuado gracias a la actuación de Sergio en el sueño.

—Padre...

—Dime, hijo.

—No pude domar la yegua. Cuando llegué al corral ya no estaba.

—¿Llevabas los hierros?

—Sí, aún los llevo, pero la pinta ha desaparecido.

—Te habrá oído llegar, los hierros meten jaleo; se habrá espantado.

—No sé...

—¿No la habrás soltado por temer su doma?

—¿Soltarla yo, padre? ¡Juro que no!

—Voy a creerte, hijo, ve tranquilo. Espérame fuera y reúne a mis hombres. Dile a Broco que he de hablar con él en cuanto despache al fraile y a Tadea.

—Me temo, Blasco —intervino el prior—, que no podrás hablar con Broco porque él y otros dos de tus capitanes están en mazmorra.

—¿No los han soltado todavía?

—Así lo dispuso la hidalga, que en paz de Dios esté.

—Pues ya tienes trabajo; ve a soltarlos, abad.

—Son pecadores, Blasco, forzaron a varias doncellas en la aldea.

El fraile y la monja se santiguaron a un tiempo.

—¿Llamas forzar a que unos soldados busquen alivio?

—Tus capitanes las violentaron, y eso es pecado mortal.

—Eso es gozar. Pregunta a las doncellas. ¡Además, he dicho que los sueltes! Cristo me ha iluminado, sé lo que digo, la cristiandad nos necesita. Ve y suelta a mis hombres. Tú, Álvaro, dile a Broco y a los otros que me esperen en el patio, que no se muevan de allí. Dejadme con la monja mientras termino de asearme. ¡Vamos, todos fuera!

El abad, Álvaro y el criado abandonaron la estancia. Tras sus pasos se hizo un silencio; en seguida se oyó cantar a los jilgueros. Blasco completó su aseo: con el filo de la daga se quitó unos trozos de reptil que aún tenía entre los dientes.

—Hay que ser limpio, monja. ¿Qué traes contigo?

—El mapa que me hiciste buscar, hidalgo, el que conduce a Vernuy.

—¡Sí, el extraño lugar donde Sergio irá a morar! ¿Está muy lejos?

—Muy lejos, sí, lejísimos; Vernuy está en un condado provenzal a más de doscientas leguas de aquí.

—¿Esas leguas son muchas?

—A una media de cinco leguas por día, harán falta más de cincuenta jornadas hasta dar con Vernuy.

—¿Son muchas las jornadas que dices?

Como el hidalgo no sabía contar, tampoco se podía fiar. La monja intentó facilitarle la comprensión.

—Son muchas jornadas, el viaje puede llevar media estación, sin contar los contratiempos que una odisea como ésa depara.

—No me inquieta. Desde que Catalina falleció, el tiempo se amontona en mi cabeza, tengo tiempo para dar y para sacrificar. Lo importante es que el mapa conduzca a donde apunta.

—La geografía está bien pintada, su autor ha sido minucioso, detalla los nombres de los reinos, de los montes, de los ríos, de los monasterios y de las poblaciones que han de rebasarse hasta divisar Vernuy. Es un mapa excelente, escrito o dictado por una persona sumamente docta, por alguien que maneja sin fisuras varias lenguas: el hebreo, el latín, el provenzal... El documento se conserva en buen estado y eso que su piel es muy fina, nunca antes había sentido una piel tan fina entre mis dedos.

—Déjame tocar.

Blasco deslizó la aspereza de sus dedos sobre el pergamino que sostenía la monja mientras ésta insistía:

—¿A que, de fina que es, parece que estás tocando la piel del agua en un remanso?

El tacto poético de sor Tadea no fue apreciado; el hidalgo se fue al extremo opuesto de la sensibilidad y se apeó por la cola.

—Esta piel la tengo yo tocada... ¡Es de vientre de doncella!

—¡Dios nos libre, hidalgo, no digas disparates!

La monja se santiguó con la diestra, en ella sujetaba la bolsa de visón, y con la siniestra retiró el mapa y lo escondió tras de sí. Blasco volvió a su idea.

—Si la piel que ocultas no es de doncella, entonces es de venado; ambas tienen el mismo roce, no hay quien las distinga.

—Dios quiera que sea la del astado...

La monja cerró los ojos y besó la bolsa de visón.

—Tadea, te digo que, al roce, dichas pieles son hermanas. Cristo sabe que estoy en lo cierto.

—¡Por Dios, hidalgo, no desvaríes!

La monja se indignó del todo, daba susto verla. Su crispación había ido en aumento desde que su arranque lírico fue pisoteado por el hidalgo con unas libérrimas comparaciones cargadas con unas obscenidades que no venían al caso. La benedictina no podía perdonar la afrenta, se pensaba herida, de lo más profundo de su cerebro cejijunto había extraído lo que ella creía ser una bella imagen poética que dotaba con piel al agua y Blasco había mandado aquel lirismo al dique seco. Sor Tadea estaba furiosa, pero el hidalgo no se inquietó, se sentía expansivo; la visión del día anterior le había transformado en otro hombre, en un ser nuevo, se sentía por encima de las opiniones de los demás.

—Como esté limpia y bien alisada la piel del venado, no hay quien distinga su piel de la que recubre el vientre de una doncella —repitió Blasco.

Volvió a persignarse varias veces la del hábito roído. El de la piel de lobo estaba convencido de lo que mantenía; los machos del bosque y las hembras de aldea no eran un secreto para él, su mano había abatido todo tipo de cérvidos y acariciado cientos de vientres expuestos para la cópula. La seriedad en el tono que reabrió la conversación calmó a la benedictina.

—Monja, ¿tú sabes por dónde anda Inocencio?

—Si hablas de Lotario di Segni, que tomó el nombre de Inocencio III, reside en Roma; el sumo pontífice mora en San Pietro in Vaticano de abril a julio y el resto del año en San Giovanni in Laterano. ¿Por qué lo preguntas?

Blasco calló. Lo había preguntado para no tener que preguntárselo al abad, y distrajo a la monja con otra pregunta.

—¿Cómo es Inocencio?

—¡Cómo va a ser, el papa es un santo!

—¿A qué se debe que tal santo sea dado a la guerra?

—Porque Dios Nuestro Señor se lo exige.

Sor Tadea no dudó al afirmar esto. Qué podía opinar una religiosa en la cumbre del Medievo de quien lideraba la Iglesia. Mas Inocencio III era un papa de armas tomar, un mercader con un cerebro de oro y un brillante especulador que entablaba guerras con sus apetitos puestos en los beneficios comerciales que obtuviera en ellas. Se trataba de un patricio italiano con sangre germánica que ya había embaucado a los que serían sus aliados en la Cuarta Cruzada vendiéndoles el cuento de que quería unir las Iglesias ortodoxa y heterodoxa. Pero la santidad que la monja le atribuía al papa contribuía a desarrollar los planes de Blasco, así que éste saltó de las vaguedades a las concreciones.

—¿Roma dónde cae?

—En el Patrimonio de San Pedro.

—¿Está camino de Vernuy?

—No, está después.

—Entonces Roma debe de estar entre Vernuy e Italia.

—Tampoco, hidalgo. La villa de Vernuy, próxima a la de Marsella, está tierra adentro, en Provenza. Habrás de cruzar Italia entera, las regiones lombardas y toscanas desde Génova hasta Siena, para llegar al Patrimonio de San Pedro, donde está Roma.

—¿Tan apartado de Castilla vive Inocencio?

—Lejísimos. Igual hay que irse a las cuatrocientas leguas.

—¿En qué sentido?

—En sentido norte y este, primero... Observa el mapa, hidalgo. Estamos aquí, en el reino de Castilla, y hay que atravesar el de Aragón para cruzar después unas enormes montañas; tras ellas empieza a extenderse la costa provenzal, en cuyo interior está Vernuy. Luego, en sentido sur, otras doscientas leguas más allá darás con la región de la Toscana. ¿No ves que, entre Castilla y Roma, hay un mar en medio y que hay que bordearlo? ¿Acaso no lo ves?

Sor Tadea hizo correr su dedo índice por Castilla, Aragón, el Pirineo y el litoral de Provenza. El mar Mediterráneo asombró al hidalgo.

—¡Nadie en Morjas ha visto el mar! ¿Hablas del mar de los infieles?

—No, hidalgo, este lado del mar es latino, lo domina la cristiandad.

—¿Qué guarda la funda de visón?

—Una pieza de plata que Catalina conservaba junto al mapa. Es una moneda extremadamente suave al tacto, ha sido limada con denuedo, su redondez es perfecta.

—¿Perfecta? Déjame ver.

Sor Tadea sacó la moneda de la funda y se la dio a Blasco, que jamás había visto un gros (su peso en plata equivalía a doce sueldos y haría una década que había sido acuñada por los venecianos con el fin de que el dinero fuera de mejor ley y de valor estable). Aquel gros tenía un significado especial; la monja lo intuía y el hidalgo parecía querer detectarlo.

—¿Qué tiene que ver la moneda con el mapa?

—No sé, hidalgo, no te lo sé decir.

—¿Por qué está tan limada y es tan redonda?

—Tal vez sea ése su misterio. La circunferencia en que no hay nada marcado y que brilla como una aureola es la imagen de aquello en lo cual el principio coincide con el fin, representa el eterno retorno.

—¿El eterno retorno, dices?

—Sí, puede que se trate de un secreto, de un oculto mensaje encerrado en un símbolo.

—¿Quién hizo que esta moneda llegara a Catalina?

—Calculo que la misma persona que ordenó pintar el mapa, el tercer conde de Vernuy —confesó sor Tadea.

No hubo lapso para otras averiguaciones. El padre abad entró en la estancia y la monja se retiró. Blasco envolvió el gros con el pergamino e introdujo ambos, pieza y mapa, en la bolsa de piel de nutria que pendía de su cinto. Había derrotado a la resaca, se hallaba limpio tras su concienzudo aseo personal y decidido a vérselas con los muchos números o aguijones que contenían los inventarios. Quería conocer el alcance de sus dominios, el volumen de su tropa y la importancia de su caballería ligera, además del montante en plata que se atesoraba bajo el altar mayor de la abadía y el valor de las alhajas de la finada, ocultas en un lugar menos obvio e igualmente enterradas, que entonces no había mejor caja de caudales que la que yacía con tierra por encima.

El hidalgo iba a quedar asombrado, poseía mucho más de lo que había previsto con su inocencia matemática. El benedictino, por su parte, también iba a quedarse boquiabierto, pero a causa de la locura que hervía en la mente del caballero, de la que empezaba a tener aviso. Uno y otro irían de sorpresa en sorpresa, porque el destino dispuso que aquellas heredades, estimadas en demasiadas leguas como para que un jinete sobre su montura lograra bordearlas antes de una luna —que así se medían, con el caballo al trote, los señoríos antaño—, pasaran a manos de un salvaje. Pero el abad sabía que, una vez puesto al corriente de sus posesiones, Blasco se sentiría el amo de la Tierra.

Fue informado acerca del número de su tropa, que superaba los cuatrocientos hombres, la mitad de ellos pertenecientes al rey de Castilla, aparte de otros cincuenta acampados en los rededores de la aldea y que Blasco tenía como su cuerpo de élite, entre los que formaban los capitanes exonerados de mazmorra que ya aguardaban junto a Álvaro en el patio. El contingente lo constituían jinetes adiestrados con fiereza, mantenidos en constante pie de guerra y armados hasta los dientes.

El censo del prelado, asunto que llevaba en vida la hidalga Catalina, hablaba de un pequeño ejército grandemente peligroso. Morjas, tan rica en pastos como en tierras labrantías, con caza abundante y una gran cabaña bovina, ovina y porcina, nunca tuvo problema en atender su abastecimiento, aparte de que el hidalgo jamás vio inconveniente, durante los años de cosecha exigua, en ocupar otras tierras —de moros, de cristianos o de nadie— para expandir sus pastizales, otear más caza y usurpar cuantos bienes de primera necesidad enfocara su retina, de acuerdo a la ética medieval cristiana, la ética del pillaje.

Poseer un contingente bélico tan importante y tanto recurso con el que satisfacer la intendencia desbocó las expectativas del hidalgo, que sorprendió al prior comunicándole la decisión de tomar la cruz para unirse a Inocencio III en su lucha contra el infiel. El padre abad agradeció la nueva acariciándose la nuez con ambas manos y previno al iluminado de que la meta de la Cuarta Cruzada era la creación de un Imperio latino en Tierra Santa, allá en Oriente, a dos mil leguas de Castilla. Tales menudencias no arredraron el espíritu de Blasco, que pasó a interesarse por su potencial equino. La cabaña caballar, según hacía constar el censo, sobrepasaba en cien las mil monturas. Era para estar contento; oír cabalgar tanto casco junto sobraba para que el eco equino se presentase a las puertas de Constantinopla antes de que lo hiciera el propio papa.

El censo, medidas las tierras, contadas las tropas, sumados los caballos, hacía rico a Blasco y, como no hay ambición que frene a un rico, dejó que la prepotencia lo invadiera. Ahora buscaba ser millonario, deseo que hizo palidecer al abad e impidió que se acariciara la nuez. Esta vez la sorpresa fue una puñalada, pues el hidalgo le urgió a emplear a los frailes en desenterrar el tesoro oculto bajo el altar mayor; no había tiempo que perder, tenía una cita con Cristo en Oriente y sufragar tamaña odisea requeriría montones de plata. Dejó al prior sudando asombro y se fue hacia el patio.

—Dime, monja, ¿camino de Constantinopla se pasa por Vernuy?

—Es imposible no hacerlo a menos que se vaya por mar.

—Monja, ¿estás segura?

—Tan segura como que soy una benedictina.

Sor Tadea y Blasco se miraron fijamente, pero, una vez más, sus miradas no reflejaban la misma cosa. La necedad que la monja le atribuía a su interlocutor nada tenía que ver con lo que estaba soñando Blasco, por mucho que las mujeres creyesen poder adivinar cuanto los hombres hacen bullir en su imaginación.

Pasaron los días y cesaron las lluvias, amainó el oscuro gris del cielo, se tornó panza de burro, y nevó con turbada convicción por Castilla. Ya no formaban bandada ni volaban las alondras. Un joven viento invernal zarandeaba los copos; soplaba fuerte, traía noticia de los fríos profundos y se llevaba aquel otoño en volandas. Era el color del invierno.

El lento transcurrir del tiempo hizo que el dolor perdiera su fuerza; ni rastro de pena quedaba ya por el deceso de la hidalga, salvo en la memoria de algunos de los suyos. Catalina había pasado al olvido en pago a lo generosa que ella fue con todos. Cualquier tragedia ajena se olvida pronto, más pronto aún si es la aristocracia la que encabeza el drama. Contados son los hidalgos que en el mundo han sido que hayan conmovido a una masa por la extinción de su vida. La clase humilde tenía lo justo para llorar —lágrimas contadas— y apenas hubo soltado un «Dios la tenga en su Gloria» a las puertas de la abadía se deshizo de la pena

Ya fuera por un caso de amnesia global en la aldea, ya por ley de vida, lo cierto es que nadie se acordaba de Catalina, con la excepción de tres almas: la de Álvaro, que la recordaba de tanto en tanto; la de Sergio, que no la apartaba de su soledad, y, en tercer lugar, la de *Amaralba*, en cuyo espíritu cabalgaba la memoria de Catalina con más libertad que en cualquier otra alma. La insumisa yegua seguía encontrándose con Sergio cada amanecer, y cada amanecer la pinta se comía las manzanas que le llevaba el niño, cada alba en un monte, cada nuevo sol en el escondite que hubiesen pactado el amanecer anterior. Álvaro había asistido a dos de estos encuentros; Sergio lo tenía anotado en su diario de hojas sueltas.

En una hoja se podía leer: «Mi hermano le ha pedido perdón a *Amaralba*; la yegua le ha perdonado y han hecho las paces. Estoy seguro de que si Álvaro necesita su ayuda, se la da, seguro que sí; la pinta es muy buena persona, yo sé que lo es, lleva un trozo del alma de nuestra madre dentro. *Amaralba* me cuida desde lejos. Esta tarde me asomé por el arco del palomar y la vi mirándome desde más allá del redil de los carneros, escondida tras los troncos de los sauces de Oriente que mi madre quería tanto y que crecieron conmigo. Me cuida mucho *Amaralba*. No olvidará el susto que Álvaro le dio con los hierros y con el lazo, no hay quien se la vuelva a jugar: ¡es una pinta muy lista muy lista muy lista...! Cuando duermo galopa por el cielo con mi madre y le dice lo mucho que la quiero.»

Otra hoja decía: «Hoy *Amaralba* ha permitido que mi hermano le acariciara la pechera, y cuando fue a echarle el brazo al cuello para seguir acariciándola fue muy gracioso, porque reculó la yegua, sin nervios, sin querer asustar a Álvaro, sin resoplar, como diciéndole: "Quien la hace una vez, puede volver a las andadas." Estoy seguro de que Álvaro y *Amaralba* empiezan a entenderse, lo que es estupendo porque mi madre también podrá hablar con mi hermano. ¡Caray, qué lección le ha dado la pinta a Álvaro, le ha dicho mirándole: "Amigos, sí, pero hasta la pechera; así que deja mi cuello quieto, no vayas a intentar lazarlo de nuevo!" *Amaralba* es muy lista y desde que tiene un trozo del alma de nuestra madre dentro es la yegua más lista de Castilla.»

Desde que la hidalga fue sepultada un domingo, dos semanas habrían volado con el viento, entonces no se podía ser exacto, la duración semanal la decidía el buey, dando lugar a una leyenda que era conocida como el secreto de los bueyes. Acostumbrados ancestralmente a parar los domingos, constituían un marcapasos tan exacto que el día en que los muy bestias se empecinaban en no mover el arado marcaban el paso de domingo en domingo. Cuando les daba por estancarse lo hacían de forma inamovible, pues el ancestro hacía de ancla y los apuntalaba en el barro o en la arcilla, no habiendo cristiano que los moviera, significando que era domingo, incuestionablemente día de descanso en la aldea, fecha elegida por los bóvidos para que los dejaran rumiar sus otros secretos en paz.

Un extraño tedio colonizó la aldea, el factor humano echó el tiempo de luto en holgar, las ventiscas tornaron colorados los pómulos aldeanos y afónicas las palabras. La comunidad se desconcertó, pululaban mansos y sin nada que hacer los vecinos, iban y venían las pobres gentes sin saber dónde iban ni por qué habrían de volver, carentes de órdenes que obedecer, sólo sabían pasar frío. Mientras continuaban cayendo los copos, las doncellas escondían su honra en el fondo de las pocilgas, preferían la proximidad de los puercos que la de los racionales del mismo género, temiendo ser otra vez forzadas, enteradas de que se había dado suelta a los tres capitanes. Tanto relajamiento hubo que el vasallaje temía lo peor.

Harto de tanto luto y tanta desidia, el de la piel de lobo envió un escudero de fuego en fuego para anunciar que el amo quería ver a sus vasallos ante las puertas de la abadía. Ardían cerca de noventa fuegos en la aldea, las casas comunales, hechas con muros de adobe y techos de madera, se contaban por fuegos, sobre todo en invierno... En el lugar indicado fueron presentándose los holgazanes; los llenó de tareas el hidalgo y los siervos salieron prestos a ejercerlas. Ya entretenidos los civiles, Blasco revisó el estado de su milicia.

El cuerpo de élite de aquel ejército lo formaban un puñado de jinetes tan analfabetos como su comandante, que había escalonado el regimiento de caballería según la aptitud de sus miembros para generar violencia: los suicidas delante, los irreductibles en medio, y todo el bloque sujeto a sus órdenes salvajes en la retaguardia. Entre los guerreros se hacía difícil diferenciar a los que deliraban de los locos.

Más que un regimiento de caballería, era una banda de alto riesgo, un pelotón criminal.

Leales todos a su hidalgo, los guerreros hacían gala de una lealtad firmemente asentada, como un roble con duras raíces, formaban un cuerpo compacto, cuyo lema:

Espalda con espalda hasta morir, de caer la montura sin [moverse...

armonizaba con las normas básicas de la infantería y de la caballería de entonces, permitiendo que cada guerrero tuviera cubiertas las espaldas, pues un hombre sin caballo podía darse por muerto, de ahí que su montura hubiese sido adiestrada a punta de látigo para no apartarse del jinete derribado ni abandonarlo en percance alguno; otra fuerte raíz sobre la que se asentaba aquella lealtad tan firme como el roble era gozar abiertamente del pillaje, y Blasco daba rienda suelta para saquear tanto los territorios almohades como los reinos cristianos traidores a Castilla. Tales guerreros, con la comida asegurada y con derecho a abusos, jamás traicionarían a su comandante.

Mantener a la tropa en marcha salía barato, se abastecía con el saqueo. El rancho y el botín saltaban a la vista, avistarlos equivalía a pillarlos, asolar era el primer objetivo de la caballería ligera. El saqueo daba alas a los escuadrones cristianos. Cuando la furia de la fe arreciaba, la morería salía de estampida, volaba a los riscos, anidaba en las cortadas y se reencarnaba en su ya mítico emblema, el azor, alegoría de la mala conciencia del pecador musulmán. En los bajorrelieves esculpidos en piedra caliza, la rapaz desgarraba al roedor para inmortalizar el odio entre estos dos credos, y la liebre representaba la fecundidad del bien cristiano.

A sabiendas de que no debía mezclar la fe con el oro amontonado en Tierra Santa, el hidalgo mantuvo los pies en el barro (la experiencia), sostuvo su corazón de acero en el aire (la exaltación) y notó la mente mecida por la inspiración (el éxtasis). Las tres equis —experiencia, exaltación y éxtasis— que impulsaban el espíritu marcial estaban con él. La tentación de reorganizar su milicia e inculcarle una fe depredadora, la idea de dejar Castilla y plantarse en Roma a besar los pies del papa —noble gesto—, rindiendo el espadón ante Inocencio III para lo que le ordenara y le mandase —altruismo militar—, tenían excitado y resolutivo a Blasco, que desbordaba fe. En su coraza las equis se habían vuelto cruces. Tuvo que morir Catalina para que el enajenamiento del cruzado admitiera a Dios a diálogo y para que el guerrero se dejara arrastrar por la demencia celestial. No era un sueño; tardó en llegar la fe, mas cuando lo hizo vino ciega.

Blasco miraba caer la nieve, sus ojos perseguían los copos y éstos hacían lo que les venía en gana con la mirada del creyente. Al mismo tiempo oía un sonido localizado entre su cabellera y su cráneo, un crujir de cortezas cerebrales abriéndose a la cósmica luz; volvía la visión. Adentro, en la sesera de nuestro iluminado sonaba aún más fuerte, fortísimo; no eran cantos, sino gritos gregorianos, auténticos berridos en latín, un júbilo místico desgañitándose entre tambores de guerra y tambores de fiesta. Aleluya, aleluya.

En la imaginación del ya fervoroso cruzado se divisaba la cota de la gesta y las necesidades que llevaban a tomarla, cuya conquista reportaría crasos beneficios. La visión había cristalizado, no cabía vuelta atrás: el carromato que cargaría con los sueños del cruzado estaba ultimado. Lo reafirmaba la brujería de la época, la austera, la dual, la de cirio y calavera, pues un carro simbolizaba el colchón de paja sobre el que habrían de viajar los sueños, atravesando fronteras hasta alcanzar anhelos, Roma primero y, allá al fondo, Constantinopla. Para rodar faltaba acoplar las ruedas a los ejes, nada grave, acaso lo fundamental, pero el carromato o soporte del pensamiento estaba pronto y las ruedas, símbolos del movimiento, también estaban listas, los carpinteros habían hecho un gran trabajo. ¡Cómo relucía el olivo del que estaban hechas, cristianismo puro y macizas ellas, aquellas ruedas de la Edad Media!

Blasco, agradecido a la visión, tuvo la sublime ocurrencia de donar al papa medio millar de sus mejores monturas, domadas y adiestradas para la guerra, como contribución del reino de Castilla a la Cuarta Cruzada. El rey Alfonso habría de ver con buenos ojos la idea, a pesar de que se le fugase tantísima caballería; no en vano, la ofrenda conmovería a Cristo y honraría a Inocencio III, que ante un don de quinientos corceles rebosaría de gozo.

El tiempo medieval había alcanzado su dimensión fantástica: un cruzado, iluminado del corazón a la cabeza, se preparaba para la marcha. Mientras nevaba con fuerza sobre los Señoríos de Morjas, la vida en la aldea se transformó en un horno de ambiciones y la laboriosidad de sus gentes se puso a ritmo de gesta. La nieve se embarró a los pies de los cuadrúpedos, los copos al caer temblaban con los ruidos... Cada cosa habló por sí: las chispas venteadas por las fraguas, el entrenamiento de las caballerías y de los ballesteros, las cotas de malla que tejían las monjas, las salazones que condimentaban los frailes, los mapas que copió sor Tadea... Los preparativos de un viaje tan ambicioso, con permiso de la nieve, sin respeto por el barro, proclamaban que la marcha de aquellos intrépidos castellanos sobre Oriente no la frenaría ni el mismísimo Alá, que frenar a semejante grupo racial cabalgando a pelo sobre su fe era mucho frenar.

Durante los domingos que paraban los bueyes descansaban los hombres. Álvaro se reveló como un buen diplomático y hacía cuanto Sergio, con acierto, le aconsejaba que hiciera. Cada fiesta valió para estrechar los lazos entre su padre y ellos. El primer domingo, Álvaro convenció a Blasco de que para cabalgar por el mundo convenía aprender a contar hasta diez; el cruzado convino, Sergio le dio las lecciones apropiadas a partir de los dedos de una mano y, tras ellas, el padre levantaba orgulloso los brazos en uve sobre su cabeza y gritaba enajenado:

—¡Son diez, mis manos son diez!

Le fascinó lo decimal, pasó a depender del signo, se jactaba de ser culto; sin habérselo propuesto, Blasco multiplicó por diez los rendimientos.

—¡Pastor, ve y degüella diez cabritos! ¡Escudero, ensilla diez corceles y que sumen diez sus sillas! ¡Los ballesteros de diez en diez! ¡Tú, zagal, al monte, a sacar de los cepos diez veces diez conejos! ¡No hables de una rueda, carpintero, sólo quiero oír hablar de diez! —decía sin parar.

Obligaba premiar nobleza. Álvaro había actuado de manera recta con Blasco al animarle a aprender a contar y éste, contrario a sentirse en deuda, correspondió a su hijo con hidalguía. El cruzado podía ser bruto, pero no se le escapaba un gesto y sabía recompensarlo. Al sentarle a hablar con Sergio, su hijo mayor había acercado dos posiciones alejadas, la una en las antípodas de la otra, y semejante milagro de la diplomacia se merecía una recompensa. ¡Vaya si la hubo!

El premio le costó a Álvaro la virginidad.

Nació la anécdota entre dos luces, mientras el búho abría un ojo y mantenía el otro cerrado. Se vislumbraba por luna un gajo, quizá fuera la luna mora. Estuvo el aire quieto, nevaba mucho y la nieve alfombró un pinar que se extendía a partir de las hogueras aldeanas y que hacía de dormidero para los córvidos, que con la anochecida venían en bandadas anárquicas pero incesantes a posarse en las ramas de su nevado dormitorio. Aquella noche se habían posado sobre la nieve de las calles mientras los aldeanos alimentaban con leña los fuegos y la soldadesca echaba pulsos junto a las hogueras. Morjas andaba metida en fiesta entre las llamas y la luna, entre dos luces.

Blasco y Álvaro cabalgaban alejados del jolgorio cuando avistaron una zagala de buen ver. Parecía estar jugando a la pata coja con el invierno, brincaba sobre los hielos distraídamente y pisaba charcos. Vista desde atrás, rondaba los trece años y lucía bien trenzado el mimbre con el que los domingos protegían sus trenzas las zagalas; también mostraba buen mimbre en los muslos. Verla fue poseerla. Blasco puso el caballo a galope y la corrió hasta que cayó en el barro; entonces se tiró de la grupa, la atrapó por la trenza y se revolcó con ella hasta sujetarle las piernas como si fuera a esquilar un vientre de oveja y, ya abiertas del todo, reducida y expuesta la chica, le gritó a Álvaro, sobre su montura, sin desmontarse del asombro ante hecho tan fiero:

—¡Hijo, al suelo, lección por lección, que tampoco debe irse por el mundo desconociendo el mejor de los gozos; descabalga, te digo!

Álvaro desmontó, se plantó frente a las piernas abiertas

de la chica y vio nevar sobre el monte de Venus. Azarado estaba el chico, temblaba. La zagala le miró aterrada a los ojos. El padre impartió sus lecciones a gritos:

—¡Álvaro, mira bien y toca! ¡Esto no es vello, es armiño! ¡Y detrás está el cofre, y en el cofre, el tesoro! ¡Hijo, te digo que toques!

Álvaro posó su mano temblorosa sobre el pubis de la zagala y la retiró como si hubiese encontrado fuego. Ella le miró con odio.

—Padre, este armiño no quiere dejarse tocar —balbuceó Álvaro.

El cruzado insistió:

—¡Fuera tus calzas, hijo, abre este cofre! ¡Aparta el armiño, en el pozo está el gozo!

El muchacho hubo de obedecer, se bajó las calzas, acopló su ingle a la de la chica, cerró los ojos e hizo que hacía... Se avergonzó tanto de aquello que no sabía cómo contárselo a Sergio.

El segundo domingo se cavó un hoyo tan profundo como un hombre encima de otro y quedaron al descubierto las joyas. Un domingo después, el tercero hasta aquí, mientras Sergio clasificaba gemas y daba con un manojo de seis extrañas cartas rubricadas por la misma persona, entró Álvaro en la biblioteca y le confesó a su hermano un secreto.

—Sergio, jura que lo que te voy a pedir no lo contarás a nadie.

—Yo no juro, Álvaro, basta mi palabra. ¿Qué quieres?

—Que me ayudes.

—Siempre lo hago, pide lo que quieras.

—Ayúdame a tener un encuentro.

—¿Con quién?

—Con una zagala de la que me he enamorado.

—¿Enamorado, tú?

—¡Sí, Sergio, lo digo y lo juro!

—¿De qué zagala hablas?

—De una que padre me presentó hará dos domingos, no la conoces; yo podría señalártela y tú me encuentras con ella. ¿Te parece bien?

—Sí, parece divertido.

—¿Cuándo quieres que te lo recuerde?

—No hace falta que me lo digas dos veces, sabes que nada se me olvida, créeme, Álvaro, esa zagala y tú tendréis un largo encuentro.

—¡Te creo, Sergio, y te doy las gracias!

—De nada, enamorado...

Los bueyes inventaron los domingos para que se entendieran las familias. La de Nieva parecía atestiguarlo, cada uno de sus miembros halló una paz diferente. Blasco se sentía un cruzado y desbordaba satisfacción; otro domingo más, otros diez reajustes en los carromatos y a rodar hacia el reino de Aragón. Álvaro contó la plata y luego le indicó a su hermano la zagala con la que se quería ver, que era la misma que conoció en el barro. Sergio mantuvo sus citas al alba con *Amaralba*, se probó una tras otra las joyas de su madre e intentó descifrar, cosa que le fascinaba, el sentido de la primera de las seis misteriosas cartas escritas por un tal Tomé. Hasta la novicia Catalina, a la que los suyos no volverían a ver en mucho tiempo, sometida a regla, era feliz a su modo.

Como tocaba festejar el esfuerzo, el comedor de la abadía abrió sus puertas y la noche se tradujo en un banquete. A un lado del fuego, tendidas sobre las brasas, había decenas de perdices atravesadas por varas; en el lado opuesto, las llamas doraban diez jamones de cierva. Sin duda, el amo se había hecho con el decimal. Corría la cerveza, hubo juerga y brotó el relajo.

Blasco gobernó la velada mirando de frente con las manos atrás, vueltas hacia las llamas que crepitaban a sus espaldas. Vestía una piel de jabalí, agresivo abrigo que no arredraba su optimismo. A veinte zancadas del fuego reían y bebían sus capitanes, risas y sorbetones que distorsionaban la rítmica murga —cascabeles y flautas— de los músicos, encarnizando el jaleo —panderetas, zambombas y zampoñas— que metían los escuderos. Tales eran las carcajadas, que se derramaba el vino de las jarras, las doncellas rodaban borrachas por los suelos y los guerreros las metían a patadas bajo las mesas. Embrutecido el banquete, el mejor hombre de Blasco, un bravísimo capitán llamado Broco, alzó un candelabro con las velas encendidas y gritó desde el fondo de la sala:

—Dinos, Blasco, ¿envidian tus uñas las del tejón?

El cruzado tomó el reto, sacó su puñal, pinchó un jamón de cierva, lo levantó para que vieran lo que se disponía a hacer y, cuando hubo retenido la atención de todos, con la uña del dedo gordo de su mano izquierda rajó el jamón de arriba abajo, sacó una loncha de consideración, la exhibió ante el asombro general y, tras indicar a un criado que se la diera al retador, animó a los hombres a jalear la cena.

—¡Cierva para Broco!

—¡Para él! —respaldó la gente.

—¡Alzad las copas!

—¡Contigo, Blasco! —volvió a respaldar la soldadesca.

Cada hombre, porque las mujeres podían beber, mas no brindar, alzó su jarra marcialmente y esperó a que Blasco limpiase la daga, la enfundara, se hiciera con una copa de hierro y, soslayando el brindis, entrara en arenga:

—¡Por nuestra misión y por vuestro comandante!

—¡Por ella y por ti, cruzado! —gritaron todos.

—¡Soldados castellanos, por Cristo!

—¡Por Cristo! —volvieron a gritar.

Los criados entraron en la estancia con nuevas barricas, la cierva saltó de paladar en paladar, la perdiz de lengua en lengua, copularon las doncellas debajo de las mesas... ¡Cristo debía de estar bueno!

Durante el alboroto, Sergio pensó en irse a dormir, el barullo retorcía sus soledades, le asustaba el griterío. Logró su propósito esfumándose de allí tras haber advertido que la atención de Blasco la estaba acaparando el historial de sus cuatro capitanes, a los que admiraba porque con ellos se podía cabalgar al fin del mundo.

Los capitanes se llamaban Broco, Dimas, Saladrén y Godoy.

Broco lucía un manto de piel de tejón, renegaba de su ascendencia leonesa y siempre se le vio pelear con las huestes de Castilla, portando su abultada y apestosa cabellera, un halcón gerifalte en cada hombro y una porra de hierro en cada puño. A su cargo iban cuarenta jinetes con hachas inmensas en dos grupos de veinte y sendos sargentos al frente. Cuando galopaba su escuadrón, su doble cuerpo de hacheros, el viento silbaba y perdía el rumbo contra las palas. Antes de que Blasco fuera investido hidalgo ya robaba caballos junto a su capitán preferido.

Dimas, el de la piel de zorro, era un jinete tan dañino como veloz. Presumía de haber nacido sin orejas en un burdel burgalés y de haber sobrevivido a la lepra de su madre, jactándose de que aún zagal, no más haberse hecho con el manejo de la lanza, atravesó el vientre de la zorra que le parió para que no naciera nadie más como él; se cargó el molde; sentía mucho orgullo por su aspecto. Mandaba a dos sargentos y cada uno de ellos sobre dos secciones de veinte lanceros, la caballería ligera.

Saladrén se distinguía por su manto de piel de ardilla, por su destreza con la ballesta y por el calor que proyectaba su mirada. Nacido de una bella aldeana de Morjas violada por un almohade, converso a la fuerza, hablaba en cristiano, aunque calculaba con la precisión de un infiel. De vista y puntería infalibles, la tropa decía que las flechas de Saladrén lloraban antes de salir de sus manos, debiéndose el llanto a su mortal puntería, y a que la fogosidad de sus ojos abría los corazones de las viudas y las piernas de las solteras. Bajo su mando había un sargento y veinte ballesteros montados.

Ya el último de los cuatro capitanes, Godoy, el de la piel de rata, el más tenebroso, el único que ganaba en estatura a Blasco, que conocía el alfabeto y que respiraba raro porque tenía la nariz atravesada por una argolla. Descendía de un verdugo navarro y de una segadora aragonesa, por lo que clavar la daga en la nuca o rajar la yugular le salía de dentro. Capitaneaba un escuadrón de treinta jinetes mal llamados escuderos: cocineros, conductores de carro, envenenadores, herreros, rastreadores y tramperos; los encargados de hacer el trabajo duro y sucio.

Blasco, Broco, Dimas, Saladrén y Godoy, por sus respectivos mantos los conoceréis: el lobo, el tejón, el zorro, la ardilla y la rata. Primorosa embajada para personarse ante Inocencio III a entregar quinientos caballos. Nuestro cruzado estallaba de euforia porque, además de sus capitanes invictos, contaba con un regimiento de mucho respeto integrado por cinco sargentos, cuatro escuadrones, ciento treinta jinetes y diez carromatos. El resto de la tropa, entre la que se contaban los jinetes cedidos por el rey de Castilla, permanecería en Morjas para defender las tierras del hidalgo de las infrecuentes incursiones de los almohades y de los múltiples tipos de bandidaje que ofrecía la época.

Los días siguientes, Blasco apuró detalles. De los diez carromatos, el suyo sería conducido por Aristo o Aristodemos, su escudero, con Álvaro cabalgando a un lado. En este primer carro iría Sergio, además de la zagala de la larga trenza que el niño había colado y escondido para que su hermano pudiera viajar a gusto; otros tres carros cargarían con la plata y los restantes atenderían las necesidades de cada sección. La plata sobrante la administraría el abad, quedando a su abrigo la novicia Catalina y la explotación de aquellas heredades, y a sus expensas la manutención de los vasallos y de la soldadesca excluida para la gesta. Los Señoríos de Morjas pasaban a la tutela del prior mientras la expedición marcharía con Blasco.

Sor Tadea repartió los mapas que había copiado, amén de una lista de monasterios que darían cobijo a lo largo del camino; tomó la precaución por si algún segmento del regimiento se distanciaba demasiado de la marcha. Los capitanes, orgullosos de su capacidad de orientación, respondieron con burla a la monja y engulleron las copias delante de ella; los sargentos, ante el sonrojo monjil, se las tatuaron en los sobacos. Blasco entregó otros dos mapas a un par de emisarios y ordenó que cabalgaran con tres caballos cada cual, montados en uno, llevando a la diestra los de refresco, hasta que alcanzasen Provenza, donde anunciarían al tercer conde de Vernuy en persona que, tras ellos, vendría el regimiento; los adelantados, uno muy lindo y el otro un engendro, partieron a galope pausado, que también abre ventaja en la nieve.

En un instante de asueto, Sergio le mostró a Blasco las seis misteriosas cartas rubricadas por un tal Tomé. Las seis rezumaban un olor a dulce y lejana esencia ya casi extinguida, pero el niño prefirió guardar para sí dicha apreciación. El cruzado, enfrascado en sus tareas, no dio importancia a las cartas, pero su hijo, sin haber entendido la complejidad del conjunto, sí había captado la viva emoción que latía en todas ellas y pasó a releer la primera, que decía:

«Estimada Catalina: Nunca antes habría imaginado yo que la mirada de una hidalga irrumpiera en mis pensamientos como las olas en una gruta. Los pasos que da el amor avanzaron rápido, de la admiración a la esperanza transcurrieron dos momentos; entre ésta y el nacimiento del deseo otro instante acaso; y un suspiro más para que la más bella de las miradas cristalizase para siempre en mí. Creo estar en deuda con la delicadeza de la primavera castellana por haber secuestrado durante una luna a tu hidalgo y a mi esposa; mientras ellos capturaban y domaban caballos por tierras de Castilla, nosotros pudimos intimar y eternizarnos. Tomé.»

Sólo faltaba solucionar el problema de conducir una manada de quinientos caballos, lo que se solventó con lucidez militar. Facilitó la labor el hecho de que las quinientas monturas ya estuvieran perfectamente adiestradas. Los escuadrones de Saladrén y de Godoy, cincuenta jinetes en total, conducirían de reata, cada hombre llevaría a la cola, en hilera, diez caballerías; los carros, tirados por mulas, marcarían el paso. Al frente del regimiento iría el cruzado, con Broco y su primera sección de hachas, mientras la segunda cubriría la retaguardia; Dimas destinaría sus secciones de lanceros a defender los flancos; hachas al frente y hachas por detrás, lanzas en los costados y en los carros armas, pieles, provisiones y mucha plata hacía pensar en una marcha estratégica y concienzudamente bien blindada.

De amanecida, los Señoríos de Morjas oyeron tañer sus campanas y partió la expedición. Blasco, a lomos de un alazán, abrió camino en la nevada iluminando la senda con su fe. Las ruedas de los carromatos hicieron restallar los hielos, relincharon unos cien caballos, el vaho de un sinfín de alientos llenó los aires. Vernuy estaba ya más cerca y Roma menos lejos.

Según partían, la zagala de la larga trenza, escondida

entre unas pieles de oso, asomó la cara sin que Aristo el escudero pudiera verla y le guiñó un ojo a Álvaro, sorprendido por el genial detalle que Sergio había tenido colándola en su mismo carromato. También Álvaro se sentía contento por cabalgar junto a su escondido amor y orgulloso por haber estrenado el manto de guerrero que su padre le había prometido. Sergio viajaba en el pescante del carro viendo cómo el escudero gobernaba las mulas, hasta que le dio por volver la cabeza para posar la mirada en el palomar de la abadía donde durante años se había abrazado a su madre. Los ojos del niño se cubrieron de nieve y su corazón se vació de golpe, pero se repuso en seguida en cuanto recordó el elixir que le haría ser feliz. Entonces se quitó los copos de la cara y pudo advertir que, escudada tras los troncos helados de los sauces, *Amaralba* le iba dando escolta en tanto resoplaba vaho para transmitirle su aliento y cabeceaba con firmeza aseverando sus muy nobles intenciones, sin perder de vista a la expedición, a la que seguía al trote en lontananza. El que apareciese nevado el manto de la pinta hacía presagiar que el invierno deseaba blanquear los negros presagios que palpitan en toda odisea.

A medida que el regimiento se adentró en la bruma hasta desaparecer del todo, fueron borrándose las huellas de los carromatos y de las caballerías. Demasiados recuerdos quedaron sepultados por los copos, aunque la nieve no alcanzó a cuajar adentro de los pechos. El amor, la fe y los seres idos hacen buena leña, arden y crepitan sin cesar, no hay nevada que los cubra; no en invierno, no en Castilla, no en el alma.

Segunda parte

El olor de los recuerdos

Año de 1203. Primavera en Provenza. Taller de arte de Vernuy. Los tonos malvas sosegaban el luminoso atardecer, adormecían el brillo de la luz en la palidez de los violáceos. Era la hora en que trisa la golondrina y los campos de lavanda expanden sus aromas; los provenzales medían el tiempo como los castellanos, sólo que también atendían a la volatilidad de los perfumes. La primavera en el mediodía francés siempre ha sido un sueño verdadero.

La villa de Vernuy se alzaba en medio de un bosque de hayas. Tan prodigioso enclave entre límites naturales —lejos nueve leguas del castillo de Digne y ocho del peñón de Draguignan— incitaba a repudiar las conductas agresivas, a cultivar la inteligencia y crear leyendas. Las Bocas del Ródano al oeste, el verdor del Piamonte al este, las estribaciones de los Alpes Marítimos por el norte y ya, al sur, bien a lo lejos, donde el horizonte se entrevera con la ensoñación de África, ver aparecerse el Mar de la Cultura, eran visiones bastantes para poder soñar despierto con la luminosidad mediterránea, con una civilización grecolatina.

Gozar de privilegios otorgaba la distinción de villa a una pacífica aldea cercana a los cuatrocientos fuegos, enteramente construida en piedra de musgo y con los tejados de madera. Un arroyo, caudaloso en su curso y en su ancho tres zancadas, atravesaba Vernuy de parte a parte. La villa se regía en gran medida por esta calle de agua que corría de arriba abajo, además de por dos lemas grabados en una pulsera de láminas doradas que llevaba en la muñeca zurda Tomé de Bue, tercer conde de Vernuy, amo y señor de un condado en miniatura donde la artesanía prosperó hasta resultar rentable gracias a uno de los espíritus más refinados del sur de Francia, el del propio conde, que huía del concepto de hidalgo provenzal y que a lo largo de toda su vida se negó a llevar un puñal al cinto.

Tomé había heredado de su padre una distinguida manera de vestir y aquella mañana se puso a tono con la primavera tapando su calvicie frontal con un birrete de color de laca trenzado con cordones blancos, guarnecido con una piel de rebeco de la que salían unas plumas coloradas de faisán, matizadas con polvo de oro. Pudo comprobar ante el espejo de bronce que su atavío respetaba el gusto aristocrático de Provenza, lo que le había exigido elegir dos prendas: la de abajo estaba hecha de un terciopelo encarnado que asomaba por las aberturas de las mangas; bastaba soltar unos botones dorados que iban del cuello al talle y que cerraban la prenda de encima, un vestido azul violáceo parecido a la lavanda y guarnecido con la misma piel que lucía en el birrete; unas calzas azul violeta hacían resaltar el malva del vestido y unos zapatos encarnados completaban el atuendo. Debido al reducido tamaño de su diámetro torácico, en contraste con sus dimensiones longitudinales, tenía una esbelta figura y la gruesa cadena de oro macizo que le caía del hombro a la cadera opuesta acentuaba la delgadez de su porte. Volvió a mirarse en el espejo, esta vez con los ojos teñidos de melancolía: todo lo florido que se veía por fuera contrarrestaba con lo marchito que se sentía por dentro; la desgana pesaba un millón de veces más sobre su ánimo que las inscripciones de la pulsera sobre su muñeca.

El primer lema del conde rezaba en latín culto: «*Fons et origo*» —«fuente y origen»—, principios que siempre veneró como amante de las Bellas Artes. El segundo lema, el que gobernaba la comunidad, se leía en provenzal: «Agua, fuego, paz.» No todos entendían su significado preciso. Unos decían que se refería a la absoluta higiene que exigía el conde a todo forastero que se presentara en Vernuy y a la hospitalidad que brindaban los terratenientes. Otros aventuraban que se trataba de un reclamo de magia blanca y, como suele suceder siempre que varios opinan juntos sin saber de qué lo hacen, su significado no fue entendido sino por los pulcros artesanos del lugar, que lo traslucían en la mirada mientras sus movimientos hacían el trabajo con suma limpieza y con esmero.

El secreto del espíritu de Vernuy fue un secreto compartido; cualquier persona sensible se habría dado cuenta de ello no más pisar la villa. Nuestro conde esperaba que el forastero que asomara por allí viniera aseado de los pies a la cabeza y que tuviese, en consecuencia, un mínimo grado de civilización. Tomé, antes que un aristócrata, era un ser humano que rechazaba el rostro de la barbarie. Sólo a un rebuscado como él se le habría ocurrido exigir un poco de... delicadeza —como contraseña— en la vertiginosa cumbre de aquel tiempo, pero tenerla, ser una persona aseada y mostrar un ápice de consideración hacia el trabajo ajeno era el requisito obligado para entrar con buen pie en la villa. No era otro el espíritu del conde, ni otro su secreto.

Murmullos de agua, silos de fuego, horas de paz; tal sonaba, tal corría, imitando a su arroyo, a la naturaleza misma, la vida en Vernuy. Mandaban los símbolos sobre las manos de los artesanos, las mentes de los maestros alquimistas se reconocían libres mientras libremente arriesgaban pareceres los preceptores, latía una amable sensación de espíritus abiertos, de habitar todos en este mundo estando en otro, dejando claro por qué había sido juntado en un lema: «Agua, fuego, paz.»

Tomé de Bue, de noble cuna originariamente plebeya, comparaba el agua con la sabiduría higiénica e intuitiva que mueve a los seres civilizados a evolucionar con todas sus fuerzas; para él, el agua era una parte dinámica del alma, pues de ella surge lo viviente; también creía en la paz como signo de reconciliación entre el hombre y la razón; y veneraba el fuego, igual que Heráclito, como agente de transformación y regeneración. Sentirse tan limpio y en paz en un tiempo tan sucio y hostil resultaba inquietante; el tercer conde de Vernuy prefería no pensar en ello.

El arroyo seccionaba la villa en tres tramos diferenciados a simple vista. Varios años le había llevado a Tomé completar la obra iniciada por su padre, Henri de Bue, segundo conde de Vernuy, que proveyó a la aldea de una bien pensada red de aguas. Por el tramo alto, denominado mansión de los Bue, donde se erigía la casa condal, las aguas bajaban frías, saciaban la sed de las caballerías en los establos, regaban los jardines y hacían cantar a las fuentes. Henri, durante la infancia de Tomé, en tanto se empedraba la red, mandó horadar unos subterráneos en la casa condal, una especie de catacumbas que harían de refugio a la comunidad de mediar peligro. Completó el ingenio ordenando camuflar la torre del vigía entre las altas copas de las hayas, tarea que casi volvió locos a todos los carpinteros, encargados de reproducir un árbol aún más alto que los demás con la misma madera que daba el bosque, disimulando en su copa una hermosa cesta que albergaría al encargado de dar la voz de alarma. Cuando el majestuoso árbol artificial surgió de entre sus semejantes, los carpinteros se sintieron maestros ebanistas. La cesta, puesto que rara vez el peligro se cerniría sobre Vernuy, fue usada por los jóvenes como nido de amor; cada vez que se mecía la copa quería decir que allí arriba se ventilaban sensaciones placenteras.

El segundo tramo del cauce del arroyo, zona reconocida por la abundancia de libélulas, había sido canalizado y ensanchado con muros de piedra hasta crear un estanque octogonal, cuyo exterior estaba presidido por sendos puentes, el que daba entrada a las aguas en el estanque y el que las engullía de salida. El estanque recibía las claras aguas desbocadas, las enturbiaba entre incesantes remolinos, retenía la fauna fluvial —barbos, carpas, truchas, ranas— y dejaba salir el cieno hacia el tercero de los tramos de la aldea, un conjunto de obradores artesanales que globalmente tomó el nombre, tras las sucesivas actividades que con el paso de los años fue incorporando Tomé, del taller de arte, máximo orgullo de Vernuy.

La zona ocupada por el taller de arte se pobló de pequeñas casas donde los obreros artesanos y los preceptores de las Bellas Artes, reclutados uno a uno por su avanzada manera de entender y de hacer su oficio, además de por su bondad humana, vivían sin aprietos a cambio de prestar sus aptitudes a los intereses del condado; los alquimistas, por contra, recalaban en contadas ocasiones; la alquimia requería hacer camino en pos de nuevas fórmulas e ingredientes naturales, los maestros no solían habitar la villa de manera fija. En este último tramo, las aguas cenagosas se mezclaban con los desechos de los talleres: engrudos, pigmentos, sales, serrín, tinturas, y se juntaban con los residuos de otros dos canales que obtenían su caudal del arroyo, partiendo de la mansión de los Bue a cumplir distintos cometidos.

El canal que bordeaba la villa por el oeste se destinaba a labores de lavandería, habiéndose habilitado en su ecuador una especie de playa de piedra pulida en la que se deslizaba el agua clara, donde las lavanderas de Vernuy aclararon tanto sus voces que sus canciones fueron celebradas en toda la región e incluso más allá, hasta hacerse oír en la leyenda, que bautizó a las lavanderas como las sirenas del bosque. Los melancólicos cantos de estas sirenas de agua dulce fueron tomados por sensuales gemidos en zelo (el zelo medieval se escribía con zeta, la zeta lo volvía embriagador y virulento), cosa que no alteró la armonía de la villa por ser el tiempo en el que las leyendas viajaban mucho más de prisa que los viajeros más curiosos tardaban en llegar a escuchar en vivo tales cantos.

El segundo canal corría por el este, habiendo sido pensado para arrastrar las aguas sucias que vertían los desagües de las casas y los minerales sobrantes del taller de orfebrería. La red de aguas ideada por Henri y culminada por Tomé se consideró, ya por entonces, una red inteligente, una auténtica obra maestra de la ingeniería hidráulica. Vernuy no era un vago sueño, fue el lugar elegido por una estirpe de condes franceses para fomentar una depurada manera de vivir. El taller primigenio, con el pasar de los años, revertiría en un zoco de arte racionalmente adaptado al medio, sacando ventaja a los inconvenientes, procurando que el entorno no agrediera la tranquila, la muy próspera vida de la comunidad.

Tomé de Bue, filántropo, maestro en alquimia y tercer conde de Vernuy, heredó su apellido del siglo XII. En 1114, mientras los cistercienses construían la abadía de Silvacane al norte de Aix-en-Provence, nació, doscientas leguas más allá, el abuelo de Tomé, conocido como Bonnichon por un gorrito (*bonnichon* en provenzal familiar) que no dejaba a sol ni a sombra, fabricado con terciopelo veneciano color blanco amarillento, el mismo color de sus mejores vinos. Hijo bastardo de una burguesa que en el transcurso de una velada en palacio extravió el sentido entre las cortinas, vivió de sitio en sitio a rastras de su madre, contumaz bebedora de cerveza, que detestaba la vivacidad de Bonnichon. De ella recibió, antes de tener uso de razón, un puñado de tierras inservibles que le mandó a labrar a más de doscientas leguas de distancia con tal de que no hiciera preguntas acerca de su origen. Fue la última vez que Bonnichon vio a su madre y como no tenía a qué agarrarse se prendió al gorrito de terciopelo que un mercader de paso perdió tras de sí; los náufragos se prenden a sus balsas.

Aquel embrión de labrador enjuto pero resistente cavó y removió la mala tierra que le fue donada para deshacerse de él, la enriqueció con basuras varias: estiércol, hojarasca, incluso excremento de gaviota y algas trajo de la costa sin saber lo que traía. Luego miró pasar un par de años con la intención de que la tierra se nutriera en hondura, lapso que empleó en hurtarle manantial a un riachuelo, tras lo cual regó y regó hasta que la tierra decidió hablar con Bonnichon confesándole estar lista para acunar semilla. Entonces, aquel crío que sobrevivía comiendo raíces y huevos de gorrión durante el día y que en la noche dormía en una madriguera abandonada por los zorros, plantó una primera cosecha de esperanza, la única semilla que hubo a mano, y, mientras germinaba la ilusión en las faldas del Col de Saint-Bue, germinó el apellido de los de Bue. Estercolar la bastardía y brotar la auténtica nobleza de un ser humano es un hecho natural.

Quiso el azar que apareciera en campo abierto un convoy de supervivientes de alguna refriega contra los bárbaros germánicos. Varios carromatos sin rumbo desde hacía demasiadas lunas cruzaron cerca de las tierras de Bonnichon; procedían de la región de Champagne, cargaban con heridos terminales, con estandartes humillados y con otros desechos del amargo botín que depara la derrota. Los carros cruzaron pesadamente ante los ojos del pequeño labrador, arrastrando una estela de lamentos que sólo se acalló cuando el convoy desapareció por el horizonte. En ese momento germinó la esperanza que había plantado Bonnichon de Bue, que, también en ese exacto momento, se hizo un hombre, pasando de la infancia a la madurez de golpe, saltándose la adolescencia. Por entonces ocurrían estas cosas no tan milagrosas, la vida se reducía a sobrevivir. La visión de aquella caravana de derrota y dolor hizo de Bonnichon de Bue un hombre de la tierra, que ya se había aliado con él: fue la propia tierra la que le señaló que, por donde se pone el sol, el convoy había perdido un carromato. Hacia allí se fue con precaución el labrador; dormir en madriguera de zorro algo de astucia le había impregnado a su instinto de conservación. Observó al llegar que las ruedas estaban partidas y el carro vencido en el barro, y comprobó que no había soldados muertos ni agónicos, pues el muy precavido labrador sabía que un herido se revuelve, ataca, hiere y mata lo mismo que un verdugo. Con el crepúsculo como cómplice, investigó qué contenía el carro abandonado. Tras descubrirlo, Bonnichon pegó un brinco y rozó la última luz del crepúsculo con la punta de los dedos. Antes de caer al suelo había crecido un palmo; físicamente también se había hecho un hombre. No puede ser —debió de decirse—, pero podía ser y de hecho fue: el carromato transportaba cepas, maravillosas cepas liadas con cuerda de cáñamo por el que se salían las raíces —la memoria del vino— pidiendo a gritos agua, sol y tierra, más los cuidados de Bonnichon. El carro también cargaba con una delgada doncella sumida en convulsiones epilépticas que Bonnichon abrazó hasta tranquilizarla. Fue un abrazo por ambos tan necesitado, que acabó en boda.

Los abuelos de Tomé levantaron la primera villa de Vernuy entre dorados viñedos, que se extendían a partir de las estribaciones de Silvacane y su bosque de juncos. Con el paso de los años, Bonnichon vería cómo aquel primitivo caserío —quince chozas de madera— era incendiado por los normandos, que en su imparable arrasar llegarían hasta la isla de Sicilia, a la que sometieron por entero. La obligada fuga de los abuelos mereció la escolta de la guardia personal de Luis VI el Gordo, quinto rey de los Capeto, primer monarca de la dinastía en ser popularmente querido por los franceses. Los caldos del abuelo de Tomé ya habían ganado fama en la región y, sobre todo, en el regio paladar tiempo antes de que llegaran los normandos, de ahí que el rey tuviera a bien nombrarle primer conde de Vernuy debido a sus exquisitos vinos. Hecho cenizas el condado original, Luis VI dio su autorización para que la nueva aldea que empezó a levantar Bonnichon de Bue —unas leguas más allá hacia el este de la misma región, esta vez en piedra, por si volvían los incendiarios con sus antorchas— también gozase de la distinción de villa, arrastrando consigo el título a pesar de haber visto arder el nombre.

Muertos Bonnichon y su esposa a causa de la ingestión fortuita de unas letales setas provenzales, su único hijo, Henri —los Bue solían tener un solo hijo con cada mujer y, además, varón—, segundo conde de Vernuy, cogió las riendas de la fama y continuó con la edificación de la nueva aldea, empresa harto dificultosa, pues el heredero se vio obligado a enterrar, junto a sus progenitores y el emblemático gorrito, el culto a la viña, al haber elegido Bonnichon, aterrado por el recuerdo del incendio, un enclave apartado de las rutas vandálicas, un escondite en el corazón del bosque que no casaba con campos de viñedos. Incitado por las circunstancias, Henri de Bue, el padre de Tomé, pasó de vinatero a orfebre; justificaba el salto vocacional con distendido humor y una gran habilidad, pues aducía haber cambiado de colores como de texturas antes que de oficio, habiendo meramente pasado de la uva negra a los rubíes y de la blanca a los topacios. Se distinguió por su sapiencia mercantil, que le rendiría pingües beneficios en la corte de Luis VII el Joven, monarca que sentía la misma atracción hacia las piedras preciosas que la alondra por el espejuelo. Precisamente de dicha corte salió la que sería su esposa, la madre de Tomé, una elegante mujer que condujo al segundo conde con astucia desde la sombra, instándole a montar el taller de orfebrería con renovada estética, con admirable gusto y con tan inmenso acierto comercial que propició el resurgimiento de la fama de Vernuy, el saneamiento de su hacienda y que el segundo de los condes también fuera reconocido, gracias a la condesa, por sus ganas de complacer. Henri fue, como todos los Bue, un hombre de paz a quien le descomponía la involución que causaban las guerras continentales o las libradas en los confines del mar Mediterráneo entre el Oriente musulmán y el Occidente cristiano. Orfebre de lujo, extraordinario oteador de los gustos de su época, pulimentó los corales mediterráneos, los incorporó a las diademas y los puso de moda, aseverando, y era verdad, que hacían resplandecer las caras de las mujeres, y no faltó reina ni dama ni entretenida que no luciera en su frente una diadema coralina de Vernuy. Junto a lo que ganó por casar el oro con las ramas del fondo submarino, legó a su único heredero una noble advertencia: «El más mínimo atisbo de violencia ya supone un retroceso.» Henri nunca pudo olvidar lo que los normandos habían hecho con su padre, con los viñedos de Bonnichon, ni pudo sustraerse a los ataques de epilepsia heredados vía materna que le acosaban cuando se le iba la mano con el vino.

De raza le venía a Tomé de Bue, tercer conde de Vernuy, ser un hombre civilizado, habiéndose educado en un ambiente que bebía las voces que provenían de los puertos italianos comercialmente en alza, Amalfi, Génova, Pisa y Venecia, voces que habían sido embarcadas en los puertos de Oriente, Antioquía, Constantinopla, Focea, y hasta en los del mar Negro, como Caffa y Trebisonda, abastecedores de la primera ruta medieval de la seda, desde donde navegaban el decir y el sentir de una civilización más adelantada. En este ambiente, Tomé nació, se cultivó y se abrió a la luz de las fascinaciones.

En 1175 murió Henri, segundo conde de Vernuy, debido a un repentino dolor que no lograron atajar los físicos; a ciencia incierta, la bula provenzal. Tomé tenía la edad de diez y, con la ayuda de su madre (fallecida una década después de un dolor de melancolía tan duradero como el silencio con el que soportó la amargura en su viudez), terminó de construir la red de aguas, atendió el taller de orfebrería y (muerta ya la madre) renovó la fundición de oro; impulsó otras manualidades, la alfarería, los telares, además de la astronomía, el drama, la escultura, la música y la oratoria, rubricando la ingente obra del taller de arte al inaugurar, no hacía un año de esto, el primer laboratorio de alquimia progresiva de Occidente.

Tomé de Bue, en 1203, a la edad de treinta y ocho, poseía todo con lo que soñaría un aristócrata: fortuna, matrimonio y prestigio estables, habiendo dignificado el legado de su estirpe, puesto en pie sus propios sueños y amasado fortuna tan grande que fue admitido en la casta dominante de los negociantes de Novara. En algunos países latinos se multiplicaron los ejemplos de comerciantes enriquecidos y empezaron a estabilizarse las fortunas a través de la actividad de banca que nació justo entonces en determinados centros lombardos. No cabía más alto honor ni más alto beneficio para un comerciante que pertenecer a los de Novara, ciudad de donde era oriunda la esposa del de Bue, Marcia Saluzzo, lombarda de sangre noble y rica por su feudo, que se hizo todavía más rica y que acrecentó nobleza al haberse convertido, tres lustros atrás, en la tercera condesa de Vernuy. Sin embargo, aunque aparentemente poseía todo cuanto haría feliz a muchos hombres, el conde se sentía insatisfecho; desde hacía bastante más de un lustro le resultaba fatigoso seguir viviendo, un extraño vacío inconfesado se había ido adueñando rato a rato de su alma.

Tomé disipaba sus tristezas en el laboratorio. Denominarlo de alquimia progresiva fue la manera más elegante que halló para silenciar, sin ocultar, el desconocimiento que allí dentro se tenía acerca de muchas reacciones químicas. El lugar acogía saberes y sustancias tan dispares entre sí como versátiles por su cuenta, y una biblioteca de tres estanterías próxima a los veinte títulos, careciendo los manuscritos, las traducciones y los tratados de base científica, por no hacerse necesario demostrar nada para que se creyese todo. Entre los tratados de contenido menos irresponsable destacaba el Libro de las drogas de al-Biruni, físico árabe del siglo XI traducido al latín y al hebreo que cuestionó los brebajes alquímicos que otros estudios alentaban a la gente a tomar. De dicho tratado fue expurgada una máxima sobre la jerarquía de las sustancias digeridas que presidía el rincón de los libros, transcrita en un rótulo. En latín, leía como sigue:

Toda sustancia que se absorbe voluntaria o inconscientemente
se divide en alimentos y venenos: entre ambos están los
[remedios.

Tomé pasaba las horas enfrascado en sus experimentos, estudiando cómo dar con una fórmula que aliviara el peso de su alma; también se juntaba con otros maestros en alquimia que estuviesen de paso por Vernuy y juntos indagaban los impredecibles efectos de la química en los seres vivos. Al laboratorio, dos veces largo y una ancho, le faltó el campanario para que tuviera el aspecto de una ermita. Se accedía a él por una puerta de barrotes de hierro que dejaba entrever el interior desde afuera. Su adentro recordaba un templo, el suelo era de tierra rastrillada y se habían adosado a las paredes más largas varias repisas de mármol blanco que parecían un largo altar sobre el que descansaba el instrumental de los experimentos en marcha: balanzas, frascos, estiletes, retortas, serpentines... Bajo las repisas había, en apretado orden sobre el suelo, herramientas de mayor calado: sacos, tinajas y multitud de materiales químicos. En la pared del fondo, frente a la puerta de hierro, aparecía una gran mesa oval de madera sostenida por un tronco, en la que los maestros se apoyaban cuando tocaba aproximar criterios, y más al fondo se apilaban jaulas vacías y jaulas con fauna de la comarca, como ardillas, erizos, jilgueros y ruiseñores; los bichos repulsivos jamás entraron en el laboratorio por expreso manifiesto de Tomé. Las repisas y la mesa atraían la luz que entraba por las ventanas con una viva claridad incapaz de aclarar las turbias teorías que manejaba el siglo. Pegado a la biblioteca había un pequeño obrador donde se atendía a la selección de aromas para la posterior fabricación de perfumes. Tan prolija descripción no es fruto del antojo, pues el laboratorio tendría impredecibles consecuencias en el futuro de la villa. Se edificó a la salida de la aldea para evitar que los visitantes se inmiscuyesen en la laboriosa existencia del taller de arte.

Desde su inauguración, las gentes acudieron al taller en busca de diversos tipos de curación. Se presentaron en tandas. Primero llegaron los enfermos reales, provenientes de las aldeas cercanas; éstos iban a sabiendas de que el laboratorio era un centro de observación, de estudio, que sanar jamás sería su misión concreta, porque en el taller de arte nadie engañaba a nadie. Luego llegaron los enfermos imaginarios con la pretensión de sorber las energías saludables que ellos mismos le atribuían al laboratorio. Por último llegó la tanda de los nuevos ricos (los revolucionarios de la época) en busca de filtros que curasen sus tedios e histerias o a encargar alguna diadema de coral que otra, para demostrar a los dueños del condado que el florecimiento económico de la burguesía había dejado de ser una quimera en las ciudades francesas (en los amaneceres del siglo XIII acaso París rozaba los treinta mil habitantes) y que también se podía ser rico viviendo fuera de un feudo y dentro de un burgo.

De cuando en cuando se dieron curas en enfermos desahuciados, hubo transmutaciones inauditas debidas a raras casualidades que los maestros alquimistas prefirieron no explicarse nunca. Estos hechos, divulgados con la inconsciencia con que el vulgo relata los fenómenos seudocientíficos, se convirtieron en misterios que fascinaron a la región de Provenza e incluso alcanzaron a maravillar a Felipe II Augustus, de la rama de los Capeto, que había accedido al trono con quince años de edad y era hombre dotado de un espíritu abierto.

El laboratorio constaba de dos ambientes diferenciados, dedicado uno al estudio de la materia y otro al de la energía. El primer taller, de alquimia pura, investigaba desde el mal de amores hasta el vacío personal, de él salían los filtros y las pócimas capaces de devolver la felicidad perdida, pues Tomé defendía que un buen alquimista ha de ser un materialista sutil. El segundo taller, de homeopatía corporal, manejaba la energía desde la espiritualidad, atajando disenterías, vómitos y otros males orgánicos sin manifestación externa mediante el sistema curativo de los homeópatas, consistente en acometer un mal con las dosis mínimas de las mismas sustancias que en mayores cantidades produjeron los síntomas nocivos.

Tras haber experimentado combinaciones químicas en erizos y en ardillas, mamíferos torpes y ágiles según su distinta vocación cerebral, Tomé llegó a constatar una teoría propia que había sido esculpida en la pared y que acababa admirando a todo aquel que meditase en ella:

No hay sustancias puras ni impuras,
o llevan a la actividad de la mente,
o llevan a la ignorancia del cuerpo.

El conde dividía las drogas por sus efectos, según motivasen la aceleración mental o acorcharan la sensibilidad corporal, y mantenía que: «Ninguna sustancia mata, por venenosa que sea; lo que mata de una droga es rebasar la dosis tolerable por el cuerpo y asimilable por el alma; ahí está el infierno.» Había que ser honesto para sostener tamaña especulación en un tiempo que veía proliferar el oficio de envenenador, cuando la fermentación de ciertos alimentos se llevaba una familia entera a la tumba. Pero a Tomé le compensaba especular con los poderes esotéricos que desencadenan dos o más sustancias al relacionarse entre sí y en combinación plural, porque buscaba el remedio a su tristeza; desde hacía casi una década iba en pos de un filtro reparador que atenuase el profundo dolor melancólico que le tenía secuestrado. Por conocer la concreta y única causa de su mal mantenía la esperanza de dar con una solución alquímica que borrase para siempre de su memoria un secreto del que sólo estaban enterados su mejor amigo, el mercader de palabras, habitante de ultramar, y una dulce dama extranjera que vivía tan lejos de allí como lejos queda Castilla de Vernuy. Tal era la causa de la depresión del conde, que operaba sobre su espíritu como cualquier filtro de resinas narcóticas, aparentemente adormeciendo los sinsabores que invaden el corazón, aunque sin detener las puñaladas que asesta la amargura. Su enfermedad estaba producida por el lacerante dolor que causa vivir separado de quien se ama. Pero, aun adorándose la dama y él sin fisuras y por encima de todas las cosas y de todos los seres, el amor que sentía el conde se había ido transformando, inexplicablemente, en algo evanescente, razón por la que no daba con la fórmula que aliviase su melancolía.

Sí tiene explicación, en cambio, que Tomé se comunicase sin dificultad con Marcia, su extravagante esposa, pues a ninguno de los dos les importaba un bledo el existir del otro. Uno pensaba que la esposa era una histérica sin dos dedos de frente; y la otra que su marido estaba lo bastante loco como para alimentar la hoguera, pero se profesaban un falso cariño pactado entre ambos en el transcurso de los años. Fueron marido y esposa como podrían haber sido primos terceros, él no ponía un pie en la frivolidad mental de Marcia y ella ni de puntillas se atrevía a entrar en las pesadumbres de Tomé. Tampoco yacían juntos desde que su primogénito fue traído al mundo.

Cuando la Saluzzo se presentó aquella mañana primaveral en el laboratorio se interrumpieron las labores. Qué reconfortante resultaba ver a tan espléndida mujer, fuerte, de hombros anchos, de caderas como cántaros, de glúteos duros, de muslos fornidos, con una melena muy alborotada que cambiaba cualquier reflejo «de claro en claro», con los sobacos y su mata de pelo bien crecida y bien mojados, proclamando la sensualidad que encandilaba por entonces, con su mórbida mirada que cambiaba los destellos avellanas «de turbio en turbio», y sus dientes blancos y afuerados, como si su sonrisa asomara desde un balconcillo. La de Novara era el deseo en carne viva. Cuantos andaban inmiscuidos en sus particulares experimentos los dejaron de lado al verla entrar, algún ruiseñor soltó algún canto y todas las ardillas se abalanzaron contra el frontal de las jaulas para indagar aquella repentina entrada de luz y de energía humanas.

Marcia entró con un vestido interior de gasa listado en tonos verdes alegres y limas contentos. No usaba ropa interior, venía veladamente desnuda y descalza, como iba siempre que no hubiera invitados en la casa condal que ella misma regentaba con encantador desacierto. Era una mujer atípica, lo hacía todo mal y todo le salía bien. Sin reparar en los alquimistas, irrumpió en el laboratorio con zalamera liviandad.

—¡Tomé, estás de suerte! Te traigo dos sorpresas y van a encantarte.

—Empieza por la peor, querida —repuso el conde, que la veía venir.

—¿Por la peor, dices? —La Saluzzo, en lo que a rapidez mental se refiere, estaba más cerca del erizo que de la ardilla.

—Sí, eso he dicho. Empieza por la que tú crees que es la menos ventajosa para mí —insistió Tomé, seguro de que sería la mejor para él, como así fue.

—¿Sabes quién ha desembarcado en el puerto de Marsella y se dirige hacia aquí? —dijo Marcia, yéndose hacia el obrador de los perfumes.

—Dímelo tú.

—Tu amigo, al que tanto quieres...

—A excepción de uno, a mis amigos los quiero por igual.

—Y a ese uno me refiero.

—¿Hablas de Selyúkidas, dices que Selyúkidas viene hacia Vernuy?

Tomé se llenó de un gozo cauto a la espera de confirmación.

—Sí, el turco está en camino, no tardará en llegar.

—Marcia, llevo años diciéndote que Selyúkidas tiene sangre persa. Mi amigo no es turco, es turcomano.

La Saluzzo, molesta por haber sido corregida, salió del aprieto de forma tan lisonjera como airada.

—¿Te parece que es una buena noticia?

—La mejor que me podías dar, Marcia, de veras —repuso el conde.

Mientras la esposa se entretuvo oliendo los aromas que estaban en estudio, Tomé remembró a su mejor amigo, el más sublime mercader que había conocido nunca, porque Selyúkidas fue incomparablemente único e incomparable resultó ser siempre su mercadería. Descendía de sultanes, de la dinastía turcomana de los selyúcidas que había reinado en Persia durante cuatro tercios de siglo hasta hacía escasos años y que ahora dominaba en Asia occidental. Nacido junto al lago de Rezaye (en la región de Azerbaiján), vivía en Izmir (Esmirna), a orillas del mar Egeo, y cada trienio se hacía a la mar en primavera y surcaba las costas itálicas, tocando en los puertos de Palermo, Nápoles, Pisa y Génova, para definitivamente fondear en Marsella, desde donde se acercaba a Vernuy a pasar una temporada, que solía estirarse hasta la mitad del verano, junto a su fraternal amigo Tomé de Bue, a quien le sacaba una década, pues su edad rozaba los cincuenta. Selyúkidas era rico en oro y millonario en sabiduría; de tez bruna, con el pelo ensortijado y tratado con henna color sangre de buey, medía y pesaba poco menos que Tomé y vestía unas maravillosas túnicas ceñidas de seda blanca adamascada; a veces, de tan pura la tela, color marfil. Su cinto y sus botas salían de la piel del leopardo y le colgaban del cuello dos cadenas de oro, fino y resistente como su abolengo dinástico, sujetando ambas sendos ingenios que definían a un navegante de altura: la lupa con más aumento de todo el Mediterráneo, un grueso cristal celeste montado en el mismo oro de la cadena, y la primera brújula que surcó el mar latino, una cuchara magnética que apoyaba sobre una placa de bronce pulimentada.

De la piel de Selyúkidas emanaba un aroma desconocido en las provincias francas, el de la amapola violeta, flor exclusiva de los jardines imperiales de Oriente. A pesar de la elegancia exterior del turcomano, urdida para ocultar una tenue cojera, su atractivo interior resultaba todavía mayor. Éste era su sexto periplo de Izmir a Marsella, habiendo conocido a Tomé en su primer viaje durante la feria de primavera en Aix-en-Provence. De ahí en adelante, Selyúkidas y Tomé acuñaron un lema precioso que los uniría para siempre y del todo: «Amigos más allá de la muerte», lema que permanecía intacto.

La nave en la que en esta ocasión Selyúkidas había arribado a la costa francesa resultó ser tan ancha como larga, con la proa y la popa elevadas sobre la bodega, de la que salía el único mástil, recordando una inmensa nuez flotante de no estar construida la armazón con pálida madera de cedro de la India, que surca la mar dejando tras de sí una estela de aromas orientales. El velamen estaba rayado con franjas transversales rojas, blancas y verdes, y en cada una iba bordado con hilo de oro el león dorado de los persas con una cimitarra entre sus garras. Cuanto se almacenaba en la nave y en el alma del turcomano constituía su mercadería. Viaje a viaje, fue trayendo a Provenza palabras nuevas, unas con formas tangibles, otras puramente espirituales; las que se palpaban navegaban en la bodega y las etéreas en el cerebro de Selyúkidas. El conde llamaba a su amigo oriental el mercader de palabras.

La noticia de su llegada había abierto el corazón de Tomé. De todos modos, según la Saluzzo, aún faltaba la mejor de las dos noticias, sin duda la peor para su marido, pero antes se habló de otros aromas.

—¿Esta esencia rosácea qué es? —preguntó Marcia.

—Es un perfume que está por fijar —repuso Tomé.

La dama alzó un frasco de vidrio fabricado en los crisoles de Murano para el laboratorio, lo destapó, lo olió, dejó correr unas gotas entre sus pechos y, tras levantarse el vestido, se untó el perfume detrás de las rodillas, como lo exigía el estilo femenino de la época. La musculosa tersura de sus muslos delató su edad: veintinueve años.

—¿A qué huele, qué huele tan bien? —indagó Marcia.

—Intentamos que sea el olor de los recuerdos —explicó Tomé.

—¿Qué has mezclado para dar con un olor tan suave?

—Extractos de rosa roja y de rosa blanca, algo de láudano, algo del polen que traen las mariposas rosas de los Alpes y algo que no puedo divulgar hasta que se haya fijado el perfume; por ahora la fórmula es volátil.

—¿Volátil dices, Tomé, como las mariposas?

—Sí, Marcia, por mucha esencia que te eches, al salir de aquí el aroma no tendrá sentido, se habrá evaporado, como lo hacen tantos recuerdos...

Los perfumes se fijaban con almizcle de cabra, endulzando su aroma y evitando así que se volatilizasen, pero Tomé pensó que revelarle a Marcia el significado de los contenidos de su fórmula no aportaría nada nuevo al avance de la civilización y calló que la rosa roja transmitía la pasión y la blanca la pureza; el láudano, la ensoñación de lo vivido;

el polen, las huellas de la nostalgia táctil; y la sustancia secreta y misteriosa, una cualidad de la memoria, la prontitud, no en vano se buscaba dar con el aroma de las añoranzas.

—¿Estás listo para recibir la otra sorpresa? —demandó la Saluzzo.

—Lo estoy —dijo el conde.

—¡En mi cumpleaños organizaré una carrera de disfraces a caballo, un concurso nunca visto! ¿Verdad que será espectacular?

Marcia se tornó a ver qué cara ponía Tomé, que interpuso silencio sin mover un gesto, por lo que ella insistió:

—¿Resultará bastante frívolo para una noche que me hará más vieja?

—Es tu fiesta, decídelo tú —propuso Tomé, y se encogió de hombros.

Marcia se fue soñando con máscaras, envuelta en sus gasas verdosas, y se diluyó en la intemperie como lo hizo la esencia rosácea en su piel.

Cada primavera, la Saluzzo cumplía años; en aquélla alcanzaría los treinta. Casada a los dieciséis, ya le había dado a Tomé dos hijos, cosa extraña, pues los Bue concebían un solo varón. La tercera condesa de Vernuy quebró el pronóstico; primero tuvo a Lorenzo, que heredó de Tomé los estigmas de la epilepsia, y luego a Renata, a la que Tomé quería como si tuviera su misma sangre... Lo cierto es que Marcia rompía cualquier expectativa. Comparada con Tomé era un disparate de persona; cuanto el provenzal mostraba de reflexión y de atonía, la lombarda lo traducía en fogosidad; no obstante, jamás retozó con nadie en los círculos que ambos frecuentaban, sentía un calculado respeto por su esposo y solía salir a cabalgar para que sus amores nacieran y muriesen en furtividad durante esos paseos; sólo uno de sus amantes la amó más de cien horas y ninguna de ellas en dos lugares distintos. A nuestra amazona la movían tres cosas: ella misma, sus purasangres y poder cultivar lo banal.

Las libélulas revoloteaban sobre Vernuy. Del bosque llegaba un olor a musgo fresco entrelazado con el aroma de las frambuesas tempranas, y los cantos de las sirenas dejaron el verso de una balada balbuceando en el murmullo del arroyo; era un verso que cantaba a los amores que más daño nos hacen, aquellos que sólo retornan para definitivamente decirnos adiós.

Caía la luz de la tarde sobre el estanque cuando la comitiva turcomana entró a caballo, haciendo resonar los cascos en el adoquinado. Los lugareños tomaron la plaza de la villa mientras Selyúkidas, de blanco impoluto, y sus dos pajes, vestidos con túnicas verdes y turbantes rojos, desmontaron de sus caballerías. Tomé se presentó en la plaza y se echó en los brazos del selyúcida. Ver abrazarse a dos grandes amigos que no se veían desde años hizo volver la cabeza; hasta las mujeres de los artesanos que cogían ranas del estanque sonrieron con agrado ante el abrazo fraterno, un hondo sentimiento masculino que los hombres sienten como ninguna mujer pueda entender.

Detrás del conde vino Lorenzo, su primogénito, un muchacho de trece años: los mismos ojos chispeantes de la madre, la gracia que le otorgaba su corta túnica anaranjada a juego con unas calzas celestes y sus lacias melenas negras traslucían que era de caracter itálico, franco en el porte, y que había heredado el presumido aspecto de su abuelo el orfebre, Henri de Bue, aquel vividor exultante. Ésta era la tercera oportunidad en que Lorenzo veía a Selyúkidas, con el que congenió a partir de que hubo uso de razón.

Había mucha gente en la plaza para dar la bienvenida a los forasteros y Lorenzo se abrazó a un chico e imitaron, de manera exagerada y efusiva, la ceremonia del abrazo entre su padre y el turcomano: si el mercader de palabras y el conde se miraban fija e intensamente a los ojos, Lorenzo y su cómplice calcaban la mirada; si los hombres se besaban intensamente en la cruceta de los labios, asimismo se besaban los chavales; si los mayores, tras volver a mirarse, volvían a abrazarse, los críos repetían cada gesto. Cuando Selyúkidas sorprendió la imitación de Lorenzo sonrió, se fue para él, le apartó del otro chico y le abrazó, miró, besó y volvió a abrazarle de la misma forma que lo hiciera con

Tomé. Como Lorenzo sintió por vez primera la diferencia que media entre trasvasar nobles ondas a un amigo o jugar a hacerlo, en señal de agradecimiento condujo el caballo del selyúcida a las cuadras y se ocupó de hospedar a los pajes, también el muchacho sabía ganarse a los sabios. Tomé y Selyúkidas se encaminaron hacia la casa.

La mansión de los Bue había sido edificada con piedra de musgo a distintas alturas, según lo pedía el terreno; desde las torretas se divisaba el estanque y, allí al fondo, el taller de arte. La mansión se hallaba respaldada por el bosque, enmarcada por las fuentes y con sus parques en flor. Antes de entrar en ella, Selyúkidas reparó en lo cuidadas que estaban las plantas que en otros viajes había ido portando en tiestos para que Tomé las hiciera crecer con éxito. Gracias a la alianza francoturcomana, Vernuy contaba con un exótico jardín, y el francés supuso que, también ahora, recibiría del viajero una nueva sorpresa floral. El mercader de palabras no le defraudó; de un pliegue del cinto de leopardo extrajo un envoltorio de seda que contenía las semillas de una planta nunca vista en Provenza, la adormidera verde, que, tras florecer, daría en cápsulas su fruto y, haciendo una incisión en éste, manaría un látex lechoso que al contacto con el aire se transformaría en moreno. La sorpresa originó en el oído de Tomé el nacimiento de un vocablo sonoro: *opion*, el eufónico opio de las adormideras de Izmir.

—Aquí tienes las semillas que los griegos antiguos denominaron *opion*, una sustancia desconocida hasta hoy en esta parte del mundo, una hermosa palabra que traigo para mi mejor amigo desde el otro lado del mar. Quiero que tú, Tomé de Bue, tercer conde de Vernuy, seas el primer alquimista provenzal en conocer su extracto puro, su entera esencia.

—Te lo agradezco, aunque yo trabajo, siempre que puedo, con sustancias puras.

—No estés tan seguro, querido Tomé. Te desvelaré un asunto penoso: los proveedores orientales se empeñan en exportar baratería bajo nombres falsos con tal de esconder fórmulas ciertas capaces de destapar otros conocimientos que sólo ellos manejan.

—Convénceme de lo que dices, Selyúkidas.

—Lo haré. Valga el láudano como ejemplo; lo que venden como tal es un fraude, los occidentales os habéis creído el cuento turco que habla de su milagroso poder, siendo un sucedáneo barato que emparenta de la manera más impura, cuando lo hace, con las semillas que te traigo. Entiéndeme, Tomé, el láudano que tú crees puro es un derivado aceitoso de pobres efectos compuesto con burdo vino blanco, estambres de la rosa del azafrán y una pizca de *opion*, cuando lo lleva...

Volvieron a abrazarse y el selyúcida le entregó el envoltorio. Tomé quiso saber más sobre las insólitas semillas.

—Háblame de sus efectos, Selyúkidas, no puedo esperar a que broten.

—Aplicaré tu propia teoría, la que hago mía por ser la única verdad que he escuchado acerca de los efectos de las sustancias mágicas. Para que no tengas que esperar a verlas crecer he traído *opion* ya elaborado, mis pajes lo llevan consigo.

Cuando el selyúcida hablaba de sustancias mágicas se refería a las drogas que da la tierra y la teoría aludida fue la que el conde había mandado esculpir en el laboratorio hacía más de un lustro. Selyúkidas cuidaba los detalles. No obstante, Tomé quiso ahondar en el *opion* y sus efectos por si fuera a valer su alquimia para conformar el filtro que investigaba con el fin de curar su colosal tristeza, que el persa pudo apreciar en la mirada del provenzal durante la ceremonia del abrazo. Varios abrazos muy fuertes, unidos a besos del todo masculinos y acompañados con miradas intercaladas que rastrean el fondo de los ojos detectan cuanto sucede en el interior de una hombría afligida.

—Investigo un filtro que me libere de la desolación que tú de sobra sabes que me oprime. ¿Tus semillas podrán operar en mí el milagro?

—Te aviso de que el *opion* es una sustancia que lleva a la ignorancia del cuerpo... Por ser una droga sudorífica y anestésica, su alquimia es altamente peligrosa; en mi país he visto tratar con él dolores carnales y tormentos mentales y si, ciertamente, los aminora en gran medida, también es cierto que apaga las ganas de vivir.

—Yo busco lo contrario, necesito de una sustancia que active mis pensamientos, que motive mis creencias; desde un tiempo atrás siento que, con el paso de las lunas, se fuga mi energía.

—Noto que la dama de la que me hablaste hacia finales del siglo pasado, cuando los selyúcidas perdimos Persia, aún entorpece tus razonamientos, quebranta tu modo de razonar. Y lo lamento.

—Me conoces bien, Selyúkidas, te confieso que la dama horada mi alma, no tenerla daña mi corazón y nubla mi razón.

—Escucha, Tomé, nada que enganche, llámese droga, miedo, oro, pasión carnal, vino e incluso un imposible amor como el tuyo, merece ser atesorado por el ser humano. Uno puede, sin embargo, y debe dejarse atrapar por la felicidad; es el único estado de ánimo que hemos de permitir que nos absorba en las contadas veces que nos visita.

—¡La felicidad! Dar con ella me resulta tan complejo como dar con mi propio equilibrio. Hace nueve largos años que me es ajena; desde que abandoné Castilla y retorné a Provenza ha sido cruelmente huraña conmigo.

—Deja que te corrija, Tomé, pues la felicidad no es sino equilibrio puro. Los ímpetus reprimidos, las guerras de sangre o los sueños vanos desequilibran a los seres racionales —sentenció Selyúkidas.

La sensatez que afloraba del turcomano respondía a su paz interior, al hecho de haber estado casado sin quebrantos desde su adolescencia con Zamara, una princesa persa de la rama de los abasidas que vino al mundo en el palacio califal de Bagdad: «La mujer cuya mirada pronuncia las más hermosas *ruba iyyát* de Umar Jayyam», descripción que Selyúkidas daba de su esposa por haberle colmado de gozo. Zamara le había dado, haría dos décadas, una única hija llamada Suamí, que quería decir noctívaga, según la idílica interpretación que el mercader de palabras inventó para ella, al ver que dormía de día y vagaba en la noche a la búsqueda de galaxias, nebulosas y estrellas jamás vistas, buscando así enriquecer sus conocimientos astronómicos, pues, como digna turcomana, veneraba la astronomía. Los tres, Selyúkidas, Zamara y Suamí, integraban la geometría de la calma, un triángulo casi perfecto que aportaba serenidad a nuestro viajero, permitiéndole transmitir su confianza a quien mereciese recibirla.

—Me tranquiliza que estés en Vernuy...

—A mí me alegra volver a encontrarte, querido Tomé.

—Me hacía falta hablar con alguien tan sereno, me reconforta tenerte aquí, contigo se atenúa mi tristeza —se emocionó el francés.

—Siento lo mismo que tú, también yo añoraba estar con el mejor de mis amigos. —El turcomano igualó la emoción.

—Pareces cansado del viaje, deja que te conduzca a tus aposentos...

Lo agradeció Selyúkidas, aunque su cojera, tan imperceptible que nadie sabía de qué pie venía, no era el motivo de su cansancio; es más, podía caminar durante leguas sin que una mota de polvo manchase sus atavíos, agotando a quien le acompañase. Cuando niño visitó la feria de la seda en Trebisonda y fue embestido por un oso colmenero que se soltó de la argolla, aterró a los feriantes, se llevó tenderetes y muestras multicolores por delante y le desgarró el tendón de Aquiles. «Me salvó la vida un hilo», solía presumir, ya que fue la seda la que redujo las furias del plantígrado, enroscándolo en sus hebras a medida que soltaba zarpazos y colmilladas. El selyúcida, desde entonces, revistió con sedas su agradecimiento por seguir vivo. Tanta luz irradiaba su rostro que nadie reparaba en su defecto.

Pasaron los días como volaban los flamencos rosas en busca de las Bocas del Ródano; poco faltaba para que retornasen las calendas de junio. La condesa se había sumergido en la organización de su fiesta de disfraces y Renata, su hija de diez años, la asistía en las tareas a regañadientes. Los telares de Vernuy habían detenido sus cometidos; ahora fabricaban antifaces de moaré, en tanto los carpinteros tallaban máscaras con mango que después serían decoradas por Amibio, un escultor afeminado salido de Florencia que hacía las delicias de Marcia por darle la razón en todo; incluso imitaba su modo de vestir envolviéndose en gasas traslúcidas. Algunas aristócratas del mediodía francés tenían como maestros de estética a los invertidos; nadie como ellos para hacer brillar lo insustancial. En Vernuy, jamás se persiguió la sodomía, a los livianos se les permitía revolotear junto a las libélulas.

Igual que su hermano con respecto a su padre, Renata era el vivo retrato de Marcia. También tenía los dientes afuerados, la cabellera desordenada, los huesos anchos y la misma fogosidad, aunque latente, de la madre; pero donde se desmarcaba como hija era en la mirada: mientras en la de Marcia aparecía la lascivia, en la de Renata asomaba la dureza porque era una niña circunspecta, con las timideces propias de su edad.

Marcia y su adosado Amibio vieron colmarse sus esperanzas y redoblaron su entusiasmo cara a la noche de cumpleaños; presumían que la fiesta iba a ser sonada, pues cuantos habían sido convocados vía paloma mensajera tenían confirmada su asistencia. El palomar de Vernuy rebosaba mensajería, ya estaban las palomas cada una en su lugar de origen, las que habían portado las invitaciones de los condes habían regresado a sus respectivos palomares y las palomas de Vernuy habían retornado de las casas de los invitados confirmando que sería un placer asistir. Entre palomas propias y palomos ajenos, nunca hubo tanta pluma junta en la villa, procedentes de Aix, Avignon, Marsella, Montpellier, Florencia, Milán, Novara, Turín y hasta de la República de Venecia también habían llegado volando los chicos de Amibio, cuerpos depilados, conciencias distendidas, la legión invertida. Y hubo efebos que se personaron pavoneando su virginidad, lo que sacaba a Amibio de sus casillas porque, a pesar de su endeblez, le perdían los amores sórdidos, volcánicos y breves. Vernuy se aprestaba para que la última noche de mayo fuera tan morbosa e insustancial como sus valedores.

La rudeza de Marcia y la blandenguería de Amibio determinaron que la fiesta habría de contener vicio; nada como lo viciado para fascinar a la sociedad medieval. La histérica concepción que ambos compartían del hedonismo transformó la villa en un enorme escaparate de la ostentación. Apoyados en la euforia de los afeminados, fueron engalanados el bosque, las calles, los jardines y la plaza con reclamos tentadores; de los árboles, de los balcones y de las fuentes podía verse colgar una variopinta muestra de trofeos corneados, desde cornamentas de venado hasta cuernas de rebeco; trofeos relucientes, dispuestos para su estreno en el transcurso de una fiesta que incitaba a la muda de pareja, a ser promiscuo. Instalaron hachas de luz por cientos para que las teas fueran prendidas en el momento cumbre, cuando se oyera tañer un gong treinta veces y la Saluzzo cumpliera los mismos años; se iniciaría la carrera nocturna de los disfrazados, en pos de dos premios que los organizadores se negaron a desvelar (uno era para el vencedor de la galopada; el otro para el mejor disfraz erótico), porque Marcia y Amibio se creían originalísimos. Si Bonnichon de Bue saliera de su tumba y viera tanto antorchero a punto de empezar a echar fuego por la tea y tanto bujarrón pegando brincos por Vernuy, seguro que se le pondrían los pelos de punta. Mas los tiempos cambiaban y la vanguardia sexual del condado y de las regiones adyacentes se disponía a proclamar la zambra gótica a la luz de las antorchas. Los responsables del montaje, una mujer ruda de ancas y un hombre de blanda cadera, sin perder de vista el séquito de sodomitas, estaban confabulados para ello.

Marcia se sentía ebria de alegría y Tomé entre contento y triste; el sentir emocional de los condes de Vernuy casi nunca coincidió. La Saluzzo veía jinetes disfrazados galopando por su mente, mientras que el de Bue no conseguía librarse del fantasma de su dama castellana. Al conde, la fiesta de la condesa le salía por una higa, no empleó un segundo en analizar el disparate, prefirió encerrarse en el laboratorio con Selyúkidas. En dicho templo del saber, los amigos metieron una buena cantidad de horas, lo que a Tomé le hacía sentir contento.

Una tarde, Tomé y Selyúkidas dieron un paseo de varias

leguas a caballo hasta dar con una posada donde pasaron la noche bebiendo vinos, hablando de cosas que la ignorancia tilda de aburridas y que la inteligencia encuentra apasionantes. El vapor de los alcoholes los hizo saltar de las ciencias a las letras, cruzar anécdotas y mudar de idiomas; buscaban ahondar en el espíritu humano, comprender la época en la que vivían. A la del alba, sin haber pegado ojo y habiendo bebido lo justo para evitar que la yacente epilepsia de Tomé se sublevase, regresaron a Vernuy. Lo primero que se encontraron al volver fue a Marcia y Amibio repartiendo máscaras como si la vida les fuera en ello. La sabiduría casi beoda acababa de toparse con la estupidez en estado sobrio. Ante tal estampa, el francés le tiró de la lengua a su amigo para que se mofara de la condesa.

—Seamos atrevidos por un momento, querido Selyúkidas, las copas que llevamos encima nos exculpan de todo...

—¿Maquinas algo, amigo? —se interesó el turcomano.

—¿Qué te parece mi llamativa esposa? —preguntó Tomé.

—Seré sincero. En lo físico ha de ser fascinante, pero su alma es una madeja de ruidos inconexos —ironizó Selyúkidas.

El provenzal contuvo la risa mientras el selyúcida afinó la descripción de aquella lombarda que le parecía degollable; sólo tuvo que barajar un par de conceptos, abundando en la idea esculpida en el taller de arte.

—Tu esposa Marcia sume su mente en la ignorancia más supina y condena su cuerpo a la actividad más inútil...

Tomé forzó una sonrisa; evidentemente, la Saluzzo carecía de vida interior, su banalidad no admitía doma y lo que opinaran de ella desde Novara hasta Marsella la dejaba tan fresca. Marcia presumía de adúltera y se las daba de diabólica, dos insultos egregios, puesto que, socialmente, las aristócratas perversas e infieles estaban muy bien vistas y se les permitía dañar porque sí, razón tan femenina como desinhibida y moderna cual ninguna. De ahí que la Saluzzo no necesitara andarse por las ramas: había que oírla contar su anécdota estelar mientras la escenificaba con la colaboración de Amibio, representación veraz aunque se tomase a guasa y que repetía en casa propia o en castillo ajeno sin importarle que estuviera delante su marido o el sursuncorda. En boca de Marcia, la anécdota arrancaba, invariablemente, del mismo modo:

—¡Un solo hombre en mi vida me ha hecho sentir entre las piernas lo que siento ahora! —aquí Marcia fingía un éxtasis.

—¡Vuelve en ti, nos dejas con la miel en los labios! ¡Acaba, Marcia! ¿Qué sentiste? ¿Con quién? —azuzaba Amibio.

—¡Con un solo hombre sentí lo mismo que con mi mejor purasangre cuando lo galopo hasta reventarle los ijares y lo desboco, sólo con uno sentí eso entre mis piernas! —jadeaba la Saluzzo mientras se oprimía el vientre.

—¿Dónde está ese jinete? —gemía Amibio.

—¡Lo estoy buscando! —bromeaba Marcia.

Indefectiblemente se provocaba la carcajada general; aristócratas y burgueses reunidos, que salían a una pobre idea por cerebro y ninguno sabía en qué invertirla, se partían de reír. Ni siquiera Amibio llegó a enterarse nunca de que la citada anécdota venía referida a un hidalgo castellano. En círculos permisivos, no hay nada mejor que soltar verdades como puños para que la gente oiga llover confeti. De este modo, con pasta de confeti, Marcia Saluzzo, tercera condesa de Vernuy, estructuraba su vida exterior.

Renata sorteaba las excentricidades de su madre, la molestaban, se entendía mejor con su padre. Por contra, su hermano Lorenzo se llevaba bien con todos, nadie podía con su buen talante; hasta las lecciones de oratoria que recibía en el taller de arte le hacían sonreír. La disparidad de criterios en la familia Bue se hizo cotidiana durante aquella primavera, pero cada miembro evitó interferir en los códigos de sus parientes con las miras puestas en hacerle la vida del todo placentera a Selyúkidas, que percibía la espontánea amabilidad de unos y los esfuerzos que habían de hacer los otros por complacerle. El invitado de lujo, en justo pago, devolvió encanto a los primeros y agrio humor a los segundos.

Para la fiesta de cumpleaños de la anfitriona propuso veleidades persas y zafiedades turcas acordes con las conductas esquivas de Marcia y Amibio, hambrientos de tracas, trucos y ocurrencias. El selyúcida, hombre muy mirado, sopesaba mucho la consistencia o la inconsistencia mental de sus semejantes antes de proponer una idea que pudiera lastimarlos o abrumarlos. Casi siempre satisfacía a su auditorio. En este caso urdió una treta para mofarse de la Saluzzo y de su rémora mujeril sin que ninguna advirtiera la burla y para que, por tomárselo en serio, quedaran embaucadas. Urdir aquello fue coser y cantar... Selyúkidas divagó sobre tareas inimportantes, palabra con la que describía lo hueco, es decir, lo sofisticado y, agridulce él, osó recomendarles que suministrasen una emblemática dosis de *opion* a cada uno de los caballos sobre los que galoparían los disfrazados, convenciéndolos de que, una vez se hubiese apropiado el opiáceo del brío de los corceles, éstos sufrirían una regresión satánica que en cosa de instantes acabaría por transformarlos en monstruos mitológicos jamás vistos, con lo que la carrera pasaría de ser una simple galopada colorista a convertirse en una vibrante imprecisión narcotizada repleta de alicientes inesperados, cuando no suicidas. Marcia y Amibio se aceleraron; que Satán fuera parte del concurso los estremeció, conmovidos por el morbo hubieron de sujetarse la taquicardia con las manos; la oferta les pareció excelsa y el espectáculo que originaría, fantástico. Lo aceptaron todo como si soñaran, sin rechistar; tan insólita idea supliría con creces lo que aún no tenían imaginado para aderezar el fin de fiesta. Amibio corrió a contárselo a los suyos cifrando la noticia en tres claves confusas por delirantes: «Vendrá Satán, habrá *opion* y Eros dará los premios», confesó en alta voz; su séquito palideció y se mareó de gusto, que es lo que buscaba Amibio. Marcia puso rumbo hacia las cuadras para salir a galopar y dar rienda suelta a su entusiasmo, en tanto que Tomé y Selyúkidas sonreían entre sí a sabiendas de que tampoco ellos podían predecir los fulgurantes efectos que la adormidera verde desataría sobre los corceles.

Selyúkidas, en cambio, no hubo de improvisar los regalos de los niños; antes de hacerse a la mar en Izmir los había elegido con el cariño que les profesaba, de acuerdo al conocimiento que tenía de ambos y buscando satisfacer sus ilusiones. Los niños quedaron fascinados, los regalos dieron en la diana. El turcomano sabía en quién verter su caudal sensible.

A Renata, curiosa de la alquimia, le trajo un cuaderno de hojas de seda cosidas con hebras de cáñamo en el que se plasmaban los plenilunios propicios para recolectar raras plantas silvestres con facultades curativas y con asombrosos efectos transformadores sobre las personas. El selyúcida alertó a la niña acerca del influjo de la luna llena y comparó su misteriosa fuerza, que impulsa lo biológico y hace cicatrizar antes las heridas, con el enorme poder de sugestión que atesoraba aquel cuaderno desde hacía más de milenio y medio, cuando Darío I el Grande pacificó el Imperio persa y extendió sus fronteras hasta dejar atrás Karachi, donde el río Indo desemboca en el mar de Omán.

Alertada Renata para no caer en el sueño magnético que irradiaba el cuaderno, Selyúkidas relató la leyenda que lo envolvía, según la cual hubo una princesa bastarda que el mentado Rey de Reyes erigió en su nieta predilecta y que a muy tierna edad —la misma de Renata— cayó de la grupa del elefante que debía trasladarla del campamento militar donde estaba junto a su madre, hasta Susa, residencia de Darío. A la niña se la dio por desaparecida a veinte leguas del río Tigris, en una zona de juncos, lagunas, lotos y manglares que hacían del paisaje una jungla pantanosa imposible de explorar, y de donde sólo regresó uno de los más de cien soldados que mandó el rey en busca de su nieta. El superviviente regresó con poco que contar, pues volvió sin habla, con mucha fiebre y con un bucle del cabello de la niña que semejaba un corazón en miniatura. Antes de fallecer, entre convulsiones horrorosas, tuvo tiempo de ondular las manos en presencia de Darío para darle a entender que su nieta se había convertido en una ondina que vagaba por encima de los lotos, y ya a punto de expirar, le entregó al rey el rizo de la niña, acaso el último eslabón humano de la que se había transformado en una ninfa de las aguas, y por mucho que el monarca intentó y reintentó estirar, estrujar o retorcer el rizo de su nieta, el bucle siempre volvía a tomar la forma de un diminuto corazón, hecho incomprensible que fue interpretado por los astrólogos de palacio como que la niña aún vivía y que el día menos pensado regresaría con su abuelo. Darío quiso creer aquello, puesto que adoraba a la niña más que a sus veinte reinos y encomendó a cuantos sabios, médicos y sacerdotes aportaban saber a la corte, que recolectaran y compilaran en un tratado cualquier semilla, raíz, pétalo, flor o fruto que contuviese atribuciones mágicas capaces de extinguir las fiebres que traería su nieta cuando escapara de los fondos cenagosos...

Tal fue la leyenda que refirió Selyúkidas.

Renata, acongojada por la historia, sintió que se había contagiado de la legendaria enfermedad y que le había subido la temperatura. Se tocó la frente y, no hallando fiebre en ella, fue a dar con una emoción jamás sentida, como si un rumor de savia somnolienta palpitara en su cabeza, trepara por sus sienes y enredara su visión. El cuaderno se las traía, su mera proximidad sugestionaba en alto grado. Renata abrió los ojos bien abiertos para no ceder a su magnetismo. Fue entonces cuando Selyúkidas le mostró aquellas hojas de seda dorada sobre las que el Rey de Reyes sostuvo su inquebrantable anhelo.

En el manual de botánica sobresalía la minuciosidad: habría media docena de dibujos por página y se citaban veintitrés plantas, indicándose para cada una su nombre en diversas lenguas, su localización, su anatomía, desde la raíz hasta la flor, sus propiedades, sus aplicaciones, sus virtudes mágicas para causar encantamientos y sus interacciones con otros elixires.

Renata, curiosa a la fuerza por carecer de dotes adivinatorias, pidió a Selyúkidas una aclaración.

—¿Por qué veintitrés? ¿El número veintitrés quiere decir algo o es fortuito?

—Todo ha de tener un sentido en un tratado serio; lo aleatorio sobra, confunde, querida Renata. Sí, el veintitrés es un número estudiado.

—¿Qué significa?

—Los números formados por dos cifras revelan una relación entre ellos, entendida de izquierda a derecha. El 23 = 2 (conflicto) 3 (resuelto).

—¿Resuelto?

—El conflicto...
—Gracias, Selyúkidas.
—De nada, niña.

Algunas de las plantas estudiadas en el manual inquietaban o hacían soñar por su sonoridad: amanita, belladona, cicuta, fenogreco, garcinia, hipérico, jengibre, lúpulo, mandrágora, onagra, pavolina, y así hasta veintitrés. Tampoco el prólogo escapaba a la fantasía por expresar el parentesco entre el apasionamiento solar y la quebradiza condición de la luz lunar y su inquebrantable influencia sobre las aguas.

Tan atractivas ideas y dulces venenos contenían las hojas de seda que esa misma tarde, no más se hizo Renata con ellas, tomó prestada la lupa de Selyúkidas y, con ella al cuello y el cuaderno bajo el brazo, salió corriendo hacia los campos de lavanda; una vez allí, se tumbó sobre una cama de flores azules en espiga mientras respiraba los aromas del espliego y empezaba a descubrir un nuevo mundo lleno de fascinación. Echarse sobre las espigas casaba con las advertencias recibidas, tenía que sentirlas clavándose sobre su piel para evitar sestear y ser secuestrada por el envolvente y magnético sueño. Renata lo llamó el cuaderno dorado y ya lo llevó consigo como si fuera otro miembro de su cuerpo u otra parte de su mente durante casi toda la vida. Asimismo, el cuaderno le valdría de coartada en el futuro para amurallar su intimidad, desplegar sus muchos antojos y alcanzar sus metas.

Selyúkidas obraba maravillas, fue un mago para los pequeños. También cautivó a Lorenzo, que sintió algo parecido a lo experimentado por la hermana; tampoco él volvería a desprenderse de su regalo particular, un precioso medallón de lapislázuli en cuya cara vista aparecía, rotulado en letras de oro sobre el azul intenso del mineral, un «Decálogo de ensueños» atribuido a Abu ben Yusuf, el gran Nizami, poeta persa muy querido por Selyúkidas. El envés del medallón escondía una luna dorada como símbolo supremo de la atracción femenina. Según una leyenda del siglo XIII, los persas afirmaban que la mujer, por estar desprovista de alma y por tener condicionada la mente a las variaciones de la curiosidad, era un ser que no siempre permanecía idéntico a sí mismo. La suma de las actitudes femeninas del decálogo resultaba bastante menos intolerante de lo que cabría esperar:

DECÁLOGO DE ENSUEÑOS

1. *Una mujer siempre ama a otro hombre.*
2. *La mujer no sabe ni debe ni puede estar sola.*
3. *Un juramento de mujer no dura más que su pasión.*
4. *La mujer ama por necesidad y la zelosa para poseer.*
5. *La mujer ajusta a sus planes la necedad del hombre.*
6. *La mujer llora menos veces por rabia que por dolor.*
7. *La mujer se muestra zalamera con el cretino y finge humildad con el inteligente.*
8. *La mujer ríe para complacer y también por venganza.*
9. *La mujer intuye que el hombre que entra en su cama es otro bien distinto del que sale de ella.*
10. *Una mujer es tu propia sombra, cuando la persigues huye de ti, y cuando huyes de ella, te persigue.*

El medallón satisfizo a Lorenzo porque las mujeres le turbaban desde que se le cayó el primer diente, cuando juró dedicarles su existencia, pues le atraían todas, sin distingos ni reparos. El juramento, hecho a edad tan temprana, le había granjeado la simpatía de las gentes de Vernuy, y lo que terminó de extender su popularidad por el condado fue su igualmente precoz afición a la bebida. Hacía dos años que Lorenzo le pegaba al vino y un comentario suyo, jocoso como él, hizo que fuera tolerada aún más su inclinación a los excesos: «Yo me tomo dos copas y me llevo una jorobada al nido.» Huelga añadir que se refería al nido de amor, a la torre del vigía, en cuya cesta ventiló amoríos y melopeas, vicios heredados de su abuelo el vividor, Henri de Bue, y que también subyugarían a Lorenzo para siempre.

Se avecinaba la última semana de mayo, ráfagas de brisa calurosa removían los aromas recientes de la miel que despedían las colmenas e hicieron empalagosa la presencia de los bulliciosos invitados de Marcia, que habían abarrotado las dependencias de la mansión de los Bue y algunas casas cedidas por los artesanos. Simultáneamente fue presentándose un segundo grupo integrado por adivinadoras, alquimistas, astrónomos, buhoneros, físicos, maestros, mucho estudiante, navegantes, parejas de enamorados y juglares que desentonaban con los grandilocuentes apellidos llegados a festejar con la Saluzzo. El grupo de los curiosos acampó en el bosque de hayas de manera silenciosa y expectante. Nada logró que los dos grupos coincidiesen entre sí; sus atavíos, ideas, modales y orígenes eran diferentes, habiendo ocupado la villa por motivos distintos.

Mientras las abejas cortesanas fantaseaban con saborear los deleites de una velada disoluta a fecha fija, el segundo grupo buscaba extasiarse ante un prodigio que se producía de cuando en cuando —cada trienio y durante noches imprevistas, para ser exactos— y que estaba protagonizado por el turcomano, al que la curiosa multitud denominaba el príncipe visionario y del que contaban que su cerebro producía miel, símbolo medieval de la sabiduría.

Un siroco soporífero venido desde África acalló el zumbar de las abejas y expandió los aromas de la miel. La villa quedó envuelta en una nube de arena turbia que impedía distinguir el día de la noche, y como la aparición de repentinas tinieblas a plena luz solar producía terror entre las gentes del Medievo debido a su misteriosa ambivalencia, sólo los devotos de Selyúkidas no temieron al fenómeno por saber que era imprescindible que un visionario viera las cosas bajo una luz lunar. Aunque hubiera quien no lo entendiese, Selyúkidas se amparaba en el atenuado e indeciso reflejo de la luna para iluminar las mágicas vías de acceso a la imaginación y a la intuición. No obstante, los supersticiosos juraron que el fenómeno duró cien horas, en tanto que los iniciados apenas contaron dos jornadas. El sofocante viento del sudeste impulsó el desacuerdo, los altivos presagiaron que algo terrible iba a suceder mientras que los curiosos supusieron que pronto se desencadenarían los prodigios. De hecho, los insectos de Marcia y Amibio —nerviosos, obedientes, remilgados— tuvieron que hacer cola y esperar a la noche siguiente, la del fin de mayo, para activar su farsa existencial. En cambio, los buscadores de miel vieron adelantarse el plenilunio como por arte de magia y lo que los había traído a Vernuy se produjo: ver levitar a Selyúkidas, a sabiendas de que en tales levitaciones les serían reveladas enseñanzas prodigiosas.

A medida que crecía la impaciencia entre los lugareños y los forasteros recién llegados a Vernuy, le sobrevino a Selyúkidas el mismo dolor que se le manifestaba cada cuatro lunas y del que sólo tenía noticia, en esta parte del mundo, su amigo Tomé. El mercader de palabras llamaba a su dolencia el dolor de Aquiles. Cuando se le rebelaba el tendón desgarrado por el oso en Trebisonda el dolor le paralizaba la pierna afectada durante varias horas y no tenía otro remedio para mitigarlo que entrar en trance e inventarse una escalera de palabras por la que trepaba hasta alcanzar el cielo de los conceptos inmateriales, donde la memoria física se desvanece y la penalidad pierde el sentido del recuerdo. Así es, cada vez que Aquiles le transmitía su mítico dolor, causado por la flecha que le atravesó el talón e hirió de muerte, Selyúkidas tomaba la vía de escape de la levitación y se elevaba hasta un pedestal etéreo carente de puntos de apoyo para que quedara insensibilizada su pierna enferma y liberada su dolencia. Quienes creían que el cerebro del selyúcida elaboraba miel estaban acertados sin saber por qué, pues no existe conocimiento superior sin previo sufrimiento.

El trance del equinoccio de primavera resultó fantástico. Selyúkidas trepó por su escalera de palabras hasta rozar la luna con su aliento. Vernuy entera levitó con él. Fue una noche distendida, las estrellas se reflejaban en el agua de las fuentes tornándose en formas líquidas, luminosas... El orador afirmó que haber heredado sangre noble o plebeya fijaba el carácter en la escala de valores, además de accionar la propensión a heredar los vicios a los que es proclive todo ser humano, afirmando que los abandonados, los apátridas, los calumniados y los desheredados serían los únicos capaces de abrirse paso entre las tinieblas del porvenir, pensamiento que caló muy hondo en una audiencia indocumentada compuesta por hijos de mil padres y de madres forzadas en los senderos de la existencia. Asimismo, previno de ciertas enfermedades espirituales.

—Estad alerta acerca de cuatro dolencias que dañan el alma... La adaptación, vínculo insano al que somete la muy vil vida pública para que el individuo no se rebele contra la tiranía total del vecindario, que atenaza su vida privada; la autoconmiseración, patético parnaso conquistado por los débiles; la autoestima, cretino espejo roto que la soberbia del narciso sueña con restaurar; y la incomunicación, insalvable distancia entre el Tú y el Yo, puesto que siempre andamos empeñados en construir un nexo entre ambos sin estimar que entre Tú y Yo puede que nunca exista nada crucial que comunicar...

Aun levitando, el selyúcida era dado a exprimir su ironía con la clara intención de confundir a su auditorio; creía que haciendo dudar a la gente la llevaría a pensar, lo que era cierto. También puso en duda qué postura debería apoyarse de tenerse que elegir entre la cobardía y el valor, asunto acuciante para la época, puesto que las personas no contaban con otra alternativa que ser pusilánimes o heroicas, debiendo optar por una vida sujeta a miedos sucesivos e inhumanos o por una actitud vital suicida. Y volvió a descolocar a la muchedumbre cuando más alto era su levitar.

—Extraviados del mundo, decídmelo vosotros, que venís en busca de respuestas que yo no encuentro, ¿quién es más cobarde, el que se empecina en seguir viviendo o el que se desprende voluntariamente de su vida?

Expuesto el aterrador dilema que nadie pudo ni quiso resolver, el selyúcida supo devolverles la esperanza:

—Mirad al cielo y soñad conmigo, sabed que las estrellas del universo y los sueños que almacenan vuestras mentes son iguales en número; las hay y los hay fugaces del mismo modo que otras estrellas y otros sueños son constantemente perdurables. No perdáis de vista el cielo ni reneguéis de vuestra luz interior.

En este punto del trance, una adivinadora solicitó de Selyúkidas que deshojara un enigma infestado de supersticiones, dado que pocos lograban interpretarlo y que fue conocido como el enigma de los trece rostros, correspondiendo el trece, según los matemáticos, a las semanas que suma cada una de las cuatro estaciones y, según los hechiceros, a los mismos caminos que desembocan en el infierno. Sin embargo, el turcomano sorteó el enredo demostrando que los números poseen caretas diversas y, por lo tanto, más de un rostro. Contó que los números, además de expresiones cuantitativas, representaban ideas-fuerza, con una caracterización específica para cada uno de ellos. Vino a aseverar que:

—Cualquier número es un mundo aparte, un símbolo con misterio propio que impone sus propias dependencias. La única semejanza entre unos y otros radica en que los pares son negativos, pasivos, mientras que los impares son afirmativos, activos. Cada número encierra una significación distinta, ya que elige sus caretas, se apropia de designios varios y luce rostros cambiantes.

Dicho lo cual, y después de asumir que parte del gentío se quedaría en blanco, cebó a los más brutos miga a miga, hasta desmenuzar por completo el enigma de los trece rostros. Fue sucinto, expuso que el:

1: *Simboliza lo esencial, la potencia suprema, la unidad espiritual.*
2: *Eco, conflicto, la sombra; considerado número nefasto.*
3: *Cenit, ocaso, resuelve el conflicto que plantea el 2; lo suficiente.*
4: *La tierra, la organización racional, las realizaciones tangibles.*
5: *Símbolo del hombre, de la salud y del amor.*
6: *El alma, ambivalencia y equilibrio, el esfuerzo y la prueba.*
7: *Orden completo, período, ciclo, dolor y muerte.*
8: *Regeneración, superación del influjo planetario, el movimiento.*
9: *La verdad, ordenación corporal, intelectual y espiritual.*
10: *Realización espiritual, brote de una nueva serie total, perfección.*
11: *Carácter infernal, transición, exceso, conflicto, peligro, martirio.*

12: *Salvación, ordenación de las ideas de tiempo y de espacio.*
13: *Cambio absoluto y reanudación con valor adverso.*

La interpretación del 0, lo potencial en estado latente, fue omitida. Luego, Selyúkidas quiso dejar claro que de raza le viene al galgo y recordó los orígenes orientales de la alquimia, pasando a hablar del progreso de las ciencias árabes y asiáticas, cuyos aciertos y averiguaciones reclamaban la atención del saber occidental, discurso que deleitó a todos por parecerles venido de otro planeta y que fascinó especialmente a físicos y estudiantes. Los astrónomos se sorprendieron menos por conocer el estilo renovador con que el turcomano realizaba sus levitaciones y, conocedores de su poder para transmitir el trance con la fuerza atrayente del imán, supusieron que a medida que ascendiese por su escalera de palabras sembraría tras de sí un estado de obnubilación en su auditorio. Acertaron. Todos se sintieron levitar.

Desde sus inicios, las levitaciones del turcomano habían atraído dos tipos dispares de público, la minoría intelectualmente avanzada de los estudiosos que acudía a ensanchar sus nociones, y la mayoría analfabeta que buscaba satisfacer su curiosidad, es decir, pasar un buen rato evadida de temores contemporáneos mientras daba un paseo por las nubes de la mano de un excepcional conductor de ceremonias. Selyúkidas levitaba con tanta elegancia que alojaba sus ideas, sus indagaciones y sus descubrimientos en los esqueletos de las estrellas, los mejores lugares donde guardar una omnisciencia que le había dado fama de sabio por saber más que Merlín, aquel brujo legendario del ciclo bretón. La técnica utilizada por el selyúcida para lograr que la gente levitase era rudimentaria, la incitaba a perder de vista las circunstancias del pasado, del presente y del futuro:

—Levitad conmigo, dejad atrás vuestros recuerdos, vuestro ahora y vuestras metas y os será fácil, que levitar no consiste en convertirse en el soñador de una sola noche sino en vagar abandonado de animosidades inmediatas...

Cuando presintió que la gente empezaba a estar en vilo, sorda frente al croar de las ranas, incomunicada respecto al grillar de los grillos, absorta y a la espera de cuanto él pudiera transmitir, siguió en la misma línea:

—Encended la visión que os daré de Oriente con el oro y con el fuego que iluminan el firmamento; os pido que nos elevemos juntos, ascended conmigo hacia lo sublime, ha llegado el momento de que todos levitemos...

De aquí en adelante dejó manar un torrente de conocimientos que maravillaron a su auditorio, extendiéndose acerca de los grandes avances que había realizado el islam en la ciencia y la técnica. Ni que decir tiene que Selyúkidas introducía, entre noticia y noticia, un anecdotario de la trayectoria científica de cada investigador sin olvidarse de aportar un sinfín de detalles técnicos sobre los artificios difundidos. El firmamento de Vernuy se llenó de esperanza ante el anuncio de que el culto a la razón por fin se despegaba por completo de las raíces de la violencia para erigirse en el estandarte de los amantes de la paz, y los extraños artefactos a los que Selyúkidas hacía referencia fueron apareciéndose hasta quedar flotando en la imaginación de cuantos crédulos e incrédulos se habían entregado en cuerpo y alma al trance.

También Tomé, en algún momento de la levitación, quedó fascinado por una reflexión digna de la brillantez intelectual de Selyúkidas. «El futuro es sabio y se repite cada dos generaciones.» El conde pudo constatar que la inteligencia de su mejor amigo se ajustaba de una manera espantosamente lúcida a la realidad, porque fue brutal la sensación de espanto que alteró el pulso del francés mientras meditaba en la sentencia. Qué cierto es, se dijo pensando en su árbol genealógico, ya lo creo que el futuro se repite cada dos generaciones. Para apuntalar su convicción le bastó con echar la vista atrás y luego mirar hacia delante, con comparar las intermitencias que presentaba la idiosincrasia en su familia, porque también el carácter de los Bue se repetía de dos en dos, saltando de impar en impar y volviendo a saltar de par en par. La genética, como el futuro, se empeñaba en repetir sus constantes de dos en dos, queriendo que la rama impar, la que nació con Bonnichon, el primero de los Bue, saltara hasta Tomé, el tercero de esta saga, para así repetir virtudes y carencias comunes entre los impares, pues no cabía duda de que Bonnichon y Tomé resultaron ser personas laboriosas y responsables, sin dejar de ser espíritus temerosos y melancólicos dados a la introversión. En cambio, Henri, el segundo de los Bue, y Lorenzo, el cuarto de la rama, se mostrarían desmesurados, expansivos y con una marcada tendencia a gozar de la buena vida y sus placeres, lo que nunca les iba a impedir ser personas de genio apacible, consecuentes con el estilo nada agresivo del linaje Bue.

El trance se diluyó en el alba; para entonces, los dolores de Selyúkidas se habían esfumado y el relinchar de los corceles, inquietos por lo que les aguardaba, hizo retumbar las caballerizas. Hubo un movimiento incesante de seres anónimos que abandonaron Vernuy con los ojos como platos por mor de la levitación, y la villa fue reconquistada por los invitados de Marcia, ansiosos de que el nuevo amanecer pronto se volcara en un nuevo anochecer para que la fiesta de cumpleaños desplegara su juerga e hiciera de la última noche de mayo un suceso sonado y sonoro. La retahíla de apellidos grandilocuentes era en sí un aval, el poder de convocatoria de la condesa de Vernuy había reunido sofisticación de sobra, placeres confusos y se esperaba que hubiese divertimiento a raudales.

Algunos de aquellos aristócratas que figuraban en la lista de Marcia hacían la revolución a la manera disoluta, luchaban egoístamente contra los dos tipos de tiranía, la de los reyes y la de las hordas, que imperaban en el Medievo y que pretendían hincar de rodillas a la nobleza hedonista. Rencillas aparte, la lista rezumaba distinción, extravagancia y vicio. Citemos a unos pocos de los nobles millonarios que en hora tan temprana andaban ajustando bridas, revisando disfraces, combinando maquillajes y poniendo a punto sus lujurias. A veces, unos pocos dan la mesura de la desmedida.

Entre los opulentos destacaban cuantos siguen: Adam de Bourges, hijo bastardo del duque de Berry, célebre criador de dogos cuyas perreras superaron los mil quinientos ejemplares y que iba de feria en feria, de Aix a Avignon, vendiendo tan temibles fieras; Clotilde de Charnay, voz cantante de la moda en Toulouse y, por tanto, en el Languedoc. Eugen Frederick de Hohenstaufen, tremendo farsante, descendiente de la familia imperial germánico-italiana dedicado al contrabando de trufas entre Florencia y Périgueux; Giovanni y Maria Pia Faliero, bisnietos de una rama podrida de un dux de Venecia, igualmente ofuscados con la mercadería gastronómica de especias; y ya, por no atosigar, Jou-Jou Gardanne, gestada en un vientre infiel en Tierra Santa, nacida en Constantinopla y, desde su pubertad, vecina de Marsella, donde regentaba el burdel portuario más estrambótico de la comarca. Marcia Saluzzo tendía a escoger sus amistades entre los fin de raza.

Cuando al cabo del día Tomé se personó en el aposento de Selyúkidas, éste abrió los ojos para entreverlo respaldado por la luz crepuscular, cuya malva levedad venía reflejada desde los campos de lavanda e invadía la estancia a través de las cortinas mecidas por una tenue brisa calurosa. El del levitar había dormido durante el día entero y agradeció el caldo de gallina y verduras que su anfitrión portaba en un cuenco.

—Lamento despertarte, amigo, pero contamos con el tiempo justo para drogar a los caballos —comentó Tomé.

El recién despertado se incorporó y su mirada se fue iluminando según sorbía el caldo.

—Vamos a reventar de risa —auguró Selyúkidas.

—Eso espero —asintió el anfitrión.

El francés no recordaba cuánto hacía que se había sentido tan animado; su invitado resultaba un amigo reparador y estimulante.

Como Marcia andaba desaparecida, Amibio precedió una batida de efebos aceitados para dar con ella; quería informarle de que su fiesta estaba a punto: ya alumbraban ligeras unas fajinas de esparto, alquitrán y leña menuda sujetas alrededor de los lomos de los gansos con tiras de seda, dando la impresión de que eran los palmípedos los que ardían mientras aleteaban y graznaban en los estanques; ya se oía una música monocorde reñida con el arte, producida por arpas, dulzainas, flautas, laúdes y timbales. El evento arrancaría en cuanto Marcia diera señales de vida y lo considerara pertinente. De todos modos, aun ausente la anfitriona, se palpaba que la fiesta había comenzado. Las cuadras semejaban un mercado de abalorios, cueros y máscaras. En tanto escuderos y mozos de cuadra cepillaban los caballos, pulían arneses, enjaezaban crines y colas y ajustaban petos multicolores de acuerdo a la divisa del que los fuera a montar, decenas de doncellas y pajes se arremolinaban en torno a sus amos, afanándose en dar un último toque de fantasía a los atavíos. Ciertos nobles de sangre azul festiva se habían instalado en la antesala de la ebriedad y reían a mandíbula batiente, mientras que los todavía sobrios comentaban, prestándole escasa gravedad al hecho, la noticia que en esos días recorría Francia: la muerte del principal aliado del severo rey galo Felipe Augustus, Arturo de Bretaña, a manos de su tío carnal Juan sin Tierra, un disparate de rey. Pero la política no desluciría una noche en la que también las libélulas, imantadas por los reflejos de las hachas de luz, se disfrazaron de fosforescentes luciérnagas.

Un olor de faisanes asándose penetró las cuadras desde el exterior. Entre tanto barullo, griterío y risotadas apareció la reina de la fiesta sobre un musculado corcel negro que hizo su entrada al paso. Marcia lo había cabalgado durante horas y se presentó enteramente desnuda, bañada en sudor, más bella que nunca, y desmontó del semental extenuado cuyos flancos palpitaban igual que timbales en un torneo. También ella se había desfogado a placer; de la parte inferior de su cuello hasta donde nacían sus pechos resaltaba una zona de piel encarnada, una congestión de sangre, un rubor sexual que delataba que la amazona había llegado a un orgasmo a galope tendido. Tal vez tuviera la intención de cruzar galopando por los páramos yertos de su memoria para recorrer la treintena de años que una existencia carente de sentido dejaba tras de sí. Segundos después llegó Amibio, teñido de verde y sosteniendo una antorcha recién prendida; le seguía su legión de faunos embadurnada en óleos. Sin duda, aquello era la fiesta.

Los invitados rodearon a Marcia, casi la cercan al levantar un muro de regalos entre ella y todos los demás. Ánforas, joyas, perfumes, tarros de incienso, telas y ungüentos, más cuanto haría feliz a una amazona del fuste de Marcia —bridas y monturas con incrustaciones de plata, espuelas y jaeces de oro, fustas con mango de nácar— y, por si no bastase, varias garzas exóticas capturadas en la desembocadura del Nilo, amén de una altiva cachorra de guepardo que los observaba con displicencia y que abandonó la escena por arte de encantamiento, pues no más verla, Renata le puso el nombre de *Chala* y se la apropió. Al fondo de las cuadras, Selyúkidas, ayudado por sus pajes y con la divertida complicidad de Tomé y Lorenzo, administraba sendas dosis de *opion*, disimulando su amargo sabor dentro de dulces manzanas, a cuantos caballos iban a participar en el concurso.

Los aromas provenzales que tan exquisita fama habían conferido a Vernuy se vieron adulterados por vez primera desde la fundación del condado. Ni siquiera dos ilustres alquimistas de la talla de Selyúkidas y Tomé pudieron prever la pestilencia. Al habitual tufo medieval de una velada calurosa coronada por los excesos corporales había que sumar el podrido vaho de los estiércoles producido por la concurrencia de tanto equino, el acre olor orgánico a sudor rancio mezclado con aceites raros que exudaban los efebos, y el áspero y agrio hedor de los vómitos de una nobleza descompuesta por la bebida, sin contar el aliento hediondo salido de las bocas infectadas de sus séquitos. Los exquisitos aromas provenzales se habían tomado unas vacaciones, la villa entera de Vernuy hedía a coles fermentadas.

Todavía aguardaba lo más fuerte. Cuando sisearon las lechuzas fueron prendidas las hachas de luz y pudo verse a Marcia cumpliendo años encaramada sobre una fuente con los brazos extendidos hacia la luna. Seguía desnuda de no ser por una guirnalda de nenúfares que Amibio le había colgado del cuello. Hubo una prolongada ovación entre los compases desafinados de la murga, luego desfilaron los jinetes disfrazados de cuanto permitía su parca imaginación, que no faltó Apolo por partida quíntuple ni cuatro moldes de Nerón ni triplicidad para Adán y Mefistófeles. Pero el hecho que más llamó la atención fue la extraña conducta que mostraron los corceles justo antes de iniciarse la carrera. Salvo quienes sonreían para sus adentros a sabiendas de que las bestias tardarían muy poco en exteriorizar los efectos del opio, nadie entendió por qué cabeceaban con pesadez, tascaban los bocados y piafaban los caballos. Mientras se situaban en la línea de salida se sucedieron momentos de incertidumbre; el pueblo llano de Vernuy, las enmascaradas damas de los jinetes y demás invitados de a pie observaban el fenómeno frunciendo la sonrisa o sujetándose el antifaz. Amibio, tras una presurosa indicación de Marcia, quiso disolver la confusión y la aumentó en demasía al tañer un gong que daba comienzo a la carrera. Entonces vino lo más fuerte, las tripas de los caballos se soltaron y la fenomenal diarrea ecuestre esparció un fétido caos que anuló todo aroma agradable, precipitando una risa contagiosa en los autores del complot, porque los caballos empezaron a rechinar los dientes, a convulsionarse y tambalearse hasta que echaron espuma por la boca y se abrieron de patas; una expresión necia se instaló en sus ojos al tiempo que continuaban dando tumbos y expulsaban inmensos chorros de gases pantanosos y apestosas heces líquidas que cruzaban la pista de lado a lado, poniendo hecha un asco a la multitud, extendiéndose el efluvio de la inmundicia por todos los rincones de la noche.

A pesar de las inclemencias, el concurso proseguía y exigía un doble ganador, para la carrera y para el mejor disfraz. Como un jinete logró sortear al trote cochinero la peste aquella y recorrer el tramo de cuarto de legua que le separaba de la meta, fue vitoreado al traspasarla y el jurado, compuesto por los efebos que Amibio consideraba verdaderamente hermosos, asimismo determinó concederle el premio al disfraz más original, pues ciertamente lo merecía su atavío antediluviano, aunque sólo fuera por lo viril que era. Tan feo jinete no había imitado la sofisticación de Apolo ni la morbidez de Nerón, tampoco la ingenuidad de Adán y menos aún la complejidad de Mefistófeles; su disfraz se alzó con el premio por su espléndido toque asilvestrado, ya que el jinete portaba unas apolilladas pieles de alimañas y su cara había sido maquillada con decenas de cicatrices que acentuaban su masculinidad. Es más, por mostrar un ojo en blanco por pérdida de transparencia en la retina, aparte de un agudizado labio leporino, no cupo disensión entre el jurado y el horroroso, engendro primero fue aclamado y después desmontado de su jamelgo para ser paseado a hombros por cuatro amantes de Amibio disfrazados de pistilos y corolas de amarilis.

En seguida se quiso saber tanto el nombre como la procedencia y abolengo del salvaje caballero, pero el premiado no repuso; apenas emitía sonidos de ultratumba; el engendro parecía muerto de hambre y le proporcionaron carne asada, que devoró, regurgitándola y volviéndola a devorar hasta que de nuevo se pasó a interrogarle, pero seguía sin responder; lo único que hizo tras la segunda ingestión fue ponerse a eructar sin pausa. Los dos galardones que le acababan de conceder, una corona de laurel trenzada con frambuesas más un camafeo de coral que escondía en su interior vello axilar y púbico de Marcia, se le asemejaron trufas e igualmente los devoró aquel ser desternillante que, sin embargo, no era un cómico, pues el susodicho nunca se había disfrazado; su modo de vestir respondía a su cotidiana realidad. Sorprendentemente, resultó ser la guinda del pastel de la turba castellana comandada por el hidalgo español Blasco de Nieva, siendo el desdichado con el ojo en blanco y el labio leporino el emisario superviviente de los enviados por Blasco para anunciar que él, sus hijos, su escuadrón de quinientos caballos y el resto de la tropa arribarían a Marsella unas jornadas más tarde. Con el fin de continuar la fiesta, Marcia ordenó que se averiguase la lengua de la extraña criatura. Preguntado en germánico, itálico, latín, provenzal, nadie logró que el engendro respondiera. Por suerte, Amibio pudo comunicarse con él; había aprendido durante su mocedad algo de español mientras descubría su homosexualidad entre los faldones de un obispo aragonés que le enseñó gramática parda, además de algunas desviaciones castellanas. Blasco jamás habría podido concebir, al igual que los sajones, que en el resto del mundo no se hablara su idioma, de ahí que hubiese mandado a su feo emisario sin legajo ni nociones de idioma foráneo alguno. Fue entonces cuando por boca del engendro se supo que la hidalga Catalina Guzmán había pasado a mejor vida y que su viudo con sus vástagos se dirigían a Marsella para que el benjamín de la familia, de acuerdo con la última voluntad de la finada, fuera tutelado por los condes de Vernuy. El gentío desconocía los personajes aludidos, Provenza seguía bien distante de Castilla; la noticia de la muerte de la hidalga no causó revuelo salvo en ambos anfitriones, y cada uno de ellos la tomó a su modo.

La reina del festejo sintió un escalofrío, que un calor le bajaba y que un frío le subía. Recordó aquellas noches de muy pálida luna en Castilla cuando cabalgaban juntos ella, Blasco y su destacamento en dirección a los campamentos almohades con la intención de robarles los caballos por manadas. De esta manera aprendió dos cosas la Saluzzo: que robando todos los equinos se eludía el riesgo de persecuciones y que, tras poner tierra por medio a desenfrenado galope, no existían pasión ni placer más excitantes que copular bajo el caliente sudor de los corceles y el frío efluvio de la luna, copulando de adelante atrás, de atrás adelante, de arriba abajo, de abajo arriba, repetida y brutalmente enmarañados entre cascos, coces, crines, manotazos, mordiscos, relinchos, y resoplidos de trémulas y agitadas bestias acabadas de robar al enemigo. ¡Aquello sí que fueron montas imposibles de olvidar!

A Tomé la noticia le cogió cuando disfrutaba del ridículo que habían hecho los estúpidos jinetes cabalgando corceles tratados con opiáceos. En un instante cambió su ser, pasó del regodeo al desencanto, del rubor de la alegría a la tonalidad marfil de la amargura; la mala nueva le inmunizó contra cualquier otra sensación que no fuera la de un hondo dolor. Sentía que el destino le estaba hincando una daga en pleno diafragma, le faltó el aliento y se derrumbó. Selyúkidas le incorporó con suavidad y apreció su llanto, su boca abierta sin articular sonido, sus ojos idos y el pulso arrítmico, casi muerto. Tras esquivar cuernas, gansos chamuscados, hachas de luz, hedores nauseabundos y músicas altisonantes; apartando etílicos burgueses y aristócratas beodos, cuando no damas que mendigaban orgasmos entre fornidos escuderos, Selyúkidas se llevó a Tomé a rastras. Nunca antes había supuesto el selyúcida, mientras cargaba con su amigo, que un ser tan delicado como Tomé pudiera pesar sobremanera; sin embargo, no tardó en caer en la cuenta de que no sólo arrastraba su amistad ni el cuerpo de su amigo, sino que también estaba cargando sobre sí con el tremendo e inmensurable peso que la tristeza infiere a un ser humano. Más que subir, hubieron de escalar hasta donde se encontraba la alcoba de Tomé en una de las torretas de la casa condal y, una vez allí, distanciados del bullicio, aunque se escuchaba en lontananza el rumor del disparate, Selyúkidas intentó reanimarle, puesto que el dolor de Tomé carecía de consuelo.

A un tiempo, Marcia, raptada por su memoria erótica, se zambulló en el arroyo, que la acogió en sus aguas cristalinas. Las sirenas del bosque quisieron arroparla con un canto estival, pues frías reían las aguas procedentes de los umbríos yacimientos alpinos. Como identificaron en la desnudez de la Saluzzo una réplica de Venus, entonaron esta sonata:

La lunática miel / del influjo lunar
hace de la mujer / una diosa carnal.

Marcia, alterada por la canción, se colocó en la frontera que separa la consciencia de la inconsciencia y rescató lejanas añoranzas táctiles; la ocurrencia le incitó a capturar una trucha rosácea de palmo y medio, y cuando la tuvo entre sus dedos se acarició los senos, después los labios, pretendiendo rememorar otro latir antiguo. Pero la muy ilusa soltó la trucha, segura como estaba de que esa palpitante morbosidad —en breve— habría de volver.

Desde lo alto de la torre, a través del oscuro añil del alba, Selyúkidas observaba a su anfitriona con enfado mientras intuía que la conducta de la ninfa era debida a la secuela biológica de haber cambiado una precaria mentalidad por un manantial de flujos y reflujos vaginales; el turcomano veía como algo normal que el drama acaecido en Castilla hiciera llorar a Tomé, situado a sus espaldas, pero no soportaba que aquella mema lo festejara chapoteando en el arroyo, y de haber sabido que tal despliegue de sensualidad inoportuna se debía a que Marcia soñaba con reencontrarse con su amante más deseado —y, ahora, además viudo— quizá habría sido indulgente con ella, mas sólo vio en su proceder la materialización femenina de Iblís, el Satanás arábigo, antes que a una ninfómana celebrando un imprevisto regalo de cumpleaños. Por eso, la ira del turcomano la fulminó con un conjuro mental, desterrándola cargada de cadenas a los infiernos, junto a Lilit, porque más arrastrada que la fornicadora de demonios sólo había otra igual, según Selyúkidas, y ésa era la Saluzzo, perra capaz de sacar provecho de la muerte de una hidalga y de refocilarse y de obtener placer en el dolor ajeno.

Tomé tenía las pupilas fósiles, la cabeza gacha y los pensamientos tirados por los suelos; acurrucado en un vértice de su gigantesco lecho adamascado, se había vuelto una mota de sí mismo. El selyúcida, también triste, le miró pensando que el amor tanto da la vida como la quita. Cuando se pierde al ser querido, por inmortal que un amor resulte, la mirada de una persona recuerda la de un perro abandonado. El príncipe oriental reparó que entre los finos y temblorosos dedos de su amigo había un pergamino que Tomé leía y releía emborronándolo con las reliquias de sus lágrimas, pues no le quedaban lágrimas enteras. Entonces, Selyúkidas le apretó el cuello, suave pero firmemente —según ha de sujetarse un halcón de respetar los códices de cetrería persas—, procurando trasvasarle nobles ondas de fortaleza e infinita comprensión, al tiempo que pudo leer por encima de su hombro una vieja carta escrita por Catalina, hacía lustro y medio, en respuesta a la primera de Tomé:

«Amado conde: Tampoco yo habría soñado nunca que la semilla de un hidalgo provenzal germinaría en mis entrañas como tu recuerdo cristalizó en mi mente. Te respondo, no mantienes deuda alguna con la primavera aquella en la que nos enamoramos en Castilla. Dios quiso que así fuera y tanto quiso que llevo un hijo tuyo, un auténtico francés en mi español adentro. No creas que mi embarazo se debe a que tu noble esposa y mi leal marido anduvieran perdidos en sus fecundas cabalgadas, pues se debe a otro propósito bien bello y bien distinto, adorable Tomé, como es el de que ambos quisimos eternizarnos. Entrado el invierno, junto a las primeras nieves, verá la luz el fruto de nuestro amor que, por sosegado, nunca hastía... Catalina.»

Tras la lectura de la carta, Selyúkidas propició la lucidez, supo qué consejo habría de darle a su desdichado amigo, y fue conciso y claro cuando le instó a sustituir la dolorosa sensación de abandono en la que se hallaba hundido por un noble reto: el de canalizar la vida del hijo nacido del amor de ambos, para que Tomé pudiera serle leal en vida y Catalina fiel después de la muerte a la promesa de eternidad que juntos se hicieron. Encontrarle a la existencia una razón con la que seguir viviendo ahuyentó el espectro del suicidio, también desterró la idea del ocaso. Tomé captó el consejo, asumió el reto y se prendió a la vida como una ola al mar, sin percibir si lo hacía en clara tempestad o en turbia calma.

Asimismo resultó reconfortante que los niños entraran en la alcoba. Lorenzo llegó achispado, con los pómulos muy rojos; traía una simpática melopea y ningún síntoma convulsivo, lo que animó al conde:

—¡Padre, como tú catas pero no bebes vino por lo de la epilepsia, con la esperanza de que se vayan pronto tus penas, yo la he cogido por los dos!

Lorenzo hizo sonreír a Tomé y Selyúkidas. El arranque de cariño de Renata causó un efecto parecido, a pesar de su petulante sobriedad; portaba el cuaderno bajo el brazo y *Chala* caminaba a su vera.

—Os presento a *Chala*; desciende de la tataranieta de guepardo que Cleopatra donó a Marco Antonio y se relame porque acaba de zamparse tres faisanes. ¡Padre, mira, en mi cuaderno dorado vienen dos plantas mágicas que te curarán! Una es el lúpulo, cuyos conos dan un aceite volátil que te levantará el ánimo por tratarse de una trepadora; hoy mismo mandaré a un criado para que la traiga de la feria de Aix. El segundo remedio lo obtendré yo misma en Grasse; se trata de la raíz de la mandrágora, que es narcótica y sedará tus inquietudes.

Según cuándo, los niños pueden resultar un bálsamo, y un amigo con el temple de Selyúkidas, el mejor hombro en el que llorar las desdichas.

Tercera parte

El brillo de tus ojos

Narra una leyenda de hace dos mil seiscientos años que unos osados marineros de la ciudad jónica de Focea fondearon en la costa sur de los franceses la misma mañana en que Gyptis, princesa ligur famosa por el hipnótico brillo de sus ojos, urdió lo siguiente para elegir esposo: disponer en círculo a sus muchos pretendientes y hacer girar un cáliz de oro en el interior del corro, como si fuera una peonza; aquel pretendiente a cuyos pies se detuviese el cáliz sería su marido. La copa dejó de girar ante Protis, capitán griego recién desembarcado. Aquel cáliz de oro contenía un amor inmarchitable al haber unido en una misma ensoñación hipnótica, próspera y eterna a Gyptis y Protis, propiciando el nacimiento de una floreciente colonia que entonces recibió el nombre de Massilia y después el de Marsella.

A ritmo bastante menos legendario, la expedición del castellano Blasco de Nieva coronó la última loma de la cadena de L'Estaque que impedía divisar, todavía distante en varias jornadas a caballo, el puerto de Marsella. *Amaralba*, la yegua pinta, venía oliendo a sal desde hacía leguas y, guiada por su instinto, fue la primera en asomar la cabeza y en avisar a Sergio mediante un relincho de que, loma abajo, los expedicionarios darían con el mar grecolatino.

Horas después, harto de que durante días Blasco hubiese tomado todas las charcas, lagunas y albuferas con que se encontraba por el mismísimo Mediterráneo, Sergio señaló hacia una bahía inmensa y le espetó a Álvaro, que cabalgaba próximo:

—¡Dile a padre que eso que hay ahí sí que es el mar!

Álvaro le hizo caso y comunicó a Blasco la cercana presencia del mar de la Cultura. La ignorancia del hidalgo volvió a manifestarse, tronó en Provenza con un argumento tan sólido como desquiciado:

—¡Ya lo sabía yo, hijo, tenía que ser el mar! Para que haya osos, primero ha de haber conejos, después zorros, luego lobos y, por fin, osos, pues el de mayor tamaño se sustentará de los más pequeños; por esto mismo y a la fuerza, primero el mar tuvo que ser charca, después laguna, albufera luego y, a la postre, mar, como esa exagerada cantidad de agua que señalas y que sin fin se extiende ante nosotros —argumentó Blasco.

El hidalgo exudaba satisfacción. A su paso por el monasterio románico y plaza fuerte de Seo de Urgel en el Pirineo catalán, entonces perteneciente al reino de Aragón, se había dejado influir por los comerciantes catalanes, que le advirtieron que las greñas que gastaban él y sus capitanes nunca serían de recibo para unos caballeros decididos a atravesar los once mil fuegos de Marsella con la mirada puesta en los ciento y un mil de Roma. Tras ser introducidos Blasco y los suyos en el arte de despiojar y adecentar sus sucias, grasientas e hirsutas cabelleras, el modelo de peinado que portaban como un estandarte en el momento de avistar el Mediterráneo oscilaba entre el grácil flequillo del paje y el lánguido cabello recogido con bucle hacia dentro del trovador. En suma, componían un grupo de bestias castellanas peinadas melifluamente.

A pesar de viajar con lo que Blasco suponía un elegante aspecto, de cuello para abajo todavía mantenía mucha fiereza dentro de la maloliente piel de lobo. Nunca pudo perdonar la afrenta que supuso la desaparición de su emisario lindo, que jamás alcanzó Vernuy. El lindo había sido ahorcado a su paso por el Rosellón, acusado de haber forzado a dos templarios en un irracional rapto amoroso. A raíz de aquello, Blasco decidió que los templarios constituían una secta a vigilar, pues provocaban lascivas tentaciones, capaces de mudar los instintos varoniles entre sus hombres más apuestos. Anécdotas como ésta acreditaban que el hidalgo iba afinando sus modales según adquiría mundo.

Los días siguientes, Blasco de Nieva los pasó delirando,

tirado sobre un jergón de pieles de nutria que habían sido apresadas en los fríos riachuelos que cincelan las cortadas de la alta montaña pirenaica, donde Sergio celebró su décimo cumpleaños. Blasco, hecho a las planicies de Castilla, fuera a donde fuera, siempre cabalgaba en línea recta, de ahí que le hubiese resultado agotador el zigzag que impuso la serpenteante y empinada orografía del sur de Europa. Postrado en el lecho del delirio, nunca entendió qué diantre de manía le habría entrado a Inocencio III para irse a vivir tan lejos de Castilla y tan apartado de Provenza.

El furioso viento seco que se originaba en Occitania barrió la costa de tierra a mar para remover los sueños; durante el verano, nunca dejó de soplar por aquellas latitudes, siendo un viento que enloquecía y que arrastraba consigo el nombre de Mistral. Cerca del mar, donde rompe la marea, perdida su mirada en la cresta de las olas, Sergio mojaba sus finos dedos en la espuma, probaba por primera vez el salobre sabor del agua, en tanto que la yegua pinta se bañaba y chapoteaba en la orilla sin dejar de vigilarlo. De pronto, *Amaralba* hundió el belfo en las aguas, sacó algo entre los dientes, engalló el cuello, resopló ufana, se acercó a su amigo y depositó entre las manos del niño una preciosa y vieja caracola que cautivó a Sergio. *Amaralba*, entonces, satisfecha, emprendió un rápido galope entre dos aguas y pudo verse en Provenza una yegua llena de alegría dando brincos sobre el mar y salpicando con la cola el seco viento del Mistral.

Cuando Sergio se llevó la caracola al oído, el eco del mar hizo renacer un mundo mágico en su cabeza. A través de los sonidos que percutían sobre su tímpano logró ordenar el laberinto de su mente. Por fortuna, después de haber dudado entre si escuchaba una música de flautas salida de los sumergidos bosques de coral o si simplemente estaba oyendo eufónicas palabras rimando en espiral, constató que era su madre la que le hablaba desde las profundidades submarinas. Para su sorpresa, quiso releerle la misma carta que él había leído la noche en que Blasco y otros hombres salieron del campamento a la captura de nutrias bajo la luz de la tibia luna de comienzos de mayo. La segunda carta de

Tomé a Catalina, rememorada por la voz materna diluida entre el murmullo de las aguas, hablaba así:

«Mi siempre venerada hidalga: En mi honra está anunciarte que nadie adeuda nada a nadie. Por traernos a ambos descendencia a pares durante las mismas nieves, el reparto del amor ha sido ecuánime, hemos igualado las siembras con los frutos. ¡Quién hubiese imaginado que tu hidalgo y mi condesa anduvieran eternizándose a la intemperie y a su aire al tiempo que nosotros hacíamos lo propio bajo techo! La mejor felicidad de todas es la que está bien repartida, adorada Catalina, por lo que te ruego y te recomiendo, si en algo aprecias nuestras mutuas vidas, que jamás muestres ningún empeño en que tu bravo esposo aprenda la lectura ni escuche por voz de nadie lo que escribo. Mi esposa ha dado a luz una hermosa niña y yo me alegro del noble hijo que tú me has dado. Tu amantísimo, Tomé.»

El legado de la caracola aisló a Sergio en una burbuja. Gracias al mágico obsequio de *Amaralba* y oído el eco marino que hizo renacer y retumbar la voz de la madre ausente, el niño volvió a recordar aquel elixir que ella le aconsejó buscar el día en que falleció, creyendo que, para descubrirlo, podría hallar algunas pistas en las cartas de amor enviadas por Tomé a Catalina. La caracola era la llave que abría y cerraba la burbuja en la que cualquier ser indefenso, de cara al porvenir, podría resguardarse de la realidad cuando lo considerara oportuno.

Iba faltando poco para descifrar el lío de cruces que había entre las dos familias, la de Nieva y la de Bue, pero Sergio, sobrecogido por la emoción de haber escuchado la voz materna, todavía andaba sumido en una confusa neblina sin lograr desvelar que él descendía de Catalina y Tomé, resultando ser un bastardo del tercer conde de Vernuy, su padre real, mientras que Álvaro era hijo legítimo de Catalina y Blasco, y hermano suyo por matriz; Renata, con la que pronto tendría sus más y sus menos, también figuraba por derecho en el galimatías; tampoco escapaba al enredo por ser hija bastarda de Blasco y de la tercera condesa de Vernuy; y para complicar el rompecabezas, Lorenzo, primogénito y heredero de los Bue, con el que Sergio haría buenas migas desde el primer contacto, era hermano suyo por parte de Tomé, padre legítimo en el caso de Lorenzo, y putativo en el suyo. Ante un árbol genealógico con tanto injerto, encaje bien habitual en la Edad Media, fue imposible que Sergio disipara las neblinas de su mente. Pensó que, de dar con el elixir, éste le ayudaría a descifrar toda su confusión.

Haber descubierto el hechizo de las olas desde lo alto de la loma azuzó el delirio del hidalgo y volvió tarumba a sus capitanes. Todos habían visto la ciudad de Marsella como un escollo difícil de salvar, por tener que adentrarse en tierra con cientos de caballos más allá de donde Cristo dio las tres voces. Cuando nadie lo esperaba, el hidalgo recobró sus luces e hizo incontestables sus dotes de militar preclaro, dando a entender que había que atravesar la urbe sin que los marselleses lo advirtiesen, excavando un túnel subterráneo de parte a parte. El escuadrón vitoreó la sutil idea, no le cupo otra salida que rendirse frente a tan audaz despliegue de inteligencia. Blasco y su carisma formaban un blindaje único, acero sobre acero, fuerza humana y luz divina, virtudes del guerrero irrepetible. Otra vez reconocido su talento, volvieron nuevos vítores. ¡Por Cristo que había que excavar un túnel como fuese y atravesar Marsella bajo tierra!

A medida que caía la noche, los niños regresaron de la costa y, tras enterarse de la delirante idea, Sergio supo que había llegado la hora de ponerse aparte con su hermano. Se hacía urgente analizar los desvaríos de Blasco y sus toscos oficiales, por mucho que los cinco se peinasen ahora como exigían las finas pautas del estilo catalán.

—Atiende, hermano, los capitanes del regimiento, con nuestro padre al frente, creen que por haberse esquilado han adquirido sabiduría y cada vez están más chiflados —comentó Sergio.

Como Álvaro lucía un peinado similar, defendió su estética a ultranza. Cerca de él asintió Aldonza, la zagala trigueña de la larga trenza.

—Mi peinado es digno y le agrada a Aldonza —adujo el muchacho.

—A ti, Álvaro, te sienta bien porque eres joven, pero a ellos basta verlos... con sus tiesas pieles, despeluchados mantos, muchas cicatrices y lacios bucles. Parecen marionetas escapadas del patíbulo y, encima, son muy brutos. Pretenden cavar un pasadizo debajo de Marsella.

—Eso, Sergio, se llama estrategia militar.

—¿Qué?

—Es una maniobra ecuestre, como tantas otras.

—Álvaro, ningún caballo atraviesa un túnel si no ve el final, *Amaralba* me lo ha dicho y, como ya tiene cuatro hierbas, sabe lo que dice.

—Si lo dice *Amaralba*... —intervino Aldonza.

—¡De caballos algo debe de saber la pinta! —matizó Sergio.

—¡¡A ver!! —coincidieron los novios a dúo.

—Además, Álvaro, ¿has calculado lo que nos llevaría cavar y apuntalar un túnel tan largo?

—Pues no...

—¡Pues yo sí: tanto como curarles la locura a esos cinco!

—¡Venga, Sergio, no bromees!

—¿Bromear yo? ¡Ya me explicarás! ¿Para qué tuvimos que acampar de luna a luna en los pantanos de la Camarga?

—¡Para capturar caballos! —remachó Álvaro.

—¿Tú crees que, con todos los que llevamos, hacía falta capturar otros cuatrocientos?

—Ten en cuenta, Sergio, que de Castilla al Rosellón perdimos catorce monturas, luego fue necesario reemplazar como corceles de silla a las yeguas que han ido pariendo durante el viaje, que suman otras sesenta, y van setenta y cuatro monturas menos, añade ahora los veinticinco caballos que tuvimos que comernos porque nos sorprendieron las tormentas de nieve en las montañas y no pudimos cazar...

—De acuerdo, estamos en noventa y nueve... ¿Y qué?

—¡Es una quinta parte menos de lo que padre pensaba donar al papa!

—¿Por faltar cien, había que capturar e ir domando cuatrocientos caballos más?

—¡Padre empeñó su palabra y se atiene a ella, juró llegar con medio millar de animales domados y tuvo que aumentar la manada en la Camarga porque bastantes no terminarán el camino que nos separa de Roma! Aparte de que no sabe sumar y de que a cualquier hidalgo le apasiona el asunto de renovar sangres, lo sabes igual que yo, Sergio.

—¡Ahora empiezo a entender lo de renovar sangres! Álvaro, creo que la razón está contigo...

Sin hablar de lo mismo, ambos hermanos estaban acertados. En tanto el primogénito se refería al cruce de especies equinas, el benjamín se acordó del cambalache de estirpes revelado por la caracola. Álvaro, henchido de orgullo porque Sergio le había dado la razón, prosiguió con su argumento y lo aderezó con una leyenda que había escuchado en boca de los lugareños. Sergio y Aldonza la escucharon atentos mientras Álvaro la repitió tal cual la había oído.

—En la noche de los tiempos, antes de que Francia fuera la Galia, los caballos blancos de las pinturas rupestres de las cavernas de Lascaux sintieron el impulso de abandonar el mito estático de la piedra para ponerse en raudo movimiento, galopando sobre unas marismas en cuya proximidad, siglos después, levantaría cimientos la urbe de Massilia. Los ungulados aquellos, que descendían de unos ágiles caballos tibetanos que habitaron los pastizales de las estribaciones del Hindu Kush, entre la meseta de Pamir y la cordillera de Kunlun, quisieron dejar huella acerca de su misterioso y noble origen y, según galopaban, sus pezuñas escribieron su historia sobre el lodo de las marismas. Quedó así escrito que las gélidas ventiscas del lejano Tibet se habían cebado con demasiadas hembras de su especie, acelerando su mortandad y sobreviviendo en mayoría los sementales, muy peludos, anchos de pechos. Hartos de que los hielos se llevaran por delante a sus compañeras y faltos ellos de oxígeno, emigraron hacia el suroeste buscando respirar la calidez de las brisas marinas, soñando con encontrar nuevas hembras. Paralelamente, unos mercaderes de Cartago, tras haber adquirido un lote de espléndidas yeguas árabes en las mesetas del Atlas Mayor, se hicieron a la mar en Tánger y cruzaron el estrecho que separa África de Iberia con rumbo nordeste, hacia el puerto de Pisa, donde pretendían negociar las caballerías, con tan pésima fortuna que zozobraron cuando navegaban próximos a la costa gala, perdiendo los treinta y dos rumbos en que se divide el horizonte, yéndose la nave a pique, ahogándose la tripulación, hundiéndose el negocio y teniendo las altaneras y estilizadas yeguas que ganar la costa a nado hasta alcanzar las famosas marismas provenzales. Allí quiso la rosa de los vientos reunir y aparear a las yeguas árabes procedentes del suroeste con los sementales tibetanos venidos del nordeste. El fruto de tales cruces, emanado de sendas resoluciones naturales como son una fuga y un naufragio, tomó cuerpo en los pantanos, dio vida a los caballos blancos de la región de la Camarga y puso alas de plata a la leyenda...

Sergio, aún fascinado por el relato, persistió en su apreciación.

—Me encanta tu cuento, Álvaro, pero querer llegar a Roma con una manada que roza los mil caballos sólo se le ocurriría a padre y a sus cuatro capitanes; en total, cinco dementes —dijo el niño sin dar su brazo a torcer.

—Sergio, ¿piensas que están tan fuera de sí?

—¡Tanto o más que chivas en zelo!

—¡Venga ya!

—¡Mira, fíjate cómo saltan!

Aldonza, nacida de pastores, refrendó la descripción con una risotada mientras veía cómo Blasco y los suyos brincaban y manoteaban intentando zafarse de las picaduras de los mosquitos marismeños. Álvaro también rió.

Fue una noche de estrellas. La luna rebotaba sobre las olas, multiplicaba sus destellos y atrajo millones de dípteros que zumbaban sobre las cabezas de los soldados para luego libar y embriagarse con la densa sangre de los españoles. Ni una cruenta emboscada de la morería hizo nunca tanta sangría en las huestes de Castilla. Blasco extrajo moraleja del percance, juró que no volvería a sufrir jamás otra derrota tan vergonzante y arengó a su tropa, que todavía rascaba ronchas:

—¡No hay enemigo pequeño cuando acude en tandas y ataca de diez en diez y encima chupa y rechupa de la brava sangre castellana! —se emocionó Blasco.

Con la bajamar vino el amanecer. *Amaralba* aún trotaba por la playa espantando bandadas de gaviotas que picoteaban restos de crustáceos. Sergio retornó a la orilla, llamado por el monótono romper de las olas, que le indujeron a sintonizar con la caracola y que, por segunda vez, transportaría hasta sus sentidos, junto a la tenue música de las ondas del mar, los temores de Tomé en su tercera carta a Catalina. Esto fue lo que escuchó:

«Honorable hidalga: No logro sosegar mi espíritu. Saber que tú me diste un hijo al tiempo que una hija me daba a mí tu esposo me ha llenado de temores. De conocerse nuestro secreto, ruego para que tu sanguinario hidalgo se apiade de mi frágil complexión y comprenda que nada hice que él no hiciera. Sé prudente, Catalina, finge para que la fiera de tu marido vea, donde no las hay, semejanzas entre sus rasgos y los de nuestro hijo, que de conocer el de Nieva lo ocurrido nos degollará a los tres. Trémulo, habito un clima donde no deslindo sentimientos contrapuestos: tan pronto me invade un ardiente amor hacia ti como me asalta un gélido pánico de tener que vérmelas con esa mole de Blasco. Por nuestro hijo, por ti y por mí, sé sorda y ciega y, sobre todo, muda, o los tres vamos a vernos, respectivamente, criando malvas, saboreando tierra y cebando a los gusanos. Amada mía, siento haber nacido pusilánime... Tomé.»

Sergio salió del limbo cuando cesó de hablar la caracola. Un relincho de *Amaralba* le advirtió de que se avistaba un espejismo. En un confín de la playa interminable el niño iba a conocer a un ser humano igual de sensible y de precavido que él: su padre natural.

Pero antes, Sergio, cubierto con un deshilachado jubón pardo, pudo lucir su aplomo tras haber reconocido, entre los integrantes de la comitiva provenzal, la fealdad del emisario tuerto que Blasco envió a Vernuy. En seguida comprendió el niño que el montante de bufones, criadas, jinetes, pajes, porteadores, más el batallón de los invertidos que venían hacia él, lo hacían en son de paz, sin haber razón para inquietarse. Es más, Sergio quedaría perplejo ante la comitiva de bienvenida que había diseñado Amibio de acuerdo a las peticiones de la Saluzzo para recibir a los castellanos y fascinar a Blasco. Tanta suntuosidad llamaba la atención. Pero lo que más asombró a Sergio fue la niña; se fijó en ella porque se hacía acompañar de una cachorra de guepardo con la piel de fuego a juego con su atuendo.

El despliegue de multicolores atavíos de que hacía gala la comitiva impulsó al del jubón pardo a recordar la cascada del arco iris, aquellos cuentos de hadas que su madre le narraba en el palomar de Morjas, con la diferencia de que lo divisado sobre la cálida playa provenzal estaba lejos de ser un espejismo, y sí fue, en cambio, una manifestación real del novedoso estilo gótico-burgués amadrinado por una descendiente de los comerciantes de Novara, Marcia Saluzzo, hija y nieta de banqueros, *scusatemi*, de los primeros usureros de Lombardía. La vacía estética dejó estupefacto a nuestro austero niño. Tendrían que caer los años para que se diera cuenta de que aquella comitiva, lejos de constituir una embajada cultural, no era sino una representación playera de la rimbombancia, orquestada por una hetaira en zelo y por su bujarra de élite, proclive al mamoneo.

Reclinados los patricios en sus palanquines, mecidos tras las mosquiteras de tul que la brisa hacía cimbrear, Tomé y Selyúkidas fueron apareciendo, gradualmente con más precisa nitidez, en el campo visualizado por Sergio, mientras *Amaralba*, recelosa, piafaba contra la arena y resoplaba. Todavía en la distancia, Tomé advirtió la presencia de un niño y un caballo cerca de la orilla, dándole un vuelco el corazón y cayendo desmayado, preso de una arritmia. Selyúkidas detuvo la comitiva, bajó y mudó de andas, extrajo un frasco de sales de su cinto de leopardo, se inclinó sobre el tercer conde de Vernuy y le hizo oler un estimulante —pura alquimia— que reanimaría a un buey recién apuntillado, bomba amoniacal destilada de las heces del halcón marino o baharí. Tomé se incorporó en el acto con los ojos llorosos, estornudó lo suyo, sorbió el moqueo y gimoteó:

—¡Es él, Selyúkidas, tiene que ser él!

—Calma, amigo, cálmate; acerquémonos con sosiego.

Tomé sacó un pañuelo de hilo de la bocamanga, se secó los lacrimales, se sonó y, asido del brazo del amigo, cubrió el trecho que los separaba del niño y *Amaralba*. La yegua hizo sitio, reculó tranquila, con humildad, adivinando las buenas intenciones de los hombres. El selyúcida imitó la delicadeza de la pinta y quedó a dos pasos de los dos; desde ahí, para que el pequeño no pudiera entenderle, dirigió en un dialecto itálico el interrogatorio, que comenzó con una advertencia:

—Pregúntale en castellano que quién es. Si responde en dicho idioma, has dado con tu hijo; ningún niño provenzal habla la lengua de Castilla —fue la propuesta del turcomano.

Tomé sabía, a través de la segunda carta de su amada, el nombre de su hijo, aunque no lo conocía.

—Atiende, niño, ¿eres tú el pequeño de los Nieva?

—Lo soy, señor, y tú debes de ser el conde de Vernuy.

—¿Cómo puedes reconocerme si no me has visto nunca?

—Porque veo que entre vosotros está uno de los emisarios que envió Blasco de Nieva para anunciar la llegada de la expedición con la que viajo.

—Entonces, en recuerdo de tu madre, déjame darte un fuerte abrazo y sé bienvenido a Provenza.

Tomé y Sergio se abrazaron; ambos sintieron que el saludo tenía mucho de familiar. Desde la muerte de Catalina, el niño no había sentido una transmisión de calor y auténtico cariño, reafirmándose en la convicción de que el hombre que tenía ante sí era su padre. Tomé también se alegró, tanto o más que cuando vino al mundo Lorenzo, su primogénito, e hizo las presentaciones.

—Mira, éste es Lorenzo, mi hijo mayor, y ésta, que ha de tener tu misma edad, es mi hija Renata. Os presento a Sergio de Nieva, hijo de una hidalga de Castilla llamada Catalina Guzmán, excelente amiga recientemente fallecida. Entre sus últimas voluntades quiso que me ocupara de la educación de Sergio, como haré. De vosotros, hijos míos, espero que reciba el mejor trato posible —exigió Tomé.

Los críos se saludaron. La Saluzzo, entre cabriola y cabriola de su montura, también saludó a Sergio y se interesó por *Amaralba*.

—Niño, ¿estás seguro de que tan magnífico animal sin doma te pertenece?

—No, señora, va siempre conmigo pero es libre porque

pertenece al viento. Salvo mi hermano y yo, no deja que nadie la roce.

Marcia despreció la explicación. Sergio, indiferente, le pagó con la misma moneda y pasó a interesarse por la cachorra de guepardo, que se frotaba ronroneando contra el costado de la niña.

—¡Tu gata es enorme; parece un lince, aunque los linces no son tan alargados! —comentó Sergio.

—¡Su nombre es *Chala* y no es un lince, es una tataranieta de la guepardo que Cleopatra le regaló a Marco Antonio! —repuso Renata.

—¿Se deja acariciar?

—¡No! ¡*Chala* es como tu yegua, también es hija del viento y sólo la acaricio yo, no te acerques a ella, te soltará un zarpazo! —refunfuñó la niña.

—¡Venga, hermana, si *Chala* es muy mansa! —intercedió Lorenzo, que se agachó e hizo ademán de pasarle la mano por el lomo.

El felino le soltó un bufido.

—¿Ves, Lorenzo? No se deja —dijo la niña.

Fue entonces cuando Sergio demostró la buena maña que se daba con los animales; le bastó con hincarse lentamente de rodillas en la arena, echar la cabeza atrás en actitud sumisa, enseñándole la yugular a la cachorra para hacerle sentir que ella era la dueña de la situación y que nada tenía que temer, y acabar rascándole con extremada suavidad en la garganta, hasta que el felino empezó a ronronear. Ante la sorpresa de todos, el niño castellano había conquistado a *Chala*; *Amaralba* relinchó, aprobando la hábil intervención. Selyúkidas aplaudió y Tomé admiró la sensibilidad que demostraba Sergio.

De pronto, un tropel de veintiún jinetes, una sección de lanceros con el capitán Dimas al mando, descendió dunas abajo levantando trombas de arena. Estilizado por los del Rosellón, el de la piel de zorro restaba ferocidad a su busto, su peinado cubría los boquetes que tenía en lugar de orejas y nadie advirtió que le faltaban los pabellones auditivos. Detuvo su caballo, desmontó y el engendro se le aproximó hasta arrodillarse ante él.

—¡Bienvenido seas, Dimas, bendita sea la zorra leprosa que te parió, capitán, ya tenía yo ganas de ver a mi gente, a estos provenzales no hay quien los entienda, hablan distinto de nosotros! —fue el saludo del emisario.

—¿Son de fiar? —preguntó el capitán con mirada centelleante.

—Son raros, pero parece que lo son, no portan armas —dijo el feo.

—Veo que has ganado en arrobas, tuerto, clara señal de que no han escatimado atenciones contigo —sentenció el capitán.

—¿Me recuerdas, Dimas? —dijo Marcia.

—¡Claro, condesa, también montabas en cueros por tierras de Castilla!

—¿Dónde está tu comandante? —prosiguió la Saluzzo.

—Acampado detrás de las lomas. No ha venido porque está pensando cómo darle a tu marido una gran cena; la está organizando y es sabido que cuando piensa se debilita, pero te manda saludos. Me juró que antes de que el sol se hunda en el mar vendremos todos para cenar, festejar y compartir. ¡Será un banquete castellano regado con caldos provenzales! —se inflamó el capitán.

—Espero que sea una cena de confraternidad... —apuntó Tomé.

—¡Conde, tras engullir y beber sin freno, alguna se lía y muchas se montan, pero formamos un regimiento de paz; mi comandante y sus capitanes lucirán la gracia de sus peinados y yo pasaré revista a la soldadesca para que acuda con las pelambreras y los sobacos relucientes; de esta guisa, moldeadas las melenas de los mandos y despiojada la tropa, acudiremos a la cena para, como solicitas, confraternizar! —garantizó Dimas, ufano de su buen decir, sin perder de vista a Selyúkidas ni sus botas de leopardo.

—Espero que así sea... —musitó aterrado el conde de Vernuy.

—¡No temas, venimos en misión divina! —reafirmó el capitán.

Dimas montó e hizo ademán de tomar a Sergio en volandas para que cabalgara con él hacia el campamento, por lo que terció Tomé:

—Capitán, te pido que dejes en nuestra compañía al niño; por tu emisario sé que el pequeño habrá de permanecer con nosotros largo tiempo y así puede ir adquiriendo confianza.

—¡Como digas, conde, por ser tu deseo, quede! —consintió Dimas frente a Tomé, y volvió a fijarse vivamente en las botas de Selyúkidas.

—Entonces, hasta la caída del sol, capitán. Saluda a tu muy excelso comandante, el gran Blasco de Nieva, respetado señor y noble hidalgo de Castilla. —Tomé, por si acaso, no ahorró en tratamientos.

—¡Hasta el crepúsculo, conde! ¡Y tú, tuerto, engendro de bruja fornicadora, monta y cabalga! Blasco quiere saber por qué abandonaste en la horca al lindo que le arrimó candela a los templarios, y como no le convenzas del todo, Blasco va a empalarte a ti! —amenazó Dimas.

La diplomática despedida del conde, más la perorata de exabruptos del capitán hicieron temblar a Selyúkidas, que aprovechó que Dimas y sus feroces lanceros volvían grupas arrancando al galope para susurrarle a Tomé:

—Estos cristianos están por civilizar; son igual que bárbaros, forman una horda frenética con la que toda cautela que emplees ha de ser poca.

—¿A mí me lo dices, que conozco a Blasco en persona, y que con sólo oír su nombre me doy por decapitado? —repuso el conde en voz baja.

No pudo evitar que Sergio escuchara lo dicho ni que se sintiera en medio de nadie acariciando el lomo de una guepardo. *Amaralba* relinchó para darle ánimo, y Lorenzo, que por estar sereno también advertía el vacío que invadía a su huésped, le arropó con la mirada y le echó el brazo por el hombro. Sergio lo agradeció en silencio al tiempo que Tomé detectaba el noble gesto de su primogénito, por lo que llamó a Renata y, reunidos los tres niños, aventuró con tiento un extremo de la intrincada situación familiar del recién llegado, que sólo el conde y su amigo turcomano conocían de principio a fin.

—Niños, pido de vuestra comprensión que no me hagáis ninguna pregunta acerca de cuanto os voy a revelar. Ya llegará el día en que os lo explique todo. ¿Me habéis entendido bien?

—Yo no entiendo nada, padre —dijo Renata.

—No te precipites y espera a oír mis explicaciones —corrigió Tomé.

—¡Pues cuanto antes nos las des, mejor! —insistió la muy redicha.

—El caso es que existe un vínculo de parentesco entre Sergio, vosotros dos y yo... —insinúo Tomé procurando no precisar detalles.

—¿Entre nosotros cuatro? —se extrañó Renata.

—He pedido que no se me hagan preguntas; de momento escuchad y acatad mi ruego. Quiero que tú, Renata, y Lorenzo tratéis como hermano a Sergio y que él os trate a ambos de igual manera. ¿Ha quedado claro?

—¡No! —contestó la empecinada niña.

—Renata, por el bien de la familia que desde ahora vamos a formar has de obedecerme. Mi deseo es que os consideréis y os portéis como hermanos. ¡Suplico que por nada del mundo lo que os he dicho alcance los oídos del comandante Blasco; se trata de un pacto de silencio entre nosotros! ¡Nada más! —concluyó Tomé con remarcada decisión.

Un ajetreo de cascos sobre la arena y algún que otro resoplido de corceles ayudó a que los niños dejaran de darle vueltas a la misteriosa demanda de obediencia del tercer conde de Vernuy.

A nadie le sorprendió que Marcia espoleara a su semental para partir como alma que lleva el diablo tras la sección de lanceros, sin parar de gritar:

—¡Volveré con el crepúsculo, quiero ser la primera en ver a Blasco! ¡Volveré con... quiero ser...! —voceó hasta perderse entre el polvo que levantó la ligera.

Hacía días que los castellanos comían salazón de caballo curado al humo y, hartos de rumiar cecina, casi relinchaban. Tal vicisitud, unida al hecho de que el regimiento habría de aprovisionar carne fresca para el festín, hizo que Blasco lanzase dos destacamentos de requisa con sus capitanes respectivos, Broco y Saladrén, sobre las aldeas de Rognac y Bouz, resultando devastadores los cometidos. El feroz Broco, después de asolar la colonia ganadera de Rognac y descabezar a hachazo limpio cuanto cerdo y vaca halló a su paso, seleccionó los más rollizos y retornó con las parihuelas rebosantes de puercos y vacunos. Tampoco el bello Saladrén dejó un buen recuerdo tras su incursión a las granjas de Bouz, donde asaeteó cuanta pularda y oca había y todas las palomas del tejado de la ermita, sin dejar majada ni rebaño que requisar, llevándose doscientas arrobas de corderos que condujo vivos hasta el campamento. Repleta la despensa, se eligió a la persona capaz de sazonar los guisos, delicada suerte por estar en juego el pabellón culinario de Castilla. Blasco zanjó el asunto echando mano de la única fémina de la expedición y, supuestamente, agraciada en tales artes.

Álvaro vibró por ser la primera vez que su padre reconocía méritos en Aldonza que, bien elegida, recordó una vieja receta castellana que vio cocinar durante una intensa nevada sobre los Señoríos de Morjas. La receta, digna de tiempo gélido, matiz que la zagala recalcó, no arredró a Blasco, que la aceptó de cabo a rabo después de deducir que si él y sus hombres portaban las mismas pieles en invierno que en verano, cómo no iba a valer idéntico rancho para los calores que para los hielos, pues lo crucial en un torneo culinario entre naciones no era que la receta fuera estival o invernal, sino que sobrara mucha comida.

Vitoreaba la tropa a su caudillo por tan inteligente razonar cuando una amazona entró a todo galope en el campamento, aventajando a Dimas en dos cuerpos y sobre veinte a sus lanceros. Blasco vio en seguida que era la lombarda la que se le venía encima. Rugió la soldadesca ante la desnudez de Marcia, que desmontó de un salto, se fue para el hidalgo y lo prendió con tal ímpetu que ambos rodaron por la arena. De la mujer brotó el asombro.

—¿Ya no te acuerdas de mí? —dijo Marcia en burdo castellano.

—¡Vaya que te retengo! ¡Tu cuerpo desnudo aún hace de mi miembro un león rampante que trepa hasta mis dientes! ¡Mas he de permanecer casto, ahora soy cruzado! —Blasco fue tajante.

—¿Casto tú? ¿Hasta cuándo?

—Hasta que llegue a Roma e Inocencio III me bendiga.

—¿Volverás a amarme como sólo tú sabes hacerlo?

—Sólo después de que el papa consagre mis nobles partes.

—¡Jura, Blasco, que de nuevo llegarán tus violentas penetraciones!

—¡Lo juro, loba, lo juro!

—¡Entonces me iré contigo a Roma!

—Pero guardarás recato e irás vestida con la humildad y el decoro que la cristiandad exige. Así que cúbrete con esas pieles.

La orden del hidalgo produjo la fulminante sumisión de la Saluzzo, que se arrastró hasta el lugar indicado y, allí, la recién bautizada loba se cubrió con suaves pieles de cabra. Luego se fue para Blasco y dijo quedamente:

—Convencerás a Tomé de que necesitas guía e intérprete para atravesar Italia y, ya en el Patrimonio de San Pedro, juntos tú y yo, podremos llegar a Roma —lió la madeja la lombarda.

—Convenceré a tu conde —echó el nudo el castellano.

¡Roma, Roma! La ciudad imperial sonó a triunfo en el cráneo del caudillo de la piel de lobo. La loba vestida de cabruna volvía a fascinarle.

Transformada la tercera condesa de Vernuy en cavernícola, Blasco llamó a los herreros y ordenó a Álvaro que trajera dos sacas de plata. Mientras eran traídas, se dispersó la tropa. Parte de los hombres se fueron con Dimas hacia el despioje, parte con Aldonza a encender los cien fuegos que acunarían la prodigiosa receta que multiplicó diez veces diez la infalible aritmética del hidalgo. Cuando Álvaro regresó con la plata, Blasco comunicó sus intenciones a los herreros; había que fundir las monedas y con el metal trenzar un cinturón de castidad, además de un cerrojo con dos llaves, de acuerdo a las medidas que habían visto en la desnudez de la lombarda, porque no iba a haber cristiano que le pusiera la mano encima hasta que el papa la santificara por entero.

En la playa, la luz crepuscular se aclaraba sobre el mar, los pajes de Selyúkidas y los escuderos de Tomé jugaban a la taba con rótulas de cabrito. Lejos de la orilla se adelantaban los preparativos para acoger a los castellanos: Amibio ensayaba traviesos bailes de bienvenida formando a sus chicos por parejas; Lorenzo iba de pellejo en pellejo y de tinaja en tinaja catando vinos y haciendo eses; los criados disponían la mesa presidencial; empezaban a arder antorchas; los músicos afinaban flautas y laúdes... En la línea que marca el horizonte, la pinta y la guepardo corrían dándose pasadas una a otra y otra a una en presencia de Sergio y de Renata. Selyúkidas, inquieto por el gigantesco resplandor que provenía de la loma donde acampaban los cristianos, comentó:

—Tomé, tus comensales, más que cocinar, están prendiendo fuego a los carrizales de la marisma.

—No te inquietes, en Castilla prenden encinas enteras, asan reses enteras y se las comen enteras —repuso la prudencia del conde de Vernuy.

—¿Crees que vendrán en hora? —demandó Selyúkidas.

—En mala hora vendrán, y estaremos comiendo y bebiendo una semana entera, con los castellanos nunca se sabe cuándo empieza un banquete ni cuándo acaba.

—¿Apreciarán tus caldos?

—Se beberán cuanto tenemos y la bodega entera de haberla traído.

Tras reparar en que las chispas de las fogatas cristianas dibujaban torbellinos anaranjados sobre la faz del mar, Selyúkidas palideció y lamentó tener que confesarle a su amigo que le había traspasado su temor. Como coincidía que el dolor de Aquiles empezaba a dar señales de volver, se deshizo en excusas por no asistir a la cena y también en despedidas, ya que le quedaba el tiempo justo para juntar sus bultos, preparar la marcha y salir hacia Marsella, donde a la del alba embarcaría con rumbo a Izmir.

—¿Partes por lo que temo? —adivinó Tomé.

—Así es. Cuando los cristianos anden ebrios son capaces

de ver en los turbantes de mis pajes y en mí a sus enemigos sarracenos, y si tú te ves degollado, yo veo mi cabeza y la de los míos expuestas en las picas de las lanzas de tus invitados. Nosotros dos somos hombres de paz, no fanáticos sin control como los que integran la turba de Cristo que pronto sentarás a tu mesa —arguyó Selyúkidas.

—¿Estás seguro de que puedan descontrolarse tanto?

—Mientras nos echaba su negra y criminal mirada encima, ambos oímos lo que dijo el tal Dimas: «Tras engullir y beber sin freno, alguna se lía y muchas se montan.»

—Cierto, lo dijo...

—¡Para no tentar la suerte, yo me ausento, querido Tomé! Prefiero que mi nuevo levitar se produzca a bordo, que de producirse en la playa, la turba de Cristo me sentencia a arder en la hoguera por practicar la brujería y por hechicero.

—Antes de tu partida dame algún consejo más...

—Saca a los niños de la playa, mándalos camino de Vernuy, que huyan con sus mascotas; en cuanto los cristianos vean a la guepardo se hacen unas calzas con su piel. Recuerda con qué intensidad clavó Dimas sus ojos en mis botas de leopardo. De pretender que Lorenzo te herede un día, que los acompañe; la borrachera que ha cogido con tanta cata le convierte en un ser indefenso. ¡Sácalos de aquí!

—¡Ahora mismo doy la orden!

—¡Que cabalguen sin antorchas!

Las medidas se dieron con urgencia. Mientras los niños, sus mascotas y una escolta de escuderos partían al trote tierra adentro para alejarse cuanto antes de la costa, Tomé se abrazó a Selyúkidas, aunque en esta ocasión resultó más que breve, por no decir muy apresurada, la ceremonia del abrazo.

De la loma descendieron de dos en dos los caballos, hasta contar por encima de los doscientos; bajaban con sus jinetes sujetando antorchas y sosteniendo entre monturas un tremebundo asado atravesado por una estaca. Era la explosiva receta invernal de los castellanos: una mole de asados embutidos uno en otro, de afuera adentro, de mayor a menor, y las seis capas, seis, del descomunal guiso contenían lo que viene.

Subrayemos que aquellas gentes de Castilla habían creído ver que el banquete enmascaraba un reto, un envite internacional en el que había que echar toda la carne en el asador. Apostaron fuerte; les dio por asar, lo asaron todo y todo les supo a poco. Abramos la suculenta receta en canal. De las entrañas de los cien vacunos, bien tostados y humeantes, emanaban los efluvios porcinos pertenecientes a la segunda capa, compuesta por cerdos cocidos en el suero de las reses y en el propio jugo de los puercos; en las entrañas de los marranos, para que no faltara detalle cárnico en la tercera capa, aparecerían, envueltos por los gorrinos, sendos corderos lechales, que a su vez albergaban la cuarta y quinta capas del asado, palomas embutidas en gallinas y las zuritas rellenas con pajaritos, como alondras, carriceros tordales y ruiseñores bastardos capturados con redes en los juncales de la Camarga, que constituían la sexta y última capa de la receta castellana preparada por Aldonza. Tampoco faltó en la receta, para condimentar el guiso, aceite de oliva a discreción, ajo morado de la región, manteca de cerdo, mucha cebolla picada y sal gruesa. El asado, un complejo seis en uno, aparte de reunir todo tipo de carnes, grasas y vísceras al alcance de los castellanos, fue una fórmula que estuvo a punto de hacer que Blasco aprendiera a contar de seis en seis. Los provenzales y las itálicas conexiones de Amibio habrían de reconocer que aquel guiso de machos, imposible de digerir en menos de veinticuatro horas, olía a gloria bendita y sabía aún mejor.

La orgía que se montó en la playa fue total. Durante las jornadas que duró el banquete, la juerga difuminó las salvajadas, aunque hubo para dar y tomar, y la segunda noche apenas quedaba algo o alguien en pie excepto los caballos; se había digerido todo lo asado y ni una sola gota de vino que beber había. Los chicos de Amibio jamás llegaron a experimentar goces tan mayúsculos y virulentos y se entregaban a dulces cánticos mientras se enjuagaban las posaderas con agua marina junto a las doncellas, que también cantaban y que también tenían cosas que enjuagar. Tomé, arrinconado por la bulla y agazapado bajo su palanquín, todavía esperaba la llegada del segundo amanecer para hablar acerca del menor de sus hijos con Blasco, entretenido en supervisar cómo los herreros de Cristo terminaban de ajustar el cinturón de castidad forjado en plata sobre el vientre pagano de Marcia, tendida sobre la mesa del banquete entre restos de copas volcadas, huesos, migas y salsas. Acabó por completar la estampa de la confraternización entre Castilla y Provenza una orden que Blasco dio a Dimas, yéndose éste a la orilla para advertir a los efebos de un peligro inminente:

—¡Hatajo de maricas, salid del agua de inmediato, que la espuma ya está anaranjada porque está saliendo el sol! ¡Mi comandante avisa que, cuando lo hace, hierven las olas y empieza a arder el mar! ¡Salid, hatajo de lilas, salid antes de que os abraséis los glúteos o ninguno de vosotros podrá contar lo que ha disfrutado con nosotros! —gritó muy diplomáticamente Dimas.

Los invertidos obedecieron la recia voz de mando y salieron del mar dando brincos y haciendo cabriolas porque pensaban que aún podría haber más de lo mismo. Amibio, no menos escocido que los suyos, salió del agua con paso patizambo, se acercó a la mesa en la que Marcia era remachada a martillazo limpio entre chirridos de lima y comentó:

—¡La vida es injusta, querida Marcia, haber tenido que aguardar el paso de los años para conocer a gente tan viril y tan sociable como estos castellanos! —dijo Amibio con cariño.

—¡De qué te extrañas! ¿No te dije yo que no existían hombres tan dotados para el amor como los hijos de Castilla? —expectoró la Saluzzo.

—¡Lo dijiste, sí, pero cómo iba yo a creer que fuera tanto, tanto y tanto el gozo que provocan estos bravos! ¡Contra lo que nos habían dicho de ellos, juro que son tan delicados como aguerridos, tan incansables como potentes! ¡Qué falos tienen, por Dioniso, y qué surtidor, por Amaltea, la divina cabra que sació de leche a Júpiter!

—¡Deja de dar voces, ganso!

—¡La sensualidad de los cristianos subleva mis sentidos! ¡Son la fuente del encantamiento, son fantásticos, Marcia, mírate tú, ayer desnuda y hoy con el vientre y las nalgas armadas con plata de ley!

—Amibio, he de confesarte algo, así que apacíguate.

El secretismo despertó la curiosidad del florentino, que se dominó, se inclinó en seguida sobre la lombarda y le puso la oreja en la boca.

—¿Qué secreto escondes?

—Mira lo que tengo en la mano... —susurró Marcia.

Con ademán misterioso, y antes de responder, le mostró a Amibio lo que ocultaba entre sus dedos.

—¿Te has fijado bien, Amibio?

—Sí, veo dos llaves.

—Una para Tomé y otra, secreta, para Blasco...

—¡Qué galante!

—Baja la voz...

—La bajo...

—La llave secreta viajará conmigo, habrá de bendecirla el papa para que pueda abrirse mi cerrojo, que Blasco así lo quiere —confesó Marcia.

Blasco captó el murmullo y aclaró:

—¡No te confundas, loba, el cerrojo será abierto por la llave de la fe!

Tras el último martillazo en pleno peñón —más que monte— de Venus quedó sellado el cáliz del orgasmo y la Saluzzo, medio trabada, se levantó. Un herrero le señaló a Blasco que aún había una viruta por pulir y le pasó la lima a su comandante, que abrió a Marcia de piernas y limó la esquirla haciendo que saltaran chispas y que gimiera la Saluzzo.

—¡Calla, loba! Anda, vuelve a vestirte con las pieles y hablemos con tu marido; ataviada con cabruna, seguro que nos autorizará a que me guíes hasta Roma —sentenció Blasco.

Cuando Tomé vio que se aproximaban hacia el palanquín salió de su escondite y, antes de que pudiera incorporarse del todo y abrir la boca se encontró entre las manos con una llave de plata y con el destello del cinturón metálico cegándole los ojos, pues Blasco obligó a Marcia a subirse las pieles para que quedara expuesta la salvaguarda de la honra matrimonial.

—¿A qué viene el obsequio, hidalgo? —se preguntó Tomé.

—¡Conde, yo pensaba que tú creías en Dios!

—Resido en Provenza, que pertenece al Sacro Imperio Romano Germánico; por ello, en nombre de Cristo, agradezco tu ofrenda —fue el medio que halló Tomé para no confesar su escepticismo ante un cruzado racial.

—Más que ofrenda es la garantía que te permitirá autorizar que tu esposa, la tercera condesa de Vernuy, me conduzca frente al papa, Inocencio III, a quien debo hacer entrega de una gran manada de caballos domados y adiestrados para la cruzada —expuso Blasco.

—Te doy la venia, castellano, aunque para mí tu palabra contiene mayor nobleza que esta llave y me hubiera bastado como garantía —fue el despropósito de Tomé.

Al tercer conde de Vernuy, impaciente por acometer el asunto del legado de Sergio, le vino como anillo al dedo el falso símbolo. La representación medieval de la llave era la apertura o la clausura de la quinta esencia del placer, aparte de que a Tomé, cercado por el dolor que le había producido la muerte de su amada Catalina, poco —si no nada— le daba que Blasco profanase el altar carnal de las delicias de su esposa.

Concedida la licencia, Tomé consideró innecesario hablar de Sergio. Blasco, entregando el niño al conde y habiendo logrado que fuera aceptada su tutela, ya había cumplido con la promesa dada a Catalina en el lecho de parada. El pequeño había cambiado de padre y no había más que hablar.

Blasco reunió a la tropa, que retornaría a la duna para desmontar el campamento y agrupar la manada. También enroló, a regañadientes y a petición de la Saluzzo, a Amibio y su comando de invertidos, que seguían atrapados por los encantos de las huestes de Castilla, con la condición de que ayudaran en cocina a las órdenes del de la piel de rata, cosa que fue aceptada e hizo vibrar a los efebos. Por fin a solas, con un precario puñado de los suyos, Tomé partió hacia Vernuy. El conde se sintió optimista; la idea que le invadía fue la de dar comienzo a la educación del menor de sus hijos varones. Jamás un aristócrata provenzal lució con tanta satisfacción la espléndida cornamenta que le acababa de salir; ni siquiera le importaba que su esposa se fuera con otro, porque Tomé consentía en ser cornudo. Feaciente prueba de su optimismo fue que, en el primer pozo que se topó retornando a la mansión condal, tiró la llave del cinturón de plata al fondo. Tiempo después, debido a la socarronería marsellesa y a la fabulación en sí, de las diáfanas aguas de aquel pozo brotó el cuento del alegre cornudo, cuento que se hizo popular y que animaba a saciar la sed en dicho pozo a todo el que quisiera encontrar a su mujer en los brazos de otro hombre, siendo obligado beber de aquella agua a cuantos buscasen deshacerse de su esposa, pero no maldecir a la hembra por haber yacido con otro. Fue una anécdota amable —sin culpables ni víctimas— de la que todos —hasta el del asta— salían beneficiados.

Destinos distintos, felicidad conjunta, la vulgaridad espiritual tiende a apartarse del espíritu romántico y viceversa. Blasco con Marcia y Tomé a solas cabalgaron libres en direcciones opuestas y con un positivo y plural pensamiento latiendo en sus sienes:

—¡Ojalá que nunca más nos volvamos a ver!

Justamente lo contrario vagaba por la mente de Sergio a muchas leguas de la costa, puesto que deseaba volver a reunirse con su padre legítimo. Sin embargo, sobre las llanuras aluviales, a mitad del camino hacia Vernuy, la brisa mecía las lavándulas y el sedante destellar en tonos amatista y esmeralda de las plantas reconfortó su soledad. Además, Lorenzo, pasada la resaca, le serenó:

—Falta poco para que des con tu nuevo hogar, Sergio, donde te habituarás a nuestras costumbres y donde serás feliz —dijo Lorenzo.

—Todo eso está muy bien, Lorenzo, pero explícale a Sergio que llega a Vernuy para ser paje, para servirnos —dijo una impertinente Renata.

—Sé a qué vengo y a qué me obliga —repuso un molesto Sergio.

En aquella época era normal que el hijo de un aristócrata supiera que, tras ser integrado en otra familia de la aristocracia, tuviera que hacer las labores de paje hasta que su aprendizaje concluyese.

—Si tanto sabes, Sergio, sabrás que al llegar a casa habrás de llevar una bula de plomo colgada del cuello —apostilló el menosprecio de Renata.

—¿Con qué fin he de llevarla?

—Para que la gente de Vernuy distinga que eres un paje.

—¡Hermana, no rebajes a nuestro nuevo hermano! —intervino Lorenzo.

—¡Avisar no es rebajar! —Renata no cejó en su ánimo.

—¡La bula de plomo es un distintivo de mendigos! —refutó Lorenzo.

El niño castellano supo defenderse en culto:

—No veas mala intención, Lorenzo; yo creo que Renata se refiere a la medalla, y no bula de plomo, que portaban los hijos de las nobles familias romanas con la misma nobleza de la vuestra o la mía, hasta que llegaban a vestir la toga de patricios —ironizó Sergio.

Renata refunfuñó, puso el caballo al trote y dejó atrás a los hermanos sonriendo entre sí. Terminó de encrespar el ánimo de la niña que *Amaralba* y *Chala* —la pinta y la guepardo— se habían hecho tan amigas como amigos Lorenzo y Sergio, y correteaban juntas entre los ramos de lavanda. Renata se negó a frenar la creciente inquina que sentía hacia Sergio y, metafóricamente, la embuchó en su cuaderno dorado, detalle que le ayudaría a maquinar el modo de someter a su voluntad al que la alborotaba por invadir sus dominios y que consideraba ya un intruso, no ocurriéndosele nada mejor que llegar a casa cuanto antes para buscar en el manual una hierba que dejara el albedrío de Sergio aletargado y sometido a sus caprichos. Algo latía dentro de Renata que se resistía a reconocerle como hermano. Después de haber rumiado la venganza, volvió la cabeza, le sonrió, clavó en él sus ojos gatunos y se sintió aliviada. Sergio permaneció perplejo unos instantes ante la mirada y la sonrisa enigmáticas de la niña, hasta que Lorenzo le advirtió:

—Mucho tiento con las mujeres, Sergio, cuando miran y

sonríen de tal forma es que traman algo, y me temo que nada bueno para ti.

—Seguiré tu consejo, desconfiaré de ella.

—Veo que me entiendes, pequeño Sergio, hay que ser cínico con las mujeres, basta con decir lo contrario a lo que piensas para liarlas.

El paternalismo del muchacho fue puro alarde, se las daba de experto en lo tocante a la psicología femenina sin reparar en que su altanería no dejaba de ser una prueba de su inmadurez. El niño evitó asentir.

—Yo nunca miento y no sé liar a nadie.

—Mira, Sergio, cualquier chica se resiste a ser dominada porque adora dominar, por eso hay que liarla. Como no líes a Renata, hará de ti uno de sus juguetes; es caprichosa y voluble. Me temo que, para que te acepte, habrás de lograr que vea en ti un ser superior a la imagen que ella tiene de sí misma.

—¿Y tú cómo sabes tanto de zagalas?

—¡Porque a mí sólo me importan dos cosas, el vino y las mujeres!

—¡Lorenzo, no las llames cosas, mi madre me enseñó que también las mujeres son personas!

—Es mi manera de hablar, no pretendo ofenderlas. ¡De todos modos, creo que las mozas y el vino son las dos cosas más difíciles y entretenidas de dominar en este aburrido mundo!

—Sobre todo el vino, que tú no paras de beber.

—¡Son aún peores las mujeres, Sergio, dónde va a parar! Mi lema es: «Desmesura y tralla»; sin mesura con el vino ni atizando a las chicas en sazón, basta con hacer restallar la fusta para que vuelvan a tenerte en cuenta...

—Tu lema, en lo que respecta a las mujeres, resulta tan injusto e hiriente como ciertas normas castellanas.

Sergio pensaba en unos preceptos que había oído en Morjas durante un sermón del padre abad, contenidos en el Fuero de Cuenca, promulgado dos décadas atrás, en el año de 1184, que castigaban a todo varón que cometiera determinados delitos contra la mujer.

—¡Por favor, dímelas, me divertirá conocer tales normas!

—A mí no me divierten, Lorenzo, yo diría que me asustan. Ten en cuenta que Castilla, comparada con lo que voy viendo de Provenza, todavía está poco civilizada. ¿Te atreves a escuchar algunas?

—¡Estoy deseando hacerlo!

—En mi tierra se castiga con penas que nunca son severas, pues no pasan de una leve multa y de ganarse la enemistad declarada de la familia de la mujer ofendida. Te citaré tres: «Se castigará al que tome a la hembra por los cabellos y la arrastre a caballo por los campos, al que con mala saña le corte las tetas y al que mate a la que a todas luces esté preñada.»

Lorenzo soltó una carcajada que hizo respingar a su montura y, una vez recobrado el paso, exclamó:

—¡Mira que sois bestias los castellanos!

—Admito que muchos lo son, sin ser mi caso ni el de otros hijos de Castilla, que yo me rijo por una máxima materna: «Jamás de los jamases, bajo ningún concepto, des mal trato a anciano, mujer o niño.»

—¡Sergio, coincidimos en el trato que hay que dar a las mujeres!

—Yo creo que no, Lorenzo...

—¡Las hembras de raza humana a veces aportan beneficios!

—¡Qué dices! ¡Ni que fueran mercancía!

—Fíjate en tu nueva hermana, hermano; a pesar de ser retorcida y sin quererlo, nos ha servido para que tú y yo empecemos a congeniar.

Cuando a las pocas noches regresó Tomé a casa comprobó la revolución que se había producido entre sus hijos menores. Renata había sometido a su hermano putativo a todo tipo de humillaciones. Con la excusa de lavarle y adecentarle, había llegado a producirle quemaduras y deshidratación. A raíz de esto, Tomé tomó conciencia plena de que aquella diabla había sido engendrada desde un cerebro con la misma catadura justiciera de Blasco y concebida en el manantial de banalidades de Marcia.

Las atrocidades sanitarias que padeció el niño, y de las que Lorenzo no pudo rescatarle por estar catando cubas y sobando mozas, tuvieron lugar escalonadamente. Renata, primero, sometió a su huésped a la vergüenza de la desnudez pública; estuvo presente y obligó a que lo estuviera la servidumbre cuando le arrebató el sucio jubón al niño, que evidenció la roña y las colonias de parásitos que llevaba adheridas a su frágil anatomía. Segundo, se le hicieron tragar purgas con aceite de ricino crudo para que expulsase posibles lombrices y supuestas tenias, además de tener que soportar el pobre las temibles lavativas de ajo y geranio, disueltos en agua casi helada. Tercero, Sergio fue bañado en agua de sal gorda con vinagre, y recibió friegas, refriegas, frotes y refrotes con jabón de azufre en su flaco cuerpo, que se inflamó y engordó debido a que le brotaron ampollas y sarpullidos. Cuarto, se vio trasquilado y con calvas por la acción de las liendreras de concha de carey. Quinto, Renata le hizo engullir sopas de ortiga blanca, planta descrita en su cuaderno de seda, rica en hierro y magnesio pero escasamente calorífica y nutritiva, sopas vomitivas que la niña usó para devolverle al niño el equilibrio fisiológico destrozado por los tortuosos purgantes y los gélidos enemas, que acabaron dejándole con menos carne que un faquir, flotando, ausente de la realidad presente, cuasi moribundo, hecho un andrajo, y todo ello por los funestos afanes depuratorios de Renata.

Desde la mitad de aquel verano y a lo largo de quince tediosas y tenebrosas lunas —lapso que duró la convalecencia del torturado—, el tercer conde de Vernuy, enemigo de castigos corporales, le retiró la palabra a Renata y permaneció junto a la cama de su hijo menor prodigándole cuidados que impidiesen su fuga a otro mundo evanescente como el de los ángeles, suministrando mucha sabiduría curativa y tesón espiritual a una criatura hurtada por delirios y hundida en fiebres. Tanta absurda crueldad de entrada, tanta dedicación después, nivelaron la balanza para dar acceso a la renovada vida de Sergio.

Con los ocres del otoño del año de 1204 se acabaron en Vernuy las tareas agrícolas de recolección. Llegó el momento de que los artesanos desempolvaran bancos y utensilios. Sergio, a medida que se hacía patente su mejoría, empezó a odiar el interior de la torreta donde había permanecido atrapado como una crisálida dentro de su camisón de seda a lo largo de cinco estaciones. El hecho de ponerse las calzas —la una blanca y verde a rayas, y la otra roja sangre—, más los zapatos encarnados, de poder calzarse el jubón de terciopelo rosa y sentir sobre sus hombros la túnica azul bordada en oro, supuso el triunfo de la vida contra las torturas. Vestirse de paje parecía un sueño y la mariposa de colores, tímidamente, echó a volar.

La recuperación de Sergio llevó a Tomé a montar un laboratorio distinto al suyo para que su hijo diera con el elixir que le había confesado que tenía que buscar. El conde puso su empeño en el proyecto por estar cercano el undécimo cumpleaños del niño. Quería apartarle de los estertores de la Cuarta Cruzada y de la agresividad que se cernía sobre el mundo conocido, puesto que bizantinos, latinos y turcos andaban a la greña y era devastada Constantinopla con el fin de que se creara el Imperio latino de Oriente. Nada mejor que habilitar otro taller de investigación. En él, Sergio podría descubrir el elixir que tanto buscaba y, mientras investigase, disiparía los nefastos hedores que levantaba la cabalgata de los cuatro jinetes —guerra, hambre, muerte y peste— del Apocalipsis.

Mientras Tomé dirigía la puesta a punto del nuevo taller, Lorenzo trasvasaba y envasaba caldos en presencia de Sergio, que cada tarde le ayudaba a salir de la bodega y le conducía más torcido que derecho a la casa condal, escuchando desorbitadas alabanzas sobre los vinos cuando no desatinos contra las mujeres, su otra razón de vida. Renata, arrepentida de sus desmesuras, quiso ganarse su amistad, para lo cual se lo llevaba por las mañanas hacia los campos otoñales de lavanda, ahora verde ceniza; allí, después de mostrarle la planta que correspondía a la dibujada en el cuaderno obsequiado por Selyúkidas, le enseñaba dónde localizarla, cuándo había de ser cogida y qué parte de ella había que guardar. El afecto de los niños, por ser insistente

Renata y Sergio nada rencoroso, se fue consolidando ante la satisfacción de un siempre vigilante Tomé.

A partir de aquí, el amor de los cérvidos marcó el paso del tiempo, pues de brama a brama y de berrea a berrea, el año de 1204 se iría con la misma celeridad que llegó el año de 1205. Consolidado el Imperio latino, Provenza parecía querer erigirse en una región equidistante entre la barbarie turca de Oriente y la sinrazón cristiano-judeo-mora de Occidente. Con paralela intensidad se fundían sobre la villa de Vernuy las supersticiones, que reverberaban en la luz del sur de Europa, con las leyendas, que emanaban de las nieblas del norte. La mente de Sergio se fue abriendo a claroscuros incesantes y, gracias a su padre, logró saber que la superstición empieza donde termina la ciencia y que la tradición oral termina donde empieza la leyenda. Sea lo que fuere, en Provenza pasaban los días como en Castilla los meses y aquellas aleccionadoras y preciosas fábulas que Catalina le había narrado a Sergio en el palomar de Morjas, en Vernuy vertebraban la realidad de cuantos carecían de un dios o un ídolo en quien fiar. Un día, mientras clasificaba las últimas sustancias que había adquirido Tomé para el laboratorio, Sergio halló una cuyo nombre le atrajo.

—¿Qué es este polvo marrón que recibe el nombre de hachís, padre?

—La resina de una planta humilde de efectos soberbios, el residuo de la leyenda de los *hassasiyyin*...

—¿Una leyenda, dices? Cuéntamela.

—¿La quieres oír ahora o todavía te encuentras cansado?

—¡Demasiado ha descansado durante quince meses, padre; anda, cuéntanosla a los dos! —irrumpió Lorenzo, que venía más que contento por el color y el sabor que estaba tomando en las bodegas la vendimia.

—Está bien, os la contaré tal cual me la refirió Selyúkidas... A mediados del siglo pasado hubo en Persia un guerrero tan dañino como traicionero llamado Hasan ibn al-Sabbah, que fue arrojado de la corte del sultán Malik sha y se afilió a los ismaelíes, secta enemiga de la moral que rendía culto a una misteriosa doctrina satánica que dispensaba a sus adeptos de todos sus deberes, tanto es así que Hasan ibn al-Sabbah se aprovechó de la falta de principios para tomar el mando de los sectarios más sanguinarios.

—¿Qué hacían con la resina del hachís? —demandó Lorenzo.

—La fumaban, y cuando más drogados se sentían saqueaban cuantas aldeas encontraban, asesinando en ellas a sus gentes. Por eso, los fumadores de hachís cobraron el nombre de *hassasiyyin*, que significa asesinos.

—¿Fumar hachís te convierte en un criminal? —preguntó Sergio.

—No necesariamente. Habéis de saber que un estupefaciente multiplica sus efectos sobre el cerebro en la misma medida en que éste sea capaz de asimilarlo. De ser bobo, la droga te hará lerdo; de ser listo, astuto; de ser débil, vicioso; de ser bueno, místico, y si tienes tendencias criminales, las activará hasta convertirte en homicida. Tenedlo siempre en cuenta a la hora de probar cualquier sustancia que altere vuestras conductas, nunca debéis olvidar que estimularse o sedarse puede resultar tan desconcertante como traumático, tenedlo bien presente —añadió Tomé.

Renata escuchó la conversación y, rápidamente, cotejó las hojas de seda de su manual por si contenían la planta de la que se obtenía la resina del hachís. Era normal que una especie tan alucinante figurase en el cuaderno dorado. Sólo faltaba dar con la susodicha, aguardar a su floración y extraer la resina, o comprarla en los mercados de Marsella para dársela a probar, a la vez, a Lorenzo y Sergio, pues si Tomé no andaba errado, las reacciones de uno y otro hermano serían distintas y, de acuerdo a lo que Renata maquinaba, ambos quedarían a su merced con sus más íntimos sentimientos al descubierto.

El sexto sentido que tenía Lorenzo con las mujeres detectó algo extraño en los ojos gatunos de Renata; su amarillenta mirada salía afilada a través de sus párpados caídos imitando rendijas y algo tramaba, aunque le falló la intuición por creer que el malicioso mirar de la niña iba dirigido contra Sergio en concreto, cuando la maliciosidad era de doble filo y de igual manera le aguijoneaba a él. El primogénito, con quince años cumplidos, andaba lejos de entender que cualquier mujer es un almacén de miradas. En cambio, el niño, próximo a cumplir los doce al igual que la niña, percibió un fogonazo que le iluminó el cerebro y le recorrió la espina dorsal.

—Me encanta el brillo de tus ojos, Renata —dijo Sergio.

La niña alzó los párpados de golpe, cesó su amarillento brillar y se ruborizó; también ella había encajado la oscura sacudida del mirar del niño.

—No me mires así, Sergio, recuerda que eres mi paje y que me debes respeto —se escabulló Renata.

—Es que yo soy muy mirón; además, no te está mirando el paje, te estoy mirando yo. Lo hago adrede porque sé cómo adiestrar los ojos, cosa que tú no sabes, ¡boba! —se mofó Sergio.

—¡Eres un impertinente! —saltó la niña.

—¡Anda, quién fue a hablar de impertinencia! —terció Lorenzo.

—¡Juro que me la pagaréis los dos! —zanjó Renata, y salió corriendo entre desairada y ruborizada.

—Yo creía que tramaba contra ti y trama contra ambos. Hemos de adelantarnos a Renata y hacerle una perrería para fastidiarla, porque va de llana y tiene más vueltas que las aspas de un molino —propuso Lorenzo.

—¡Se me acaba de ocurrir una treta genial! —exclamó Sergio.

El menor susurró su plan en la oreja del mayor y entre carcajadas se pactó la perrería, que era genial de veras y de la que la gata saldría escaldada. A Renata le hacía falta que alguien dispuesto a tragarse los escrúpulos encadenara en su contra tres tópicos: bajarle los humos, darle una lección y ponerla en su sitio.

—Cada instante que paso junto a ti me caes mejor, Sergio.

—Y tú a mí, Lorenzo, hermano...

Llovió durante semanas sobre la villa. La lluvia hizo emerger del barro un montón de tristes recuerdos que Tomé y Sergio soslayaron, tales añoranzas serían sepultadas en los lodos de la misma manera en que fueron devastadas las hormigas voladoras que los pájaros, alborotados entre los cañaverales a la vera de los caminos que llevaban a Vernuy, salían a picotear. La melancolía fue cediendo por la necesidad de olvidar y por las ganas de vivir y el agudo ¡tsip, tsip, tsip! del buitrón furtivo se confundió con el chapotear del agua y con el explosivo ¡ti, tipitipitipi, ti! del ruiseñor bastardo, que apenas se dejaba ver. Aquel otoño diluyó en pura música el segundo aniversario de la muerte de Catalina.

Con las primeras escarchas del invierno, Tomé le comunicó a Sergio que el obrador de aromas, pensado y destinado para él, había sido concluido y que estaba listo para ser estrenado cuando quisiera. El conde calló que quizá fuera señal de futura adversidad que graznasen los cuervos mientras removían la tierra a las puertas del nuevo taller; nadie pudo prever que su inauguración era cosa que fuera a hacer tanto ruido ni que los desenlaces de algunos experimentos que allí se iban a celebrar trocarían los sueños de sus hijos de la forma tan determinante en que lo hicieron.

El recinto fue adosado al laboratorio para permitir que las corrientes del arroyo entraran y salieran por una reguera que, a su vez, vertía en unas pilas de piedra de granito que eran calentadas con leña de haya y sobre las que, lentamente, se cocían las bases que generarían las distintas memorias aromáticas de cada ensayo. El conde persistía en su empeño de apresar el olor de los recuerdos, idea que transmitió a Sergio.

Cada aroma le fue enseñando al niño que toda sensación podría olerse de alcanzarse el difícil —por inestable— equilibrio de la transmutación. Del mismo modo que los alquimistas de la Antigüedad habían desarrollado dicho parecer demostrando que la pasta resultante de disolver mercurio, oro y plomo en un crisol se transmutaba en el oro más fino, las emociones perseguidas por los Bue iban siendo reducidas a unidades olfativas mediante la aplicación de las leyes de simpatía y de antipatía, en cuya benignidad las sustancias del universo físico se abandonan o se alían. La máxima, escrita en los primigenios códices alquímicos, le fue revelada a Sergio por Tomé y pasó a presidir el nuevo obrador, escrita con letras de pan de oro y abrazada por una orla:

Una naturaleza pervive y subsiste
si está encantada por otra naturaleza.

Ante el espanto de sus familiares, el enunciado despertó en Lorenzo, insospechada pero violentamente, un ataque de epilepsia. Con la misma incontinencia con que entra en actividad un volcán, sin previo aviso, el mal de posesión se manifestó en el muchacho y, a juzgar por su furibundo y animalesco gesticular, se diría que estaba poseído por un diabólico monstruo interior con cuerpo de cabra, cola de dragón y fauces de león. Inexplicablemente, la lectura de la máxima referida había encabritado a la quimera de raíz epiléptica que Lorenzo cobijaba en su alma hasta hacerle vomitar llamas y espumarajos, como si la maldición le fuera consustancial desde que su gaznate secó la primera jarra de vino, como si el monstruo epiléptico hubiese fermentado en el poso de los alcoholes.

Tomé y Sergio reaccionaron de inmediato y elaboraron, al dictado de Renata, un filtro descrito en su cuaderno de seda, una infusión conocida desde los tiempos de Hipócrates que combinaba las simientes y los tubérculos de la peonía. Por fortuna la pócima sedó a Lorenzo y, bien sedado, dejó que sus cuidadores le arrojaran al arroyo; la gélida agua hizo el resto, pudo con el diablo. Lorenzo dio muestras de volver en sí. Prueba de ello es que cogió la trucha que se le había colado en el jubón y se la metió en la boca para evitar morderse la lengua con los postreros estertores de la epilepsia. Después de que el chico saliera tiritando del agua con la piel violácea, padre y hermano colgaron de su cuello un collar hecho con las simientes negras y las rodajas rojas de los tubérculos de la peonía, que debería llevar durante tres lunas seguidas para neutralizar el poder de malignas entidades en el interior de su cuerpo. Igualmente hicieron desaparecer del obrador la máxima enmarcada en la orla, de imprevisibles consecuencias cerebrales en un aprendiz de brujo.

Lorenzo siguió mentalmente afectado durante la luna

llena, lo cual no fue óbice para permitirle identificar las propiedades desinhibidoras del elixir —término árabe derivado del griego *xerion* (ingrediente)— del que se valían los *hassasiyyin* cuando se disponían a cometer sus atrocidades. Sergio intentó disuadirle, pero como Lorenzo andaba tocado, no hubo forma, continuaba enloquecido y determinado a segregar el oleaginoso ingrediente activo del hachís para, una vez extraído, disolverlo en un vino que él calificaba de único entre los de la última vendimia. Todavía en período de convalecencia y algo alocado, el muchacho —aparte de científicamente nulo— dedujo que el poderoso *xerion*, tras macerar en el vino, se transformaría en una bebida con propiedades angelicales y catapultaría a los jardines del nirvana a todo aquel que tuviese el arrojo de embriagarse, con lo que daba por sentado que sería reconocido como una pócima muy eficaz contra la soberbia.

Lorenzo también propuso reclamar la visita desde Toulouse de su mejor amiga, Clotilde de Charnay, promiscua adolescente e hija de la modista del mismo nombre, estimando decisiva su presencia para iniciar a su hermano en el placer de los olores dérmicos y en la suavidad de las caricias femeninas. Naturalmente, Sergio se negó a escucharle por estar enfrascado en sus experimentos. Se había comprometido consigo mismo en que, antes de que otro año remontase el calendario, habría desentrañado, con el fin de descubrir el elixir, la memoria aromática de muchas esencias de acuerdo a sus orígenes: almizcleñas, animales, aromáticas, balsámicas o resinoides, florales, frutales, herbáceas y variadas familias de especias, y no contaba con tiempo para dedicarlo a trivialidades. Bastante tenía con ocuparse de las esencias que iba aislando en su rincón de cata como para hacer sitio a los despropósitos de Lorenzo. Aun así, éste, obstinado en hacer valer su sentido lúdico del erotismo, aprovechaba cualquier ocasión para convencer a Sergio de que, estando cerca de liquidar su pubertad, algo en lo hondo de su entraña pronto se le prendería y le haría sentir un fuego abrasador que no podría controlar por pertenecer a lo más bajo dentro de las facultades humanas, como son los instintos.

—Sergio, insisto en que debes conocer a Clotilde.

—¿Por qué te empeñas, Lorenzo?

—Aparte de ser una chica dislocadísima, siempre anda caliente, y quiero que estudies, desde el prisma de los efluvios orgánicos que emiten las hembras cuando están en zelo, sus peculiares fluidos corporales. ¡Seguro que el picante olor que exudan sus axilas y la agridulce estela rancia que emana de sus ingles...!

—¡Para de decir gorrinadas, tanto flujo me revuelve las tripas!

—¿Entonces qué, Sergio, le digo que venga?

—Es tu amiga, tú sabrás...

—¿Se lo digo, entonces?

—Haz lo que quieras, pero de venir, que venga lavada y relavada, y la volveremos a lavar aquí; de lo contrario nunca podremos determinar la diferencia entre el olor de su zelo y el hedor de su suciedad.

Lorenzo, excitado en alma y alterado en cuerpo, llamó a un criado y le ordenó soltar una ave mensajera de los señores de Charnay portando la invitación hacia Toulouse. Quería contar con la impudicia de Clotilde para las fiestas de finales de año. Sergio, por su parte, aprovechó la calma que instauró tras de sí el que su hermano se encerrara en las bodegas para refugiarse en su mundo de pesquisas, donde pudo constatar que el romero provenzal, por oler a alcanfor, olía de manera distinta a como huele por Castilla, lo cual le llevó a pensar que el elixir referido por su madre en el lecho de muerte quizá no pudiera obtenerse en Vernuy.

Hablando de raíces castellanas, habían pasado casi veinte lunas sin noticias de Blasco cuando llegó la noticia —procedente del obispado de Marsella— de que el de la piel de lobo y la que con él cabalgaba, blindada con cincho de plata y vestida de cabruna, habían hecho de las suyas en tierras de Italia, concretamente en Alessandria, Parma, Pisa y Siena. Corrían los tiempos en que la autoridad pontificia dictaba legados para destituir a los obispos incapaces de atajar las herejías amparadas por el conde de Toulouse. Uno de tales clérigos, un tal Folquet de Marsella, vil burgués y antiguo trovador, tras haber sido elegido abad de Thoronet en diciembre del año de 1205, se vio increpado mediante una exhortación de puño y letra de Inocencio III por no ajusticiar herejes como era menester, es decir, con la misma soltura con que décadas atrás había condenado a muerte a ocho mil languedocianos. En el mismo paquete del exhorto también se contenía una misiva inspirada por Blasco y transcrita por la Saluzzo. La misiva sobresaltó a la tranquila familia Bue, pues había que ver lo que decía:

«A nuestro triunfal paso en el nombre de Dios Nuestro Señor no ha quedado ceniza sobre tierra ni hueso entero bajo su faz. Blasco está ufano, somos felices, las calaveras de los herejes que hemos dejado tras nosotros sonríen mientras se tuestan bajo el sol latino. Durante las últimas hierbas, las yeguas han parido en abundancia y la manada de caballos, si era hermosa, ahora es la más importante reserva ecuestre de Occidente. En la urbe de Alessandria ha sido diezmada en la horca su población hereje; en la de Parma, la intendencia se aprovisionó con cantidades ingentes de queso bien curado; en el puerto de Pisa fueron requisadas doscientas arrobas de arenque en salazón y otras cien de atún aún vivo y coleando; y durante un merecido descanso en Siena, con la vista puesta en Roma, Blasco aceptó de mis primos los Chiaravalle un laúd de roble, con clavijero y arabescos de marfil, aceptando el nombramiento de maestro de la trova debido a sus cualidades musicales para el canto, que nada han de envidiar a las de los ruiseñores italianos, de creer a sus mentores. Tan alta distinción ha hecho de Blasco un héroe popular y el muy dulce —por arcaico— estribillo que no para de cantar, suena y continuará sonando en los confines de este reino:

Né latino, né tedesco,
né lombardo, né françesco,
de tutto regno cristïano,
¡apostolico romano!
sono puro castigliano.
Corridor caval pultresco,
tant'è di bontade fresco...

»La bronca voz de Blasco hace vibrar a todos, y cada vez que entona su cantata predilecta siento que abre estrías en mi cinturón de plata. Nuestra inminente visita a Inocencio III reforzará el buen nombre del condado de Vernuy y, aunque la Cuarta Cruzada haya concluido, sabemos que existen regiones ignoradas, hechizadas e impenetrables entre Roma y Constantinopla que hay que someter a la voluntad del papa. Piensa, querido Tomé, que permanezco pura y salva junto a mi caudillo Blasco, futuro terror de Oriente. Jamás dejaré que transcurran más de dos años sin que nuestros hijos y tú recibáis noticias frescas mías y del guerrero-trovador en cuyas manos depositaste mi custodia. Tu redimida esposa, Marcia Saluzzo, tercera condesa de Vernuy.»

Una madrugada, Sergio se reencontró con *Amaralba* en un claro entre el bosque de hayas. La yegua había estado relinchando durante las últimas noches, reclamando su atención. Era evidente que la pinta iba a entrar en zelo porque cuando Sergio dio con ella no paraba de contonear la grupa, arquear la cola y marcar los límites del prado con su orina. Ambos quedaron para verse durante la noche en las cuadras de Vernuy, donde la yegua elegiría un semental con el que aparearse.

En el momento previsto, Sergio se fue para los establos con una hacha de luz y, silbando muy suavemente y de vez en cuando, aguardó a que apareciera la pinta. Fue una noche sin luna, las estrellas se habían congelado por el frío y proyectaban una luz empañada por la neblina que salía del arroyo haciendo todo misterioso. En un principio, Sergio no reparó en que Renata le seguía envuelta en una manta tan oscura como las sombras. *Amaralba* se presentó detrás de las cuadras a la hora del búho, que ululaba sin cesar por también estar en zelo, y tuvo que ser la yegua la que advirtiera, con sus quedos resoplidos, la extraña compañía de la niña para que el niño volviera la cabeza.

—¿Qué haces siguiéndome a estas horas? —dijo Sergio, molesto, cuando la descubrió.

—Intento averiguar qué tramas, porque no son horas para estar molestando a los tres mejores sementales que mi madre mantiene en los establos —repuso la intrusa.

—No estoy haciendo nada raro ni malo.
—¿Entonces por qué no lo haces de día?
—Porque lo que tenemos intención de hacer *Amaralba* y yo preferimos que no se sepa.
—En Vernuy todo se sabe, tanto el día como la noche tienen cien ojos y no se puede hacer nada sin que acabe por saberse. Ya me puedes ir contando lo que tramáis la pinta y tú.
—De acuerdo, Renata, pero tú también tendrás que guardar el secreto.
—Lo pensaré... Lo guardaré si me conviene.
—¡No quiero seguir discutiendo bobadas! Te lo cuento: *Amaralba* busca marido, por cierto, igual que tú.
—¡Que yo busco marido!
—Claro, Renata. ¿Lorenzo y Tomé no te lo han dicho todavía?
—¿Decir qué?
Renata se encrespó por ser la última en enterarse de algo que le concernía y Sergio se aprovechó para plantearle la perrería que él y Lorenzo habían urdido para sacarla de quicio.
—Tanto tú como yo cumplimos trece años en diciembre.
—¡Pues vaya una sorpresa, Sergio; que yo cumplo años en diciembre lo saben en Vernuy hasta las piedras!
—Pero lo que no saben las piedras, ni por supuesto tú, es que a partir de que cumplas trece años habrás de prometerte en matrimonio.
—¿Qué? ¡Menudo disparate!
—Nada de disparate, Renata, es una norma que ni siquiera una redicha como tú puede eludir. Así que vete haciendo a la idea, a principios de marzo habrás de ser elegida por un pretendiente entre los muchos desdichados que acudirán a pedir tu mano.
—¿A mí me va a elegir alguien que yo no quiera?
—Dalo por hecho, aunque, para ser sinceros, nadie te va a elegir a ti.
—¿Acaso no merezco ser elegida?
—Entiéndeme, sabionda, no serán los pretendientes los que te elijan, sino sus regalos...

La perrería era hacerle creer a Renata que iba a celebrarse un torneo de regalos en Vernuy con el fin de que el pretendiente que presentara el regalo más bello, original y sentido obtuviera la mano de la descendiente de los Bue.

—¡Menuda locura!

—¡La de regalos que te esperan!

—¿Si el regalo que elija no pertenece al pretendiente que me gusta, también he de casarme con él?

—También, Renata, también; no tienes escapatoria.

—¡Voy a hablar con padre para que el torneo no se celebre!

—Ahórrate el discurso. Tomé ya ha aprobado que dicha justa tenga lugar; Lorenzo y yo le hemos convencido. Antes de que empiece la primavera del año de 1206 estarás comprometida. Las peticiones de regalos ya han sido cursadas. Lo siento, Renata, no hay vuelta atrás; date por rifada y, posteriormente, por desposada.

Tan congelada quedó la niña con la noticia que parecía una de tantas estrellas hibernadas en el firmamento. Renata acababa de sucumbir ante una broma perfectamente sostenida sobre una costumbre medieval en uso.

Amaralba resopló para hacer notar su impaciencia, deseaba conocer a sus propios pretendientes y penetró en las cuadras haciendo resonar el empedrado. Renata comentó:

—Sergio, ¿te has fijado en si *Chala* está entrando en zelo?

—¿La guepardo? Puede...

—Yo diría que sí, la persiguen los gatos, no la dejan en paz.

—Parece lógico, Renata, entre diciembre y enero se aparean los felinos.

—Pero *Chala* no se aparea; en cuanto se le acercan con intenciones de cubrirla, se los come. Como siga así, no va a dejar un gato vivo en Vernuy.

—Buscarle un macho a *Chala* va a ser muchísimo más difícil que buscárselo a *Amaralba*. Yo que tú le escribiría a Selyúkidas para rogarle que traiga con él un macho de guepardo cuando regrese por la primavera.

—Me parece una buena idea, lo haré.

El trío de sementales capturó la atención de los niños al

empezar a relinchar; los tres se levantaban de manos y observaban a *Amaralba* con ojos dilatados ante la sorpresa de recibirla medio encelada a altas horas de la noche. La yegua los olisqueó, juntó los belfos con cada uno de ellos y, dudando y volviendo a dudar, trotó del primero hasta el último para terminar reculando como si necesitara meditar su decisión.

—Cuando la pinta elija, le soltamos el caballo, pero que quede claro: la cría que alumbre, sea macho o hembra, será mitad mía y mitad tuya.

—¿Medio caballo para cada uno? ¡No sé, no sé!

—Has de estar de acuerdo.

—¿He de estarlo?

—¡A ver, los sementales son de mi madre; tú sólo pones la yegua!

—Me parece, Renata, que, o poco sé de *Amaralba*, o los sementales se van a quedar con las ganas de cubrirla.

—¿Por qué?

—Me da el aire que no dan la talla que la pinta busca.

—¡Pues los tres son a cuál mejor, son auténticos garañones de la Camarga, ejemplares envidiados, fuertes y nobles!

—Te doy la razón, son unos animales preciosos, pero carecen de la finura de rasgos y la elegante estampa que destila la árabe.

—Se decidirá por el negro..., no, yo creo que por el blanco..., aunque pensándolo bien..., *Amaralba* empieza a estar prendada del alazán...

La triple indecisión de Renata nunca se aclaró; la yegua rechazó a los tres sementales y salió de las cuadras de estampida.

—¡La yegua y tú sois igual de malos! —dijo una descorazonada Renata.

—¿Por qué lo dices? —se extrañó Sergio.

—¡Me refiero a que la pinta y tú inventáis las leyes que os convienen y hacéis con el prójimo cuanto se os antoja!

—Renata, explícate mejor, ¿qué me quieres decir?

—¡Pues que tu yegua presumida puede rechazar a mis sementales, por maravillosos que éstos sean, y yo he de consentir cargar con el pretendiente que me haga el mejor regalo sin poder poner tierra por medio, como acaba de hacer *Amaralba*! ¡Es injusto! ¡Las hembras racionales estamos condenadas a la desventura y a la obediencia ciega!

—No te quito la razón, pero yo no he hecho la ley de las nupcias provenzales. Te deseo suerte.

—¡Sergio, últimamente todo me sale mal, mi vida es un asco!

—Te aconsejo que afrontes el porvenir por el lado positivo.

El niño tuvo un primer impulso de aparente amor y besó a la niña en la frente. Renata se ruborizó.

—Perdona, Sergio, y gracias, ahora sí que he captado tu mensaje.

—Visto en positivo, las cosas no te van tan mal. ¿Cuántas chicas de tu edad suspirarían por tener un futuro como el que a ti te aguarda?

—¿Lo dices convencido?

—Del todo.

—¿Lo dices en serio?

—Claro, Renata, pronto tendrás la casa llena de regalos.

Cuando Renata descubrió que el beso formaba más parte de la ironía que del juego del amor en sí, le pegó una patada al hacha de luz y salió de las cuadras como *Amaralba*, desmelenada, perdiéndose en la oscuridad.

El solsticio de invierno trajo consigo una copiosa nevada que cubrió de blanco las laderas alpinas. La villa de Vernuy se distinguía de lejos por el humo que salía de las chimeneas de los talleres. Un carromato de aspecto inquietante avanzó lenta y torpemente sobre la nieve guiado por un enano de tez muy bruna, oriundo de Argel y bufón de la familia Charnay, apodado Drom —diminutivo sarcástico de dromedario— debido a su prominente chepa, de cuya cúspide colgaba un par de cascabeles, sonando el uno grave y el otro agudo, para que su cascabeleo indicara el exacto paradero del enano.

En el carromato viajaba la única hija de la señora Charnay, modista de Toulouse. Con el fin de reprimir las indecentes veleidades de su hija, la señora Charnay la obligaba a viajar junto a una aya sajona, sexagenaria y maloliente, que atendía por Godwina y que desatendía a la quinceañera por importarle un bledo lo que hiciera con su honra, pues bastante tenía Godwina con vigilar a Drom para evitar que éste cumpliera su amenaza de envenenarla, pues el enano había jurado hacerlo desde que la sajona le propinó una paliza tras sorprenderle forzando un cisne blanco al que la sexagenaria adoraba. El ave en que Godwina había vertido el amor que los hombres nunca quisieron compartir con ella por lo mal que olía quedó desplumada y tumefacta, motivo por el que Godwina cosió a la chepa de Drom dos cascabeles, bordón y prima —agudo y grave—, para saber en adelante dónde andaba el enano y en qué andaba metido.

Lorenzo se tiró a los brazos de Clotilde no más verla. La quinceañera de Toulouse venía envuelta en lanas rojas que disimulaban su delgadez, exagerando sus huesudas caderas y puntiagudos pechos. Lorenzo y ella se conocían desde hacía un lustro, siempre fueron carne y uña y proclives a ceder a las tentaciones por nimias que éstas fueran, ninguno distinguió jamás el amor de la amistad ni la complicidad de la lujuria, ambos eran jóvenes promiscuos, cuanto ahorraban en sentimientos lo volcaban en pasiones.

—Desde Toulouse vengo pensando en lo que nos vamos a reír. ¡Estoy loca por mostrarte mi jubón sin mangas, mi nuevo corpiño! —dijo Clotilde.

—También tendrás que mostrárselo a mi hermano Sergio, que aún no se ha iniciado en el amor —dijo Lorenzo, y lamió a la quinceañera en la oreja.

La lengua de su anfitrión humedeció de arriba abajo a la hija de los Charnay, que dejó bien alto el pendón materno.

—Por enseñar, nada va a quedar, Lorenzo, y a dos a la vez, mejor que a uno. ¿Desde cuándo tienes tú un hermano?

—Desde que mi padre decidió tenerlo. El joven vale la pena, tampoco se entiende con Renata.

—¡Estupendo, porque Renata es una pelma! Por cierto, Lorenzo, antes de deshacer el equipaje he de pedirte dos favores.

—¡Pide cuanto quieras, ahora no hay más dueña en Vernuy que tú!

—¡El enano llega desatado, te ruego que lo encierres en una jaula; también te ruego que las lavanderas bañen a Godwina, que hiede a puerca!

Lorenzo, a sabiendas de que Drom padecía vértigo y de que el vino le privaba, mandó subir un odre a medio llenar hasta el nido de amor y luego advirtió al renegado que como no trepase hasta la copa del árbol más alto de Vernuy no iba a catar una gota de alcohol durante el tiempo que durasen los festejos de bienvenida al año de 1206. El enano preguntó por el árbol y, tras habérsele indicado, salió flechado hacia la copa para ahogar en ella sus complejos. Más duro fue desnudar, despiojar y restregar con sosa las pancetas y otras excrecencias que hacían de la sajona un apestoso tonel humano. Si no llega a ser porque Godwina tenía menos dientes que una borrica vieja, su reducción y adecentamiento por parte de las lavanderas habría acabado con las sirenas del bosque.

Desterrado el bufón a las alturas de su copa y confinada el aya a las cocinas, donde se aplicó en beber cerveza como sólo lo hacen los sajones, Clotilde tuvo el campo libre para desarrollar su misión pastoral de acuerdo a la solicitud del primogénito de los Bue. Cuando Tomé sorprendió la escena que hubo lugar en una de las torretas creyó que Marcia había vuelto del pasado al presente rejuvenecida por completo. El conde dudó si reír o molestarse con la escena con que se dio de bruces. Allí estaban la invitada y sus tres hijos escenificando una bacanal romana digna de la Saluzzo. Clotilde, desnuda de cintura para abajo y desabrochado el corpiño de ombligo para arriba, cimbreaba semibeoda sus caderas, glúteos y mamas a ritmo del tronar de una arpa que a dos manos tocaba Lorenzo, igualmente medio bebido y casi desnudo, pues apenas tenía puestas las calzas, ante la complacida perplejidad de Sergio y la cara de repulsa de Renata, que espiaba oculta tras un arcón, zelosa de no haber igualado todavía la insinuante sensualidad corporal de la hija de los Charnay, por lo que la niña marchó a maquinar algo con sus hierbas, algo que perturbase la euforia del grupo que la ignoraba.

Sergio empezaba a entender los ritos paganos de Vernuy, ritos que pregonaban la alegría y el placer de vivir por vivir sin necesidad de ahondar en las tristezas y miserias de la vida. Sin renegar de ser hijo de una hidalga castellana, ya asumía ser hijo de un hidalgo provenzal. En la mentalidad del joven se estaba generando un cambio, difícilmente volvería a conmemorar el nacimiento del Mesías de la forma en que lo hacían los pacatos cristianos de entonces; resultaba mejor abrazarse a la placentera existencia secular y admirar el voluptuoso baile pagano de Clotilde mientras Lorenzo hacía tronar el arpa de la disipación.

Con el triunfo de la carne se habían olvidado del enano de tez bruna, que estaba a punto de morir congelado —en lo alto de la copa— a merced de una ventisca de nieve. Tomé avisó a los jóvenes de que el bufón, agotada su ración de vino, había recuperado la lucidez y que, habiendo adoptado el rol de un muecín y tomado el haya por un minarete, mandaba repetidas plegarias de auxilio. Lorenzo se ocupó del problema. Poco tardó Drom en ser asistido con un odre de vino y con un pernil de puerco que Godwina metió en un saco en el que también cupo la peor fe del mundo. Un zagal se echó las provisiones a la espalda, trepó hasta perderse de vista allí arriba donde la ventisca impedía divisar la copa y, cumplida su misión, bajó cristalizado por la nieve. Clotilde, impasible, envuelta en la misma manta que Lorenzo, oía los ruidos que emitía el enano en su sorber y masticar.

—Te acabas de cargar al enano —aseguró Clotilde.

—¿Estás de broma? —sonrió Lorenzo.

—Te digo que ese menú acaba con Drom; apuesta lo que quieras, ese menú lo mata, ya lo verás —aventuró la quinceañera.

—¡Ojalá revientes, sapo negro! —maldijo Godwina, y escupió hacia arriba para volver a hacerlo contra la nieve y maldecir otra vez—: ¡Ojalá te caigas y se parta tu espinazo de demonio!

—Sajona, atiende, en Vernuy no maldecimos ni escupimos, menos aún deseamos la muerte de un ser humano. De repetirlo, te expulso del condado y te obligo a marchar a pie hasta Toulouse —reprimió Tomé con autoridad.

—Dime, Clotilde, ¿por qué te empeñas en que las provisiones van a matar a Drom? —demandó Lorenzo.

—Porque agravarán su condición de proscrito; tras sorber vino y tras masticar puerco se suicidará lanzándose al vacío —aseguró Clotilde.

—Sigo sin entender —dijo Lorenzo.

Tomé intervino para explicar lo que Clotilde pretendía decir.

—Mira, hijo, la fe islámica prohíbe a sus seguidores beber caldos alcohólicos y probar cualquier variedad de carne porcina. El libro sagrado de los musulmanes, un bellísimo texto conocido por el Corán, así lo exige. Ahora bien, de ahí a que Drom se suicide... Ésa es una suposición defendida por Clotilde que sólo ella podrá aclarar —razonó Tomé.

La ventisca se intensificó de forma tan inclemente que cada cual se reintegró a lo suyo. El porche quedó sepultado por la nieve y el enano abandonado a su suerte.

Clotilde inauguró los juegos de invierno. Para abrir boca enseñó a los hermanos un sistema que permitía entrever las equívocas intenciones de las mujeres cuando un hombre las pone en un aprieto de difícil salida, sistema que había aprendido asistiendo a las charlas que solía mantener su madre con la alcahueta Jou-Jou Gardanne, propietaria de un burdel portuario en Marsella.

—Prestad atención, os va en ello vuestro futuro éxito con las mujeres. Yo, por ser hembra, sé que si los hombres engañan, las mujeres mienten, y el que ponga en duda lo que afirmo, que me palpe. ¡A ver si aquí no hay hembra! —expuso Clotilde, y se abrió de muslos.

Lorenzo, avezado alumno, participó en la lección magistral tomando la mano de Sergio y obligándole a palpar los latidos vaginales de Clotilde.

—¿Qué, hermano, hay hembra o no hay hembra? —exclamó Lorenzo.

Sergio se quedó mudo y paralizado; quería retirar la mano, pero la mano no quería, apenas sintió el ardiente impulso del rubor, la sangre ascendió por las venas de su cuello hasta enrojecerle mejillas y orejas. Clotilde, feliz por haber dominado a sus discípulos, despejó la ecuación:

—«Cuando una mujer dice SÍ, está queriendo decir NO. Si se mantiene en que NO, está reafirmando que SÍ. La duda de un NO SÉ, sin duda, es que SÍ SABE. CREO QUE SÍ significa CLARO QUE NO y TAL VEZ es siempre un rotundo SÍ.» Por hoy ha terminado la lección. Sergio, ¿no te importaría sacar la mano de ahí? —concluyó Clotilde.

El niño, todavía anclado, miró a su hermano mayor y balbuceó:

—¿Qué quiere decir Clotilde, que la saque o que no la saque?

—Te libraré de dudas, pequeño —dijo la quinceañera. Clotilde le apartó con suavidad la mano y añadió—: ¡Vas a ser, donde los haya, un excelente conocedor de las mujeres!

Unas risas hicieron que Renata levantara la cabeza del cuaderno que leía en la torreta contigua. Las fiestas navideñas habían comenzado.

A Tomé le resultó amena y aleccionadora la trampa que sus hijos habían ideado con la intención de bajarle los humos a Renata; es más, el torneo de regalos le pareció una excelente ocurrencia y dio el visto bueno para su puesta en práctica. Las palomas mensajeras volaron prestas hacia sus destinos, aunque salieron con un retraso que le fue ocultado a la niña, pues las invitaciones fueron seleccionadas con sumo cuidado por Tomé y remiradas con el cristal de aumento que Selyúkidas le había dado antes de partir; el conde, correctivos aparte, se negaba a emparentar a Renata con cualquiera. Las confirmaciones de que los anónimos pretendientes llegarían con regalos tampoco tardaron en poblar el palomar de Vernuy.

A principios del año de 1206, distintas comitivas fueron apareciendo por la villa y continuaron llegando durante semanas. El taller de arte empezó a convertirse en un almacén de regalos. Llegado el momento, el conde de Vernuy empezó a preocuparse. Aquello que había comenzado como una broma destinada a darle un correctivo a Renata se estaba convirtiendo en una subasta de imprevisibles, si no nocivas, consecuencias sociales porque, de saberse que el torneo era una farsa, el escándalo podría derivar en duelos a sangre y en la pérdida de la amistad de las familias amigas y más influyentes de Europa. No cabía dar marcha atrás, la ilusión que los participantes aportaban a la justa imposibilitaba su anulación —las justas medievales constituían compromisos de honor con independencia de que las armas fueran sustituidas por obsequios o saberes—, así que la maldita broma se había transformado en una deuda hacia los demás. No cabía otra manera de solucionar el problema que celebrar la atípica justa porque, de incumplirse la palabra prometida, resultaría excesivo el número de enemigos que cosecharían los Bue. Renata, necesariamente, había de ser entregada al vencedor.

Explicada la situación a sus hijos varones, continuaron haciendo inventario de lo que había llegado a Vernuy. Mientras en esto andaban, Lorenzo tuvo la honradez de decirle a su padre que le había contado a Clotilde que Sergio era su hermano y, por lo tanto, hijo de Tomé. El conde se irritó; su primogénito le había traicionado desvelando un secreto familiar.

—¡Estás loco, Lorenzo, cómo has podido hacernos esto! ¡No hay nadie en todo el sur de Francia que no sepa que los Charnay son voces propagadoras, personas ineptas para guardar el asunto más trivial, y no digamos uno tan intrincado como el que nos amenaza! ¡Hijo, estás loco de atar! ¿Te has parado a pensar lo poco que ahora valen nuestras vidas si tu indiscreción llega a conocerla Blasco, vuelve grupas y se presenta aquí? ¡Lorenzo, te ruego que recapacites, busca una solución para que Clotilde calle para siempre!

Avergonzado, Lorenzo pidió una tregua para pensar en cómo reparar su error y se encerró con Clotilde en las bodegas durante varias semanas.

Una cascada de regalos siguió cayendo sobre la villa. Los Faliero, cortados de una rama podrida de los dux de Venecia, estirpe de carpinteros navales, enviaron en compañía de su hijo Angelotto varios carros transportando las piezas desmontadas de un flamante navío. Por su lado, Raimundo de Payns, aguerrido muchacho a quien se tenía por nieto contestatario del fundador de la Orden del Temple, aportó unos cromos manoseados que despedían misteriosos destellos debido a su ribeteado en oro y a lo cuidado de sus atormentadas imágenes multicolores; aquel regalo, en apariencia carente del más mínimo valor, constituía un tesoro único, pues con aquellos cromos cualquiera podría desvelar el pasado, el presente y el futuro; tan extraño obsequio, contra todo pronóstico, cautivó a Renata y pasó a figurar en su pensamiento entre los regalos finalistas.

Las numerosas ofrendas fueron vistas y numeradas con codicia y terquedad por la propia Renata, bajo la supervisión de Sergio, cuya misión consistió en evitar que la niña relacionase cada regalo con el número que correspondía a cada candidato, para que el torneo resultara limpio y parejo para todos los participantes.

Ciertos regalos alteraron los nervios de Renata. Puesto que cualquier tipo de regalo era admitido a justa, cartas amorosas incluidas, también se recibieron misivas de amor. Entre éstas hubo una que avivó la curiosidad de la niña y otra que asaeteó su corazón. La primera hablaba de un oculto enamorado que quería dar la vuelta al mundo en su mirada; la segunda se atrevía a profetizar que el amor entre ellos dos sería tan fuerte que llegaría a envenenar sus sueños; sobra decir que ambas misivas terminaron por formar parte de los regalos que Renata quiso que estuviesen en la gran final.

En tanto algunos atesoraban secretos, Lorenzo se había cogido una borrachera épica; los remordimientos le llevaron a hundirse en una prolongada somnolencia. Clotilde, su compañera de olvido y de tinaja, logró desinhibirse todavía más de lo usual en ella y, aprovechando la seguridad que le aportó haber soplado media arroba de vino y estando eufórica, medio tirada por el suelo de la bodega e intermitentemente bizca, pues dependía del énfasis que pusiera al opinar que sus ojos se le juntaran sobre la nariz o que cada cual se disparara hacia sus orejas, brindó a Lorenzo la solución para arreglar el litigio con Tomé.

—Prométete conmigo, ¡hip!, y nunca se sabrá nada,

¡hip!, del secreto de los Bue, ¡hip! —dijo la soplada de Clotilde.

—Con una condición, ¡burp! —eructó Lorenzo.

—Como quieras, ¡hip!

—Entonces, ¡burp!, nuestra única fidelidad será guardar... ¡burp!

—El secreto, ¡hip!

—Sí, ¡burp!

Dormida la melopea, Lorenzo y Clotilde salieron vacilantes de las bodegas para darse un chapuzón en el helado arroyo y, ya lúcidos, se calzaron ropas limpias.

Cuando a Tomé le fue comunicada la doble decisión, consistente en que Lorenzo y Clotilde se habían prometido, además de comprometerse a guardar durante toda la vida el secreto de que Sergio era su hijo, el patriarca de los Bue agradeció la nueva:

—Lo asumo, os creo y os apoyaré. Al mismo tiempo que anuncie el compromiso de Renata con el elegido en el torneo anunciaré el vuestro, y las bodas de ambas parejas se celebrarán en el mismo año, mes y día.

Recobrada la armonía, se dio la bienvenida a una tierna y bien estructurada complicidad feudal. Tomé durmió con placidez durante muchas noches. Pensar que Blasco de Nieva continuaría camino hacia el Patrimonio de San Pedro en compañía de Marcia Saluzzo, sin enterarse de que el tercer conde de Vernuy había tenido un desliz amoroso con la hidalga Catalina Guzmán, fue un estímulo que hizo soñar a Tomé con la futura felicidad de sus hijos y con el apacible porvenir del condado.

Pasada una luna desde su convocatoria y mediado febrero, quedó cerrado el plazo de admisión; los aceptados a concurso habían alcanzado un total de treinta. El último en presentarse fue Gastón de Beuil, francoitaliano guarecido en una próspera aldea de los Alpes Marítimos. Gastón contaba diecinueve años, superaba en edad y estatura al resto de los aspirantes y su largo pelo rubio impresionó a Renata hasta el punto de que Sergio sintió en propia carne, por primera vez en su existencia, la tarascada de los zelos. No era para menos, el atavío del montañés lo entretejían finísimas pieles de rebeco y engamaba con su cabellera rubia. Tanto su indumentaria —camisa, jubón, sobrevesta y botas altas de dorada gamuza— como su porte altivo subyugaron los sentidos de Renata, que hizo lo indecible para enterarse del regalo con el que iba a participar el bello alpino, indiferente a cualquier mirada, seguro de erigirse en vencedor. Tomé, sabedor del riesgo que suponía la ballesta de marfil con saetas guarnecidas por casquillos de oro que aportó el último de la lista, aparte de intuir en su regalo —símbolo de todo cazadotes— el comienzo de un ciclo de dominio amoroso sobre el cerebro de la presa, en este caso el de Renata, también dedujo que Gastón de Beuil encarnaba un revoltijo de mucho cuidado, ya que reunía a partes iguales a un apuesto duermemozas y a un mercenario de Cupido, extremo que chocaba frontalmente con los planes de Tomé, que mandó guardar a Renata bajo llave en una de las torretas de la casa condal mientras se precintaban las puertas del laboratorio.

Los pesares del conde casi se esfumaron cuando una ave mensajera trajo nuevas de Selyúkidas desde alta mar. Su amigo, sirviéndose de las calmas de enero, navegaba a remo hacia el estrecho de Messina; fondearía en el puerto de Palermo, y tras tocar —de sur a norte— en los de Nápoles, Pisa y Génova, echaría anclas en Marsella dentro de dos lunas. Esta vez el turcomano venía con su hija Suamí, aseguraba portar presentes para todos, uno muy especial para cada uno de los Bue, y otra gran sorpresa para Renata, acusando recibo del mensaje de la niña y adelantándole que *Zimbad*, un arrogante macho de guepardo persa, se encontraba a bordo soñando con hacer feliz a *Chala*; asimismo daba a entender a Tomé las dolorosas razones privadas que le habían forzado a adelantar en varias lunas su periplo trienal desde Izmir hasta Vernuy y le tranquilizaba acerca de los riesgos de surcar la mar en invierno; no en vano navegaba en un nuevo navío, bajel berberisco con el que el príncipe de los piratas beréberes, Suleim-Haffat, había recompensado al selyúcida por sanar a su concubina favorita, sorda de nacimiento.

El hecho de que en la austera Castilla rara vez se recibieran presentes le hizo pensar a Sergio en su hermano

Álvaro; quizá le sobreviniera un brote de melancolía por el veneno de los zelos que le trasvasaba Gastón de Beuil, zelos que le llevaban a maltraer cuando advertía las lánguidas miradas que derramaban los ojos de Renata en cada ocasión en que el candidato alpino se paseaba bajo la torreta donde era mantenida prisionera la doncella. Coincidencias de la vida, la transmisión mental valió para que un correo proveniente de Siena hiciera su entrada en Vernuy portando una misiva de Álvaro de Nieva para su hermano, que decía:

«Queridísimo Sergio: De no ser por la mucha compañía que me hace Aldonza haría meses que me habría juntado contigo en Provenza. No sabes bien lo que supone cabalgar una sola hora con la desaforada Marcia y tantísimos meses con padre y sus dementes capitanes. Gracias a mi sentido previsor y a mi buen hacer contable, la solvencia del regimiento va en aumento, a pesar de que nuestro destacamento de cruzados da la impresión de ser la peste en sí, porque formamos una espesa nube de langostas que sume en el hambre comarcas enteras e integramos una tribu nómada que asola cuanto a su paso halla. Aún distantes cinco jornadas de Roma, padre pretende, después de haber donado la manada de caballos a Inocencio III, ser nombrado capitán de capitanes de los ejércitos de Cristo para proseguir su indómita marcha, que siembra desolación por donde pisa, nada menos que hasta divisar Constantinopla, allá en Oriente. Habiéndote puesto al día en noticias, te confieso mis íntimos proyectos. Aldonza y yo queremos que nos despose el papa y, tras haberlo logrado, alegar que ella está encinta, lo que será incierto, y a renglón seguido utilizar su fingido embarazo para no seguir camino con el regimiento y establecernos los dos en Roma con la ayuda que padre pueda prestarnos y con la plata que yo he distraído, que para algo soy el intendente, por si nada se nos prestase. Guarda en secreto mis proyectos como yo guardé la misteriosa escapada de la yegua pinta del corral de doma. Los dos te recordamos; Aldonza mira por verte y yo por abrazarte, queridísimo hermano. De celebrar el papa nuestra unión, será nuestro primer deseo viajar hasta Vernuy para pasar el verano junto a ti. Cuídate mucho, Sergio, y dale de comer a *Amaralba* diez manzanas de nuestra parte. Tu hermano, que te quiere, Álvaro. Post scríptum: ¡No podrías creértelo, aunque es un espectáculo para llorar de risa: ahora padre puntea el laúd y canta unos versos que ha compuesto en italiano, logrando que la tropa brame enfervorizada!»

El niño terminó de leer la carta de su hermano en su pequeño laboratorio, luego miró a través de la ventana y vio muy borroso el paisaje, suspendido entre el invierno y la primavera, cayéndole una lágrima sobre el filtro en el que mezclaba varios tipos de polvos. Tomé le sorprendió absorto contemplando el tamaño de la lágrima que se había escurrido hasta la escudilla y captó su aflicción. Bastó una mirada entre ellos para que Sergio le dejara leer la carta. Tras haber confirmado Tomé que Blasco de Nieva carecía de arreglo, quiso darle a Sergio unos avisos:

—Mira, hijo, siempre habrás de tener en cuenta un principio alquímico que es básico: independientemente de las sustancias que mezcles o maceres en pos de un filtro, son mucho menos importantes las cantidades que el sentimiento que viertas en obtenerlo; es más, una lágrima combinada con una simple gota de agua puede transformarse en veneno sin ser necesarias las demás sustancias que confeccionen la pócima. El dolor, de no destruir, mata; jamás lo olvides. En el trabajo de laboratorio hay que mantenerse frío, dejar a un lado los sentimientos antes de ponerse a trabajar. Tampoco olvides que un elixir es la sustancia esencial de un cuerpo, mientras que un filtro es la composición con la que se pretende conciliar la fatalidad del amor. Por otra parte, te diré que la carta de Álvaro me ha parecido sincera, se ve que tu hermano y tú habéis heredado la sensibilidad materna.

—¿Quieres decirme que, de seguir elaborando filtros, jamás daré con el elixir que busco?

—Un filtro sirve para curar a cualquier persona; en cambio, un elixir sólo vale para sanar la parte dañada que pueda haber dentro de uno mismo.

—¿Y cuál es mi mal?

—Siento no poder ayudarte, Sergio, tendrás que averiguarlo tú.

—Como ando perdido, habré de investigar mi propio mal, padre.

—Veo que me has entendido. Y espero que, al ser los excelentes amigos que somos, me llames, además de padre, Tomé. ¿Estás de acuerdo?

—Desde luego, padre Tomé.

—Como me llames así, tendré que abandonarte a tus experimentos y contestarte como si fueras un arzobispo, diciéndote: «Vuestro tiempo es valioso, monseñor...»

Padre e hijo sonrieron. El tercer conde de Vernuy había logrado extraer la dosis de confusión que había en el llanto del niño.

Entretanto, Lorenzo hacía esfuerzos para avanzar lo posible en su negociación matrimonial. Tardó una semana en convencer a Clotilde de la existencia de tres sagradas reglas de oro que, de ser respetadas al pie de la letra, impedirían el nacimiento del hastío entre ellos, futuros marido y esposa. (Cada una de las reglas fueron improvisadas por el muchacho.)

—Atiende, querida. La primera regla de oro es que ninguna pareja que persiga durar, y la nuestra lo persigue, habrá de pasar junta más de dos noches y dos desayunos seguidos. Porque tres es demasiado, hay que descansar. Segunda regla de oro: para hacer perdurar el juego de nuestro amor se hace imprescindible contar con varios dormitorios.

—¿Tantos?

—Tantos no son. Escucha: el dormitorio principal será para ambos y tendrá una campana colgada de la cabecera; la campana es importantísima. Y contaremos con otros dos dormitorios, uno privado para cada cual.

—¡Qué maravilla, Lorenzo! ¡Ya me figuro la función de la campana!

—Tiene varias misiones, no sólo la que imaginas.

—¡Ah, ya caigo; antes, después y durante!

—Entre otras, Clotilde. Tercera regla de oro: ninguno de los dos despertará por nada del mundo junto con quien haya compartido el lecho.

—Claro; de lo contrario, las estancias privadas carecerían de sentido.

—Me turba que me vayas entendiendo, Clotilde.

—A mí me turba no acabar de entenderte. Déjame preguntarte algo, Lorenzo. ¿Al dormitorio privado podemos llevar a quien nos apetezca?

—Sí, para que la pareja dure se hace necesario comparar.

—¡Yo no sabía que un matrimonio pudiera ser tan morboso, tan original y tan multitudinario!

—Y según lo entiendas, tan liberador. ¿Aceptas las tres reglas de oro para ser mi esposa?

—¡Se sobrentiende, amor mío, claro que sí!

Entrelazada y eufórica, la pareja marchó hacia el taller de fundición a encargar una campana de plata con el badajo de corazón de encina, que tañe fresco y suena de un bucólico subido. Ambos estaban como un cencerro y para materializar sus delirios lo mandaron hacer de plata.

Renata era una prisionera metida en apuros. Apenas quedaba un día para que pudiera salir del torreón y dos para decidirse por cuatro regalos que serían finalistas. La doncella, desesperada por carecer del mínimo indicio acerca de cuál podría ser el regalo del apuesto Gastón de Beuil, se llevó las manos al pecho descubriendo que, en cuestión de unas pocas lunas, los senos se le habían hinchado como cántaros de miel. Pero ahí no se detuvo su metamorfosis física y mental: su cintura se había estilizado tanto que hacía resaltar sus caderas, que habían tomado formas curvas; sus glúteos se habían erguido y tensado hasta hacerse prietos. Aquella terca niña ahora era una zalamera, su saliva condensaba el aliento y lo perfumaba, su monte de Venus ya cosechaba trigueñas espigas púbicas, su jadear había reemplazado a los suspiros y el ritmo del corazón pasó a depender de los estímulos del pensamiento. Renata se había transformado en una debutante de buen ver.

Sergio intentó emularla con escasa fortuna. Los trapos que metió en las botas fingiendo haber pegado un estirón le causaron ampollas en los talones y las friegas de tocino rancio que se aplicó sobre el labio superior, procurando cambiar su imagen aniñada, irritaciones humillantes; hasta las demoledoras pesas de plomo elegidas para muscularse dislocaron sus muñecas y encharcaron de violeta sus ojeras; en fin, que el niño logró lo contrario que perseguía, terminar siendo desechable por enclenque y un pretendiente poco agraciado. No obstante, en su mirada todavía brillaba la loca chispa de los enamorados, ese brillo que en su día turbó a Renata y que mantenía latente su esperanza de triunfar en el torneo. Debía de ser cierta aquella máxima que elaboró Selyúkidas, presente en el derrumbamiento del hidalgo provenzal, padre de nuestra inmadura víctima y joven aspirante a los favores de Renata:

El amor tanto da la vida, como la quita.

Con tal de endulzar la amargura de Sergio, Clotilde aportó un decálogo que su madre bordaba con hilo de oro y cosía con lentejuelas de nácar en las enaguas de las debutantes. Versaba acerca de las endémicas imperfecciones masculinas. La siempre divertida Clotilde le dio la enagua a Sergio para permitirle tener un acercamiento con Renata, todavía raptada por el maléfico deseo que en ella producía el arrebatador Gastón de Beuil. El decálogo, bordado en las distintas capas de la enagua, entretuvo a Sergio debido a los despropósitos que contenía, dignos todos ellos de la distendida moral femenina de las Charnay:

Decálogo de descortesías

1. *El hombre es guarro por naturaleza.*
2. *Es un fruto que casi nunca llega a madurar.*
3. *Suele pensar que fidelidad y fábula son sinónimos.*
4. *Todos se creen buenos amantes y muy pocos lo son.*
5. *Sus hazañas amorosas siempre ocurren en otro lecho.*
6. *Su arrojo depende del sexo al que se mida o enfrente.*
7. *Su violencia renace cada vez que sucumben sus razones.*
8. *Finge equilibrio en casa y fuera de ella desconsuelo.*

9. *¡Menos mal que el hombre que enferma de zelos, casi nunca sabrá que es cierto lo que se imagina!*
10. *Se abraza a Silvie mientras suspira por Frou-Frou y cuando besa a Frou-Frou sueña con Silvie.*

Sergio se divirtió leyendo el decálogo y luego marchó, con la enagua en volandas, a rescatar a Renata del estudiado exhibicionismo de Gastón de Beuil. El adolescente no entendía, por parecerle antinatural, por qué se hacía necesario tener que maltratar a la persona amada para ser amado.

Gastón de Beuil causó un bobo revuelo entre las sirenas del bosque cuando se presentó en el arroyo con el torso desnudo. Las lavanderas desatendieron sus tareas y, para incitarle, algunas de ellas se desabrocharon el jubón y le mostraron los senos, clamando con voces de sirenas para que él se quitara todo lo demás a través de una cantata:

Reluce con ardor / bajo la luz solar.
Desnúdate, Gastón, / y brille tu arsenal.

El alpino satisfizo los clamores, se quedó como vino al mundo y, consciente de lo mucho que su apolíneo cuerpo atraía a las mujeres, se tumbó sobre las piedras pulidas del arroyo para dejar que las lavanderas le acariciaran y lavaran hasta que su miembro, mimetizado con las truchas por mor de la iridiscencia de las aguas, empezó a soltar coletazos de deseo entre los palpitantes pechos de las sirenas, extasiadas unas frente a los latidos convulsos del sexo de Gastón y procurando otras alivio a sus vientres en las onduladas tablas de las artesas de lavar, contra las que se restregaban con ahínco, frenéticamente, entre jadeos y gemidos.

Lo descrito fue visto por Renata desde lo alto del torreón, donde se había presentado Sergio a entregar la prenda bordada por la señora Charnay. Renata, abrasada por dentro y enrojecida por fuera de un rubor erótico que se le extendía desde la nuca hasta los tobillos, se tapó la boca con la enagua, sin poder impedir que se le volcaran los ojos ni que arrítmicamente se le dilataran y contrajeran las ventanas nasales. Le había tentado el impulso de convertirse en una sirena más para, también ella, disfrutar del fenómeno. Sergio, asomado a la ventana desde donde terminaba de presenciar lo mismo que su pretendida, acusó el desprecio de la doncella —enagua y decálogo incluidos— hasta el punto de notar que una súbita náusea, activada por el veneno de los zelos, le entrecortaba el aliento y le revolvía las tripas. Él, que jamás había dado cabida en su alma a ningún tipo de violencia, deseó dar muerte a la petulancia del Apolo alpino, nunca a ese ser humano que constituía su oponente.

Lorenzo conoció lo sucedido por boca de un muy afligido Sergio y optó por involucrarse y tomar cartas en el asunto, estudiando la peor de las venganzas para ajustarle las cuentas al de Beuil y quitarlo de en medio con premura. Tomé también supo del incidente, aunque se negó a saber nada de lo que urdían los de casa contra el forastero, y bien hizo porque a Lorenzo, iluminado por la estrafalaria imaginación calenturienta de su compañera, no se le antojó mejor reparación que la de ensayar su pócima contra la soberbia sobre el cerebro de Gastón. Pero el torneo, como el incontenible resplandor de la primavera, seguía su curso y, represalias al margen, la campiña aportó el florecimiento de sus aromas. En la villa de Vernuy se respiraba un aire espléndido, ya nadie podía creer que pudiera ser un sueño el que la pretendida en el torneo fuera a desposarse en breve.

Por fin, Renata fue autorizada a salir de la torreta. Según estipulaban las bases de la justa, se personó en el laboratorio a elegir los cuatro regalos finalistas, seguida sinuosamente por Clotilde. Poco hubo de mirar Renata en torno a ella pues traía decididos tres de entre cuatro de los presentes: aquel par de misivas de amor —por figurarse que una de ellas podía pertenecer a Gastón—, más la colección de los veintidós cromos mágicos tan minuciosamente dibujados a mano (que correspondían a los arcanos mayores del Tarot y que aún habrían de esperar el paso de casi tres siglos para que la imprenta los sacara a la luz de la mano de Torrochino de Venecia) y que Clotilde, azuzada por Lorenzo, aseguró a Renata, con la intención de confundirla, que constituían la aportación del candidato alpino. Faltaba, pues, determinar cuál sería el cuarto regalo.

Tomé apareció en el laboratorio cuando Renata y Clotilde se plantaban delante de la ballesta de marfil. Un gesto inteligente del conde, contrario a la violencia, bastó para desviar la mirada de Renata hacia el navío veneciano, que yacía desmontado pero tan mayestático que daba la impresión de navegar sobre los carros que lo habían trasladado hasta Vernuy. Renata se inclinó por este último y lo eligió como cuarto regalo, soñando con que Gastón también sería el que soñaba con dar la vuelta al mundo a vela en su mirada... Cerrada la cuaterna, Renata desbordó su emoción, tres de entre cuatro de los regalos finalistas harían posible su fantasía.

Simultáneamente aconteció algo en las bodegas. Lorenzo y Sergio ejecutaron sus planes y le dieron a Gastón una sobredosis de su pócima contra la soberbia; primero lo embaucaron con la idea de que el elixir le transportaría a los burdeles del Olimpo; luego lo acomodaron entre unos odres y le hicieron tragar, mediante un embudo, la pócima aludida hasta el hartazgo y hasta el grado de que, transcurrida una hora desde la masiva toma, el pretendiente con el que soñaba Renata acusó un deterioro físico lastimoso y un estado cognoscitivo lamentable. La explosiva mezcla de vino tinto de reserva con un frasco entero de aceite de hachís había dado al traste con las creencias, los puntos cardinales, el sentido del equilibrio, el sistema respiratorio y la apuesta presencia de Gastón, cuyo dorado atavío de gamuza desprendía un tanino color y un ácido hedor provocados por las sucesivas e incontroladas vomitonas que, de acuerdo con sus atentos observadores, no tenían visos de detenerse. En fin, la estratagema urdida por los hermanos Bue, con el inestimable sello de Clotilde, estaba funcionando.

Falto Gastón de voluntad y carente de réplica, Lorenzo y Sergio reclamaron la presencia de la languedociana para que la represalia pudiera acceder a la postrera fase, la de remodelado y tinte, como quiso titularla la quinceañera. Y el bello rostro de Gastón, rapada la cabeza, rasuradas las cejas y depiladas una a una las pestañas, pasó a emular los feos cráneos de la fauna piscícola mediterránea, de algunos de sus integrantes como el besugo o el mero, que pueden hallarse en la rica *bouillabaisse*. Ya con los ojos abiertos y cristalizados, sin parpadear siquiera, el de Beuil asumió la imagen transitoria entre el pelele de guata y el Buda feliz. Sólo quedaba determinar los tonos de la pintura con el que sería teñido y el de la música con la que sería despedido. Como mandaba el canon primaveral, Clotilde se decidió, ante el aplauso de los hermanos, por el intenso morado de la breva. Tampoco tardó Lorenzo en dar con la cadencia musical, el tozudo graznar del cuervo de ala negra en zelo, unificando así la nueva imagen del galán con la irrefutable simbología a la que le condenaba la represalia.

Cuando Renata vio el espectáculo en el que se había transformado el amor de sus amores, portado desnudo sobre parihuelas por dos criados que salían de Vernuy camino de los Alpes a paso lento, a ritmo de graznidos, con la ballesta de marfil y las saetas reclinadas contra el pecho morado del aspirante, con su violáceo miembro yerto colgándole como si fuera un cabo suelto o una reliquia momificada del cordón umbilical, entendió, muy a su pesar, que tres de sus cuatro opciones estaban confundidas. De haberle asaltado un resquicio de duda a la futura novia, Tomé la pulverizó con una frase digna de él:

—De cualquier forma, por no estar autorizada ninguna arma ni instrumento generador de violencia en mi condado, la ballesta del candidato Gastón de Beuil y sus saetas guarnecidas con casquillos de oro habrían sido eliminadas del torneo.

Renata solicitó una tregua del conde con la intención de meditar acerca de los cuatro regalos ya seleccionados para la final, aún no revelados a los otros concursantes que permanecían en liza: los dos recados de amor, los cromos del Tarot y el navío veneciano. Tomé asintió.

Llegó el día señalado para conocer el desenlace de la semifinal. Tan sólo dos de los cuatro regalos se mantendrían en liza. Frente a veintitantos presuntos aspirantes —pues uno de ellos no era tal, cosa que preocupaba a Tomé por ser precisamente él el impostor—, Renata estaba obligada a descartar otros dos. Pero decidirse le resultó fácil porque, después de haber presenciado el bochornoso percance sufrido por Gastón, la chica juró que nadie daría la vuelta al mundo en su mirada e hizo encallar la nave veneciana entre sus pesares. Tomé, el autor de la misiva descartada, respiró a pleno pulmón; también tenía explicación que hubiese fingido por vez primera en su vida, lleno de buenas intenciones hacia su hijo Sergio; sólo pretendió inmiscuirse en el concurso para restarle opción al de Beuil, puesto que, dese por seguro, habría arruinado la felicidad de Renata.

Conocidos los dos regalos finalistas por boca de la futura novia, regalos tan misteriosos como ella misma, refugiada en su torreón o escala que la mantenía entre la tierra y el cielo de su desconsuelo, sendos zagales, aún anónimos para la novia y demás habitantes de Vernuy, empezaron a dar saltos de alegría allí donde nadie pudiera verlos. El primero en saltar fue el que aportó los cromos del Tarot, el nieto del fundador de la Orden del Temple, Raimundo de Payns. El segundo en pegar brincos por la elección de su misiva, en la que vaticinaba que el amor entre Renata y él sería tan fuerte que llegaría a envenenar los sueños de la pareja, resultó ser un chiquillo castellano con ascendencia provenzal, que se olvidó de su tristeza y de golpe se hizo hombre con la feliz noticia, yéndose en seguida a buscar unas pequeñas flores de color rosa pálido que crecían entre los cañaverales a orillas del arroyo.

Anochecer en Marsella. Era la hora en que se desperezaban las furcias y los falsificadores de salvoconductos bostezaban en los tugurios. El bajel de guerra berberisco que fondeó en la bahía fue inadvertido; había sido reformado por Selyúkidas y espacios desde donde las catapultas lanzaban ollas de aceite en llamas ahora eran ocupados por toneles, y la embarcación semejaba un mercante más. A excepción del pregonar de las gaviotas o del mirar de los milanos pescadores que, a embates, difícilmente se sostenían sobre el vaivén de los palos de las barcazas atadas entre sí, pocos repararon en la aparición de un navío, cuanto menos, novedoso.

La población portuaria, sumida entre humos de fogata, vapores de pescado hervido, aroma de jacintos, sudor de estibadores y brisa marina, carecía de olfato bastante para denotar que un navegante oriental acababa de largar anclas. Como en el empedrado del espigón los buhoneros voceaban baratijas haciendo tintinear su quincalla, salvo la comitiva presidida por Tomé e integrada por seis miembros, sus respectivas monturas, otras tantas descabalgadas y una carreta, nadie advirtió el batir del agua al remo de tres chalupas que se dirigían hacia el muelle.

En esta ocasión, el mercader de palabras desembarcó con su hija Suamí más cuatro pajes, un guepardo macho, un semental árabe, algunas plantas exóticas y varios bultos. Renata se abrazó a *Zimbad*, contenta de haber dado con un felino de la misma especie e igual de majestuoso que su adorada *Chala*; Sergio bautizó al blanco garañón con el nombre de *Alabastro* nada más tocarlo y soñó con ver felizmente sometida a *Amaralba* en la cubrición, y Lorenzo y Clotilde, disolutos donde fueran, se apropiaron de un saco que contenía estupefacientes orientales mientras el criado de Tomé y los pajes cargaban la carreta. Ambas estirpes se alegraron con el reencuentro. Selyúkidas parecía agriado debido a su menguado estado personal: la gangrena había motivado la amputación de su pierna enferma y se apoyaba en una de roble, y sobre el hombro de Suamí, que hacía de muleta de carne y hueso. Después de presentar a su hija como princesa de los abasidas, se unieron a la comitiva de bienvenida y marcharon.

Suamí era enigmática: a primera vista se le resistía la belleza, pero la irradiaba por sobrarle distinción; su atavío, un sari hindú de hilo color marfil, bien ceñido a su cuerpo, hacía pensar en una mujer importante. Tenía las pestañas arqueadas, la mirada carbónica aunque exenta de malicia y una trenza con el destello del lignito pulimentado que de larga rodeaba la cintura y anudaba sobre la cadera; de su cadera opuesta colgaban sendas clepsidras —relojes de agua o arena— modificadas, por ser una de mercurio con el cristal ahumado y por tener otra el cristal traslúcido y estar rellena de aterciopelado polen gualda de la flor del amaranto; ambos ingenios eran capaces de medir las variaciones temporales del diámetro aparente de la traslación del Sol y de la Luna en el firmamento con respecto al girar de la Tierra. Suamí también aportó un descubrimiento persa milenario: el maquillaje, confeccionado a base de partículas doradas. El tobillo izquierdo de la princesa presentaba una cadena hilvanada con rubíes para indicar a los hombres que pudieran entenderlo que su alteza sólo gozaba con los amores lésbicos, aquellos que jamás dilatan las entrañas.

Su padre, en cambio, descendió molesto de la chalupa y, antes de abrazarse a su amigo Tomé, le soltó una funesta jerga mercantil recién aprendida en los puertos italianos, jerga que demostraba hasta qué límites estaba imponiéndose la usura en el país vecino como consecuencia del auge de la banca veneciana, unido al bienestar por el que atravesaban los comerciantes de Novara tras haber extendido sus ramificaciones por Génova y Nápoles:

—Amigo Tomé, lo que tú y yo entendíamos por economía se ha transformado en pútrida especulación. Basta con que escuches la palabrería que está de moda en Italia. ¿Preparado?

—Estoy dispuesto, mi buen Selyúkidas.

—Pues ahí va, atiende, memoriza y asquéate: *banco, credito, debito, cassa, conto, disconto, conto corrente, netto, bilancia, banca rotta*... ¿Qué te parece?

—Normal para nuestro tiempo y para todos los tiempos; los abusos siempre cruzan las fronteras.

—¿Así lo crees, Tomé?

—Así lo pienso.

—La aparición de los gremios acabará por disparar los intereses y arruinarnos. Según noticias que manejo, han proliferado en ciudades como Cambrai, Gante, Valenciennes y Amberes, a orillas del río Escalda.

—Te diré, Selyúkidas, que los gremios también han asentado en urbes como Lieja y Maestricht, abiertas al comercio por la vía fluvial del Mosa.

—Seamos lúcidos; para que la economía prospere ha de

tener dos categorías: los señores, aunque tengan una pata de palo como yo, y la grey.

—No sé qué decirte, buen amigo, porque la economía no es otra cosa que trabajar para ganar dinero. Ahí todos entramos.

—¡Entrarás tú, hidalgo provenzal y tercer conde de Vernuy, pues yo me resisto a dejar de ser un príncipe oriental y pago lo que creo justo, que nadie va a decirme lo que he de pagar, por muy gremial que sea su voraz antojo!

—Veo que no has cambiado, amigo. Pero antes de que salga la luna y caiga la noche celebremos tu llegada con un abrazo.

Tomé y Selyúkidas se abrazaron como en los viejos tiempos. Luego, el francés abrazó a Suamí y el turcomano abrazó a los chicos. Finalmente, Tomé propuso:

—A una legua de aquí nos darán cobijo en una limpia posada de mi propiedad. Cabalguemos, tu hija la princesa parece cansada.

—¿Cansada Suamí, a la del ocaso? ¡Si mi hija es noctívaga y para ella cuando llega la noche empieza a amanecer!

La posada era una nave de adobe blanqueado con cal y techada con tejas de arcilla cocida, situada en los aledaños de la ciudad de Marsella. Una buena idea de Sergio había transformado en camas unos enormes arcones hechos de raíz de olivo, con elementos sustentantes en hierro y adornos en cuero policromado, siendo cúbicas sus formas, rellenas de hojas secas y cubiertas éstas por pieles de íbice, la cabra montés alpina, y por pieles de castores que amontonaban sus presas y represas cerca de la misteriosa fuente de Vaucluse, no muy lejos de Avignon, donde los roedores emplazaron su hábitat y donde existía una pacífica aldea medieval que vendría a llamarse Saint-Véran, en la que se edificó en el siglo XI una ermita carolingia en honor de dicho santo por razones legendarias, para custodiar su tumba y para conmemorar que fuera él el que venciera y desterrara mediante exorcismos a un cocodrilo alado de quíntuple cabeza, dragón que anidaba en la caliza gruta de la que manaba la fuente, monstruo anfibio de veras descomunal que devoraba en un impulso de ciego goce una vez por lustro a cinco vírgenes doncellas de diferentes razas con cabelleras de distintos colores de pelo: albino, castaño, negro, pelirrojo y rubio, dando tenebroso origen a la leyenda de las cinco vírgenes malditas. Cuando Sergio terminó de referirle a Suamí aquel cuento, la princesa prefirió pasar la noche vagando a la luz de las estrellas que tumbarse sobre unas pieles nacidas en el mismo pétreo territorio umbrío que el dragón.

Llegó el gran día mientras el sol brillaba desde el alba. De cuantos habían pretendido la mano de la novia ya sólo quedaban dos en liza: Raimundo de Payns —con los cromos del Tarot— y el menor de los hijos del tercer conde de Vernuy, Sergio —el autor de la misiva que prometía envenenar los sueños de Renata—; uno de ellos habría de ser el ganador. Los artesanos locales, hartos de la dilatada permanencia de los pretendientes, no veían la hora de que finalizara el torneo para que la villa recobrara su pulso laboral. Pero esa mañana, el diario acontecer, lejos de normalizarse, iba a desencadenar un suceso, además de extraño, inaudito.

Todo empezó cuando Renata, visiblemente aturdida y vestida en difusos tonos lilas, corrió la cortina y lanzó desde la ventana los cromos del Tarot. Era la señal de que el dueño del regalo quedaba fuera de concurso, y el nieto del fundador de la Orden del Temple se vino abajo. A continuación, Tomé, desde el patio, dio a conocer el regalo ganador y Sergio sintió que le daba un vuelco el corazón: había triunfado la misiva del envenenador de sueños. He aquí la razón del aturdimiento de Renata, que volvía a verse atrapada por motivos que nada tenían que ver con su antojo amoroso.

Lorenzo, cerca de su padre y de su hermano, animó a éste para que entrara en la casa y saludara, como triunfador, desde la ventana en que seguía asomada la cada vez más confusa hembra. Sergio, nervioso por la impactante noticia, hubo de beber medio dedal de aceite de valeriana mezclado con un ligero toque de *opion* que le ofreció Tomé. Ya tranquilo, el ganador marchó escaleras arriba ataviado en suaves tonos verdes.

Tomé había planeado con sus hijos varones el desenlace del torneo, además de la posterior escenificación del contenido de la misiva ganadora. El tercer conde de Vernuy había apostado fuerte pero, al igual que Sergio, también había triunfado. Su intención de que Renata nunca dejara la casa condal había sido su meta y ahora era su triunfo. Su hijo menor aprendió aquella mañana la perfección que requiere una puesta en escena con el mejor estilo de Provenza. La magistral lección de refinamiento que Sergio recibió de su padre jamás podría ser borrada de su memoria, ni de la de Renata, pues sedó en ella la añoranza de Gastón, tan nociva para la nueva pareja, abriendo la puerta de un encantamiento nuevo, que la mancha de la mora con otra verde se quita.

La magnitud ensoñadora de la ofrenda que Renata había descubierto al despertar aquella mañana de verano resplandeciente fue tan real como irreal. Por fortuna para Sergio, Renata iba a tardar algunos años en desvelar que, tanto el anestésico perfume que empezaba a envenenar sus sueños como el relajante colorido que la envolvía dentro de la estancia en la que se había encerrado a madurar su determinación y resucitar su maltratado instinto para amar y ser amada, habían sido extraídos en secreto de su íntimo y preciado tesoro —el cuaderno dorado— con el más absoluto sigilo por parte del ganador del concurso.

La puesta en escena resultó sublime. Mucho de magos y algo de hechiceros tenían aquellos dos alquimistas, padre e hijo, porque llenar a rebosar una estancia de blancas adelfas que cubrían paredes y techos y alfombraban los suelos con pétalos blancos sólo podría habérsele ocurrido a un par de fascinadores que, sin descuidar ni un detalle ornamental, habían llenado el lecho de Renata con pequeñas flores de color rosa pálido o adelfillas silvestres que Sergio se había tomado el cuidado de recolectar en los cañaverales del arroyo. Las flores de los arbustos de adelfa, por contra y por encargo de Tomé, habían sido transportadas en carros y cestos desde el litoral marsellés. Unas y otras, alquímicamente consideradas, producían efectos transmutadores distintos sobre las personas: las adelfas blancas, ponzoñosas en cantidades abusivas, habían sido repartidas por la estancia buscando precipitar la conciencia onírica de Renata hacia sensaciones desconocidas, y al ser las plantas de floración estival, asimismo buscaban potenciar los sueños que, en verano, son de por sí ardorosos. Las adelfillas rosas, en cambio, habían sido tendidas sobre la cama de Renata con el propósito de mitigar las jaquecas que le había producido Gastón de Beuil, al tiempo que aliviarían en Renata, debido a sus efectos sedativos, la fatiga hormonal que sufrió la niña cuando se volcó en mujer. Lo demás constituía una simple terapia debida a tan insignes magos del amor, la restitución de la salud amatoria a través de la acción de los colores, adecuados por previstos: los difusos tonos lilas del vestido de Renata, los suaves tonos verdes del atavío de Sergio, el marfileño blancor de las adelfas y el rosáceo de sus parientas menores. Fue aquél un atisbo de romance dentro de una sobredosis de enamoramiento y Renata no pudo sustraerse al trance sin entregarse a un idilio con dudoso futuro.

Pero nada es eterno, ni siquiera en el paraíso.

Cuando Tomé entró en la alcoba y constató que Renata flotaba rozando el techo y que Sergio, igualmente estimulado por el polen venenoso, también empezaba a levitar, tomó medidas urgentes para impedir que los cuerpos de ambos salieran volando por la ventana. La alquimia desarrollada por Tomé estuvo cerca de liberar todo el veneno aromático que se contenía en las adelfas, aparte de que la fusión de tan tenues colores podía provocar en los chicos desinhibiciones perpetuas. Entonces, el asustado conde, viéndose impotente para detener el fenómeno, requirió la ayuda de Selyúkidas que, atento a las consecuencias y mejor alquimista que él, dijo mientras movía la cabeza de derecha a izquierda y de izquierda a derecha como un péndulo:

—¡Vaya, amigo Tomé! ¡Vaya, vaya, querido alterador de magias! ¡Tan perfecto en lo ornamental y tan arriesgado en lo fundamental!

—¿Insinúas lo que pienso, buen Selyúkidas?

—¡No insinúo, afirmo, has estado muy cerca de mandar a los novios a casarse al jardín del Edén!

Tomé estaba ciertamente pálido, consciente de lo inconscientemente que había actuado al ensayar materiales apropiados para activar los canales de la levitación, por lo que abrió los brazos y bloqueó la ventana para que Sergio y Renata no fueran arrastrados por una corriente de aire y salieran volando sin retorno. En esto se presentó Suamí con unos papiros que apoyaban la teoría de su padre.

—Anoche levanté una carta astral de los novios —confesó la princesa.

—¿Qué dice, mujer, qué dice; acaso servirá para que ambos dejen de flotar? —dijo un Tomé fuera de sí.

El conde palideció ante la del áureo maquillaje, muy preocupado por el inmediato devenir de los que seguían flotando. La princesa le tranquilizó.

—El mapa zodiacal revela que en el firmamento de los novios existe, primero, una violenta oposición entre Neptuno y Urano, que se encuentran retrógrados... —Suamí no pudo concluir por ser interrumpida.

—¿Qué significa eso? —demandó un alterado Tomé.

—Cuando dos planetas giran en sentido retrógrado se ha comprobado que, a medida que avanzan, también retroceden, y sus respectivas energías salen violentamente despedidas la una contra la otra —explicó la princesa.

Como los envenenados continuaban flotando uno frente a otro, Tomé dedujo, equivocadamente, que podían chocar y descalabrarse.

—¡Pobres desdichados, morirán hechos añicos y desangrados sobre el lecho!... —se lamentó Tomé sin dejar de tapar el hueco de la ventana.

—Para nada, Tomé, no temas por un percance, el estado de los chicos es transitorio; aguarda a que mi hija te explique el mapa zodiacal completo, que todavía falta que escuches la segunda lectura del mismo —medió el turcomano para calmar al provenzal.

La astrónoma hizo lo que propuso el buen consejo paterno, interpretar en su totalidad la carta astral que tan minuciosamente había estudiado.

—Dentro de tres jornadas los rescatará de su levitar una triple y mayúscula conjunción positiva, porque Júpiter, Marte y Venus emitirán energías beneficiosas entre ellos, y también entre Sergio y Renata, que despertarán del sueño de amor en el que se encuentran ahora, salvos, sanos y fortalecidos —concluyó Suamí.

Antes de que volviesen a la realidad los jóvenes envenenados por los efluvios de las flores, pues ambos aún seguían levitando dentro del torreón, ya se había extendido por el sureste francés la inaudita anécdota de dos enamorados que flotaban entre las constelaciones del firmamento exterior, que en la leyenda cobró el nombre de amor escrito en las estrellas.

Una vez más, el transcurrir medieval iba a articular su dimensión fantástica y, cuatro días después, habiendo abandonado la villa los pretendientes despechados con sus respectivos séquitos, Sergio y Renata retornaron de su trance tal cual había vaticinado, hora arriba, hora abajo, la princesa de los abasidas. Entonces, Tomé agrupó a sus hijos, a la quinceañera del Languedoc y a sus invitados orientales para determinar la fecha de los casamientos. El tiempo de vendimia les pareció a todos el apropiado; Lorenzo y Clotilde adujeron que era imposible haber elegido mejor fecha que aquella en la que la uva trepa a los labios por sí sola.

Sin embargo, por intercesión de Drom, los jardines de Vernuy andaban metidos en zambra. Los calores habían rescatado al de Argel de la hibernación en que se halló sumido y el morisco orquestaba una algazara con bulla típica del solar que le vio nacer curvado, como una gumía, que es la daga algo encorvada con la que el moro sorprende por detrás. Lorenzo y Clotilde, contentados con caldos de reserva y entre risas, seguían los cuentos del bufón que, dicharachero y un poco beodo, hacía sonar los cascabeles en su chepa mientras urdía una venganza definitiva para acabar con la mantecosa existencia de Godwina, la sajona que le había llamado sapo negro, deseándole que se cayera del nido y que se partiera en dos el espinazo. Drom no podía olvidar la afrenta y, sádico por naturaleza, urdía y urdía trampas en las que la mayoría de las veces caía él mismo, mejorando incluso su papel de histrión. Tanta juerga inútil y tanta zambra sin sentido tenía hartos a cuantos formaban el núcleo artesanal del condado, que hablaron con el conde para que pusiera fin a tanto ajetreo, porque el ambiente habitualmente sosegado de Vernuy se veía a menudo perturbado por las broncas y persecuciones que protagonizaban el argelino y la sajona. Los artesanos, agobiados por las toscas maldiciones que sin cesar profería Godwina contra el enano mientras destruía a palos y pedradas cuanto arcón, tinaja y tonel creía oír que ocultaba el cascabeleo del giboso, y las lavanderas, también irritadas porque Drom, a falta de cisnes, saltaba y corcoveaba sobre ellas en cualquier lugar como un mandril en zelo. Tomé atendió los ruegos de su gente y desterró de la villa, con el beneplácito de Clotilde de Charnay, a binomio tan feroz.

Ejecutado el destierro, a la mañana siguiente fue recobrada la paz, aunque Renata se levantó con mal pie: estaba de acuerdo en que la época de la vendimia era la mejor para celebrar un casamiento y demostraba no estarlo con el trato que habría de dispensar a Sergio durante el noviazgo y, menos todavía, tras la boda. Sacó a relucir su desdicha delante de Tomé, Selyúkidas, Suamí y el propio interesado:

—Explicadme cómo puedo tratar a Sergio, para empezar de novio y para terminar de marido, si resulta que es hijo de Tomé y, por lo tanto, yo soy su hermana —dijo la muy redicha.

—Tienes razón en que Sergio es mi hijo, extremo que no niego y que me enorgullece. Pero has de saber, querida Renata, que no es hijo de tu madre, Marcia Saluzzo, tercera condesa de Vernuy, sino de la hidalga castellana Catalina Guzmán —aclaró, sin aclararlo todo, Tomé.

—Aun así, yo soy la que sigue teniendo la razón, porque Sergio sigue siendo mi hermano a medias.

—Tú y él no tenéis ni un solo lazo de sangre en común, ningún impedimento que malogre vuestro noviazgo y posterior matrimonio.

—¡Qué mala suerte la mía! ¿No tenemos nada que impida casarnos?

—No. Eres una mujer en edad de merecer; prueba de ello es que has elegido pretendiente, y no puedes asustarte de lo que vas a oír. Tú eres hija de Marcia...

—¡Eso ya lo sabía yo! ¡De Marcia y tuya!

—Eso es lo que no sabes. No, no eres mi hija, aunque

por hija te he tenido, te tengo y te tendré siempre, mi queridísima Renata.

—¿Que yo no soy tu hija?

—En cuanto a lazos de sangre, no lo eres.

—Entonces ¿quién es mi padre?

—El hidalgo castellano Blasco de Nieva.

—¡Mi padre semejante bestia! —gritó Renata.

—¡Cómo hablas así de un hidalgo castellano al que nunca has visto!

—¡Por lo que de él cuentan sus hazañas y porque lo vi de lejos cuando tú y Selyúkidas, aterrorizados, nos obligasteis a dejar la playa para emprender viaje en plena noche antes de que semejante bestia, y lo repito, llegara con sus tropas!

—Por lo que no se hace extraño que tú, Renata, seas igualmente de empecinada que él —terció Sergio en mal momento.

—¡Calla, Sergio, hijo, el que a los suyos parece, honra merece! ¡Tu aseveración, aunque cierta, no procede en este instante! —corrigió Tomé.

—¿Me estás dando a entender, Tomé, porque ya no puedo llamarte padre, que Sergio y yo provenimos de amores cambiados?

—Siempre, queridísima Renata, ya te lo he dicho, seré tu padre a todos los efectos. Pero también estoy encantado de que me llames Tomé. Sí, y sin vergüenza lo digo, ambos sois el fruto de pasiones cruzadas, que no pactadas ni convenidas. Es decir, y es lo que os ha de importar, habéis sido engendrados con verdadero amor entre las parejas que os quisieron traer a este mundo —fue la hermosa explicación que dio Tomé.

—Prestadme atención, querida Renata y querido Sergio, permitidme que os diga que, cuanto os acaba de ser confesado por mi fraternal amigo del alma, no sólo es algo que hay que tener un gran valor para aceptar y confesar, sino que son cosas que pasan, como podéis advertir, entre las familias más distinguidas de la época que ahora nos contempla —matizó Selyúkidas con su nobleza proverbial.

—También en los cielos las constelaciones enmaridan entre sí a espaldas de las galaxias —recalcó, descolgándose de su universo estelar y particular, la princesa de los abasidas.

Las semanas venideras se fueron en tareas tan absorbentes como deleitosas que permitieron olvidar las tiranteces que había promovido el torneo. Selyúkidas traía consigo unos exquisitos manjares, según pensaba, desconocidos hasta entonces en el sur de Francia y, para hacer bueno el calificativo con el que en su día le bautizó Tomé, el mercader de palabras presentó una noche, cuando se disponían a cenar en el comedor de la casa condal, un vocablo turco, *havyar*, consistente en huevas de esturión frescas y salpresadas, conocidas por los antiguos mercaderes venecianos por *caviare*. El turcomano lo había portado en dos grandes ánforas, sellando e impermeabilizando sus tapas de corcho con estopa y brea.

—Querido Tomé, cuando pruebes el manjar que me dispongo a darte, el cielo de tu paladar te hará ver, por confundir tus sentidos, cómo eran los mosaicos de los techos del palacio califal de Bagdad donde yo crecí y conocí a Zamara, la madre de Suamí. En Turquía, el manjar se denomina *havyar* y son las huevas grises de unos enormes peces que habitan en el Bósforo. Tengo entendido que en muchos puertos adriáticos de Italia lo están llamando *caviare*...

—¿*Caviare*? He oído hablar del *caviare* a pesar de que jamás lo he probado.

La compacta y gelatinosa masa de aceradas huevas le fue servida a Tomé por su amigo navegante con otro nuevo hallazgo, el primer tenedor de dos dientes que aparecía en Occidente, siendo de oro el instrumento, no por ostentación sino para no alterar la autenticidad de los sabores. Cuando el conde probó el *havyar* agradeció a Selyúkidas haberle invitado a visitar la bóveda del palacio de los omeyas.

—No hay palabras para describir este sabor ni este invento —dijo Tomé, y se quedó admirando el tenedor.

A un gesto del turcomano, uno de sus pajes asombró a cuantos se sentaban a la elíptica mesa de nogal desparramando el contenido de una pesada bolsa de cuero y, tras hacerlo, retumbaron sobre la rubia madera 99 tenedores de oro que, con el que Tomé sostenía en la mano, sumaban la aristocrática cifra de cien. Como a Selyúkidas jamás se le iba un detalle, la bolsa lucía, repujado y coloreado, el escudo de la casa de los condes de Vernuy: dos plumas de oca blanca entrecruzadas sobre campo de azur, a un lado, y al otro cuatro cepas de vid sobre campo de gules.

Acabada la cena del *havyar*, Suamí anunció que la noche anterior había detectado una lluvia de estrellas fugaces sobre el firmamento de Provenza que, con toda seguridad, seguiría viéndose durante noches y que se habría ramificado allende los Alpes, los Apeninos y los Cárpatos. Según la princesa persa, el aludido diluvio estelar tenía lugar dos veces por año y se podía contemplar cada primavera y cada verano de seguir las indicaciones que los astrónomos de Mesopotamia legaron a la ciencia escrita, pues aquellos sabios eruditos ya lo vieron y lo compilaron desde la remota Antigüedad asiria y caldea como la danza de las luciérnagas celestes. Sergio le suplicó a Suamí que, a cambio de la leyenda del dragón de Saint-Véran que él le había contado, que ella le desvelara el misterio de las luciérnagas. La princesa accedió. Esto es lo que narraron sus labios:

—La lluvia de asteroides influía en mis antepasados de manera notoria y tras pasar la noche viéndola caer, de tanto perseguir con los ojos tantas estelas de luz a través del cielo y por ser fugaces las mismas, habían de estar buscando nuevos brotes de luces intermitentes que, como luciérnagas, aparecían de improviso y desaparecían momentos después tragadas por los poros de la noche. Aquel que llegara a contar uno tras otro los años que reinó Darío I el Grande, Rey de Reyes, sin que se le apagara desde la primera a la última estrella fugaz, tendría omnipotencia sobre el mundo conocido, habiéndolo logrado sólo el rey de Macedonia.

—Alejandro Magno... —apuntó Selyúkidas para que ninguno de los presentes perdiera el hilo de la narración.

—Sí —prosiguió con suavidad Suamí—, el discípulo de Aristóteles y vencedor del nieto de Darío, pues se apoderó de Babilonia, donde falleció y ascendió a los cielos bajo una lluvia de luciérnagas. Cuenta la leyenda que todo ser humano que logre mantener encendidas 35 estrellas, mágico número sideral, esa misma noche padecerá sueños premonitorios.

—¿Sueños positivos o sueños negativos? —se fascinó Tomé.

—Premonitorios, Tomé, premonitorios; sueños que irremisiblemente se van a cumplir —precisó la princesa.

El conde miró a Selyúkidas, que le aseguró con otra mirada que si lo decía Suamí, habría sueños proféticos, porque su hija gozaba del don sobrenatural de poder presagiar. Lorenzo llenó la copa de Clotilde a la vez que Clotilde rellenaba la copa de Lorenzo. Bajo la incesante lluvia de estrellas marchó a vagar Suamí, mientras Sergio y Renata salieron como hipnotizados detrás de ella a contar luciérnagas.

Cuarta parte

El santuario de la piel

Durante aquel siglo, el amor exigía pruebas de silenciosa devoción. El verdadero amor tenía que ser clandestino. Eran otros tiempos; ni mejores ni peores. Se creía que un amor que fuera conocido por más de dos seres humanos carecía de futuro alguno, el amante honesto sólo consideraba hermoso aquello que pudiera hacer feliz a la persona que amaba inconfesadamente. Tan espirituales, tan intensos y tan secretos fueron por entonces los enamoramientos que muchas veces una de las partes no llegaba a enterarse de que la otra la amaba con locura, y viceversa. Incluso hubo almas gemelas, predestinadas a vivir juntas hasta el final de sus días, que pensaban que se odiaban.

Entre tales atolondrados, los había con la suerte de cara, como Sergio y Renata, que se amaban sin saberlo e iban a tardar lo suyo en averiguarlo. Menos mal que el diluvio astral de primavera los iluminó, propiciando la paulatina eliminación de más de un equívoco angustioso entre ellos que casi arruina el crecimiento de su amor, porque ambos desconocían que enamorarse era proyectar bondades y demás excelencias imaginarias sobre el otro para luego seguir cultivándolas con el sigilo que pedía la época.

La lluvia de estrellas persistió varias noches más y Tomé participó en el mundo de las ilusiones. Soñó que yacía en una cripta junto a su amada Catalina, e impulsado por la sugestión, en principio premonitoria, se reunió con Suamí para comunicarle la macabra, a la vez que poética, revelación. Caía la tarde cuando su invitada, recién levantada tras su noctívago deambular de la noche anterior, se presentó con el rostro repleto de partículas de un color violeta intenso: el maquillaje de los iluminados y de las divinidades.

—Princesa, he soñado que me veía yaciendo en la misma cripta que la hidalga castellana con la que engendré a Sergio, el menor de mis hijos. Por tu padre habrás sabido que Catalina Guzmán falleció y que fue inhumada en los Señoríos de Morjas, allá por Castilla. Te suplico que me aclares dicho sueño —dijo un desconcertado Tomé.

—He de conocer ciertos detalles para aclarártelo. En primer término, he de saber qué variedad de musgo, mucho o poco, reciente o seco, te fue revelado a los pies de la tumba durante el viaje onírico. En segundo lugar, he de conocer si Catalina y tú yacíais con las manos entrelazadas, y qué manos, derecha o izquierda, teníais cogidas —requirió Suamí.

—El musgo parecía aterciopelado, de alta montaña, era grueso y había empezado a dejar de estar fresco. También retengo que Catalina yacía a mi derecha.

—Que la hidalga yaciera a tu derecha es normal, lo suponía, pues que el hombre yazga como ha caminado en vida junto a la mujer significa que él portaba espada al lado izquierdo, de no ser zurdo, o no la habría podido desenvainar para defender a su dama en caso de peligro.

—Jamás he portado armas, querida Suamí. Tu padre y yo nos hicimos amigos porque ambos veneramos cuanto no genera violencia.

—Entonces quiere decir que tu mano derecha tira de la mano izquierda de Catalina, que la reclamas para que yazga junto a ti. En cuanto al musgo, por ser de alta montaña, supone que la reclamación la haces tú desde Vernuy, pues en los páramos castellanos donde, por lo que tengo oído, se alzan los Señoríos de Morjas el musgo es denso pero de escasa altura; y que esté semiseco simboliza que tú, Tomé, no estás lejos ni cerca de tu propia muerte.

—¿Cuánto me falta para morir?

—Menos de lo que piensas y más de lo que quisieras; tu mirada lo dice todo, en ella subyace una misión agónica.

La certitud con que se manifestó Suamí le dejó atónito. La princesa de los abasidas había hilado a la perfección el sentir del conde provenzal, vertebrando el inseguro porvenir del soñador. Por si cabía duda alguna, Selyúkidas entró en la estancia donde se mantenía la rara consulta y, nada más captar la honda tristeza que había en la mirada de su amigo, soltó una frase auténticamente lapidaria:

—Mi querido Tomé, te veo trayendo los restos de Catalina Guzmán hasta Vernuy.

—Yo no iré, Selyúkidas; es algo que no podría resistir. Les pediré a Sergio y Renata, nada más hayan contraído matrimonio, que se trasladen a Castilla, que desentierren los restos de la hidalga y que vuelvan con ellos para depositarlos en la tumba que tendré preparada a su regreso para dormir junto a mi amada el sueño eterno —dijo Tomé, y se echó a llorar sobre el hombro de Selyúkidas.

Suamí también se emocionó; una larga lágrima violeta tiñó el suelo de la estancia como un desolador presagio.

A la del crepúsculo, los chicos tomaron lecciones de apareamiento en el patio interior de la casa, que había sido iluminado con hachas de luz. La guepardo *Chala* bufaba, ronroneaba y rugía —indistintamente— en tanto se revolcaba sobre el adoquinado, separando con sus largas manos al impetuoso *Zimbad*, que no cejaba en su intento de cubrirla. La parada nupcial de los guepardos era refrendada en el extremo opuesto del patio por *Alabastro* y *Amaralba*. Los corceles árabes ofrecían una escena distinta aunque similar, dilatando belfos y dándose nerviosos mordiscos con suavidad; *Alabastro* se levantaba de manos y relinchaba al tiempo que *Amaralba* levantaba la cola, caracoleaba la grupa y se hurtaba, sin hurtarse, del soberbio garañón. Tan alterada se vio Clotilde con los vivientes ejemplos de cubrición que, también ella, empezó a morder a Lorenzo en el cuello, a lamerle las orejas y a pasarle la mano por donde de veras altera. En breves instantes eran tres las parejas que copulaban en el patio. Lorenzo, rojo de placer, animó a Sergio a que se sumara a la ceremonia con Renata, pero los menores declinaron el envite para seguir fijándose en lo que hacían los animales y los humanos con tal de aprender lo que es lícito y debido, pasando luego a besarse, tiernamente, en la comisura de la boca. Tras sisear la lechuza, salió rauda la luna y volvió la danza de las luciérnagas celestes para dar fe de que *Amaralba*, *Chala* y Clotilde habían sido cubiertas. Se manifestó el legado de las complicidades, las estrellas fugaces irradiaron calor y luz sobre los que seguían amándose en el patio, y de los amarres, los besos y los mordiscos se desprendieron estelas de armonía. La ley de vida insistía en cumplirse; mientras los viejos habían empleado las horas en devanar sus soledades, los jóvenes endulzaron sus maridajes primeros; de este modo se compensaban los avatares en Provenza, con la angustiosa premonición de que los sueños restallaban como un latigazo frente a los amores desbocados.

Sin solución de continuidad, Sergio fue asaltado por los zelos. Halló a Renata mirando por la ventana en dirección nordeste, hacia las estribaciones alpinas. ¿Sería posible que siguiera pensando en Gastón? Sergio no quiso darle más vueltas al asunto porque sabía que, de ahondar en su pensamiento suicida, descubriría que en el desván del alma de cada ser amado hay escondidos secretos que, de ser conocidos por el otro, harían añicos el anhelo de pureza que se juran los amantes. Sin embargo, como Renata seguía mirando por la ventana de forma ausente, Segio terminó debatiéndose en esa duda que asalta, antes o después, a todos los enamorados: no sabía si obligarse a no pensar más en el asunto o a escarbar con más ahínco en la causa de su tormento. Tan cruel dilema le tuvo absorto hasta que el zumbido de un dardo que entró por la ventana a la que se asomaba Renata fue a incrustar su punta de oro en la cabecera de la cama de nogal, cimbreándose con metálico sonido y haciendo bufar a *Chala* y *Zimbad*, que dormitaban a sus pies. Los chicos se miraron asustados y se asustaron todavía más al leer el mensaje que venía enrollado en el dardo.

«Me habréis perturbado y cortado la melena, pero las vuestras caerán muy pronto porque os volveré locos de miedo. Gastón de Beuil.»

Los prometidos desviaron la amenaza mostrando el dardo y la misiva a Lorenzo y Clotilde. Ninguno de ellos se atrevió a contarlo a los mayores.

En la antevíspera de la doble boda, los calores de la primavera se habían posado alrededor de las mosquiteras donde dormitaban los guepardos; la quietud era absoluta, acaso se oía el piafar de los corceles espantándose las moscas en las cuadras. Excitados por el sopor, los chicos improvisaron entre ellos una despedida de solteros en el comedor de la casa condal. Lorenzo y Clotilde con vino blanco de reserva y Sergio y Renata con cerveza negra, brindaron por el futuro de sus respectivos matrimonios. Había sobrados motivos para la celebración: *Amaralba* y *Chala* andaban bien preñadas y Clotilde hacía una luna que echaba en falta la venida del flujo propio en la mujer. Suamí entró a brindar por las parejas pero, como reparó en los colores de las bebidas, deseó buenaventura a los cuatro y silenció que el blanco, igual que el negro, es un color insoportable durante largo tiempo para muchas personas. No quiso revelar que el negro atrae todo tipo de vibraciones y las succiona de tal forma que abre la esclusa de las amenazas, ni quiso inquietar a nadie revelando que el blanco también es nebuloso por ser susceptible de verse envuelto en paranoias sin control. La princesa les deseó los mejores augurios y salió, según su costumbre noctívaga, a vagar en la noche. La lluvia de estrellas se había interrumpido.

Los chicos entre sí y las chicas por su lado proyectaban sus enlaces.

Cada pareja quedó con la otra para merendar la tarde siguiente en el campo y se retiraron a sus aposentos a dormir la leve mona de cerveza y vino.

La merienda campestre tuvo lugar en el bosque y constó de dos partes bien diferentes, la pastoril y la sanguinaria. Bajo las hayas hacía una temperatura agradable, sin demasiado calor, por ser tupida la sombra y por correr una húmeda brisa. Sergio cabalgaba sobre *Amaralba* y daba ancas a Renata, y Lorenzo hacía lo propio sobre *Alabastro* dando ancas a Clotilde. Las chicas, agarradas con el brazo derecho a las cinturas de los jinetes, apoyaban una cesta sobre las piernas y la sostenían con el otro brazo. A los flancos se deslizaban entre la maleza los felinos *Chala* y *Zimbad*. Los ocho eran felices.

Después de haber divisado un claro en el hayedo junto al arroyo desmontaron los chicos, pacieron los corceles mordisqueando los tallos tiernos de los árboles y los felinos empezaron a perseguir liebres de montaña mientras jugaban entre ellos. Lorenzo depositó en una poza de la orilla una calabaza con vino y otra con cerveza para refrescar las bebidas, en tanto las chicas tendieron un mantel en la hierba y sacaron la merienda de los cestos, consistente en una ensalada de boletos estivales, más un puñado de berros que Sergio añadió a la ensalada después de arrancarlos de donde batía el agua; tampoco faltó queso de cabra, cecina de rebeco y tortas de centeno y trigo. Los postres los ofrecía el bosque: grosellas, frambuesas y fresas estaban en sazón. Era aquélla una merienda para relamerse de gusto hasta que Lorenzo recordó que sus bisabuelos habían fallecido tras darse un atracón de venenosas setas provenzales, aunque Renata, experta en plantas, precisó que el primer conde de Vernuy, Bonnichon de Bue, y su epiléptica media naranja, es decir, la bisabuela de los chicos, comieron boletos otoñales y no estivales, concretamente el denominado, por ser fatal y por ser azulado como la piel del diablo, boleto de Satanás.

Fue mentar el nombre de Satán y lo pastoril se trocó en sanguinolento. No sabemos si atrevernos a describir cuanto continúa, pero habrá que hacerlo de ser fieles con lo ocurrido y leales con la verdad.

Mientras Lorenzo y Clotilde chapoteaban en el arroyo y se rociaban vino sobre los desnudos cuerpos, mientras Sergio peinaba las crines y desenredaba la cola de *Amaralba* y separaba a *Alabastro* que le empujaba con el hocico para que le cepillara en primer lugar, mientras Renata jugaba y se abrazaba con *Chala* y *Zimbad* las observaba complacido, se oyó un inquietante chasquido de ramas secas en el bosque que indicaba que alguien o algo se acercaba con la intención de no ser descubierto. Todos volvieron raudos la cabeza en dirección al ruido, los corceles resoplaron y los gatos apuntaron las orejas y la mirada en dirección a la maleza. *Zimbad* se incorporó de un salto y no hubo tiempo para más, un dardo surcó el aire entonando, antes que un zumbido homicida, una canción asesina, y la flecha que iba destinada para Renata se clavó justo debajo de la paleta, en el antebrazo de *Chala*, que interrumpió el abrazo con su dueña y cayó rodando, bufando, rugiendo, sangrando y mordiendo el aguijón. Pero no cesó el ataque, en la espesura se escuchó el característico ruido metálico que hacía una ballesta que volvía a ser montada y hubo de ser Renata, con instinto innato de guerrera nunca revelado hasta el momento, no en vano era hija de Blasco de Nieva, la que azuzó a *Zimbad* contra el agresor, y hacia allí se fue el felino hecho una fiera con la velocidad de un relámpago, e impidiendo que fuera disparada nuevamente la ballesta, se le vio saltar encima de un bulto y rodar con él entre la maleza y un romper de ramas, para acabar oyéndose un crujido sordo y seco y un estertor humano. A continuación, el vengador *Zimbad* levantó su largo cuello teñido de sangre, así como rojas las fauces, por encima del verdor de los helechos y miró a *Chala*, su compañera, que ya era atendida por Sergio y Renata, dando a entender a la madre de sus futuros cachorros que estaría siempre protegida y que había pasado el peligro.

No tardó el macho en acercarse al grupo que rodeaba a su hembra. Todavía desnudos, Lorenzo y Clotilde echaban vino en la herida de la gata al tiempo que Renata, frente a un estupefacto y paralizado Sergio, quebró el dardo en dos, tirando a un lado la parte de las aletas y empujando la otra parte hasta atravesar el brazo de la guepardo, que volvió a rugir y a ser tranquilizada mediante varios lametazos reparadores de *Zimbad*. Luego fue confirmada la sospecha general: la punta recién extraída pertenecía en verdad a Satán, por ser de oro y por haber sido disparada por Gastón de Beuil. Antes de comprobar si el alpino yacía muerto o había escapado al ataque del guepardo, Renata recordó un valioso cicatrizante contenido en las hojas maceradas de la col y descrito en el cuaderno de seda. El resto de los primeros auxilios salieron de las enaguas de Clotilde; Renata las rasgó e hizo un vendaje y un cabestrillo para su adorada *Chala*, que dejó de lamerse porque había dejado de sangrar.

Con los caballos aún nerviosos y con *Zimbad* al frente de la joven expedición, los chicos se adentraron en el verde helechal y, apartando helechos, terminaron por dar con una cabeza rapada, yerta y tendida sobre un charco de sangre, partidas las cervicales que la sujetaban y que asomaban machacadas por la nuca, yaciendo con la tráquea y el esófago desgarrados, los ojos fuera de sí y la lengua colgando y tan azul cobalto como el boleto de Satanás. El que ataca a un guepardo ha de saber que estos felinos, al no ser de uña retráctil, sólo enfundan sus garras en la metáfora de una caricia.

Tomé prefirió silenciar su opinión cuando los chicos le relataron el percance y su felicísimo final, aunque advirtió que el imperativo atávico de un felino no conviene ser despertado con demasiada frecuencia porque puede volverse contra su adiestrador. Sin embargo, Selyúkidas, que conocía bien a su amigo, lo adivinó complacido tras haber constatado que los chicos ya sabían defenderse por sí mismos y, llegada la ocasión, sabrían salir indemnes de un ataque, sorpresivo o no, desatado por cualquier canalla.

Al enterarse Suamí de los hechos imitó a su anfitrión y permaneció callada; tampoco ella confesó que durante su pasaje nocturno había tenido una visión que le permitió ver plasmado en la constelación de Sagitario un mensaje atroz. La princesa había visto que un arquero y centauro celestial, materializado en el plano terrenal por Gastón de Beuil, lanzaría dos dardos sobre los enamorados, siendo la primera de las flechas aquella que se incrustó en la cabecera de la cama y la segunda la que hirió a *Chala*, dualidad que cargaba de razones los vaticinios que dedujo de los colores, puesto que el oscuro color de la cerveza negra trajo consigo la amenaza imprevista y la clara tonalidad del vino blanco la paranoia incontrolada. Y queriendo premiar a tan arriesgadas y tan valientes novias, que desposarían a la mañana siguiente, la princesa de los abasidas las mandó llamar a su estancia mientras se retocaba el mismo maquillaje de partículas de oro con el que desembarcó en Marsella. Ya retiradas a solas, pidió la ayuda de las chicas para encender idéntico número de velas como años sumasen las tres juntas.

—Suamí, para prender las velas que pides tendremos que saber tu edad. Yo tengo quince años y sé que Renata cumplió los trece, pero me falta saber los que tienes tú —dijo Clotilde.

—Buscad cuantas velas podáis —se limitó a añadir Suamí.

—¿Por toda la casa? —demandó Renata.

—Por donde sea... Voy a purificaros y a purificar a cuantas hembras, humanas o no, hayáis rozado con vuestra virgínea piel —desveló la princesa.

—En mí sólo permanece virgen mi última digestión —ironizó Clotilde.

—Yo te purificaré, descuida, de haber alguna naciente semilla en tu seno o en el de las hembras que estén al alcance de tu tacto; yo absorberé todas sus energías con tal de que no prosperen... —dijo Suamí, y acarició a ambas chicas.

—¿Quieres decir que también vas a interrumpir la preñez de la yegua y la guepardo? —se alarmó Renata.

—Lo has entendido bien, querida niña, esta tarde les di a beber un filtro de cornezuelo de centeno con saliva de batracio. A estas horas, *Amaralba* y *Chala* ya habrán recobrado la pureza que los machos de su especie les arrebataron con violencia. Clotilde y también tú, Renata, precisáis purificaros antes de entregaros en matrimonio. Nada vuestro ni en torno a vosotras ha de estar mancillado; para que esta noche yo os transporte a vagar conmigo en el más limpio de los cielos debéis beber de esta pócima y, a continuación, iréis a por las velas —insistió Suamí.

Las chicas sorbieron el mejunje y salieron de la estancia. No sabían si reír o tomar la extraña ceremonia con el misterio que exhalaba la princesa, que es como había que tomarla. A poco de esto regresaron con velas a montones.

—Suamí, aquí las tienes. ¿Ahora qué hacemos? —inquirió Clotilde.

—Colocadlas donde corra el aire, donde haya corriente, y encendedlas una a una y por pares —indicó la princesa.

—¿Las encendemos todas? —preguntó Renata.

—Sí. Todas han de ser prendidas —afirmó Suamí.

Clotilde y Renata fueron depositando velas sobre el piso entre ventanas enfrentadas y pasaron a prender los cabos. Cuando hubieron concluido descubrieron que a sus espaldas la princesa se había desprendido de su túnica, que su larga cabellera de lignito pulimentado le caía hasta los pies y que tenía las palmas extendidas sobre la cabeza, cimbreándose lentamente, imitando a la cobra real, dispuesta a hipnotizar a sus presas. El cuerpo de Suamí era perfecto y aceitado; sin tener depiladas las axilas, su vello púbico había sido coloreado en rojo carmesí y recortado como un rubí, en forma de rombo. Sus pezones estaban duros, maquillados con oro, y miraban a los cuernos de la luna recién aparecida por Oriente.

Mecidas las llamas de las velas por la brisa de la noche, junto al canto de los grillos que subía del jardín, el ambiente era cautivador. Suamí no paró de cimbrearse y giró, giró y giró en torno de sus admiradas novias al tiempo que derramaba desde sus finos dedos pétalos de azahar y de jazmín, sustancias ambas embriagadoras —e hipnótica la primera y narcótica la segunda—, hasta que logró confundir los sentidos juveniles de Clotilde y de Renata, y las envolvió en un remolino de caricias femeninas...

Fue aquella experiencia una placentera sorpresa; las novias fueron iniciadas en la ensoñación de las pasiones lésbicas y se despertaron a la del alba del día de su boda rebosantes de placidez, reposando sus tiernas cabezas sobre los tersos senos de Suamí, con la seguridad interior de haber pasado las más dulces horas de su existencia en el santuario de la piel, en brazos de una, hasta entonces, desconocida plenitud. Por increíble que pueda parecer, todas las velas también parecían fascinadas: continuaban ardiendo porque la princesa no cumplía años sino encantamientos.

De la doble ceremonia nupcial no interesa hablar, se celebró en privado con la exclusiva asistencia de los señores de Charnay. El conde de Vernuy demostró ser tan precavido como inteligente y, días antes a su celebración, hizo llegar mensajes vía paloma mensajera a sus amigos de la aristocracia y de la burguesía; en ellos disculpaba no invitarlos por haber sido abandonado por la mujer que amaba. De hecho, no tuvo que mentir, pues si era cierto que Catalina había fallecido, igualmente lo era que Marcia andaba cabalgando junto a otro hombre.

La doble boda pasó sin pena ni gloria porque repentinas

nuevas empañaron su esplendor. Casi a la vez se dieron la mano en la villa dos noticias nefastas con una, cuanto menos, tranquilizadora. La primera fue que Tomé cayó muy enfermo, aquejado de una insondable melancolía, como si por el hecho de ver casados a sus hijos ya no le quedaran proyectos que acometer ni ganas de vivir. La segunda, suministrada a través de un correo procedente de Marsella, fue que Zamara, esposa de Selyúkidas y madre de Suamí, también había caído presa de una maligna fiebre que los físicos de Izmir no sabían cómo atajar. La tercera y única agradable llegó con el emisario de Blasco, el feo del ojo en blanco, el involuntario vencedor de la carrera de disfraces, que narró que Álvaro de Nieva anunciaba que iba a desposar a Aldonza, asimismo dando aviso acerca de que, a mediados del verano venidero, Blasco se entrevistaría con el papa para luego internarse en Dalmacia a doblegar hechiceros contrarios a la fe cristiana. Esta última noticia tuvo una grata acogida porque dejaba patente que Blasco y Marcia andaban por el quinto pino, con la sana intención de irse aún más lejos.

Las reacciones frente a las enfermedades del conde y de Zamara motivaron que la tarta nupcial quedara intacta, virgen. Tomé se metió en la cama no sin antes solicitar desde el fondo de su corazón que fueran traídos desde Castilla los restos de la hidalga Catalina, encomienda a la que dedicarían el otoño, parte del invierno y la luna de miel Sergio y Renata. Selyúkidas partió hacia Marsella, donde embarcaría rumbo a Izmir, dejando a su buen amigo Tomé al cuidado de Suamí; desde que supo que Zamara había enfermado, también el turcomano empezó a sentirse mal. Álvaro de Nieva fue correspondido por sus hermanastros, se le dio la enhorabuena por su próximo matrimonio y fue puesto al corriente acerca de la boda contraída y del futuro desplazamiento de Sergio y Renata a los Señoríos de Morjas; tan extenso comunicado requirió el concurso de tres palomas mensajeras. Finalmente, el emisario tuerto recibió el cargo de escudero de los recién casados, a los que acompañaría en la lúgubre misión de inhumar, rescatar y transportar hasta Vernuy los cristianos desechos de la hidalga.

Para Blasco y Marcia no hubo sino amnesia; de ellos nadie quiso acordarse.

El sol regía con la fuerza del solsticio de verano cuando Blasco, su inseparable amazona y tres de sus crueles capitanes dieron una batida de caza con una rehala de bracos de Auvernia por las laderas del monte Subasio, en la región de Umbría. Los canes ladraban frenéticos tras una manada de lobos con sus lobeznos. Blasco, que había visto firmas de lobos a lo largo de la senda, pensó en renovar las peladas pieles de su manto guerrero antes de presentarse ante el papa y espoleó a su alazán, poniéndolo a galope tendido para llegar en el momento justo del agarre y así lograr que la ferocidad de la jauría, protegida por las carrancas, dejara alguna piel de lobo entera. A su zaga galoparon Marcia, Álvaro y sus hombres. El contundente espadón de Blasco decapitó a dos lobos, la porra de Broco se encargó de aplastar el cráneo de un tercero, el cuarto fue alanceado por Dimas, y cuatro más fueron desgarrados y muertos por los bracos. Saladrén desmontó de un salto, apartó los cadáveres de los lobos con los que no se había ensañado la jauría y mandó a Aristo atar los canes. Mientras el escudero cumplía el mandato, Marcia gritó que los lobeznos se habían refugiado entre la maleza y hacia allí se fue, apartando matojos con los pechos de su caballo hasta descubrir una cueva, en la que penetró para salir de ella dando gritos:

—¡Blasco, los lobeznos se han transformado en monjes!

—¡No blasfemes, Marcia, los monjes no practican la hechicería!

—¡Lo acabo de ver con mis ojos, los lobos se han convertido en místicos, llevan pelada la cabeza y sandalias en las patas, tienen los lomos cubiertos con hábitos y ceñidos con cuerdas!

—¡Te digo que no blasfemes!

—¡Juro que es cierto lo que he visto!

—¡Calla, loba! ¡Ya te avisé a la del alba que beber dulce de endrinas fermentadas te haría ver visiones! ¡Deja de jurar en vano!

—¡De veras, Blasco, lo he visto; compruébalo por ti mismo! —dijo alterada la Saluzzo.

El hidalgo, su hijo y los capitanes se dirigieron a la guarida de los lobos que había detrás de unas rocas, escondida entre unos matojos de tupido boj, preservada por el pestilente olor de sus blancas flores. Cuando se asomaron a la cueva se toparon con una inaudita escena que hizo que Blasco exclamase:

—¡Vive Dios que estás en lo cierto, Marcia, los lobos que aquí se guarecen han sido hechizados por el mismísimo Satán, habiendo adquirido en su mayoría formas humanas!

La escena era como para trastornar a cualquiera, incluso con menos luces que el hidalgo. Por la entrada de la cueva se ascendía a una lóbrega caverna interior que olía peor que su exterior, apestando a cubil de huesos en putrefacción, a excrementos y orines de distintos ocupantes, a sucios hábitos raídos y sudados y hediendo a gato montés, hurón, macho cabrío y mochuelo. En el centro del aquelarre, matizada por aviesas sombras y sostenida por unas esqueléticas manos que presentaban más roña que carne, apareció una pequeña cruz hecha con palos resecos de olivo y, bajo ella, en éxtasis, su portador, un fraile coronado por una mínima franja de pelo alrededor de la coronilla, con una fina barba morena que alargaba su rostro y una mirada tan dulce y profunda que parecía salirle de la médula espinal.

—¡Habla, monje o demonio! ¿Cuál es tu nombre? —exigió Blasco.

—Mi nombre es Francisco —repuso en italiano el escuálido fraile.

—¿Francisco qué?

—Francisco...

—¿Quién es tu padre, si es que lo tienes?

—Pietro Bernardone.

—¿A qué se dedica?

—Es sastre, pertenece al gremio de mercaderes de ropas de Perusa.

—¡No se diría por tus andrajos! Y tú, ¿haces milagros o practicas magia, veneras a Cristo u obedeces a Lucifer?

—Soy siervo de Dios.

—¿Y de Él qué esperas?

—Nada. Bienaventurado quien nada espera, porque de todo gozará.

—¡Si no esperas nada de Dios, eres pagano! ¡Broco y Dimas, prendedle; conduciremos a Francisco a Roma y que el papa juzgue si es monje o brujo!

—¿Me llevarás ante el Santo Padre? ¿Podré besar sus sagrados pies? ¿Lo harás, señor? ¡De ser así, prendedme ya! ¡El cielo os bendiga! —clamó el fraile, y besó la cruz.

Los capitanes dudaron unos instantes antes de cumplir la voz de mando porque aquel fraile irradiaba una paz conmovedora, pesaba menos que uno de los bracos y tampoco ofrecía resistencia. Álvaro lo tomó de la cintura, lo subió a la grupa y pudo sentir que la levedad del apresado sólo podía corresponder a la de un asceta; su único peso era el de su espiritualidad, ya que no portaba báculo, ni morral, ni dinero alguno.

—No fíes, Álvaro, el tal Francisco puede ocultar un asesino infiel —fue el consejo que Blasco dio a su hijo.

El fraile sonrió frente a tales palabras y pasó a despedirse de los suyos —cabríos, felinos, lobatos, rapaces, más una decena de humanos—, apiñados en la entrada de la cueva, indefensos, consternados e incrédulos por ver partir a su maestro, ahora cautivo, sin saber si volverían a verlo.

—¡Alegrad los hocicos, hermanos, que gracias a estas buenas gentes pronto me arrodillaré ante Inocencio III, el hombre más bondadoso de la tierra! ¡Alegraos, hermanitos, llegó la hora que tanto esperábamos desde que dejamos temporalmente el monte Albernia para venirnos a esta región por donde atraviesa el Santo Padre cada verano, y lo que de continuo nos fue negado, como es que nos recibiera en audiencia, gracias a estos benditos caballeros que cargan con la cruz de la cristiandad nos será concedido por intercesión de Dios Nuestro Señor!

—¡Cierra la boca, brujo, que iniciamos la marcha! —advirtió Broco.

Pero Francisco continuó despidiéndose de sus discípulos.

—¡Esperadme, cuidad del hermano Hurón y aplicadle manteca en la mano que el cepo le prendió; no seáis demasiado pródigos con la hermana Agua y sed prudentes con el hermano Fuego! ¡Muy pronto regresaré de Segni o de Viterbo! —fue la despedida del menudo y fibroso fraile.

Tras la alocución, el destacamento de caza quedó desconcertado. Marcia, a punto de volver todos hacia el campamento, y a un ademán de Blasco, se encaró en su idioma con el prisionero:

—¿Si nos encaminamos a Roma, por qué aseguras que regresarás, y además de otros lugares?

—Porque no iremos a Roma —contestó con sencillez Francisco.

—¿Tú quién eres para decir adónde vamos? —agredió Broco.

—Vuestro siervo, vuestro amigo más reciente —dijo el fraile.

—¿Amigo? ¡Marcia, éste es otro como tú, para mí que traga endrinas fermentadas, anda por las nubes y duerme en una cueva donde no paran ni murciélagos! —dijo Blasco.

—El hermano Murciélago es una de las más bellas criaturas de la noche y también es mi amigo —comentó Francisco.

—¡Álvaro, amordaza al brujo que llevas a la grupa! —ordenó Dimas.

—¡Aguarda un momento, Álvaro, todavía ha de explicarnos por qué no iremos derechos a Roma! —intervino Marcia.

—Es imposible ir derechos a Roma porque habéis prometido llevarme ante el Santo Padre —afirmó el fraile.

—¡Así lo haremos! —se comprometió Blasco.

—No hay tiempo posible —avisó Francisco.

—¿Por qué no lo hay? —demandó Marcia.

—Hermana, muy a mi pesar lamento comunicarte que el sumo pontífice, con toda seguridad, por estas fechas se hallará, como es su costumbre cada año, después de haber preparado la festividad de la Ascensión de la Virgen y de haber escapado de Roma a toda prisa...

—¿Debido a qué tiene que escapar el papa? —cortó Blasco.

—Debido a los violentos brotes de malaria. Sí, por estas fechas el Santo Padre inicia el camino hacia Segni, su pueblo natal, para luego proseguir viaje hasta la ciudad de Viterbo, donde existe un palacio episcopal que Su Santidad convierte en su residencia veraniega —aclaró el fraile.

Acto seguido, Blasco dio orden de cabalgar hacia el campamento con el propósito de levantarlo y reagrupar la manada de caballos. Incluso tuvo la preclara idea de que su prisionero —brujo, monje o ambas cosas a la par— pasara a desempeñar las labores de guía.

El campo cambió de sonidos. El gemir de los frailes menores que vieron partir a Francisco desde su cueva se volvió gruñidos de oso en un hayal de la antigua región de Toscana. Blasco le seguía la pista a un oso pardo marsicano, un inmenso macho que había pasado la noche comiendo hayuco, el fruto triangular del haya, y tras otearlo de ladera a ladera, en esta ocasión en un encinar, mandó a Broco que preparase el cebo, no otro que el mismo fraile, una vez que se le embadurnara el cuerpo todo de miel y que se le colgara por los pies como un panal. Francisco no rechistó ni permitió que le abandonara la placidez que se manifestaba en su sonrisa. Blasco quería llegar intacto a presencia del pontífice con su maloliente ropero, consistente en dos nuevos mantos fieros y flamantes, uno de lobos toscanos y otro de oso pardo marsicano, ambos a estrenar.

Prendido Francisco de una rama baja como un murciélago, el destacamento de caza rodeó la zona, montó ballestas y aprestó lanzas. Una nube de abejas y una ligera brisa anunciaron miel fresca, y hacia ellas se fue el oso, que empezó a lamer lo que colgaba y goteaba de abajo arriba, produciendo con su lengua cosquillas al fraile, que a la fiera se enfrentó con risas; de ahí que naciera tan tarde como suave su advertencia:

—¡Huye, hermano Oso, escapa, tu glotonería te costará la vida!...

—¿Qué haces con el monje, Blasco? ¿No ves que el oso se lo va a comer entero? —levantó la voz Marcia.

—¡No grites, desgraciada, que espantarás al oso y yo, de caza, sé mil veces más que tú! —prosiguió Blasco con la bronca.

—¡Por Dios, hermanos, no discutáis!... —dijo el fraile bocabajo.

—¡Descuelga al monje, Blasco, y da gracias de que todavía vive! Si no, ¿qué o quién va a conducirnos ante el papa, acaso la piel del oso? ¿Ya no recuerdas la que organizaste con Amibio y sus efebos? —continuó gritando Marcia.

—¡Yo retengo todo, así que calla, mala bicha! —vociferó Blasco.

—¡Parece que no retengas que al pobre Amibio y los suyos los mandaste matar y destripar! —se sulfuró la Saluzzo.

—¡Necesitábamos carnaza y mucha entraña y no íbamos a sacrificar caballos para atraer y capturar a los buitres! —abroncó Blasco sin el menor atisbo de remordimiento.

—¡Sí, sí, carnaza; lo que necesitabas era un pestilente lecho de plumas de rapaces y no dudaste en dejarme sin mis amigos más queridos! —dijo una Marcia completamente histérica.

—¡A ti, mala bicha, lo que te hace falta es fornicar; llevas tanto tiempo con el cinturón de plata que apestas a queso rancio y no piensas como es debido! —espetó el hidalgo con mirada de basilisco.

—¡Anda que tú fornicas mucho, y por ello tú también andas perturbado! —Marcia se jaleó los pechos y Blasco se alteró lo indecible.

—¡Perdida! ¿Quieres que te corte la cabeza y me limpie la sangre con pieles de cabruna? —zanjó Blasco la pelea dispuesto a pasar a la acción.

En tanto se apaciguaba por fuerza la condesa, Francisco no pudo ver cumplido su deseo y bajo su rostro cayó, alanceados los flancos y asaeteada la espalda, el hermano Oso.

Descolgado el señuelo, pudo verse un equilibrio de pena e impotencia reflejado en las pupilas de Francisco. Marcia buscó la forma de cortar la mirada del fraile, que perseguía a Blasco con compasión, sentimiento que el guerrero no habría tolerado; ganó tiempo la mujer acercando a Francisco a una charca, donde le sacó el pringue de la piel y las babas del oso. Dimas había empezado a desollar al plantígrado y Blasco, sin reparar en que aún vivía el fraile, dirigió el final de la operación con gritos destemplados:

—¡Dimas, cuida las garras de la fiera, las quiero enteras para que luzcan en mi manto; cuida de no rajar las orejas ni el hocico, también los quiero enteros para que muestren toda su fiereza sobre mi frente; estoy dispuesto a asombrar con mi bravura a Inocencio III!

—Hermano, te recuerdo por tu bien que aquel que a hierro mata, a hierro muere... —profirió desde la charca el fraile al tiempo que Marcia, con ambas manos, le rociaba agua sucia.

—¿Aún respira ese loco endemoniado? —gruñó Blasco de reojo.

—Sí, Blasco, de milagro todavía vive —dijo Marcia con voz queda.

—¡Tú, calla, redomada loba, termina de lavar al brujo y que no vuelva a abrir la boca si no busca que también con su pelleja me haga yo un zurrón! —ordenó el hidalgo.

—Por tu bien, cruzado, no lo olvides, el que a hierro mata... Dime tú, ¿qué mal te ha causado a ti el hermano Oso para que conviertas su piel en una reliquia de caza?

—¡Haz algo con el hechicero, Marcia, o le sajo la lengua, que sin habla también nos podrá guiar! —se volvió enfurecido Blasco.

—¿Qué mal te habrá hecho el pobre hermano Oso para que lo liberes de su envoltorio natural? Está visto que igual que el Santo Padre, y que Dios me perdone por lo que voy a decir, también tú eres más de pompa pontificia que de caridad cristiana con tus semejantes —volvió a la carga Francisco.

Blasco miró a sus hombres. No podía dar crédito a que tan consumido fraile se jugara el arrancamiento de la lengua atreviéndose a compararle a él, hidalgo castellano, con un plantígrado italiano. Como tampoco estaba en su intención prescindir del guía, mandó sacar de las alforjas una calabaza repleta de vino y el laúd. Cinco tragos después pasó la calabaza a Marcia y ésta se la pasó al fraile para que hiciera gárgaras y se callara. Calmada la escena, Blasco punteó el laúd y entonó su cantata preferida, que fue coreada por sus hombres. Francisco recobró su buen humor cuando escuchó:

Né latino, né tedesco,
né lombardo, né françesco,
de tutto regno cristïano,
¡apostolico romano!
sono puro castigliano.
Corridor caval pultresco,
tant'è di bontade fresco...

Los alegres sonidos de la cantata de Blasco devolvieron una corta y falsa paz al destacamento de caza. Igual que la yedra crecía en la humedad de las sombras, las burdas creencias se nutrían de cuanto se se daba por milagroso. Aun así, la cristiandad, apostólica y romana, tenía algunos asuntos más inquietantes de qué preocuparse. Los brotes y rebrotes de malaria eran tan ciertos a lo largo y ancho del Patrimonio de San Pedro como que la sede episcopal de Viterbo —que en el volar de un trienio se denominaría «*palazzo del Papa*»— resplandecía, inerte a la fiebre palúdica, bajo los rayos del astro rey. Sin embargo, el picante sol le había causado a Inocencio III, durante su fuga estival a la provincia, la misma calentura que fiebres levantaba el paludismo entre los cardenales que permanecían en Roma desgajados de la curia. El papa, apalancado en su palanquín y evanescido tras las mosquiteras, protegía su cabeza bajo un sombrero de canal con grandes alas abarquilladas en forma de teja propio de eclesiástico, haciéndose trasladar a hombros de ocho atléticos acólitos que ganaban indulgencias plenarias por portarlo en andas; valga el cambio de aires para subrayar el carácter cauteloso y evasivo de su santidad.

Blasco avistó excesivo movimiento en la planicie que le separaba del siguiente cerro. Era, según señaló Francisco, agazapado en la cumbre junto a Álvaro, Blasco, Broco, Dimas y Marcia, la comitiva papal. Un elenco que superaba los doscientos miembros y veinte carros tirados por cuatro caballos de frente levantaba polvareda, no podía irse de vista.

—Ahí va Inocencio con su comitiva al completo —comentó el fraile.

—¿Cómo sabes tú, desde aquí, que es el papa? —preguntó Blasco.

—Porque le he visto atravesar la misma llanura cada verano en estas fechas. Y por la pompa... —aclaró Francisco.

—¿Qué es eso? —demandó Broco.

—El despliegue de riqueza y de poder, el acompañamiento numeroso, de gran aparato inútil y de simple regocijo del que hace gala la Iglesia para manifestar su dominio —matizó el fraile mientras espantaba un tábano.

—¡Calla, brujo, no blasfemes, que el papa es el tesorero de Cristo en la tierra y está obligado a hacer que brille la plata recaudada del impuesto de aldea y el oro del infiel saqueado en Jerusalén! —dijo Broco.

—¡Bien dicho, Broco, has hablado con justicia, capitán, que calle el brujo! —apoyó Blasco.

—¿Acaso no veis que la turba de pordioseros y mujerzuelas perdidas, que hambrienta va tras la comitiva, lo hace por necesidad y es usada para que resalte aún más la pompa que rodea a Inocencio? —Francisco no callaba.

—¡Hereje, calla! —intervino Dimas.

—El cristianismo ha de ser humanitario; es importante que alguien se lo haga entender al Santo Padre... —añadió con humildad Francisco.

—¡Límpiate la boca antes de hablar así del papa! ¡Esconde tu vil basura, santón de Satanás, defensor de mendigos y marranas, endemoniado brujo! —gritó Blasco.

—Nada tengo contra el papa ni nunca lo tendré, pero, a excepción de Dios, todos los seres humanos, y el Santo Padre el primero, necesitamos de algún consejo —insistió Francisco.

—¡Maldito donde los haya, calla ya, tú no eres nadie para aconsejar a nadie! —volvió a gritar Blasco.

—Si nadie soy, nada has de temer —volvió a razonar el fraile.

—¡Que calles, digo, mentecato, desgraciado; jamás te atrevas a juzgarnos! —Blasco se encrespó del todo.

—Dios me libre de juzgar al Santo Padre, aunque sí tengo que decir, y mucho, contra la Iglesia y cuanto rodea al papa... —Era imposible que Francisco se callase.

—Padre, el fraile está queriendo decir que el cristianismo ha de mirar por los menesterosos y no esgrimirlos por bandera buscando que resalte el poder de lo eclesiástico sobre las miserias humanas —comentó Álvaro en mala hora.

—¿También tú, hijo mío, vas a comulgar con la prédica de pobreza de este vagabundo falto de cabales? —zanjó el hidalgo la discusión con ira.

Callaron todos. Algo de razón llevaba aquel fraile no tan chiflado, bastaba con observar la fastuosa comitiva compuesta por auxiliares, consejeros, treinta mensajeros, otros tantos enlucidos y enguantados caballeros sobre sus monturas, veintitantos criados, una buena docena de florecientes doncellas de entre diez y quince años con el único afán de que contagiasen juventud y placer a los carcamales de la curia, más seis infantes —*castrati*— con sus atiplados tarareos destinados a endulzar el jubiloso *hosanna* del santo sacrificio de la misa diaria... Aún había que añadir acólitos a barullo, veinte cistercienses, cinco clérigos de cámara para asistir las intimidades del sumo pontífice, tres físicos o médicos personales de Su Santidad, cinco capellanes más un jefe de los capellanes militares, varios mozos de carga, varios palafreneros, cuatro botelleros, además del mismo número de aguadores, tres cocineros y el jefe de las cocinas papales, dos panaderos, un pescadero, un tratante de ganado, un herrero, un sastre y un escriba. Una comitiva sin pretensiones, recordando la de Jesucristo y sus doce secuaces con chilaba, con una salvedad: el que no inclinase la cabeza ante tanta e innecesaria parafernalia sería excomulgado por Inocencio III.

Blasco estaba convencido de estar acertado y, según su parecer, el tal Francisco, por mucho que predicase de idéntica manera que lo hiciera el Mesías, era un hereje contumaz.

—¡Dimas, adecéntate y adecenta a tus lanceros, cuida tu peinado al estilo del Rosellón, y tú, Álvaro, haz lo propio, pues formaréis la avanzada que anuncie al papa de nuestra próxima presencia para hacerle entrega de la manada de caballos! ¡Adecentaos y partid cuanto antes! —ordenó Blasco.

Mientras su hijo, el de la piel de zorro y sus lanceros obedecían, el hidalgo mandó a Marcia que cumpliera con una doble tarea, bruñir el cinto de plata que la mantenía casta para que brillara más que el sol y cepillar el manto de oso, tan adecuado para los fuertes calores, con el que Blasco pretendía personarse a besar los pies del papa, escoltado por una ofrenda sin parangón que rozaba los mil corceles. Había que impresionar.

Tanto se esforzaron los castellanos en lograrlo, que Inocencio III se llevó un buen susto. Cuando sintió el tropel de un desenfrenado galope descorrió las mosquiteras. Sus enlucidos caballeros se habían agrupado en torno a su palanquín en posición de defensa y el papa, a duras penas, pudo divisar una mediana horda de lanceros que cargaba cuesta abajo, con la cruz en el pecho, dirigiéndose hacia donde se encontraba. Después de advertir que la avanzadilla extranjera venía rugiendo en son de paz, la comitiva se detuvo, las andas fueron depositadas en el suelo e Inocencio puso pie en tierra entre una nube de polvo, siendo arropado por sus fornidos acólitos. Entonces se hizo un silencio entre tenso y expectante, hasta que Dimas alzó el brazo conteniendo a la tropa a pocas zancadas de la guardia pontificia e Inocencio se hizo oír:

—Decid, cristianos, ¿de qué región procedéis, quiénes sois y qué pretendéis del primer siervo de Dios Nuestro Señor en este mundo, al que habéis interrumpido su marcha sin solicitar audiencia? —preguntó un intrigado y soberbio papa.

Afortunadamente, fue Álvaro el que usurpó la voz de embajador a Dimas y, tras desmontar de su cabalgadura de un ágil salto, rodilla en suelo, besó la tierra que pisaba Su Santidad. Dimas y sus lanceros copiaron la actitud, depusieron sus lanzas clavándolas contra el suelo para postrarse todos de rodillas con las cabezas gachas, sin osar mirar a los ojos del sumo pontífice, de acuerdo a la exigencia del protocolo eclesiástico. Una vez que Álvaro sintió la insulsa mano papal, enguantada, anillada con profusión de oro y pedrería, sobre su cogote, levantó la cabeza y repuso a un hombre de cuarenta y seis años que por cuna portaba menos sangre noble que él, aun habiendo nacido el papa en un castillo, el de Gavignano, en Segni:

—Santo Padre, soy vuestro siervo, vuestro siervo castellano, Álvaro de Nieva y Guzmán, hijo primogénito del hidalgo de privilegio Blasco de Nieva y de la hidalga de sangre Catalina Guzmán, dueños de los Señoríos de Morjas, ambos leales a la corte de don Alfonso VIII, rey de Castilla y servidor de vos. Nuestra misión nos trae a donaros una manada de ochocientos caballos domados y adiestrados para la guerra —expuso Álvaro con gran respeto.

—¿Ochocientos?

—Así es, Santo Padre.

—¿He oído bien, Álvaro, se trata de una donación y has dicho ochocientos caballos? —se le alegró la cara al papa.

Inocencio III no podía dar crédito a tamaño despliegue de generosidad, no en vano los banqueros venecianos le habían cobrado 85 000 marcos de plata hacía un lustro por enjaezar y embarcar 4 500 caballeros, con sus respectivos arneses y cabalgaduras, para acometer su proyecto de montar una base en Egipto durante la Cuarta Cruzada, pretendiendo el control del Mediterráneo debido a la proximidad del asentamiento egipcio con Jerusalén.

—Sí, Santo Padre, serán unos... ochocientos ejemplares —dijo Álvaro.

—¿Por qué balbuceas; acaso los caballos no son tantos como dices?

—Son más, porque algunas yeguas vienen pariendo por el camino...

—¡Que Dios las bendiga! ¡Benditas sean!

Al levantar el pontífice —excedido de gozo— los brazos al cielo casi se le cae el sombrero de alas abarquilladas. Como èn seguida se puso a toser porque hacía meses que soportaba más que un amago de tisis, un físico se acercó a tenderle unas sales. Ya recobrado, el papa ordenó a Álvaro que se incorporara y lo sentó junto a él en el palanquín, donde prosiguió una indagación en términos de grata amenidad.

—¿Cómo es que todos los de tu grupo cargáis con la cruz cuando yo no os he visto hasta hoy?

—Mi padre dice que la fe obliga a llevar la cruz cosida a la malla.

—¡Bien dice tu noble padre, eso es lo que necesitan los ejércitos de Cristo, muchísimos caballos y cruzados, por lo que, ahora, paso a bendecirte a ti y a los que contigo cabalgan! ¡Castellanos, arrodillaos de nuevo!...

Álvaro, Dimas y los lanceros tardaron un instante en hincarse de rodillas e Inocencio III, sentado en el palanquín, los bendijo dibujando una cruz en el aire como quien tira simiente, luego se relamió el polvo de la comisura de los labios pensando que contaba con un nuevo lote de fervorosos caballeros cruzados dispuestos a combatir en su nombre por Cristo. Así de sibilino era el papa, que pasó a normalizar la única inquietud que le invadía en dicho momento, la de asegurarse que la ofrenda y el ofrecedor existían.

—Dime, Álvaro, ¿tu padre, el noble hidalgo castellano, se encuentra a muchas jornadas de aquí? —inquirió mientras olía sales yodadas.

—Al contrario, aguarda tras aquella loma...

Álvaro señaló hacia un monte próximo.

—¿Tan cerca?

—Sí. Sólo aguarda a que deis el beneplácito, le envíe yo un emisario y estará junto a vos bastante antes de que caiga la tarde.

—¿Con más cruzados potenciales y con la maravillosa manada de caballos de la que me hablas?

—Con la manada entera.

—¡Pues a qué esperas, Álvaro, haz que parta tu emisario!

El muchacho dio la orden y Dimas en persona partió a galope tendido loma arriba. Inocencio III, eufórico, mandó llamar al jefe de cocina, instándole a que preparara un ágape, comida para, sumados unos con otros, los que estaban más lo que iban a llegar, unos cuatrocientos comensales. Los menesterosos y las perdidas irrumpieron en aplausos, se pusieron a bailar levantando mucho polvo, pues recibirían sobras de sobra. Aquella tarde cantaron los ruiseñores italianos y la cristiandad latina sintió una tremenda exaltación de ánimo que alcanzaría el grado de sacrosanto éxtasis cuando llegara la hora de regar con vino el improvisado festejo.

El sol caía frente a Blasco, que hizo su entrada en el campamento pontificio con el laúd terciado a la espalda, enfundado en su apestosa piel de oso y apareciéndose entre una nube de polvo y un retumbar de miles de cascos escoltados por un largo centenar de jinetes. Tras el hidalgo cabalgaba Marcia, vestida de cabruna; su entrepierna emitía destellos plateados que cegaron momentáneamente la visión del papa. Luego fueron llegando el del manto de tejón, el de la piel de ardilla y el de la piel de rata que, junto a Dimas y su manto de zorro, componían la atrabiliaria embajada de la fauna forastera, únicamente unificada por el corte de flequillo con cabello recogido con bucle hacia dentro de los psicoestetas catalanes del Rosellón. El fraile Francisco, amarrado por el pescuezo con una soga, ramaleaba a trompicones según descendía la loma brincando matojos como mejor podía. El resto de la embajada, sin mucha diferencia entre humanos y cuadrúpedos, es conocido: en vanguardia los destacamentos de ballesteros y hacheros conduciendo la manada de casi un millar de caballos y en retaguardia los carromatos. Inocencio III lloró de felicidad sobre el frasco de los yodos; su mente hizo la equivalencia en plata del donativo y el montante que pudo calcular mantendría rebosantes su avaricia y las arcas vaticanas.

Los recién llegados depusieron armas y se arrodillaron de inmediato ante el papa, que volvió a demostrar su agradecimiento, se sacó una segunda bendición de la manga de su jubón de hilo blanco, bendijo a semejante lote y los forasteros se incorporaron ya investidos como cruzados. El regimiento de Blasco lo celebró lanzando armas por lo alto y recogiéndolas de nuevo. Todo parecía salido de un cuento épico hasta que el fraile estuvo a punto de arruinar la armoniosa investidura, porque el papa, tras detectar una sucísima camisa de crin bajo el hábito pardo de Francisco, pidió información acerca de su persona y la obtuvo en el acto por boca de su auxiliar de mayor confianza, el abad del monasterio romano de San Andrea al Celio, un tal Pietro Ismaele, huesudo hebreo converso natural de Sutri.

—Pietro, ¿quién es el de la impresentable camisa?

—Santo Padre, el fraile que debidamente traen atado y a rastras vuestros amigos castellanos es un enemigo de la Iglesia.

—¿Enemigo dices?

—En efecto, Santo Padre.

—¿Estás seguro?

—De no ser un enemigo, es un contestatario.

—¿Por qué lo dices?

—En más de diez ocasiones ha pretendido posarse ante vos para explicar su rara vocación cristiana, tendente a equivocar la grandeza de la Iglesia, y en diez ocasiones hemos rechazado su comparecencia.

—¿Qué busca el desharrapado para que lo apartes de mí tantas veces?

—Desestabilizar la riqueza material que tantísimos sacrificios y lágrimas le ha costado a Su Santidad.

—¿Hablas cierto, Pietro?

—Sí. Se hace llamar Francisco, practica una suerte de panteísmo sentimental, alega no poseer bienes porque de tenerlos serían indispensables armas y leyes para defenderlos, y ha formado un reducido grupo conocido por la Porciúncula con otros diez frailes. Sus seguidores son llamados frailes menores por el propio Francisco y viven sin comodidades ni bienes, comen lo que encuentran en la naturaleza y duermen sobre el suelo. También he averiguado que el cardenal Giovanni di San Paolo los protege.

—¿Te puedo creer?

—De principio a fin, creedme, el tal Francisco es una alimaña que profesa la pobreza, la vida vegetariana, la equiparación del ser humano con los irracionales, a los que llama hermanos, y sueña con convertir en pobres y sencillos a cuantos tienen dinero y poder. Dicho fraile pretende obtener el permiso de vos para formar una orden de miserables harapientos.

—¿Qué hace en manos de los bravos castellanos?

—Es obvio que lo han capturado, y supongo que lo han utilizado como guía para dar con vos.

—¿Qué me aconsejas, Pietro, atiendo al ermitaño o lo ignoro?

—¡No se os ocurra prestarle oídos, es un asceta, es un hombre puro y puede envolveros con sus excentricidades y su palabrería!

—¿A tanto llega su poder de convicción?

—A tanto. De veras, creedme.

—Demuéstrame en qué basas tu alegación.

—Si convence a los dañinos lobos y los disuade para que no devoren el ganado, más fácilmente podrá convenceros a vos de que no sois la viva encarnación del cordero de Cristo aquí en la tierra.

—Si Francisco, como dices, es un miembro de la Iglesia, yo soy la cabeza y he de escuchar a cualquier parte de mi cuerpo.

—Por leal que yo quiera ser, he de asentir con vos.

—Cada cosa a su tiempo, Pietro, actuemos con cautela y de manera ordenada. Primero recibamos la manada y a nuestros espléndidos invitados, cenemos luego y a la del búho, ya en privado, haré un aparte con el fraile.

—Así sea —dijo Pietro, y se retiró inclinado, andando hacia atrás.

Inocencio III cambió las sales yodadas por los vinos romanos.

En el banquete, el dislate sustituyó al protocolo. Los criados de la curia se presentaron con bandejas repletas de pulardas asadas; tampoco faltaron capones y pichones a la brasa ni cestas con ciruelas para digerir y evacuar todo lo anterior. A la del ocaso fueron prendidas hachas de luz en torno al sitial del papa, así como fogatas por el resto del campamento. La nocturnidad y las panzas llenas de comida y vino dieron paso a una confraternización cuyo paganismo superó con mucho al misticismo. Marcia, raptada por el ambiente libertino, se despojó de las pieles de cabruna y brindó a la concurrencia la danza de los siete velos en versión lombarda; después solicitó, previa bendición del instrumental, es decir, del cinturón y de la llave de clausura, la apertura de su particular infierno, a lo que encantado accedió el sumo pontífice. De ahí en adelante no hubo freno;

caído el cinturón de plata, Blasco sintió que el miembro le trepaba hasta la nuez y se hurtó con Marcia de la vista de los demás. Mientras el hidalgo bajo un carro le borraba los atrasos a la Saluzzo, Álvaro aprovechó para intimar con Inocencio III y proponerle que le desposara con Aldonza, asintiendo a ello el papa y, por mor de los efluvios alcohólicos, que despiertan euforia hasta en un santo, encima honró al muchacho nombrándole ayudante de intendencia de los Estados Pontificios. Fue, pues, una noche de regodeo para unos y de completa felicidad para otros.

Marcia y Blasco, una vez hubieron puesto sus aparatos carnales en hora, abandonaron sus placeres y se reintegraron a la fiesta pontificia. El papa volvió a recibir al castellano con los brazos abiertos. Tras brindar por las futuras campañas bélicas, el hidalgo mantuvo una distendida charla con su anfitrión en estos acalorados términos etílicos:

—¡En mi predio castellano vive una benedictina, llamada sor Tadea, que tendría que ser azotada hasta morir por bula de Su Santidad, privilegio que demando ahora de vos! —dijo ebrio Blasco.

—¡Concedido, mi valiente cruzado! ¡Brindemos por ello! —contestó la ebriedad del papa.

Inocencio III y Blasco de Nieva alzaron sus copas y brindaron por la paliza a punta de látigo que se habría de llevar sor Tadea. Sin embargo, el papa, sin mostrarse remiso, mostró curiosidad.

—¿Por qué vamos a azotar a la monja?

—¡Por haberse casado con Dios al no haber dios que se case con ella!

—¿Sólo por eso?

—¡Y porque su maldito mapa en busca de vos, Santo Padre, me tuvo dando inútiles vueltas como un loco!

—¡Qué me cuentas, Blasco! ¿Por dónde?

—¡Por el reino de Aragón, por la costa provenzal, por algunas partes del Sacro Imperio y por media Italia, donde aprendí la trova!

—Cruzado Blasco, ¿tienes a mano tal mapa?

—Fue tatuado en los sobacos de varios de mis hombres,

evitando su extravío con tal de dar con vos. ¡Podéis comprobarlo!

—¡Tu palabra es bastante prueba, hidalgo mío! ¡Pero cómo una monja de la Regla de San Benito puede ser tan necia que desconozca mi paradero!

—¡La tal Tadea ignoraba el camino recto y me tuvo dando tumbos, habiéndome jurado que estaríais en Roma de no estar en batalla!

—¡Una de dos, cruzado, o la benedictina se entrega a los orujos que fabrican en su orden y de los que mi paladar cada amanecer tiene fiel constancia, o es una poseída de Lucifer, príncipe de las tinieblas!

—¡Quiero entender, Santo Padre, que vais a firmar la bula!

—¡Blasco, una bula es algo muy delicado y aún más serio como para despacharla mientras andamos festejando tan ricos caldos romanos!

—¡Más delicado hubiese sido que yo no hubiera dado con vos y más serio aún que vos os hubieseis quedado sin un millar de corceles!

—¡Qué horror, Blasco, sólo con pensarlo se me eriza el vello; vive Dios que clama al cielo, la monja, por ignorante, se ha ganado a pulso el ser azotada hasta morir!

Ambos hicieron una pausa para seguir abrevando vino sin parar.

—Como entendido que eres en caballos, déjame consultarte, Blasco. Ordenaré que la manada sea conducida por delante de mí a los frescos pastos de verano próximos a Viterbo, donde dejaré las yeguas preñadas y con potros durante el otoño y el invierno, regresando yo a Roma con el resto de los caballos a finales del estío. ¿Es correcto lo que pienso?

—Es lo más acertado. Veo que no sólo entendéis de rebaños de cristianos sino que también entendéis de manadas.

—Gracias por el elogio equino.

—Ya que os he contestado, contestadme vos, ¿firmaréis la bula?

—¡Ahora mismo, cruzado, sin tardanza! ¡Pietro Ismaele, acude!

El auxiliar se personó en seguida y pudo comprobar el alto grado de embriaguez en que se hallaban inmersos tanto el papa como su comensal.

—¿Creéis que es el momento adecuado para reuniros con Francisco?

—¿Qué Francisco? —se sorprendió el papa.

—El fraile del que os hablé, no hay quien lo despegue de su círculo de barraganas y mendigos. Os avisé de que el susodicho era peligroso; acabará envenenando a los menesterosos con sus doctrinas de pobreza...

—¡No sé de qué me hablas, Pietro, nadie te ha pedido un fraile; quiero que mandes degollar un gallo negro para que con su roja sangre pueda firmar el castigo que merece la ignorancia de una monja benedictina! ¡Vete, que el fraile espere, que venga el escriba y que no me haga esperar el gallo!

El auxiliar corrió a cumplir el mandamiento.

Desde la Antigüedad, las bulas pontificias se rubricaban con tinta roja y se sellaban con lacre negro. El que surgiera un gallo, símbolo cristiano de la vigilante actividad, era una superstición que aquel papa guerrero y negociante había incorporado a su inconsciente desde que dirigió la campaña de Egipto. Aplazada la entrevista con el fraile y tras haber sido firmada la bula, Blasco pasó a exponer sus planes de conquista para la cristiandad y descubrió que llegaba tarde a su proyecto, porque hacía un trienio que el Imperio latino de Oriente había usurpado las funciones del Imperio griego de Constantinopla, dominando Venecia las tres octavas partes de la ciudad. Como Inocencio III vivía un inmerecido descanso entre guerras después de haber defraudado a Europa entera al salir completamente desacreditado de la Cuarta Cruzada por permitir el avance de los ejércitos turcos, maquinó limpiar los Balcanes y los Cárpatos de hechizos eslavos para utilizar a Blasco en su provecho y tenerlo entretenido en una incursión de limpieza religiosa hasta que llegara el tiempo de lanzarlo en la cruzada contra los albigenses. El del manto de oso recibió con júbilo la misión papal y ambos se retiraron a dormir.

Inocencio III, bien templado por abusar del vino, durmió como en sus años de acólito y durante la noche, según había vaticinado la princesa Suamí, cayó del firmamento una fina malla de estrellas fugaces sobre las polvorientas calzadas romanas que conducían a Viterbo. A la mañana siguiente el papa comentó con su auxiliar que se le había repetido un sueño singular que tuvo meses antes, coincidiendo con otro diluvio astral, en el viejo templo de San Juan de Letrán, en Roma.

—¿Qué ha soñado Su Santidad?

Pietro Ismaele mostró un fingido interés.

—He visto que una enjuta figura humana, vestida con una sucia camisa de crin, sostenía sobre sus hombros, sin ayuda alguna, la carreta en la que he dormido.

—¿Este mismo sueño no lo tuvisteis durante la pasada primavera, en Roma, cuando soñasteis que un andrajoso campesino, igualmente vestido, sostenía el templo de San Juan de Letrán a modo de cariátide humana?

—Exacto, Pietro, mi sueño romano fue el mismo que he vuelto a tener esta noche, con la diferencia de que el templo ha sido sustituido por la carreta, sólo que permaneciendo idénticas mi persona y la figura del que me mantenía en vilo. ¿Crees que se trata de una revelación divina?

—Con toda seguridad, porque cuando Cristo habla con alguien aquí en la tierra, indudablemente suele hacerlo con vos. Lo importante sería que identificarais el rostro del que os sostiene en sueños.

—Creo, Pietro, que el rostro del campesino es el del fraile. Haz venir a Francisco, quiero comprobarlo. También llama al escriba; habrá de levantar acta de la conversación que me dispongo a mantener.

—En poco estarán ante vos.

Pietro Ismaele reclamó la presencia del escriba y partió en busca del fraile. No tardó en regresar con Francisco. Una vez cara a cara, al papa no le cupo duda de que el rostro del fraile era el rostro del sueño.

—Di, Francisco, ¿qué quieres de mí?

—Conoceros, porque vos sois el hombre más santo de la tierra.

—Pues ya me has conocido; ahora dime si quieres algo más.

—Con vuestra bendición, quisiera fundar la Orden Tercera.

—¿Es cristiana la orden que quieres fundar y, de serlo, cuántos seguidores tiene y cuáles son sus fines?

—Cristiana es, pues con enorme simpatía ama las vidas terrenas. Somos, contándoos a vos, once hermanos, y contándome a mí, doce...

Inocencio III miró a Pietro Ismaele, dándole a entender, con un ademán de mano vibrando cerca de su sien, que el fraile andaba bastante perturbado, y le siguió la corriente a Francisco.

—Te agradezco, fraile, que me incluyas en tu futura orden, para mí es obligado y un honor.

Inocencio III se expresó de manera sibilina para hacer hablar a su contertulio y darle trabajo al escribiente; pretendía desenmascarar alguna sociedad secreta o tal vez hostil. Francisco, lejos de ver una trampa en ello, prosiguió con su habitual sencillez.

—No podía ser menos, Santo Padre, sois la cabeza de todas las órdenes y hermandades católicas, apostólicas y romanas.

Inocencio III quedó pensativo; acaso dedujo que Francisco buscaba acuartelar una auténtica milicia espiritual reclutada entre lo más bajo del pueblo, y lo despachó, se lo quitó de en medio con suma elegancia, prometiéndole que su petición sería estudiada. Finalmente permitió que el fraile le besara los pies y que partiera a reunirse con su grupo de seguidores harapientos. Cuando Francisco hubo desaparecido de su vista, Inocencio III matizó, con una leve sonrisa, su parecer a Pietro Ismaele:

—¡El ascetismo de este fraile es la culminación del optimismo!

—Os avisé; está tocado. ¿Archivo su petición?

—¡En cuanto seque la tinta el escriba, por supuesto, la archivas!

—Dadlo por hecho, santidad.

—¡Que no se traspapele, Pietro, que a tal perjudicado

mental algún día habré de contestar algo, si no concreto, al menos disuasivo! ¡Recemos para que la Orden Tercera no alcance dimensiones más considerables; yo creo que con doce apóstoles ya tiene bastantes!

La audiencia terminó con risas burlescas entre el papa, el auxiliar y el escriba. Tras ser archivada la determinación, se vio cómo partía del campamento Francisco, que iba muy alegre, soñando con la bendita acogida que le había deparado el sumo pontífice.

También Blasco sintió complacencia cuando su hijo Álvaro le comunicó que, debido a sus dotes de intendente y por deseo expreso del papa, habría de integrarse primero en la comitiva y luego como pieza útil de la intendencia vaticana. El honor del hidalgo traspasó lo humanamente soportable cuando Inocencio III, frente a todo el campamento, besó a Blasco en la cruceta de los labios, bendijo a su tropa y le instó a iniciar la marcha hacia Oriente. Envuelto en una aura de satisfacción, Blasco montó en su alazán con su feroz manto de oso y se dirigió a sus hombres, que aguardaban prestos para cabalgar con él al fin del mundo.

—¡A territorio infiel! —ordenó el comandante.

—¡¡Por Cristo y por el papa!! —gritaron los hijos de Castilla.

Los expedicionarios se abrieron paso entre aplausos de la curia, vítores de acólito, epítetos de barragana y roces de mendigo. Así fueron despedidos aquellos aventureros que cabalgaban embriagados por la fe.

Veinte jornadas le llevó a Blasco salvar los Apeninos y atravesar la región de Umbría hasta dar con el puerto de Ancona, sito en los Estados Pontificios conferidos a feudales. Resultaron ser cuarenta duras leguas a través de secas montañas calcáreas y frondosas arboledas que empezaban a ver caer sus hojas. Cruzar Italia de parte a parte con casi doscientos hombres, otros tantos caballos, diez carretas y un laúd lleva su tiempo.

El verano tocaba a su fin y despertaba el otoño cuando el regimiento avistó el Adriático con la mar en semicalma; ventolinas esporádicas hacían flamear los velámenes y chirriar los foques de los navíos que, por concesión papal, aguardaban para embarcarlo rumbo a Zara, en la costa de Dalmacia. Blasco, por Cristo, se había jurado hincar de rodillas a la hechicería eslava en una incursión de limpieza religiosa y, según repetía cada legua que dejaba atrás, no iba a quedar un solo brujo en pie que no cantara el kirieleisón —¡oh Señor!, ten piedad— cuando él puntease su laúd.

De Ancona a Zara, navegando a vela, la travesía casi llevó otra luna. Las primeras semanas de navegación fueron de bonanza. Durante el día, las aguas tenían un tono verde cárdeno y los bancos de sardinas nadaban junto a las embarcaciones y se alejaban de ellas de improviso al emerger sus enemigos, los marrajos; las noches, todavía luminosas en la oscuridad del comienzo otoñal, eran serenas, profundas; Blasco las amenizaba con su cantata y las constelaciones, atraídas por el canto, descendían de los cielos para acompasar el relente y vigilar que la leve brisa silbase entre las vergas y las cuerdas. Marcia, tirada sobre la cubierta, lamía los pies desnudos del castellano mientras una luz selénica sorteaba las nubes y seguía a las diez pequeñas pero seguras naves —una por escuadrón, más las destinadas a la sobrecarga de intendencia— desde lejos.

En el viaje, la marinería, equipada con calzonas de tramilla sobre las que se pavoneaban franjas transversales con la enseña —blanca y gualda— vaticana, esquivó cuantos bajeles mercantes encontró a su paso. Incluso escapó de una barcaza a la deriva cargada de leprosos. En una ocasión, el navío en el que viajaba Saladrén, a una señal de la nave de Blasco, disparó ballestas para llamar la atención de un velero de dos palos que transportaba carneros, harina y huevos, además de material humano salido de los burdeles de Antioquía; el velero se arrimó al costado de la embarcación de Blasco y el contramaestre, un turco con el pelo ensortijado y la cara cubierta de tatuajes, preguntó al cruzado por sus intenciones y, tras cerrar el trato, canjearon unos potros enfermos por varios carneros y algunas rameras para que el regimiento comiera carne fresca y sacara placer del cruce. De aquí en adelante, hasta echar anclas en la costa de Dalmacia, sólo se encontraron con súbitos vientos e irrupciones violentas de las mareas que causaron fuertes temblores de mar, sacudiendo las naves de babor a estribor. Todos los embarcados, incluida la marinería, las furcias y los animales, se marearon de modo penoso, con la inexplicable excepción de Broco y sus halcones que, echado sobre la proa, observaba el monótono cabecear de su nave entre el oleaje. Cuando Blasco advirtió que su mejor capitán no había sucumbido a la galerna que batía angustiosamente la mar con intempestivos vientos del noroeste, le gritó entre navíos y trombas de agua:

—¡Tú, Broco! ¿Cómo no te mareas ni vomi...? —No pudo terminar porque soltó el potaje.

—¿A mí me dices, comandante? —sonrió el del manto de tejón.

—¡Sí, a ti te digo! —gruñó un pálido Blasco en medio de otra arcada.

—¿Lo quieres saber? —le vaciló Broco tan campante.

—¡Sí! —gritó Blasco, y vomitó de nuevo.

—¡No me mareo porque no le veo el placer! ¿Para qué? —dijo Broco.

Aprendida la lección, Blasco dominó las náuseas, corrigió su debilidad y no se mareó más en su vida. Siguiendo el consejo de su capitán y no obteniendo ventaja de aquella desazón, ¿para qué iba a marearse?

Zara era un puerto hermoso en la costa dálmata perteneciente a la República de Venecia y abierto a las mercaderías que trasvasaba el Adriático entre la ciudad de los canales, Trieste y Ragusa (Dubrovnik). Desembarcado el regimiento, Blasco cabalgó hacia Banja Luka, distante cuarenta leguas de Zara, con el propósito de adentrarse en el reino de Hungría, donde montaría su primer campamento fijo para pasar el invierno a orillas del Danubio, distante otras cuarenta leguas de la población serbia, situada en la mitad del camino. Lo que no pudo calcular en aquel demencial trayecto de treinta y tantas jornadas es que su regimiento sería acosado por zafias tentaciones venidas de los caballeros templarios y que él mismo pondría en duda la religión católica a la que se había empezado a aferrar tras la muerte de Catalina. La larva del antihéroe empezaba a latir en el corazón de Blasco; sin embargo, como buen fanático, persistía en sus fines, aunque su conciencia ya hubiese perdido sus objetivos.

Varias lunas después de haber desatado su campaña de limpieza religiosa por tierras de Dalmacia, los serbios que poblaban la extensa zona que se extiende entre Banja Luka y el Danubio entonaban aterrados, nada más divisar el laúd del comandante-trovador a varias leguas de distancia, el kirieleisón —¡oh Señor!, ten piedad—, por lo que se jugaban de no entonarlo. La cruenta fama del castellano cabalgaba a la par que su leal juramento ante Inocencio III, y aterraba desde el horizonte. Entre los suplicios que los cruzados aplicaban a sus enemigos cabe destacar uno que requería dar con tres ingredientes vivos —gatos, monos y víboras—. Blasco, que había oído hablar de dicho tormento, lo puso en práctica. Proveerse de gatos comunes y de víboras no fue ningún problema; para hacerse con macacos le bastó con amenazar a las caravanas de gitanos de raza cíngara que procedían del Cáucaso para que le cedieran sus mascotas más queridas. Tras haber reunido los condimentos vivos, Blasco localizó unas pozas lo suficientemente hondas. Entonces, con todo lo necesario a mano, los castellanos invitaron a los herejes ortodoxos a confesar público arrepentimiento; los que se negaron fueron introducidos en un saco, con la muy grata compañía de un gato, un mono y una víbora, y arrojados a la poza.

Tan crueles tormentos motivaron que, entrado el otoño, Blasco empezase a sufrir una extraña metamorfosis que debía estar incubando en el fondo de su alma. Tuvo una revelación que, en principio, le incitaba a cambiar el espadón por el laúd, a abandonar la guerra para entregarse de lleno al canto. Su nuevo sueño se precipitó hacia la sinrazón tras haber oteado desde un cerro próximo a la frontera del reino de Hungría un destacamento que portaba la afamada *baucent*, la cruz roja de los templarios, estampada sobre una bandera blanca y negra. Con la enseña cabalgaban treinta blancos corceles montados por sesenta caballeros de la Orden del Temple, que habían renunciado al mundo erigiéndose en la escolta de todo buen cristiano que quisiera alcanzar el Santo Sepulcro en tierras de Palestina. Blasco punteó su laúd para llamar la atención, siendo enorme su sorpresa cuando los templarios repusieron con el salmo 133 de la Regla de San Bernardo, pudiéndose oír a través de sesenta gargantas:

Mirad cuán bueno
y cuán delicioso es
habitar los hermanos
igualmente en uno...

Así decía la salmodia escuchada a lo lejos. Broco recordó que tal canto, desprovisto de gracia alguna pero muy pegadizo, ocultaba la misma trampa con la que los templarios, según tenía averiguado, habían logrado atraer al emisario más lindo del regimiento con la intención de liarle, como terminaron haciéndolo, de lo contrario el lindo habría escapado de colgar en la horca hasta morir en el Rosellón. La advertencia de su capitán fue esquivada por Blasco, que se iba civilizando, y el saludo templario fue correspondido con su cantata predilecta:

Né latino, né tedesco,
né lombardo, né françesco...

Blasco fue interrumpido bruscamente y no logró terminar su cansina copla porque volvieron a cantar con inesperado ardor los del Temple:

Mirad cuán bueno
y cuán delicioso es
habitar los hermanos
igualmente en uno...

La interrupción de la cantata de Blasco y oír repetido el salmo 133 sacó de quicio a Marcia, que había oído hablar del narcisismo de los caballeros del Temple, por lo que alertó a su hombre acerca de aquel lote de barbilindos cabalgando a pares:

—¡Blasco, alerta a tus cruzados y no escuches cantos de

sirena, esos que ves con cota de malla, capa blanca y floreada cruz son de toma y daca! ¡Tápate las orejas, haz que tus hombres imiten tu ejemplo y no se te ocurra escuchar tan lascivo himno, que busca embelesar para luego hacer botín de unos glúteos! —gritó una hembra temerosa de perder a su macho.

Blasco desatendió el consejo y se acercó a intercambiar noticias. En principio, los respectivos comandantes del regimiento castellano y del destacamento templario se entendieron bien. El maestre de los templarios destacaba por armarse con un bastón y un látigo; el bastón le servía para apuntalar tentaciones y el látigo para jalear desviaciones. De entre sus jinetes era el único que no compartía la montura, pues su apariencia ampulosa reunía ambos sexos en una misma persona, haciéndose llamar Golos y siendo un fervoroso fumador de hachís, como casi todos los integrantes de la Orden del Temple, hedonistas contumaces y prestamistas millonarios a expensas del saqueo de Jerusalén, del pillaje de los tesoros bizantinos y de lo que recaudaban por los caminos en que se apostaban con la disculpa de custodiar las caravanas de peregrinos y las procesiones de peregrinas, requisando cuanto oro manejasen los primeros, fueran anillos o monedas y pudiendo estar oculto en el intestino grueso, y confiscando las gemas que portasen las segundas, pudiendo viajar escondidas en el cuello del útero. Jamás contó el papa, en representación de la cristiandad, con recaudadores tan resolutivos como los templarios. Fueron córvidos ataviados de caballeros; de haber algo que brillase, lo encontraban, lo sacaban y se lo apropiaban. Para ellos el fin justificaba los medios, el placer los vicios.

Blasco y Golos prefirieron entenderse. El maestre comprendió a simple vista que el hidalgo tenía que ser un maestro del destripe, un verdugo altamente peligroso, y un templario de buena crianza, debido a toda la riqueza que andaba circulando por los vericuetos y las sendas que conducen a los Santos Lugares, nunca fue un suicida. Había fe y riqueza para todos, aparte de que los castellanos sobrepasaban en mucho el centenar de hombres y su belicosidad no dejaba lugar a apuestas en las que la vida iba en juego.

—Me presento; soy Golos, maestre de la Orden del Temple. Dime, cruzado, ¿quién eres y adónde te diriges? Te brindo cuanto necesites, escolta, guías, mapas o cuanto puedas requerir —dijo efusivamente Golos.

—Soy Blasco de Nieva, hidalgo castellano y cruzado de Inocencio III. Vengo de erradicar hechiceros y voy a la caza de energúmenos. ¿Dónde hay más, buen maestre? —Blasco no podía disimular que el roce con el papa le había vuelto un caballero muy pulido.

—Concéntrate en la ciudad de Sirium; está en el reino de Hungría, en la región de Panonia...

—¡Háblame en cristiano, maestre Golos!

—En cristiano te hablo, cruzado Blasco, que por Sirium ya pasaron las dos primeras cruzadas; está donde se unen Save y Danubio. Entre tales ríos hay más energúmenos que alimañas; son guerreros arios y celtas, pueblos de la familia indogermánica; a duras penas podrás evangelizarlos.

—No cuento con tanto tiempo porque he de regresar a Roma para preparar junto al papa la cruzada contra los albigenses y para iniciarme en el difícil arte del solfeo —expuso Blasco.

—Hasta los Cárpatos hay un largo trecho con el invierno por medio, y en dichos montes siempre está nevado y frío. Te aconsejo que te centres en Sirium y que no te internes en la región de Transilvania —comentó Golos.

—Entonces, maestre, marcho de prisa hacia Sirium, deséame suerte.

—¡Con Dios, cruzado! Mas hazme un favor antes de partir...

—¡Cuidado, Blasco, no fíes del maestre! —terció sulfurada Marcia.

—¡Calla, loba, no te interpongas entre comandantes! —dijo Blasco.

Blasco no la tuvo en cuenta y repuso a Golos:

—¡Pide, Golos; veré si puedo complacerte!

—Blasco, te pido que no partas sin que de nuevo oigamos tu melosa y no por ello menos varonil cantata; permite que mis templarios te hagan coro.

—¿Coro? ¡No sé si aún estoy preparado para que tu coro me arrope!

—¡Inténtalo, te lo pido con afán, el coro está deseoso de arroparte y pendiente de tu canto! ¡La primera vez que los templarios escuchamos el timbre de tu voz se nos abrieron las carnes!

Marcia, invadida de ira, estalló en silencio, los zelos le sacudieron el cuerpo, la mente se le bloqueó frente a la sensibilidad del maestre. Tan cegada estaba que, por no poder apreciar la deferencia, la clasificó como un cortejo homosexual. Como Blasco andaba absorto en su idea de entregarse al canto, era imposible que pudiese reparar en la Saluzzo. Halagado por la invitación del maestre, el ego de Blasco se infló hasta ensancharle el tórax. Se le saltaron las lágrimas —¡la enjundia de su trova ya se reconocía hasta en las orillas del Danubio!—, soltó las bridas, se puso de pie sobre la montura, punteó su laúd sobre las cabezas de los demás y cantó lo único que sabía:

Né latino, né tedesco,
né lombardo, né françesco,
de tutto regno cristïano,
¡apostolico romano!
sono puro castigliano.
Corridor caval pultresco,
tant'è di bontade fresco...

En esta ocasión Blasco no fue interrumpido, pero cantó con tan desajustada inspiración, con un fervor tan absolutamente desproporcionado, con tan alarmante ahínco lírico y de manera tan ensordecedora, que las aclamaciones de los suyos no pasaron de ser tímidos gritos afónicos, ni las sesenta voces del coro templario alcanzaron a oírse por encima de sus infernales berridos. Blasco en ningún momento perdió el equilibrio físico, aunque algo dentro de su ser acababa de resquebrajarse. Incluso Golos, cuya astucia sabía que la música amansa a las fieras más temidas, notó que el cavernoso personaje disfrazado con pieles de oso y fuera de sí provocaba un efecto totalmente contrario y rezó lo suyo para verlo partir cuanto antes. El temor del maestre fue advertido por Marcia, disipándose con ello sus zelos, pues para la Saluzzo, Blasco estaba lúcido y en su creciente templanza sólo veía el inicio de una metamorfosis, creyendo que, en breve, su hombre se zafaría del manto de guerrero para transformarse en el trovador más ameno, dulce, sonoro y viril de las márgenes del Danubio.

Las tribus indoeuropeas iban a causar rupturas en los castellanos; razones melómanas antes que bélicas producirían una visible conexión entre los valores de la música y el desequilibrio al que Blasco parecía abocado. Debido a su repentino y desordenado fervor hacia cualquier canto, ni siquiera sus capitanes pudieron impedir que, paulatinamente, se volviera un fanático de los mágicos sonidos magiares, según definió la música local el de la vocación tardía. Dos leyendas corroboran este punto, donde un hidalgo, a cambio de perder su fe, se inició en un arte.

La primera de ellas vino con las primeras nieves, cuando el Danubio venía crecido y las orillas aparecían delimitadas por infinidad de aves acuáticas que se espantaban, levantaban el vuelo y mudaban de orilla al oír el chapotear que hacían los cascos de los caballos sobre el barro. El viento agitaba las peladas ramas de los chopos contra el agua y era gris el cielo.

—Por aquí no hay energúmenos. Hace leguas que sólo veo gansos, grullas y patos —comentó Blasco con Broco.

—Leguas atrás te aconsejé que no cantaras porque cada vez que lo haces espantas hasta al diablo, y cantaste. ¿Qué esperas ahora, Blasco, que los cuernos de Satanás emerjan de las aguas del río? —repuso el capitán.

—¿Tanto se teme a mi voz?

—¡Más que a un nublado!

Fuera por las nubes que respaldaban la expresión del capitán o porque el regimiento cabalgaba sobre el barro sin hurtarse a ser visto en lontananza, en varios días no hubo señales de vida hereje.

Una tarde, mientras montaban las tiendas, Aristo entró

a galope en el campamento, detuvo el caballo derrapando en el lodo, desmontó y señaló hacia donde la noche se cernía y más oscuro estaba.

—Allí, en aquel soto, acampan beduinos —dijo el escudero.

—¿Cuántos son? —preguntó Blasco.

—Entre dromedarios y hombres, serán unos cincuenta.

—¿Van armados?

—Acaso con gumías y alguna lanza. Es una caravana de mercaderes.

—¿Qué transportan?

—Más hambre que oro, más música que especias.

—¿Música dices, Aristo?

—Sí, Blasco, cargan con música...

Aquella palabra revolucionó al cruzado.

—¡Entonces no son mercaderes sino músicos! ¿Será que el cielo me manda un aviso? —rumió Blasco para sus adentros.

—¡Sean lo que sean, qué más da, Blasco, moros son y algo siempre venden! —dijo Broco.

—Es bueno cabalgar contigo, Broco: hoy aprendo que los moros también venden arte musical. Mas hablemos de estrategia. Tú, Broco, con Dimas y Saladrén, pertrechad un destacamento por barba y que Godoy reúnte con brea las antorchas. En cuanto tengáis todo listo cabalgamos hacia el soto.

—¿Puedo cabalgar contigo? —rogó Marcia.

—Depende —contestó Blasco.

—¿De qué? —dijo ella.

—Del informe del vigía —dijo él, y se volvió hacia Aristo—. ¿Viste mujeres en el campamento musulmán?

—Ni una he visto —dijo el escudero.

—¡Lo siento, loba, no cabalgas!... —zanjó el asunto Blasco.

Marcia, vestida de cabruna, encabronada a más no poder, se quitó de en medio echando pestes. Blasco ciñó el espadón al cinto y terció el laúd a la espalda; sentía que su corazón latía con la fuerza de un timbal premonitorio. A punto de partir, precisó las órdenes:

—Hasta sorprender a los moros no quiero un ruido, ni será prendida antorcha alguna hasta que yo lo mande. ¡Chitón y en marcha!

Tres destacamentos de ballesteros, hacheros y lanceros, sesenta jinetes con sus respectivos capitanes, el comandante y un escudero bordearon la ribera cabalgando hacia el sotobosque. Atrás quedó el silbar del viento entre las crucetas de los árboles dormidos, delante el negro camino plagado de arbustos y matas que conducía hasta la luz de las hogueras beduinas.

Las llamas de varios fuegos hicieron aparecer el sucio blanco de las *haimas* —tiendas árabes— como fantasmas vapuleados por el viento, que también aventaba, revolviendo chispas y cenizas, el polvillo de harina de las tortas ázimas —pan de trigo sin levadura— que cocían los moros en agujeros excavados en la helada tierra. Sonidos monocordes de flautas, panderetas y tamboriles eran acompasados con laúdes chicos —en arábigo *al-ud*— y con laúdes grandes —*qitara*—, montando un monumental ruido que a Blasco se le antojó música sedativa. Junto a los tumbados dromedarios que rumiaban al tiempo hojas secas y la misma gastada edad de unos músicos de manifiesta plebeyez, descansaban los serones de esparto con su carga: instrumentos y todo tipo de objetos musicales, desde cuanto ha de tocarse con los dedos y los labios hasta partituras, proverbios e incluso un fabuloso compendio como lo era *El gran tratado sobre la música* de al-Farabi's. Algún proverbio asomaba con descaro de los serones para que fuera consultado por cualquier amante de aquel arte; y así, al-Ghazali podía definir el éxtasis auditivo: «Es el estado que obnubila tras escuchar una melodía.» También sobresalía descaradamente, escrito sobre cuero de antílope, un anónimo que cosía un dicho persa con un decir hindú que los árabes se habían arrogado: «El vino estimula el cuerpo mientras la música levanta el alma.»

Las antorchas cristianas, lejos de alumbrar la tortura y el exterminio, prendieron sus teas dispuestas a alentar la concordia por deseo expreso de su comandante, con lo que la velada se tradujo en una noche fortuitamente didáctica.

El patriarca de los beduinos, un ciego de pupilas blanquecinas como dos lunas llenas, se llamaba Sawar El-Kar y fascinó a Blasco:

—A pesar del estrépito de nuestras músicas os he sentido llegar a través del soto, he oído los pasos de tus hombres y tus preocupaciones. Mi nombre es Sawar, gobierno esta caravana musical y, en signo de nuestra hospitalidad, ten —dijo El-Kar, y le tendió un instrumento al castellano.

Era un arpa pequeña hecha con colmillos de cría de elefante, una lira de cinco cuerdas. Gracias a ella, Blasco aprendería a contar de cinco en cinco. Por fin dejó de ver aguijones en los números, ya los dominaba.

—Gracias, Sawar, mi nombre es Blasco, soy cruzado, aunque estoy pensando muy seriamente en cambiar la daga y el espadón que porto por tu arpa y mi laúd. ¿Me enseñarás a tocar las cinco cuerdas?

—De nada servirá, cristiano, si careces de talento musical.

—¿Talento? ¡Tengo un don! ¡Por mi trova y por mi canto he sido igualado a los ruiseñores italianos!

El endiosamiento del cruzado melómano iba in crescendo.

—Lo celebro, cristiano, que Alá te conserve el don.

Los de Cristo que presenciaban la escena quedaron atónitos; los músicos sarracenos, devotos del Profeta, estaban aterrados, conocedores de la brutalidad de cuantos cargaban con la cruz.

—¿Queréis que cante para vosotros? —propuso Blasco.

—Como entendidos que nos tenemos, será un gratificante placer escucharte —invitó El-Kar.

Ni corto ni perezoso, Blasco desmontó de su alazán, descolgó el laúd y berreó su sempiterna cantata a la luz de las hogueras. Sawar y los suyos se inquietaron al ver que los dromedarios primero se erizaron, luego se incorporaron y por último, haciendo de comparsas de Blasco, bramaron casi más fuerte que él. Los irracionales berridos de uno y los bramidos de los otros condensaron las nubes y nevó copiosamente. Entristecidas las fogatas, apagadas las teas, los hombres se repartieron en distintas *haimas*.

Blasco y sus capitanes, junto a un grupo de músicos escogidos, ocuparon la *haima* de Sawar El-Kar, en la que se consumían ascuas en un brasero de bronce. Los cristianos, invitados a sentarse sobre unas alfombras de lana de camella y unos cojines de raso repartidos por el suelo, aceptaron dátiles, leche de cabra y unos sabrosos dulces llamados cuernas de gacela. Un fondo de flautas, liras, platillos, tamboriles y timbales acompasó la velada. Fumar hachís de la pipa de agua que les pasó Sawar exaltó los ánimos, predispuso a la camaradería y a oír la música en colores. Mientras fumaban, los labios del ciego relataron su versión del santuario de la piel, fantasía beduina acerca de los orígenes de las tentaciones mundanas que se superan a base de penitencia en el desierto, que había sido recopilada por Ibrahim al-Mawsili's, pupilo predilecto de Mukhariq, el más grande músico musulmán. No hacía falta creer la leyenda para vibrar con su significado. Esto es lo que narró el ciego:

—Después de haber bebido con el califa durante toda una noche, un adolescente solicitó su permiso para tomar el aire, abandonó el palacio califal y se internó en los jardines, donde vio a una de las bellísimas huríes creadas para hacer de compañeras de los bienaventurados en el paraíso. Aparecida ante sus ojos como un resplandeciente amanecer, la hurí le entregó un cesto de mimbre vacío y le hizo una seña para que la acompañase hasta un mercado de frutas; allí le instó a que llenara el cesto con racimos de doradas y rojas uvas y que le siguiera hasta la puerta de su casa, donde penetró la dueña invitándole a pasar. Una vez dentro, sin despojarse la bella del velo que le cubría todo menos los ojos, se despojó del tul rosáceo que le tapaba el resto del cuerpo. Entonces le pidió al joven que pisara las dos clases de uva y que le diera un baño de mosto para así cubrir lo que ya no ocultaba el tul. El joven accedió sumiso y cuando llevaba tres días más sus noches con las abluciones, habiendo sido esparcido el mosto hasta formar una delgada, dulzona y pegajosa capa sobre el cuerpo de la de los ojos muy hermosos, ésta le pidió que abandonara la casa por estarle prohibida la entrada en el paraíso de los bienaventurados a cualquier beodo, no importa que se hallara embriagado por la memoria de los vapores que hubiese bebido junto al califa o por el roce con la sensual mujer a la que había estado acariciando, pues el santuario de la piel de una compañera sagrada acaso podría gozarlo aquel cuyos labios no hubiesen probado el vino hacía tiempo, a lo que en principio se resistió el que permanecía en la casa tan erecto como un onagro de Mesopotamia y a lo que hubo de plegarse cuando la mirada de la bellísima hurí se transformó en fuego incandescente que derretía sólo con mirarla. El joven, escaldado, salió huyendo de la casa para internarse en el desierto, donde hizo penitencia durante noventa días con sus noches, tiempo suficiente para limpiar el alma de tentaciones y las manos de posos de vino. Por haber diferenciado los placeres terrenos de las aspiraciones divinas le sería permitido penetrar en el paraíso y acompañar a las vedadas huríes por el inmaculado jardín del Profeta... —acabó su versión Sawar El-Kar.

La mezcolanza de hachís, fantasía y música árabe fue una dosis imposible de tolerar, desató delirios en los cruzados y especialmente en Blasco, que se sintió abrasado por una incontenible sed de conocimiento.

—Dime, ciego, ¿por qué no puedo entender la indomable fe de los hijos del islam, acaso estoy más ciego yo que tú? —dijo Blasco con las ideas bastante menos pastosas que la lengua.

—Es imposible que un cruzado entienda que no se pueda evangelizar a un mahometano ni mediando tortura ni yéndole la vida en ello —confesó El-Kar.

—¿Por qué?

—Aparte de que lleváis cinco siglos de atraso cultural con respecto a nosotros, por otras cinco razones que coinciden con los cinco pilares que sostienen nuestra religión.

—¿Cinco, tantas como las cuerdas del arpa?

—Así es. La profesión de fe o *shahada*; la oración o *salat*; la limosna o *zahat*; el ayuno del Ramadán o *saum*; y la quinta y última o *jajj*, que es peregrinar, al menos una vez en la vida, a la ciudad santa de La Meca en Arabia, patria de Muhammad, nuestro excelso Profeta, al que el ángel Gabriel le reveló a través de 114 versículos o *suras* nuestro sublime texto sagrado, el Corán.

—¿Hablas de Gabriel, el mismo que anunció a la Virgen María que sería la madre de Dios?

—Eso será según los Evangelios de los cristianos, de acuerdo a vuestra religión. Nuestro ángel Gabriel habló con Muhammad, el divino Profeta de Alá.

—¿Hablas de Mahoma?

—¡El Profeta es Muhammad! ¡Nunca repitas su nombre como acabas de hacerlo en presencia de un mahometano, tal deplorable transcripción se debe al desconocimiento que mostráis los de Cristo por nuestra religión!

—Sawar, por lo que dices, moros y cristianos tenemos un solo Dios y preceptos parecidos, casi somos hermanos...

—¡Cruzado, el hachís nubla la razón, te ha sorbido el seso!

—¿Estás diciendo que estoy más ciego que tú?

—¡Cristiano, para ver con el alma no hacen falta ojos!

Blasco cerró los ojos, seguro de ver a través de los ojos del alma.

—¡Ahora hablo a ciegas, Sawar, así que escucha! ¡Nosotros también tenemos fe, rezamos, damos limosna, ayunamos y peregrinamos al Santo Sepulcro! ¿Qué has de oponer a mis razones?

Sawar hizo un brusco gesto a los suyos y cesó la música. Luego repuso con diplomacia. Durante su monólogo pareció, más que un ciego, un encendido maestro, un ser incuestionablemente puro que se dejaba transportar por su fe y por su sentido de la dignidad:

—La fe de los cristianos cede ante el castigo, oráis de mala gana y cuando os acordáis, mientras que nosotros lo hacemos cinco veces al día y mirando postrados hacia La Meca; vuestras limosnas las utilizáis para adormecer vuestras deudas morales y suelen salir de lo que os sobra después de haber robado; hacéis los ayunos comiendo cerdo y regándolo con vino, cuando nosotros no tocamos dicho animal porque se nutre de inmundicias y trae la peste, y rara vez y en cantidades nimias nos mojamos los labios con mosto; finalmente, peregrinamos a nuestra Ciudad Santa de La Meca por devoción, no como vosotros, que saqueáis Jerusalén cada vez que entráis en ella. Lo nuestro es profesión de fe, lo vuestro barbarie en el nombre de un elegido al que no entendisteis, pues Jesucristo dijo que su reino no era de este mundo, por eso lo crucificasteis. Resulta imposible que Alá no tome venganza contra las injusticias y la maldad que los cristianos tenéis a gala.

Tras la avalancha de argumentos píos de Sawar El-Kar, los cristianos quedaron pensativos. La música prosiguió escuchándose tras la intensidad del discurso; afuera había dejado de nevar y había salido la media luna mora a campear sobre la noche de los cielos. Divina o no, fue otra advertencia.

Blasco acababa de abrir los ojos en toda la largueza de la expresión, notaba que la cruz que llevaba cosida a la malla le empezaba a quemar el tórax. Era el principio de otro encantamiento, se sentía atraído por una antigua y nueva devoción, la fe del islam. Aparte de que ya soñaba con ser un nuevo compañero para las huríes, sí, ya se veía untándolas de mosto en los jardines del paraíso y luego dando vueltas por el desierto para purgar sus desmesuras. Cuando Sawar El-Kar le contó que el matrimonio musulmán toleraba una esposa, amén de varias concubinas, no le cupo duda a Blasco de que ésa y no otra habría de ser en el futuro su religión. Un converso había nacido para una causa fascinadora. Por mucho que los capitanes creyeran que su comandante volvería por sus fueros cuando remitiesen los efectos del hachís, una luna más tarde, y no digamos en las venideras, Blasco continuaba aferrado a las cinco cuerdas de su arpa, a su incontenible vocación de trovador y a su recién estrenada fe.

La otra anécdota que hizo cristalizar las creencias de nuevo cuño del guerrero-trovador era reconocida como el ritual magiar de fertilidad. Los castellanos la presenciaron durante la celebración de unos esponsales, con cuya impactante y ruidosa mojiganga se toparon en un bosque de abedules —árbol simbólico o deidad vegetal celta por antonomasia—, donde unos pacíficos cíngaros se hallaban muy soliviantados por la ingestión de la savia de la mandrágora violeta, que florece en otoño cerca de las charcas. Los danzarines iban enmascarados con figuras aladas —águila, cisne, garza y grajo—, con pieles de mamíferos sagrados

—ciervo, liebre, lince y perro—, y hasta había entre ellos un antifaz que veneraba a una criatura de agua como es el salmón.

Blasco, absorto en el ritmo de tamboriles y panderetas, bebió del embriagador néctar, metáfora del derrame seminal, para después sumarse al ritual con el arpa y su manto de oso.

También en él, la fertilidad que suscitaba la música había concebido un nuevo adepto y, sorprendiendo a propios y extraños, alumbró una cantata distinta a la suya habitual, que revelaba otro modo de entender la existencia:

¡Mi voz está / para cantar!

Yo que fui leal / no lo soy más,
de ser servil / me arrepentí,
de ser aquél / ya me cansé
aquel dragón / ya se murió.

Yo que fui leal / no lo soy más,
que yo ya di / caballos mil
al papa, al rey / mil ya doné
aquel dragón / ya les sirvió.

Yo que fui leal / no lo soy más,
de fe cambié / por el deber
de ser feliz / por subsistir
con corazón / de trovador...

El regimiento entero creyó que la infusión de néctar de mandrágora le había sentado a Blasco como si Broco le hubiese dado un mazazo en la sien. Sólo Marcia, desautorizada a beber de la pócima por ser mujer, pensó que la grave alteración en la conducta del cruzado sería pasajera y que a la mañana siguiente, una vez transcurridos los efectos del brebaje, sería el de siempre. Todos, compañera y hueste, andaban errados.

Blasco era otro, habiéndose decidido a cambiar el espadón por la lira. Contaba con razones de peso para sustentar su nueva manera de ser: se sentía desarraigado de Castilla, su tierra natal; carecía de respeto por Marcia, su compañera de viaje, tras aplicar el hecho de que si alocadamente había abandonado a un conde con su prole, bien podría ocupar el lugar de la favorita, por perdida, en la locura de un hidalgo castellano que acababa de instalar un harén en su mente; asimismo, Blasco se encontraba con sus hijos repartidos por el mundo y con una viuda abandonada en un sarcófago; tampoco le quedaban reservas de su antigua fe después de haber apercibido in naturalibus, in partibus, in péctore, in situ, in témpore opportuno... (en desnudez, en los países ocupados por los infieles, en el pecho, en el mismo sitio, en tiempo conveniente...) que sus enemigos musulmanes jamás traicionarían a Alá ni su doctrina frente al peor de los suplicios o, lo que venía a ser lo mismo y apuntalaba del todo su decepción, que el poder de la Iglesia católica cedía a halagos e intercambiaba vidas de pobres e incautos creyentes por crasos tesoros para sus avarientas arcas; en fin, tal cúmulo de pesares, unido a las dramáticas abstracciones que configuraban la vejez que se cernía sobre el castellano, ultimaron su metamorfosis, que dejó atónita a la tropa y a la hembra que todavía le seguían.

Hacia los finales del otoño, el regimiento divisó Sirium y acampó a las afueras, en un islote formado por la confluencia del Danubio y su afluente el Save. Un duro viento de hielo azotaba las tiendas cristianas. Blasco vislumbró en las murallas la túnica negra de una ave de mal agüero llamada Matías Arpad, pope de origen vikingo cuya estirpe se había establecido en Sirium en el siglo IX. Había que pasar por las armas a tal enemigo, existiendo una doble razón avalada por dos fes que se debatían en el subdividido Blasco: porque el maldito pope con tirabuzones en la melena y bucles en la barba había negado hasta hartarse el poder del papa y, sobre todo, porque había declarado su abierta aversión a los recitadores del Corán, tenidos por el de la piel de oso como ángeles cantores; ambas cosas motivaban su odio hacia Arpad y quería terminar con él; el castellano no toleraba que se levantaran repugnantes testimonios contra su amigo Inocencio III, ni que se corriese del alminar de las mezquitas a los muecines cuando serenamente convocaban a la oración.

Los cristianos atacaron a los ortodoxos con alevosía, nocturnidad y la luna en cuarto menguante. La batalla fue cruenta, el Save tiñó de sangre el Danubio y Matías Arpad fue empalado con los primeros destellos del amanecer. Ambos ejércitos, castellano y eslavo, se habían enzarzado en una mortal paliza y el horizonte vio desertar a las huestes mutiladas del pope. Entre los cristianos no hubo heridos graves, sólo muertos y supervivientes, pero hasta tal punto fue sangrienta la refriega que Blasco apenas pudo reunir un destacamento de escasos veinte jinetes y dos capitanes al terminar la contienda, porque Godoy, el de la piel de rata, pereció frito bajo una olla de aceite hirviendo, y Saladrén, destrozada su ballesta, con un brazo amputado, el que usaba para no errar casi nunca el blanco, tras pillar lo que pudo con el brazo entero solicitó permiso para abandonar el saqueo y se despidió de su comandante, partiendo a restañar su muñón con el pensamiento puesto en la grupa de Golos, el maestre templario; Saladrén, desde entonces, cabalgaría siempre en pareja; no en vano, desde que el bello y el ampuloso se vieron hubo flechazo; donde la ballesta no acierta hace diana un sodomita.

Sin embargo, no todos eran perdidos ni todo estaba perdido. Blasco había triunfado a un precio de oro y, precisamente, arcones rebosantes de tan codiciado metal hasta el mágico número de cinco, además de otras cinco enormes sacas conteniendo pan de oro, anillos, cálices, coronas patriarcales, crucifijos, iconos e hisopos constituyeron el botín con el que el castellano se hizo en Sirium. Y yéndose a festejar el triunfo, en tanto Blasco punteaba su lira, vociferó el agónico pope Matías Arpad, empalado en plaza pública junto a otros mugientes de su curia a los que las estacas introducidas ano arriba ya les salían por la clavícula. El pope maldijo con voz de ultratumba la vileza de los vencedores y, muy en particular, la de Blasco:

—¡Te maldigo en el nombre de Dios, cruzado! ¡Tu cabeza será decapitada y jamás hallará la paz, ni aun después de la muerte!

—¡Calla, pope blasfemo, que yo sí que te he sentenciado a callar hasta en la eternidad! —gritó Blasco.

—¡Te maldigo; después de muerto permanecerás con los ojos abiertos mirando hacia el infinito, y por muerto que estés, tu cabeza y tu mente sobrevivirán y tu lengua no parará de hablar ni de cantar! ¡Castellano, en el nombre de Dios te maldigo! —recalcó cerca de expirar Matías Arpad.

—¡Endemoniado! —volvió a gritar Blasco, arropado por la risa de sus hombres y las carcajadas de Marcia.

—¡También a ti, ramera italiana disfrazada de cabruna, en el nombre de Dios te maldigo! —exhaló en honda agonía Matías Arpad.

—¿A mí vas a llamarme cabruna, chivo barbudo? —se tronchó Marcia.

—¡A ti te conjuro, ramera! —dijo vomitando sangre Matías Arpad.

—¡Tú ya no estás para maldecir ni mi pubis! —se carcajeó Marcia restregándose el bajo vientre y sacándole la lengua al pope.

—¡Cabruna, ramera, te conjuro y te maldigo! ¡Esa lengua acabará sedienta de amor y no será por falta de agua!... —Expiró Matías Abad y su cuerpo entero se escurrió por el palo hasta el suelo.

Un charco de sangre auguró el final del otoño. Blasco y Marcia, estimulados por la crueldad de la victoria, se fueron a yacer entre cadáveres y rotos estandartes sin, por supuesto, creer que tales maldiciones se cumplirían a rajatabla.

Bandadas de buitres, cuervos y urracas acudieron a darse un festín con la casquería que había despiezado la contienda. No quedaban muchas fuerzas, tampoco ánimos ni tiempo para enterrar a los muertos; las rapaces hurtaron la carroña a los gusanos. Tras la que sería su última batalla, un renacido Blasco punteó su lira y abandonó la plaza dejando tras de sí un canto que, nacido angelical, acababa de convertirse en himno mortífero. Sobre su alazán cabalgó hacia las orillas del Danubio y en sus aguas arrojó el espadón sin cesar de cantar a grito pelado un particular tedéum, que apenas recogía una estrofa de la cantata que improvisó en el aquelarre de las máscaras cíngaras:

Yo que fui leal / no lo soy más,
de fe cambié / por el deber
de ser feliz / por subsistir
con corazón / de trovador...

¡Mi voz está / para cantar!

Cinco cuerdas y cinco carromatos repletos de tesoros abandonaron Sirium, que ardía por los cuatro costados. Aristo, Broco, Dimas y Marcia, los incendiarios de los cuatro puntos cardinales de la ciudad, regresaron tiznados habiendo cumplido con precisión el mandato de su comandante. Gracias a la vil masacre, las gentes de aquellos pagos del reino de Hungría seguirían blasfemando a lo largo de aquel siglo y lamentando haber sido visitados por las huestes pontificias. El fuego purificó a los popes de igual manera que el reflejo de las llamas sobre el Danubio prolongó el atardecer más allá de la hora del ulular del búho, del sisear de la lechuza. Blasco fue consecuente con el decir de una estrofa de su cantata, pensó que allá se las apañaran el papa en su cruzada contra los albigenses y Alfonso VIII, rey de Castilla, en sus escarceos con los almohades:

Yo que fui leal / no lo soy más,
que yo ya di / caballos mil
al papa, al rey...

Nuestro hidalgo, convencido de que sería admitido a la fe del islam y que podría montar un harén, retomó la vieja idea de alcanzar Oriente.

Antes de partir hacia Filipópolis y Andrinópolis, en la ruta de Constantinopla, se determinó como aconsejable reorganizar la expedición, muy menguada, excepto de caballos, oro e instrumentos musicales y ropajes comprados en su día —tras mucho tira y afloja— a los beduinos de Sawar. Esto hizo que los supervivientes, sin desprenderse de los mantos de pieles, ocultaran sus armas, cascos, cotas de malla, escudos y sobrevestas adornadas con la cruz de los cruzados en uno de los carromatos, para vestirse con babuchas, chilabas y otros trapos moriscos, además de unos turbantes que cubrirían el delator corte de pelo a lo paje de los psicoestetas catalanes del Rosellón. También se sustituyeron espadones por tamboriles, hachas por platillos y lanzas por flautas, salvo Blasco, que cargaba con el laúd, el arpa y su caudal de coplas. Bien camuflados los castellanos, ofrecían un aspecto lastimoso, dando la impresión de formar una caravana de músicos titiriteros que viajaban con lo puesto, sin nada de valor y a la buena de Dios. Marcia cogió una pandereta y se disfrazó de gitana cíngara, a lo que ayudaba su pelaje de cabruna. Remodelada la expedición, amparada por un ruido infernal, pues todos los hombres tocaban de oído en tanto se familiarizaban con el manejo de los instrumentos, se pusieron en marcha en pos de su destino oriental.

Año de 1207. Invierno en Castilla. Un crudo viento congelaba los Señoríos de Morjas. Aquellos sauces de Oriente que con tanto amor plantó en su día la hidalga Catalina rendían sus troncos a la fuerza del viento, sacudían las ramas peladas de manera convulsa. Tal vez se tratase de un lóbrego aviso para cualquier forastero que cayese por allí sin estar al corriente de cuanto había acontecido en tales heredades desde que falleció la dueña y partió el que las heredó. De esto hacía cinco largos años, cuando Sergio tenía nueve, aunque ya había cumplido los catorce, al igual que Renata, mientras cruzaban los Pirineos. La naturaleza también sabe cumplir tristezas, sabe que la vida puede ser cruel y, al fin y al cabo, señales poco gratas eran las que el viento escribía y aventuraba valiéndose de los sauces.

Se necesitaba haber heredado el mismo estigma —colosal arrojo y elástica locura— del que marginó aquel predio de las tercas incursiones de los almohades para que se pudiera sobrevivir en dicho lugar. La hija adoptiva de la finada, bastarda que usó su mismo nombre, llevaba la sangre requerida por ser vástaga legítima de Blasco y, después de haber acelerado su ascenso a través de medios ocultos, se había erigido por arte de birlibirloque en la abadesa del convento. Oportunamente eliminado el padre Abad, aquella novicia en un principio lela se había convertido, a sus veintidós años, en una monja inteligente y terrible: la temida madre Jesusa, abadesa de Morjas.

Jesusa había almacenado mucho odio desde que averiguó su origen ilegítimo. Ardía en deseos de venganza contra toda la humanidad, amadrinando un extraño sentido protector por las novicias a las que suministraba dulce muerte para evitarles el tormento de acceder a la lascivia de los varones, odiando a cualquier hombre que no fuera capaz de seguir a Cristo sin dejarse subyugar por los encantos de las hembras. Tal manía expeditiva de mandar al otro mundo a cuantos peligraban moralmente en éste la había convertido en una religiosa aventajada, poco comprendida entre sus vecinos, pero muy respetada entre las jerarquías eclesiásticas. Semejante suma de incomprensiones y halagos habían abierto en Jesusa la vía de escape de la bulimia, que despertaría su hambre canina e insaciable.

Durante el último lustro, su cuerpo había acumulado tres arrobas de sebo y su mente una grácil destreza en la elaboración de mermeladas, famosas en la región, endulzadas con moras, y, cuando el caso requería enfrentarse a los poseídos de Lucifer o cuantos pretendieran torcer su autoritaria voluntad, sazonaba las compotas con un exquisito y despiadado toque de cicuta, remedio elegido por la abadesa para mandar a sus opositores camino de los cielos o de los infiernos, según le dictase el desvarío, porque a la hora de servir a Dios bendito o de homenajear al maligno Satanás, contadas benedictinas lo hacían con la fe ciega que en sus actos imprimía Jesusa, que se había quedado atrancada entre el salvajismo y la barbarie, despreciando por completo la idea de civilización.

El régimen de terror implantado en Morjas se vio alterado una mañana invernal por sor Tadea, la monja cejijunta, ya esquelética. Entró en el palomar donde Jesusa cogía fuerzas hasta el almuerzo con un desayuno apoteósico que, para los poderosos del Medievo, era tenido por frugal: calostros de vaca, frutos secos, una fuente de huevos fritos con migas y torreznos, pava asada, queso de oveja, pan, miel y la consabida botija de vino. Habló Tadea, y se la armó Jesusa.

—Reverenda, ha llegado un emisario —comunicó la subordinada.

—¡No interrumpas mi desayuno, que se me corta la digestión! ¿Acaso buscas ser azotada hasta morir? —amenazó la superiora.

Lo hizo airada, esgrimiendo un papiro llegado de Viterbo, atado con cintas amarilla y blanca, con lacre y sello papal. El palomar acogió un revuelo de palomas. Jesusa constreñía a Tadea al servilismo con la bula pontificia. A Tadea se le fueron los ojos detrás de los manjares.

—¡Te tengo dicho que a tu edad hay que ayunar hasta con la mirada! ¿Buscas que te azoten? ¡Déjame engullir en paz! —recalcó la abadesa.

—Lo siento, reverenda, pero paso tanta hambre...

—¡El ayuno santifica y tú ya, sin dientes, no puedes probar sino caldo de verduras, así que aparta tus ojos de mi comida!

—¡Por el amor de Dios, un torrezno siquiera, madre Jesusa!

—¡Ni uno tan sólo, que luego pides vino para cortar diarreas!

—¡Uno con miel, por san Benito!

—¿No ves lo que tengo en la mano?

Tadea estaba muy débil, era imposible que apartara los ojos de los torreznos para fijarse en la bula de Inocencio III, que la condenaba a ser azotada hasta morir. Frustrada por no haber conseguido ni migas y exhausta tras haber ascendido un montón de escalones, comunicó la nueva que la trajo al palomar:

—Abajo aguarda un emisario tuerto que fue de vuestro padre pero ahora es enviado por vuestro hermano Sergio —dijo Tadea, desfallecida.

—¡Sergio, mi hermano querido, mi niño adorado! ¿Qué dice el tuerto, dímelo rápido, Tadea, de prisa, qué dice? —dijo Jesusa triscando el caparazón de la pava como si su dentadura fuera una sierra de hierro.

—Anuncia que Sergio, con su esposa, llegará aquí con el balido de las cabras, entre dos luces, caída la tarde.

—¿Con su esposa?

—Eso ha dicho, reverenda...

—¡Pero si Sergio todavía es un niño!

—Lo era cuando partió de Morjas, pero ya ha cumplido catorce años.

—¡Entonces es un mozalbete, algo distinto estará! ¿Quién es ella?

—La única hija del tercer conde de Vernuy.

—¡Me complace saber que mi hermano ha medrado y bien medrado! ¡Ve, Tadea, manda que doblen las campanas, que toquen a rebato hasta que Sergio se encuentre entre nosotros!

El redoble de campanas puso tiesos los sauces y los pelos de Sergio y Renata a medida que vislumbraron el convento; los jóvenes esposos llegaban desde Vernuy disfrazados de buhoneros para evitar llamar la atención y ser asaltados durante el viaje. Baratijas, chatarra propia de buhonería y objetos poco atractivos para los asaltantes de caminos y demás calaña, como sartenes, golpeaban contra los laterales del carromato tirado por cuatro caballos bretones.

Entre ladridos de canes y remolinos de aldeanos, criados, frailes, monjas, soldados de infantería y gélido viento, el carro traspasó el pórtico principal de la abadía. Sergio, tan querido como lo fue su madre, se emocionó con la acogida del clero, la soldadesca y los vasallos. Al echar pie a tierra, sor Tadea sació su hambre de cariño comiéndoselo a besos.

—¡Mi niño, qué alto estás, cuánto has crecido, casi eres un hombre! ¡Sé que te has casado, preséntame a tu esposa! —dijo la benedictina.

—Mira, Renata, ésta es la monja que me cuidó, siendo muy niño, al fallecer mi madre. Es un poco suya, muy puntillosa, pero tiene un gran corazón. Tadea, te presento a Renata de Bue, mi esposa, la hija del tercer conde de Vernuy —fue la introducción de Sergio.

—¡Qué robusta y lozana que es! ¡Sergio, mi pequeño, qué bien has elegido! —exclamó la monja.

—La verdad es que fue Renata la que me eligió a mí.

—¿De veras?

—Sí, tras un duro torneo del que salí vencedor —aclaró Sergio.

—¡Qué emocionante; pero qué pícaro, qué bien has sabido elegir! ¡Renata, deja que te abrace y te bese! —dijo Tadea, y la abrazó y la besó.

Renata devolvió el afectuoso gesto viéndose sorprendida por la curiosidad de la monja, que reparó en un precioso cuaderno.

—Niña, ¿qué portas bajo el brazo?

—Es mi cuaderno dorado, un tratado oriental sobre plantas curativas. Sor Tadea, si lo cuidas, te lo presto para que lo ojees —propuso Renata.

—¿Sólo ojear? ¡Lo leeré entero! ¡Y cómo no iba a cuidarlo, yo soy la bibliotecaria de la abadía de Morjas! —dijo la monja, y recibió el manuscrito.

—Cuídalo bien, monja, te lo suplico —insistió Renata.

—¡Por san Benito que he de cuidarlo! Ahora seguidme ambos, que aquí hace un frío que pela, merecéis un buen baño y cambiaros de ropa para cenar con sor Jesusa, la madre abadesa, vuestra hermana natural y la mía espiritual —dijo la monja.

Los sirvientes provenzales sacaron del doble fondo, perfectamente camuflado en el carromato y previsto para transportar los restos mortales de Catalina, un arcón que contenía el equipaje personal de la pareja, que fue subido por un par de frailes benedictinos hasta la estancia reservada para los esposos y que tantos recuerdos reavivaría en Sergio. Sor Tadea, siguiendo una estricta orden de sor Jesusa, para la que los franceses, por desconocidos y distantes, eran unos libertinos, se ocupó de alojar al resto de los recién llegados en el pajar.

Cuando Sergio y Renata entraron en la estancia de la hidalga Catalina todavía no habían consumado su enlace. Renata conservaba la memoria de las caricias lésbicas de Suamí y se hurtaba a la intimidad con Sergio, que tampoco insistía demasiado debido a que también tenía catorce años y seguía siendo esquivo con las pasiones. Mientras se bañaban juntos en un barreño se miraron a los ojos; algún destello brotó entre ambos, un calor que no habían sentido hasta entonces afloró en sus pómulos. Acababa de brotar el rubor sexual...

Acaso faltaba que Sergio demostrara cierta autoridad con el fin de que su masculinidad quedara fuera de duda y fuera capaz de enamorar a la huraña Renata. Esa misma noche se presentó la ocasión. Con motivo de la cena en la que, después de un complicado lustro, se reencontrarían Sergio y Jesusa, el varón presente tomó las riendas de la conversación y puso en su sitio a la bastarda del de Nieva. Todo ocurrió en el comedor, frente a un enorme despliegue de candelabros.

—¡Sergio, hermano querido, ven a mis brazos! —fue el recibimiento de Jesusa.

—¡Ven tú a los míos; no olvides que somos hijos de distinta madre, la mía entera e hidalga de sangre y la tuya menguada, por no decir sordomuda y sierva! —cortó en seco Sergio.

La abadesa humilló la cabeza, enrojeció de rabia; hacía años que nadie la corregía ni le daba órdenes. A continuación hizo una indicación tendente a que sus subordinados abandonaran el recinto, pero Sergio corrigió otra vez:

—¡Que nadie salga, quedaos todos, estáis en mi casa y yo soy el que invita! ¡Sor Tadea, haz el favor de avisar a mi grupo; esta noche, castellanos y provenzales, legos y ordenados, compartimos mesa!

Jesusa, guiada por un acto reflejo, sacó la bula de la manga de su amplísimo hábito y amenazó en silencio a la monja cejijunta. Sergio cazó la amenaza y le quitó a Jesusa el pergamino, lo leyó y, sin pensarlo, lo arrojó a las llamas. Tadea suspiró aliviada y marchó a convocar a los provenzales con una sonrisa que rozaba el éxtasis. Jesusa, en cambio, oscilaba entre la hemiplejia y el infarto; de sus mejillas, un color rojo se le iba y uno blanco se le venía. Bastaron apenas cinco instantes para ver derrumbado un poderío ganado en cinco largos años por mor de su soberbia y gracias a la ayuda, inestimable y criminal, de su mermelada de mora y cicuta.

En la cena hubo más eructos que palabras. Un inarticulado rumor de masticaciones, chasquidos, roznidos, sorbetones y monosilábicas loas (en provenzal: *Ha!*, *Hou!*, *Dieu!*, y en castellano: «¡Jo!, ¡Uf!, ¡Dios!») a las bondades de frituras con ajo y caldos con huevo duro y yerbabuena fue la forma de agradecer la velada por parte de los tragaldabas de uno y otro bando. La estancia de Sergio y Renata en Morjas auguraba un tiempo feliz.

Jesusa comió y bebió hasta reventar; el correctivo de Sergio había estimulado su propensión a la gula de la misma manera que el tardo proceso digestivo amainó su rencor y, después de pedir permiso a su hermano, coreada por una decena de monjas beodas y jaleada por unos frailes que se las daban de palmeros, se arrancó por vísperas. Los berridos que Jesusa soltó en latín movieron a un montón de pichones a suicidarse; atronados, se arrojaron desde lo alto de los nidos que había en las arcadas de madera, porque el estruendo de la voz de Jesusa, aparte de reivindicar la mudez de la madre que la parió, calcaba los mugidos de una vaca a punto de parir. (De haberla escuchado Blasco se habría enorgullecido de la bastarda de su hija; incluso le habría propuesto berrear a dúo.)

Renata miró espantada a su marido y le susurró al oído:

—A esta bestia no la aguanto...

—Yo menos que tú... —musitó Sergio.

—Me indigna que provenga del que, en principio, era tu padre y ha resultado ser el mío. Me ha encantado tu exhibición de autoridad con ella, Sergio; sigue así y que no saque los pies del plato, puede ser peligrosa.

—También yo me avergüenzo de que tengamos que soportarla.

—Ni que fuera una obligación... Aprovechemos el bullicio y salgamos de aquí, casi todos están borrachos.

—Yo no puedo, es parte de nuestra misión, no hay otro remedio, ambos se lo debemos a Tomé. Retírate tú, Renata, ahora es un buen momento para ultimar con Jesusa el asunto de la exhumación de mi madre. Retírate, amor mío, te seguiré en seguida...

—Te esperaré en el lecho, no tardes, amor; la fiesta que

te aguarda tendrá un tono civilizado, provenzal, sensual... Sergio, ven pronto.

—Tan pronto como arregle el asunto con Jesusa, iré. No dudes de mi deseo, Renata, esta noche el brillo de tus ojos refulge más que el fuego.

—Te reservo una sorpresa... —secreteó Renata; tomó a sor Tadea del brazo y al alimón abandonaron aquel caos.

La superiora no pudo darse cuenta de ello, la digestión la tenía traspuesta, soltaba bufidos y daba cabezadas. Sergio le gritó al oído:

—¡Jesusa!

La reverenda se despabiló y empezó a rascarse con ambas manos; esta manía fue lo único, junto a su afición a criar palomas con parásitos, que le había transmitido su madre adoptiva. Intentó disculparse frente a Sergio.

—¡Los piojillos son peores que ortigas, me tienen loca!

—Tengo que hablar contigo.

—¿Aquí?

—Sí, Jesusa, aquí, cerca del fuego, donde nadie nos prestará atención.

—¿Quieres que te presente las cuentas de cómo ha mejorado la tesorería de Morjas desde que estoy a cargo del convento?

—Por lo bien que hemos cenado está claro; hace años no se cenaba así, antes se asaban lagartos y serpientes. Pero me trae otro asunto.

—¡Ah, otro! ¿Y os llevará mucho tiempo concluirlo?

—El indispensable, Jesusa, se trata de un asunto delicado.

—¡Sé lo que Renata y tú buscáis! ¡Habéis venido a por mi mermelada de cicuta con la que suprimo a las novicias altaneras, a las monjas insumisas y a los frailes desobedientes! ¡Te veo venir, Sergio, sigues siendo un pillo, quieres envenenar al padre de Renata para ser tú el cuarto conde de Vernuy!

—¡Estás perturbada, yo no envenenaría a nadie, y menos aún a Tomé!

—¡Mucho cariño le has cogido a ese conde que escribía a escondidas tantas cartas a la hidalga Catalina! ¡Ni que fuera tu padre!... Mandé quemar sus cartas, también tus notas, en las que escribías que los animales eran como personas y tenían alma. Quemé mucha basura, herejía y pecado.

Sergio evitó responder a la bastarda; prefirió razonar a lo que venía.

—Como después de este viaje no retornaré a Castilla, porque mi intención es quedarme a vivir para siempre en Provenza, he venido a trasladar hasta allí los restos de mi madre.

—¿Sólo eso? ¡Por mí, como si quieres llevarte el sarcófago a cuestas y algunos muertos más de propina! ¡Gracias a Dios y a mi mermelada de mora y cicuta tengo el cementerio a rebosar!

—Mañana mismo iniciaré las tareas de exhumación.

—Será el lunes, porque mañana paran los bueyes; es domingo y descansar es obligado. No habrá cristiano que te ayude a levantar la lápida.

—Da igual, lo haré con mis hombres.

—¿Tanta prisa tienes?

—¡Nunca sabrás cuánta! Para mí es urgente, y muy temprano mañana, a la del gallo, iniciaré las tareas. Gracias por la cena, Jesusa, buenas noches, que descanses, me retiro de esta bulla, me espera mi esposa...

—Que descanses también tú; con Dios te acuestes y no peques más de la cuenta esta noche, hermano, que la lujuria y el matrimonio están reñidos. ¡Recuerda que la hidalga Catalina murió en pecado por culpa de tu maldito suegro franco! ¡Que todos tenemos algo que callar de nuestras madres!

Sergio la miró con compasión; el cerebro de la bastarda estaba herido por mil esquirlas de otros tiempos y se resistió a explicarle a la bestia ladina y malvada las necesidades románticas del tercer conde de Vernuy. Jesusa jamás habría comprendido que Catalina y Tomé quisieran permanecer yaciendo codo con codo, amándose a la deriva durante la eternidad. Sergio era consciente de que, a partir de una cierta edad, no se puede estar en compañía de personas como Jesusa, incapaz de amar ni de reconocer sus propios complejos, errores y consecuentes tropelías. Para soslayar esa y acaso otras nuevas provocaciones, el joven abandonó el comedor.

Sor Tadea salía de la alcoba con las manos vueltas, brillantes y oliendo a sándalo cuando se topó con Sergio. La monja sonreía, aunque escondía entre sus fruncidas cejas una duda.

—¡Te auguro felicidad! ¡Creo que Renata es adorable, sí, lo es, aunque tu esposa está salpicada por una pizca de diablesa! ¡Me ha desvelado, entre otras cosas que a mis años me han sacado los colores, que todavía es virgen, pero para mí que del amor ya sabe griego, latín y yo diría que hasta... persa! ¡Si no me entiendes, pronto te enterarás, Sergio! ¡Buena te espera, hay que verla; os dejo a solas! —Se sofocó Tadea y marchó sobre un suspiro.

Las insinuaciones de la monja fueron una fría estampa de lo que Sergio halló caldeado por las ascuas que aún crepitaban en el hogar del dormitorio. Un parpadeo de casi cien velas iluminaba la penumbra entre aromas de sándalo. Desnuda, encima de unas pieles de ciervo, caldeada por el fuego y volátil ella, como flotando encima del lecho, bañada por un fino polvo de oro que acentuaba su natural iridiscencia y el brillo de sus ojos, emergió Renata entre el parpadear de las llamas, más hembra que nunca, invocando una diosa carnal de perfumados óleos, aguardando a que fuera consumado el sacrificio del himen. Sergio, imantado por una sensualidad desconocida, se deshizo del jubón, se quitó las calzas y, ya también desnudo, se acercó a mezclar su aliento con el de su esposa. Cuando afloró el sudor que produjo la excitación en ambos y la piel de ambos era un mismo baño de salobre e iridiscente brillo, manaron unos hilos de sangre de las entrañas de Renata y el matrimonio abrió las alas para flotar juntos, pues dos nuevos amantes se habían fundido en una sola alma.

Sergio y Renata cayeron en la cuenta de que el pudor mantenido vivo entre ellos hasta entonces dejaba de ser la muy confusa limitación que les había impedido discernir el bien del mal. Con lo bueno que puede ser lo supuestamente malo y lo malo que puede resultar lo aparentemente bueno, una vez ventiladas las virginidades cabía descubrir nuevos juegos amorosos en el santuario de la piel, así como desvelar algunos secretos inconfesados. Desnudos, hablaron sin tapujos.

—Para que me hicieras el amor con la devoción con que me lo has hecho te he ocultado cosas que ocurrieron antes de nuestra boda —desveló Renata.

—Nada que hayas omitido puede inquietarme ahora que tengo a la mujer más pura del universo entre mis brazos —repuso Sergio.

—¿Quieres escucharlas?

—Si te hace feliz...

—Necesito hacerlo para que mi amor por ti se sienta libre, para que la complicidad, de aquí en adelante, nos pertenezca.

—¿Tan buenas o tan malas son tus omisiones?

—Una es satánica y me la reveló Tadea; la otra es sensitiva y me la desveló mi propia piel. ¿Cuál de ellas quieres oír primero?

—Deja que sea tu cerebro el que decida.

—¿Tanto te atrae mi manera de pensar?

—Por nutrirse de lo sensorial y lo diabólico con el mismo ahínco, tu cerebro siempre fue lo que más me fascinó de ti.

—Entonces empezaré por lo que me contó Tadea. De su boca he sabido que el que era el padre abad fue envenenado por Jesusa con el fin de hacerse con las riendas del convento. Luego, ya investida abadesa, ordenó disecar el busto del abad, que preside uno de los altares de la capilla.

—Como símbolo ejemplar, supongo.

—Aciertas, porque bajo el busto aparece un lema: «Sumisión debida, manantial de vida», que Jesusa mandó rotular para que los que profesan en Morjas adviertan lo quebradizo que es el vínculo entre la vida y la muerte.

—Seré irónico, Renata, pues con la perturbada de Jesusa, que primero levantó la barrera de la reforma liquidando al abad para después promulgar una ley opresiva, no cabe otra mofa.

—¡Tadea asegura que la abadesa envenena a diestro y siniestro!

—Lo sé, Jesusa me ha dicho que tiene el cementerio a rebosar.

—¿Crees que corremos peligro?

—¡Por si acaso, Renata, no pruebes la mermelada de mora mientras estemos en Morjas! ¡Contiene cicuta!

—¡Venga, Sergio, no bromees!

—No lo hago, hablo en serio. ¿Por qué crees que Tadea está escuálida?

—Será porque teme a la cicuta...

—Claro, para sobrevivir. Con una envenenadora y loca de remate al frente del convento hay que pasar mucha hambre.

—¿Verdad que si te llego a contar lo del busto disecado antes de hacer el amor te habrías encogido un poco?

—Imagino que no habría sido igual.

—Por idéntica razón, tampoco quise contarte mi única experiencia amorosa antes de que nos casáramos...

—¿Fue con Gastón de Beuil?

—¡Qué dices...! Fue con Suamí.

—¿Suamí es la protagonista de tu segunda revelación?

—Ella, más Clotilde y yo, porque fuimos tres las que nos entregamos a las caricias lésbicas. Insisto en que fue antes de casarnos... Suamí me enseñó lo de las velas, los óleos y las partículas de oro. ¿A que es excitante?

—¡Tú dirás, me ha encantado, créeme! Pero dime, Renata, sé sincera, ¿qué te agradó más, lo de Suamí o lo nuestro? ¿Con ella qué sentiste?

—Me hice un lío, pero también me encantó.

—¡Ah, sí! ¿Qué prefieres, hacerlo con una mujer o con un hombre?

—Como veo que te estás alborotando, te diré que he gozado muchísimo más contigo. ¡Y para ya de hablar de lo que hice con Suamí, me da vergüenza!

—¿Tan distinto es?

—Por completo; la feminidad es suave y la masculinidad penetra, siendo una mezcla de suavidad e ímpetu. Suamí me embelesó y está olvidado, te doy mi palabra. ¿Tienes algo que decir?

—Sí. ¡Te amo, Renata, como sólo los hombres saben amar aquello que no les conviene!

En esta ocasión fue Sergio el que, movido por el impulso de los zelos, sedujo a Renata y le hizo el sexo, que no el amor, con energía, con suma rabia, hasta lograr que a ambos se les volcaron los ojos...

A la mañana siguiente, los amantes, con las mismas sábanas de hilo blanco en que habían consumado sus pasiones colgadas del brazo y en compañía de sus criados provenzales, descendieron unos angostos escalones de piedra para atravesar una gruta y pasar del amor a la muerte. La gruta, sita en los sótanos de la abadía, reunía las condiciones que en el Medievo se consideraban de caracter mágico, que no eran otras que la de un ambiente enormemente seco, donde la supervivencia de la vida —incluidas las bacterias— no podía progresar; de ahí que, cuando alzaron la losa del sepulcro, Catalina Guzmán yaciera seca, incorrupta y momificada. Una tenue sonrisa petrificada de su madre, a la que le habían crecido pelo y uñas, le revolvió a Sergio el estómago y el corazón. Renata, viendo que su marido estaba a punto de desplomarse, instó a los criados a que envolvieran la momia con cuidado entre las sábanas de hilo. Amortajados los restos de la hidalga, se abandonó la gruta y se salió al patio para introducirlos en el doble fondo del carromato. Era la hora en que gorjea la alondra.

Nadie pensó en despedirse de la abadesa Jesusa, que solía dormir a pierna suelta con igual parsimonia que los bueyes rumiaban su dominical día de descanso. Mientras aprovisionaban el carromato con odres de aceite, ristras de ajos, cecina, embutidos, frutos secos, harina, jamones de cerdo y lomos de jabalí, sor Tadea se personó en el patio con el cuaderno de seda y se lo devolvió a Renata con una frase de eterno agradecimiento:

—Nunca podré olvidar que gracias a tu maravilloso manual de plantas medicinales he podido saber que un envenenamiento por cicuta requiere el rápido suministro de purgantes y vomitivos, y luego el de carbón animal y tanino, que tantas muertes horrorosas evitarán en nuestro régimen de terror sembrado por la madre abadesa —fue el mensaje de Tadea.

La monja escuálida despidió a la expedición con lágrimas. Sergio y Renata, como sus criados, ya se habían vuelto a vestir de buhoneros y partieron de Morjas en dirección al reino de Aragón entre el aullar de unos canes, sin adivinar que los restos momificados de la hidalga Catalina, debido a la humedad reinante y a otras penosas circunstancias invernales que les depararía el largo viaje de vuelta, iban a descomponerse, transformándose los despojos en un carnaval de larvas, lo cual resultaba mucho más dramático y espantosamente más desagradable que andar trasvasando una momia por las planicies de Castilla... Quien sí alertó acerca del mal agüero fue el emisario engendro, el del ojo en blanco, que para no enrolarse en la expedición adujo que ir por ahí con un cadáver más un tuerto era tentar demasiado a la suerte, y se quedó en Morjas, su tierra natal, pues con el único ojo que tenía ya había visto cuanto tenía que ver.

Partió el carromato con su carga luctuosa y pasaron los días como sobrevolaban las cigüeñas, suspendiéndose entre silencios y brisas. Todo parecía ir bien hasta que llegó el momento de sobrepasar los Pirineos, donde los caballos bretones empezaron a resoplar. Entonces, Sergio volvió la cabeza, contempló cuanto dejaba para siempre tras de sí —su infancia y su solar patrio— y pensó que la desmembrada e invadida Iberia seguía oliendo como huele en África, a ajo, fritanga y yerbabuena... Sus compatriotas aragoneses, castellanos, leoneses y navarros permanecían estancados entre luchas fratricidas, habiendo relegado la reconquista a segundo término, supeditándola a defender sus propios reinos; unos y otros se mostraban militarmente frustrados, culturalmente humillados y mentalmente en la inopia.

El invierno encadenó disgusto con disgusto y la decepción patriótica del muchacho se vio trenzada a la descomposición del cadáver de su madre. Como las lluvias del invierno habían mitigado el frío de las cumbres pirenaicas mientras el carromato de buhoneros descendía hacia Montpellier, la momia se descompuso y tal peste echaba la bendita hidalga que una manada de no menos veinte lobos empezó a seguir y perseguir de cerca el carromato, asustando a sus ocupantes y a los caballos de tiro bretones. Las escasas reservas de embutidos y jamones no bastaron para distraer la codicia cárnica de los depredadores y, cuando ya no había pitanza con la que entretenerlos, Renata tuvo una idea tan salvadora como macabra, pero hubo que acometerla porque la manada había aumentado con el fétido olor de los putrefactos restos de la pobre Catalina y la ley de supervivencia lo pedía a gritos. La idea se ejecutó en el acto, el carpintero y el herrero se encargaron del obligado despiece de la difunta y, entre arcadas que parecían rugidos de león, fueron serrando miembros y dosificando raciones para los lobos, que persistían en su ataque, tirándoles primero los intestinos y demás vísceras de la aún tiesa momia para acabar saliendo despedido de detrás del carromato el resto de ella: brazos, nalgas, tronco y pies y, por último, una pierna entera más el muslo de la otra, teniendo que echar mano incluso del maxilar inferior de la troceada hidalga. Quiso la fortuna que se divisaran las aldeas cercanas a los arrabales de Montpellier, donde los cánidos cejaron en su infausta persecución y se disiparon entre la neblina de la lluvia. Sin lobos a la vista, tras comprobar que de su madre no quedaba más que la calavera, con apenas la sonrisa mediada por la pérdida del maxilar inferior, y un trozo de una tibia, Sergio se desmayó entre los brazos de Renata y sólo recobró la realidad bastantes días después, en una posada camino de Toulouse. Supo entonces que la misión encomendada por el tercer conde de Vernuy había sido cumplida. Pronto, en Provenza, la hidalga Catalina Guzmán hallaría sepultura, a la espera de que el muy delicado Tomé se abrazase a lo poco que quedaba de su amante castellana para juntos dormir el más largo de los sueños.

Por fortuna para Sergio, las nobles enseñanzas del pasado habían visitado su subconsciente durante el lapso del desmayo, dándole a entender que sus angustias —como le apuntó Tomé en su día— acampaban en su alma y no en el exterior de su persona, lo cual le hizo inferir que emocionalmente dependía de Renata hasta el punto de carecer de vida interior. Avergonzado de su debilidad, pensó que, en adelante, su lado más primitivo e infantil no debería seguir inventándose artimañas con el fin de retener a su esposa junto a él, aunque aquéllas estuvieran amparadas en el firme deseo de Tomé de contar con los restos mortuorios de Catalina. Renata, ciega a los juegos inconscientes de su joven marido, merecía recibir algo más que delirios de inseguridad. El hecho de desmayarse había valido para que Sergio tomara la determinación de interiorizarse y buscar dentro de sí el elixir capaz de devolverle la confianza. Pronto sus buenas intenciones volverían a ceder frente a otros desmayos involuntarios. Era casi imposible que el corazón de los medievales escapase a sus límites naturales: las pasiones y los temores.

Quinta parte

El elixir de los sueños

Fue en el tiempo en que nace la flor del espliego cuando comenzó a rendir su existencia el tercer conde de Vernuy, en cuyo semblante también brotó, una vez tuvo consigo las reliquias óseas de Catalina, la malva morbidez de la lavanda. A Tomé apenas le mantenía con vida ver tallar, a golpe de escoplo y martillo, los retoques finales de la cripta que le daría cobijo en compañía del amor de sus amores. Sergio dirigía, entre martillazo y lágrima, la que habría de ser la última morada de su padre, mientras el recuerdo de su madre y los canteros de Vernuy colaboraban en esculpir el epitafio, dictado por el propio conde con una rendida voz salida de una alma en duelo:

REPOSEN LAS ESTELAS
DE TOMÉ Y CATALINA
—ENLAZADAS Y ETERNAS—
CAMINO DE MÁS VIDAS...

Renata, conmovida por el lastimoso estado anímico de sus parientes, porque había que ver la continua trompa en la que habitaba Lorenzo, le preguntó a Clotilde, otra fervorosa adoratriz de Baco, qué solución veía para restituir entereza a los varones.

—Tu cuaderno nos revelará el remedio, aunque lo mío y lo de Lorenzo no lo tiene; ambos dependemos de la uva —repuso Clotilde.

Renata quiso creerla y buscó una planta que aminorara los insomnios y atenuara los decaimientos, creyendo que con ella podría elaborar un filtro capaz de devolverle a

Tomé algo del tono vital perdido. La planta era el hipérico, dotada de unas propiedades curativas contra trastornos depresivos fuera de lo común.

El brebaje de las hojas perforadas del hipérico le sentó bien a Tomé, contuvo su desidia y le permitió apreciar que sus hijos le arropaban y todavía le necesitaban. Aliviado el conde, Renata pasó a ocuparse de su marido y seleccionó un hongo con tales efectos alucinógenos que su toma le proyectaría por las nubes, pues las raíces de su atonía arraigaban de manera tortuosa en su mente, seguro como estaba de haber heredado un síndrome idéntico al que había hecho enfermar y morir de amor a su madre, además de tener observado que también su padre estaba poseído por el mal de amores, siendo Sergio incapaz de hurtarse a la hipocondría que le hacía creer que él sería otra víctima del mismo enfermizo sentimiento. Pero Renata se topó con una traba: la seta en cuestión, descrita en su cuaderno, brotaba con bastante más enjundia en la Selva Negra que en Provenza, y habría de emprender camino hacia el reino de Germania a la procura de los setales habitados por los gnomos, genios de la tierra que alimentaban las fábulas medievales.

—Querido Sergio, parto hacia la Selva Negra —dijo Renata.

—¿Valoras que, de hacerlo, tu vida correrá riesgos y dificultades?

—Las pestes no me arredran, como tampoco los asaltantes de caminos; piensa que iré disfrazada de buhonera, como lo hice en nuestro viaje a Castilla.

—¿No sabes que hay caos en el imperio, constante guerra civil en Germania toda?

—¡No me arredra ni la guerra!

—¿Qué se te ha perdido por allí? —contestó un alicaído Sergio.

—La amanita de los césares.

—¿Eso qué es?

—Un hongo mágico de color carmín anaranjado. Cuando lo traiga, lo cocinaré, comerás su maciza carne blanca de olor casi imperceptible y saborearás su gusto, como el de la avellana. Es el hongo en el que los gnomos hacen sus guaridas y se come desde la época de los romanos por tener propiedades clarificadoras para la mente. Iré a buscarlo, lo traeré, te haré comerlo y saldrán volando de tu cabeza las peregrinas suposiciones que rondan tu memoria enfermiza.

—¿Enfermo yo?

—Sí, estás enfermo, padeces un falso hechizo, las premoniciones sin sentido te carcomen. El daño que a tus padres les produjo la distancia nada ha de ver contigo, no se transmite; pensar que has heredado semejante mal es una lacra. Querido Sergio, urge que comas la amanita de los césares para que los duendes de los hongos colonicen tu cerebro y extirpen con sus zarpas de topo tus manías.

—Renata, si tú lo dices...

—Lo mantengo, Sergio, tú no has enfermado de amor; por fortuna me tienes a mí y voy a traerte la seta de los gnomos para hacerte recobrar la lucidez y constates que te amo.

—Tú decides, amor mío. En ti fío mis esperanzas.

—Haces bien. Fía.

—Pero no puedo asegurarte que consiga soportar tantas cosas juntas: el peso de la lápida de mi madre, más los últimos días de mi padre, más tu ausencia...

—Tú fía, que yo parto y, cuando vuelva, traeré hongos para ti y algún remedio adicional para Tomé.

—Desde hace un tiempo piensas en los demás sin preocuparte de ti misma. Dime, Renata, si yo te rogara que no partieras, ¿atenderías mi ruego?

—¡No, porque te amo de modo similar a como quiero a Tomé y considero necesario el partir hacia la Selva Negra, de donde volveré con las plantas que habrán de salvar a los dos!

Tras haber enjaezado el tiro de bretones, Renata montó en el carromato junto a los mismos hombres disimulados de buhoneros que la habían acompañado a Castilla y se puso en camino. Cuando Sergio la vio partir se echó en los brazos de Tomé, y ambos rubricaron una soledad pareja. Fue entonces cuando el padre le contó a su hijo que la pena continuada que nos depara la vida se filtra en el espíritu y cala de igual forma que la lluvia torrencial en una red. Quizá por eso se iban a suceder dos lunas sin que cambiara la textura de la melancolía que ambos sentían cuando pensaban en las damas ausentes.

Solía acontecer en Vernuy que cuando se alejaba un ser querido de la villa, otro ser, entrometido e inesperado, de pronto se presentaba, como fue el caso de Hubert Aubrey Clarendon, un veinteañero que atendía por el nombre de Hubby y se decía hijastro del quinto conde de Earscoln, siendo lo realmente cierto que su padre adoptivo le habría proporcionado una colosal bodega —fruto del pillaje en su incursión a Normandía a las órdenes de Ricardo Corazón de León—, por mucho que se comentara que el viejo conde sajón hubiera muerto sin dejar descendencia legítima. El irresistible abuso a la bebida que sufría Hubby preconizó una larga amistad con otro dipsómano de fama espectacular como era el primogénito de los Bue, igual de borracho que el inglés.

Tras enterarse de la habilidad de Hubby para hacer medrar la bodega de los Clarendon hasta transformarla en una solvente industria vinatera, Lorenzo le ofreció las catacumbas de Vernuy —en gran parte inutilizadas desde los tiempos de su abuelo Henri— para ampliar las bodegas y el negocio. Ni que decir tiene que Lorenzo y Hubby suscribieron el acuerdo con una apoteósica papalina que duró cerca de cien horas. Clotilde no pudo levantar acta de la firma por haber participado en la tajada con idéntica fruición que sus promotores. Añadamos que Hubby bajó a los subterráneos armado de un vestido interior de acerada malla, y que emergió de allí al quinto día con un hipo sin control y con las escamas doradas del casco, además del floreado amarillo de la sobrevesta donde rampaban los leones de Britania y de su hirsuto y rubio bigote —apéndice que le designaba como parásito regio—, completamente teñidas de granate tanino. Un jugoso consorcio vinatero sito en Vernuy y nominado «Bue & Clarendon» acababa de irrumpir en la cumbre de la Edad Media. Sin embargo, Hubby, natural de Chelmsford, perteneciente al priorato de Essex, uno de los condados regados por el Támesis, hubo de atrasar el lanzamiento de la firma «Bue & Clarendon» junto a su socio provenzal debido a un contratiempo. Una noticia desgarradora y vil alcanzó Vernuy envuelta en la nueva luna. Renata había sido secuestrada y se hallaba retenida en un castillo a las orillas del lago Constanza, entre la Selva Negra y los Alpes Gláricos. El secuestrador, innoble y frustrado amante por mor de sus complejos, se llamaba Rudolph Friedrichshafen y, aparte de ser padrino de Gastón de Beuil, era uno de los hijos del duque de Württemberg.

La nefasta noticia vino con el herrero que viajaba con Renata, que también traía en un saco las dos manos amputadas del carpintero —según la simbología medieval, una mano seccionada significaba autoridad, fuerza, poder y protección del amputador, y de ser dos las amputaciones, justo el doble de lo antedicho—, dando a entender que el rapto iba muy en serio. Asimismo, el herrero portaba consigo las condiciones del rescate. Si el tercer conde de Vernuy quería volver a ver con vida a Renata habría de dedicar la existencia futura del laboratorio a reparar los defectos que resaltaban en el rostro del acomplejado teutón, carente de dentadura durante cincuenta y dos años por causa de un conjuro que turbó su nacimiento —tara que le impedía pronunciar correctamente su recargado apellido— y desprovisto de párpados —como una culebra— desde hacía un lustro, cuando los suyos, que apoyaban la restauración de los emperadores germánicos en contra de los partidarios del papa, le sometieron a suplicio, arrancándole los párpados de cuajo con unas tenazas en castigo por haberse dormido durante una guardia que permitió el avance del bando contrario.

El precio del rescate que se le exigía a Tomé había sido cifrado por un hechicero bávaro en diecinueve doncellas, con la finalidad de obtener del flujo de las mismas un colirio vaginal rico en suero para los ojos eternamente secos de Friedrichshafen, debiendo ser todas ellas provenzales y tener diecinueve años, los mismos que tenía Gastón de Beuil en el momento de aspirar a la mano de Renata en el torneo de regalos del que fue, según la versión del teutón, malintencionadamente eliminado su ahijado para luego ser cobardemente abatido por las fieras custodias del condado de Vernuy.

El secuestro de Renata precipitó la agonía de Tomé, enclaustrado en sus habitáculos, remiso a todo contacto con el exterior. Las condiciones y el precio del rescate convulsionaron a la villa entera y, todo unido, abatió por completo a Sergio, que se sumió en la desesperanza y dejó transcurrir los días y las noches echado sobre un banco de piedra en la plaza de la villa. Lorenzo, Clotilde y Hubby se ofrecieron de inmediato para remediar la afrenta, pero se encontraban tan borrachos que nadie debió de escucharlos. Suamí tampoco sabía qué hacer. En la aldea, el desconcierto resultó global. Quiso entonces la diosa Fortuna que apareciera por la villa, entre dos luces, un ángel vengador... Álvaro de Nieva, intendente de las arcas vaticanas, y su esposa Aldonza —que tras caer de la montura había perdido su primer hijo entre Siena y Livorno—, cumpliendo ambos su promesa de visitar Vernuy y precediendo a un destacamento de cuarenta jinetes con la enseña de las milicias pontificias, se personaron en la plaza cuando de veras se requería su presencia.

Cuando Álvaro vio a Sergio hecho un ovillo entre el revolotear de las libélulas desmontó de su corcel, se fue hacia él e imprimió tal entusiasmo al abrazarle que casi le tira del banco donde dormitaba y acaba con el menor de los hermanos, cuyo pulso latía sorda y desacompasadamente, como el croar de las ranas en el estanque, preso de graves pesadillas. Aldonza hubo de agacharse a duras penas para besarle —que aún le protestaban las entrañas tras su aborto—, y cuando los labios de la aldeana rozaron con dificultad la frente del adormecido detectó la misma falta de ilusión en él. Álvaro dedujo, por ser innata la vivacidad en su hermano, cualidad que le dotaba con una aura encantadora, que el lapso de cinco años en que no se habían visto habría dado paso a otro ser menos apagado del que ahora se encontraba y, tal vez por ello, le narró una anécdota legendaria aprendida en Roma y amadrinada por el Arte que, sin duda, habría de rescatarle, aunque sólo fuera momentáneamente, de su inquietante descorazonamiento.

—Querido hermano, deja que te anime contándote una curiosa historia que los romanos conocen por la leyenda de la transmutación...

—¿Una leyenda romana? —dijo Sergio levantando la cabeza.

—En los caminos que van a Roma procedentes del resto del mundo me fue revelada y, sí, se refiere a un escultor eclesiástico nacido en la ciudad más bella del orbe.

—Nárramela, Álvaro.

—Claro, Sergio, te la cuento y espero que de ella extraigas conclusiones reparadoras porque me preocupa ver que la tristeza te está convirtiendo en una persona distinta de la que yo recuerdo. Debes contener tu aflicción o terminará contigo. Escucha... Resulta que mi amo, el papa Inocencio III, le encomendó a dicho escultor, llamado Benito Saccio *el Cojo*, rengo con el pie seco, la realización de un difícil y duro tallado en marfil sobre el altar mayor de una capilla a las afueras de Roma.

—¿Hace cuánto?

—Le fue encargado a Saccio en el fin de siglo, a los dos años de la coronación del papa.

—¿Qué motivo eligió el escultor?

—Veo que empiezas a ser tú de nuevo, querido Sergio, lo preguntas todo. El motivo fue la última cena de Jesús con sus apóstoles.

—¿Y?

—Pues Saccio inició el trabajo tras haber localizado un modelo andrógino que reunía en sí la perfección de rasgos y la serena belleza que emana del rostro de Jesús. A continuación lo esculpió y, una vez terminado, rengueó calle a calle hasta localizar entre mercados, posadas y tabernas los rasgos de cada uno de los apóstoles y, a medida que los iba encontrando, los esculpía. Por último, para completar la obra, sólo le faltaba dar con las facciones de Judas, faz que tardó en localizar el doble de tiempo que las hasta entonces esculpidas, y al fin halló, en un oscuro rincón de un tugurio de mala muerte, el crispado semblante de Judas Iscariote, cuyo rostro, maltratado por las enfermedades y los vicios que se apropian de los seres propensos a caer en viles tentaciones, reflejaba el peor de los males, la lepra del alma. Mientras calcaba la cobarde y ruin imagen del último de los doce apóstoles cayó en la cuenta de que ese sujeto que le valía para tallar la faz de Judas era el mismo modelo que le había servido para esculpir el rostro de Jesús años antes de haberse corrompido en los abismos de la urbe.

—Entonces, ¿el mismo modelo hizo de Jesús y de Judas?

—Sí, Sergio, el mismo, sólo que con la corrosión que el tiempo inflige al espíritu y a la materia. Cualquier individuo puro puede transmutarse en otro impuro. Y al revés.

—¡Me impresiona tu historia, Álvaro!

—Espero que lo haga y que tú no cedas a la transmutación negativa. Obtén de tus pesares lecciones positivas cara al porvenir, deja que la placidez que irradia el rostro de Jesús el ungido te asista, y huye de la transmudada faz de Judas el ahorcado, para que la miseria jamás te asfixie.

Un criado interrumpió el reencuentro. Solicitaba a Sergio porque Tomé había entrado en declive y los delirios extinguían su cordura. Era la hora de las decadencias, cuando los rebaños han dejado de balar. Lorenzo, Clotilde y Hubby se encerraron en la bodega para enjugar el disgusto y Sergio precedió con prisa a Álvaro y Aldonza hasta el lecho de parada en que agonizaba el conde con los ojos perdidos en el techo, desesperadamente abrazado a la calavera y a la tibia de Catalina. Tomé no había podido soportar el dolor que le había supuesto el secuestro de Renata. El tercer conde de Vernuy fallecía y, obnubilado, balbuceaba su despedida de este mundo:

—Amada mía, ahora dormiremos juntos para siempre, por los siglos de los siglos juntos los dos... Amada mía, la cripta nos reclama...

Tomé de Bue hablaba de su último viaje, que pondría rumbo a la eternidad en compañía de su amada Catalina Guzmán. Una hidalga castellana y un hidalgo provenzal se hallaban próximos a acometer, con idéntica hambre de conocimiento, desprovistos de armas, enredados en el mismo anhelo, la etapa más sublime del amor, la eterización.

Álvaro de Nieva intuyó en el delirio final de Tomé un maravilloso cuento de hadas enmarcado en un mundo nauseabundo y entendió algo que no había entendido hasta entonces, que sólo el poder del amor puede subyugar todas las demás fuerzas de la naturaleza.

Cuando ululó el búho, el opaco novilunio se hizo con la noche y expiró el tercer conde de Vernuy, la luna nueva se lo llevó. Cuantos infelices se agolpaban en torno al lecho de parada respetaron sus últimos deseos: que no fuera velado el cadáver —a cambio de ser amortajado en seguida— para yacer lo antes posible junto con las reliquias de su amada. Así se hizo y, después de hecho, se cerró la cripta. Ya con Tomé y Catalina deambulando por el firmamento, Lorenzo de Bue se erigió en el cuarto conde de Vernuy y Sergio se derrumbó a los pies de Álvaro, su otro hermano.

A la del alba retornó Suamí de su noctívago paseo con los ojos llenos de lágrimas, las cuales derretían el maquillaje de pan de oro sobre sus pómulos. Reveló haber tenido una nefasta premonición, había visto a su padre levitar en alta mar y manifestó que, de confirmarse su visión, Selyúkidas no volvería a bajar de las alturas. La princesa, acongojada y dubitativa, fue incapaz de determinar si la mala nueva estaba motivada por el cambio lunar, si se debía a una rara concomitancia entre la presunta desaparición del turcomano y la muerte de su fraternal amigo francés, o a ambos supuestos juntamente. Las gentes de Vernuy y, sobre todo, los huérfanos de Tomé, afligidos como estaban, le negaron atención y se desvincularon de las premoniciones por ocuparlos un asunto acuciante, como era el de acelerar los preparativos de la marcha, cuya meta permitiría rescatar a Renata del desdentado teutón con ojos de culebra.

Despedidas las mujeres, puesto que Clotilde se quedaba en la villa a cuidar del frágil estado de Aldonza tras su aborto, fueron ajaezados los arneses y puesto el destacamento al tanto de su fin. Listo un total de cincuenta jinetes, más tres carromatos cargados con las provisiones y conducidos por artesanos locales —bodegueros, carpinteros, herreros—, Álvaro de Nieva tomó el mando de la expedición. Los hermanos Bue y Hubby Clarendon completaban los mandos y andaban maquinando una maniobra expeditiva, una insólita variedad de estrategia vinícola contra el descendiente del duque de Württemberg. La expedición partió con brisa fresca y se encaminó hacia el nordeste de las Europas. El verano empezaba a mostrar cierta desgana solar mientras el tiempo otoñal era traído en volandas por los incipientes vientos ligeros, que desestabilizaban el dosel de hojas que cubría la copa de las hayas. Bajo una tupida lluvia de hojas amarillentas —el color que augura los desastres—, la expedición se internó en la húmeda bruma del bosque.

Difuminado el destacamento en las penumbras del hayedo, un soldado de a pie hizo su aparición en Vernuy. Era un tarado de baja estatura que había perdido su batalla e iba en su búsqueda. Años atrás le habían arreado un hachazo en la cresta del casco y las esquirlas de éste habían cicatrizado pegadas a la masa encefálica, con lo que no recordaba su nombre, sólo sabía que había perdido una batalla de tantas, y que, desde entonces, estaba obligado a ir por ahí blandiendo el espadón como un enajenado, hasta dar de nuevo con el frente de la contienda, de seguir ésta celebrándose, porque la honra del soldado de a pie era épica y su locura, tenaz y de arraigo. A nadie alarmó su gallarda presencia, parecía algo normal; cuando alguien partía de Vernuy, el azar se encargaba de que otro viniera. Antes de tan siquiera nutrirlo, porque el soldado llegó hecho una lástima, Clotilde lo desarmó con sus zalamerías, depositando con gracia el espadón que portaba sobre el suelo e intentando sacarle el casco, a lo que se negó en redondo el tarado para evitar descerebrarse, y comprensiva la Charnay, tras aceptar que el casco, cicatrizado con los sesos, era un órgano vital más del soldado de a pie, se lo dejó puesto y le ayudó a trepar hasta el nido de amor, donde le borró diez años de vacío sexual. Como el tarado nunca había sido bien recibido en sitio alguno, juró por su honor defender a la dama y demás gentes de la villa hasta que retornasen aquellos que habían salido en misión de rescate.

Por su lado, en el reino de Germania, la cautiva Renata, sentada en una de las almenas que coronaban los muros del castillo de Württemberg, veía con desencanto caer la luz crepuscular sobre las quietas y negras aguas del lago Constanza. El cautiverio la tenía sumida en un caos mental y, a falta de noticias liberadoras, permitió que un presentimiento se le insinuase y, arrastrada por la perentoria necesidad de creer que su amado Sergio, todavía a muchas leguas de distancia, estaba ya en camino, presintió que no tardaría en aparecer para rescatarla del infierno en que vivía. Como a Renata le dio un vuelco el corazón mientras soñaba con que esto sucediera, aceptó el aviso y dejó de inquietarle carecer de datos que confirmaran la certitud de su anhelo; sabía que el poder del amor no la podría defraudar y se reconfortó rememorando un comentario que le había oído a Selyúkidas en una de sus levitaciones:

—En contadas oportunidades, los mensajes del sentimiento vuelan movidos por fuerzas misteriosas, por sí solos, por propia intuición, incluso se adelantan en mucho a la celeridad de vuelo que imprimen las alas de una paloma mensajera.

Haber recordado las palabras del selyúcida animó a Renata a lanzar un silencioso grito de auxilio. Se encaramó en la almena, abrió los brazos como si fuera a abrazar el lago y clavó su mirada donde se reflejaba la luna. Entonces, a través de los fluidos que el influjo lunar mecía, las aguas se movieron y propagaron las ondas mentales —las peticiones de socorro— de Renata, que logró gritar con toda su alma sin que la oyeran los centinelas del castillo, y de este modo, inauditos factores misteriosos transmitieron el desesperado mensaje de amor telepáticamente, para que fuera captado en el mismo momento desde la lejanía por Sergio, que acababa de sintonizar con el deseo de su esposa para sentir cómo, también a él, se le volcaba el corazón. Una separación violenta le toma el pulso a un enamoramiento, nos da su temperatura exacta.

No obstante, el cansancio de los rescatadores aconsejó detener la odisea, se hacía obligado montar el campamento en los confines de un bosque, prender hogueras y estudiar el itinerario a seguir. Álvaro de Nieva sacó un papiro del cinto y las llamas iluminaron el mapa salido de los copistas vaticanos, manuscrito en latín y bien detallada y pintada la cartografía. El papiro abarcaba el Sacro Imperio Romano Germánico en toda su extensión. Con la punta de su daga,

Álvaro trazó la ruta que los conduciría hasta el predio de Friedrichshafen, todavía a cien leguas del campamento. En una primera etapa habría que soslayar Saluzzo —aldea de la que provenía el apellido de Marcia—, retomar aliento durante unas noches en la abadía de Staffarda, obviar la ciudad de Turín e internarse en la región de Borgoña; el segundo tramo, según se deslizaba el metal de Álvaro sobre el papiro, dejaba atrás el valle de Aosta para encaminarse hacia el macizo montañoso de los Alpes, concretamente hacia el nudo hidrográfico del que nacen los ríos Rin —con su afluente el Aar— y el Ródano, lugar elegido para que la expedición volviera a descansar. Salvadas las montañas, la tercera etapa se haría cuesta abajo hasta divisar el castillo, levantado a las orillas del lago Constanza. Se iba a tardar lo suyo.

—¿Cuánto puede llevarnos? —demandó Sergio.

—Toda una luna —repuso Álvaro.

Los provenzales y el sajón gustaron de acampar con el de Nieva, Roma había hecho de Álvaro un tipo importante, le había transformado en un ser elegante al itálico modo. Lorenzo y Hubby pronto hicieron excelentes migas con él y guardaron, dentro de lo que cabe, la compostura, pues Álvaro permanecía sobrio mientras andaba ebrio el consorcio; no en vano, el dúo dipsomaníaco había portado varios odres de «Bue & Clarendon» consigo.

Próximo a una hoguera, Álvaro habló y habló sin cesar; en su intención estuvo apartar a Sergio de su doble pena, la irreparable y la mantenida en suspense. El dolor que el menor de los hermanos, acurrucado sobre una manta de piel de rebeco, había de soportar por la muerte y el rapto de sus familiares más queridos llevó al mayor a relatarle historias e intrigas romanas que fueron saliendo de su boca a la luz de las llamas con el fin de distraer su congoja.

—Durante los viajes del papa, cuantos formábamos en su comitiva éramos obligados a respetar un estricto ritual cada vez que visitábamos una aldea.

—¿Un ritual? —se interesó Sergio.

—Así es, en cualquier sección de la comitiva era exigido el uso de guantes, y casco de pertenecer a la milicia e intendencia civil, como es mi caso, o sombrero de ala ancha de integrar la curia pontificia. En tales encuentros, el papa donaba una de sus túnicas envuelta en un paño de seda a la iglesia o monasterio visitado.

La explicación de Álvaro no pareció bastar, aunque sustrajo a Sergio de sus penas.

—¿Qué fin tenía la donación?

—Espolear la ansiedad recaudatoria de los eclesiásticos del lugar en beneficio de las arcas vaticanas. El simple hecho de que Inocencio III se mostrara generoso y donara una de sus prendas íntimas presuponía que los recaudadores habrían de estar a su misma altura cuando tocara engordar la bolsa. En el Vaticano, lo contante se aprecia por encima de lo sonante.

—Poco ruido y muchas nueces.

—Y las nueces, querido Sergio, a poder ser, de oro.

—¿De oro, dices?

—De oro hablaré cuando las fundiciones sicilianas del Sacro Imperio Romano Germánico estén listas para acuñar dicho metal.

—Álvaro, no te endiendo.

—Ahora lo harás. Cuando el nieto de Federico I, Barbarroja...

—¿Te refieres a aquel ruin emperador de Occidente y devastador de la ciudad de Milán que se ahogó durante la Tercera Cruzada?

—Más bien me refiero a su nieto, que también se llama Federico y está llamado a prenderse en la rama más alta de los Hohenstaufen cuando herede el trono de su tío carnal y actual rey de Germania, Felipe de Suabia, estando destinado el nieto y sobrino referido a ser el primer acuñador de monedas de oro en Europa.

—¿Todavía no circulan las piezas?

—No, Federico aguarda su coronación para darles curso legal. Tómala, Sergio, sé que te agradará familiarizarte con ella y adelantarte a tu tiempo.

Álvaro extrajo de una talega de piel de marta la famosa pieza de oro. Tras tendérsela a su hermano, éste se incorporó y la examinó con la ayuda del reflejo de las llamas.

—Me recuerda la perfección solar en miniatura... ¡Cuánta razón tienes, Álvaro, cómo no va a asombrar Federico al orbe entero si con una mera moneda ya ha sembrado el estupor en mí! —reconoció Sergio.

—¿Queréis saber algo más de mis andanzas romanas? —propuso Álvaro.

La tierna diplomacia del de Nieva buscaba entretener a su apenado hermano, además de querer incorporar a Lorenzo y Hubby a la charla. El provenzal y el sajón captaron el gesto y lo agradecieron; sin cejar en su beber le ofrecieron a Álvaro una copa de la reserva de «Bue & Clarendon».

—¡Este vino es realmente magnífico! —dijo Álvaro tras catar el caldo.

—¿Las bodegas papales estarían interesadas en hacerse con varios miles de odres de tan noble sustancia? —demandó la astucia mercantil de Hubby.

—Eso depende de que lo autorice el intendente a cargo de las mismas...

—¿Y tú, Álvaro, lo conoces? —intervino Lorenzo.

—¡Por supuesto, se trata de mi mejor amigo en Roma! —repuso Álvaro.

—¡Dinos su nombre! —se emocionó Hubby.

—He de consultarlo con Inocencio III... —vaciló Álvaro a los socios.

—¡¡Por favor, dinos su nombre!! —rogaron a dúo los borrachos.

—¡Está ante vosotros, se llama Álvaro de Nieva, y soy yo!

El consorcio pegó un brinco y se puso a bailar en torno a la hoguera; en seguida, Álvaro fue incorporado a la danza, cosa que aceptó de buen grado, y antes de que volvieran a sentarse el consorcio vinatero se había constituido, tácitamente, en agrupación. De aquí en adelante, la nominación de los mejores vinos de Vernuy llevaría la siguiente etiqueta: «Bue & Clarendon, reserva papal recomendada por el Vaticano.»

Despreciando manjares y repudiando treguas, Renata llevaba varios días encaramada sobre la almena del castillo de Württemberg. Inexpugnable a las propuestas libidinosas de Friedrichshafen, la joven permanecía de día en lo alto de la fortificación, adonde el de los ojos de culebra nunca subía por temor a que la luz solar abrasara sus retinas, y tendido el crepúsculo Renata descendía hasta las cuadras para esconderse entre la seca paja; así, día con noche, burlaba a su vil raptor. Sin embargo, hubo una ocasión en que los centinelas, por mandato de Rudolph, hostigaron a la cautiva a recogerse en el dormitorio principal del castillo, mas ella, firme en el propósito de que ni una sola gota de su jugo vaginal haría de colirio en los lacrimales de un zumbado, amenazó a su vez con lanzarse al vacío desde las almenas de continuar siendo hostigada, treta que le sirvió para que la guardia teutona la dejara en paz.

Paralelamente, la expedición de Álvaro de Nieva hizo su entrada en Sacra de San Michele, una aldea sita en la desembocadura del valle de Aosta donde se avistan las estribaciones alpinas. Tras haber acampado a la intemperie sobre el núcleo románico, entre los cimientos de la llamada a ser basílica del monte Pirchiriano, Sergio volvió a sentir que la sangre del corazón se le desbocaba latiéndole incluso en las sienes, inequívoca señal telepática de que Renata sobrevivía al drama. La petición de auxilio de la cautiva llegaba de manera clara, fría y triste, tal cual se resumía aquel otoño. Sergio captó la señal y sintió que cada vez faltaba menos para tener a su amada —aunque aún los separaran cincuenta leguas— dentro de su campo visual. Faltaba menos, efectivamente, pero los instantes se hacían eternos y, anudados a las hojas venteadas por las corrientes de aire provenientes del glaciar de Courmayeur, se suspendían en la mente del aquejado dilatando el paso de cada instante nuevo. Fue una noche de mala luna, el aullar de unos lobos retumbó contra las columnas del templo, las hogueras iluminaron el esqueleto pétreo de la basílica en ciernes y el misterio lunar arrojó destellos tétricos capaces de remover humores. Sería la hora de la desesperación cuando Álvaro intentó apaciguar la inquietud que evidenció su hermano.

—Ten calma, Sergio, recuerda lo que nos repetía nuestra madre acerca de la paciencia. ¿Acaso retienes la frase?

—Nunca la olvidé, se basa en una idea de Demóstenes transcrita por Plutarco: «El tiempo no perdona que las cosas se hagan sin su concurso.»

—Exacto. Rememorar tales palabras te hará mucho bien.

—Mira, Álvaro, todo ha de tener su compensación. En estos momentos, ninguna idea, provenga de quien provenga, mitigará mi ansiedad, estoy tan apenado por la muerte de Tomé y tan apesadumbrado por el rapto de Renata que puedo enturbiar tu clara intención, tendente a librarme de mis males, con otra sentencia de Plutarco: «No tanto he aprendido y conocido las cosas por las palabras cuanto, tomado conocimiento de las cosas, ellas me han conducido a saber las palabras...»

—Ante lo irremediable sobra la sutileza, no sé si tu postura es sagaz.

—Ahora ya nada me compensa. Sólo espero rescatar a Renata, regresar con ella a Vernuy y encerrarme en el laboratorio hasta dar con un elixir que levante mi espíritu e impida que mi esposa vuelva a separarse de mí.

—Quizá esto te estimule —dijo Hubby pasándole una copa de vino.

Sergio apuró la copa y su tristeza se multiplicó en el acto. De acuerdo todos, jugaron a los acertijos con tal de aminorar la desolación que sufría Sergio. El inglés dejó constancia de su linaje judaico en la primera chanza, adaptando a su manera una trufa culta:

—¿Quién de vosotros sabe por qué fueron doce y no dieciocho, como cuentan los historiadores, las pieles de los leones asaeteados en Persia con las que Leonor de Aquitania cosió un manto para su hijo Ricardo?

Nadie repuso y Hubby hubo de deshilar el ovillo del acertijo.

—Sólo fueron doce las pieles...

—¿Qué llevó a la reina a elegir dicho número? —inquirió Sergio.

—Leonor quiso que el manto que se llevara a la tumba su hijo Ricardo Corazón de León, rey de Inglaterra y vencedor de la Tercera Cruzada, contara con doce pieles y cosió una melena por cada una de las doce tribus de Israel, para resaltar favores y agradecer a los judíos ingleses el pago de cien mil florines de plata como rescate de su hijo cuando fue cautivo en el ducado hereditario de Austria por la traición de su hermano Juan Sin Tierra.

Los vocablos —tumba, rescate y cautivo— retumbaron dentro del cráneo del menor de los Bue y volvieron a hundirle en el fango de sus pesares. Álvaro, muy contrariado, clavó los ojos en Hubby para exigirle tiento. Tampoco el cuarto conde de Vernuy tuvo su mejor noche al mentar la soga en casa del ahorcado:

—¡No pienses en Renata, hermano, piensa que su piel es una campana repleta de uvas! —dijo Lorenzo, gobernado por la ebriedad.

—¿Dónde está el acertijo? —se indignó Álvaro.

Lorenzo y Hubby tropezaban con las palabras, tenían una melopea angustiosa, como posesos contaban mentalmente sin parar cada odre de «Bue & Clarendon» todavía lleno. Lorenzo sumaba los Bue y Hubby los Clarendon. En toda la noche no hubo modo de que se pusieran de acuerdo en si quedaba vino bastante con el que alcanzar completamente borrachos las orillas del lago Constanza. Sería la última chanza improvisada por los del consorcio. Álvaro, en sus trece, con el derecho que le otorgaba su reciente afiliación a los dipsómanos, distrajo a Sergio con noticias frescas de otro esclarecido venido a cuento. Se da por entendido que el discurso alcanzó lo que pretendía, que sonriera el afectado. Esto fue lo que Álvaro contó de su progenitor:

—El viejo hidalgo Blasco de Nieva ha perdido el juicio.

—Es imposible, siempre estuvo loco —matizó Sergio.

—Ahora está peor que antes; bueno, según se vea... —dudó Álvaro.

—¿Qué insinúas?

—Cuanto relate, aquí ha de quedar. Es mi única condición para seguir revelando vicisitudes que conciernen a mi padre.

—Hubby y yo estamos indispuestos, aquí estorbamos, nos iremos a hacer otras cosas, así podréis hablar de las vuestras —dijo Lorenzo.

El cuarto conde de Vernuy y su socio sajón abandonaron el fuego y, pegando bandazos, se fueron a evaluar la reserva de odres, asunto que los tenía muy preocupados. El binomio, elegante aun estando beodo, se apercibió de que estaba de más. Sergio agradeció el gesto a su hermano nacido en Provenza y, mientras el dúo se iba hacia el carromato que cargaba con las provisiones, mendigó la atención de su hermano nacido en Castilla.

—Álvaro, explícame por qué dices que Blasco rige menos de lo que regía hace un lustro.

—Nuestro padre, quiero decir... mi padre ya no es lo que fue.

—No dudes ni te corrijas, que un proverbio chino también lo afirma: «El futuro ya no es lo que era.» Ahora dime, ¿qué ha sido de la bestia de Blasco y de la frívola Marcia? Me interesa saber en qué andan metidos.

—Te lo resumo. Blasco ha cambiado el espadón por la lira, se cree un genio de la trova y ha renegado de su ideal cristiano. Mis últimas noticias son que está pensando en abrazar las creencias mahometanas, se ha jurado acatar la ley y profesar la fe del islam.

—También eso es imposible. Blasco carece de retentiva, nunca logrará memorizar el centenar largo de suras que contiene el Corán, requisito primordial para profesar dicha religión. Además, del filo de la que fue su privilegiada espada aún gotea sangre árabe.

—Lo sé, ambos factores dan al traste con sus insensatas pretensiones.

Los hermanos sonrieron. De aquí en adelante, el debate transcurrió en términos de lógica ironía.

—Aparte de cultivar la insensatez, ¿a qué se dedica el de Nieva, sus renovadas ambiciones le han apartado de la Saluzzo?

—¡Qué va, ahora ha montado un harén y Marcia ha pasado de ser la única mujer en su vida a ser la favorita entre quince!

—Supongo que la relación será un volcán a punto de echar lava.

—Supones bien, porque Marcia se ha declarado en rebeldía; a su modo, claro, porque hay que conocerla.

—¿Cómo ha reaccionado Blasco?

—Rechaza la actitud, no acepta que ninguna mujer se le desmande.

—¿No la acepta, originando él la situación?

—¡Ya sabes cómo es mi padre!

—¡Un tipo de cuidado, aunque aquellas reacciones suyas, que de niño me hacían temblar, ahora, por saberlo a mil leguas de distancia, me distraen! Cuéntame, ¿qué pasa entre ellos?

—Al parecer, Marcia, enferma de los nervios desde que el mismo pope eslavo que sentenció a Blasco a un terrible maleficio le echó a ella el mal de ojo, se ha hartado de tener que compartir el lecho con otras concubinas y se ha echado un amante de armas tomar, al que azuza contra el amo del harén.

—Parece justo.

—Pero mi padre, en el plan moro en el que está, repudia lo que considera una afrenta a sus más recientes convicciones. Sostiene que la favorita, con sus groseros zelos, quiere deshonrarle frente a las restantes catorce concubinas y echar por tierra su nueva filosofía de la existencia.

—Veo que tu padre, y no lo tomes a mal, sigue siendo un iluminado sin luces. Completa la tragicomedia, dime, ¿quién es el tercer amante en liza?

—¿El amante de Marcia? Un salvaje.

—¿Otro?

—Otro loco, sí. Me han dicho que se trata de una bella, cruel y musculada fiera mongólica muy difícil de controlar; un tal Arzuk Traimán.

—¿Una fiera dices?

—Así es, desgajada de la Horda de Oro de Gengis Kan o Temutchin.

—¿El conquistador tártaro que los mongoles erigieron en Kan Supremo el pasado año de 1206, el fundador del primer imperio mongol?

—De él hablo, sí. La cosa es que Arzuk Traimán se encaró con Gengis Kan y éste corrió a aquél hasta el Bósforo de Tracia, estrecho que une los mares de Mármara y Negro. Debido a tal desplante, Arzuk cumple destierro a unas cuarenta leguas del estrecho y de Constantinopla, en las afueras de Andrinópolis, lugar elegido por Blasco para asentarse y, mientras el tártaro le echa los tejos a Marcia, mi padre, inaugurado su harén, edifica lo que él cree que puede ser una mezquita arábiga y que, en realidad, es una especie de ermita castellana con cúpula adosada y forrada con tejas de pan de oro.

—Sin subestimar los tejos, calculo que el metal de las tejas sale de los tiempos en que Blasco era cruzado de la cristiandad, cuando pilló cuanto oro halló a su paso.

—Calculas bien. Tras incendiar Sirium, amontonó un tesoro de fábula, gracias al cual pudo dejar las armas para dedicarse a la compraventa de instrumentos musicales.

—Entonces, el Blasco de hoy en día, aparte de polígamo y rico, es un mercachifle que compra timbales y vende panderetas.

—Admito tu desprecio, mi padre lo merece; sin embargo, nadie lo considera un mercader del montón.

El menor de los hermanos se rió de buena gana.

—Dime, Álvaro, ¿qué sabe Blasco de solfeo?

El mayor sonrió antes de responder.

—No te rías, Sergio, juro que lo está aprendiendo y, por si poco fuera, ha formado un terceto con Broco y Dimas, los capitanes que aún le siguen.

—¿Que Blasco, Broco y Dimas integran una murga?

—Como lo oyes. Blasco la dirige, alterna el arpa con el laúd y asume el canto; por su lado, Broco y Dimas le hacen coro y le acompañan. ¡Que sí, de veras, créeme, el primero toca los platillos y el segundo la flauta, y para de reír, hermano!

—¡Habrá que oírlos!

—Te dije que mi padre está más chiflado que nunca.

—¡Desde luego! Alguien que cree que mudar de ideales consiste en sustituir el espadón por el arpa y en saltar de la monogamia a la poligamia ha perdido los cabales. Por favor, háblame del amante tártaro de Marcia, del mongol; lo que estás desvelando me cautiva.

—Arzuk Traimán, desmesurado y atlético guerrero, maneja la cimitarra con un implacable afán de exterminio y en sus encías luce incrustaciones de rubíes, que asoman entre sus dientes confiriéndole un aspecto infernal.

—Imagino que portará una apestosa y larga trenza untada con grasa animal, una larga cola de caballo al estilo mongol.

—Estás en lo cierto. Pero además de apestar, para acrecentar su fiero atractivo porta un manto de pantera negra. Tengo oído que Arzuk es contundente, duro, tan veloz como un jabalí. Se nutre con carne cruda de rata y bebe sangre fresca de hurón. Lleva cosida a la carne, atravesando sus pectorales, una especie de malla hecha con una afilada garra de oso por cada ser humano que ha decapitado con su cimitarra abisinia, sobrepasando en cien las garras que pavonean sobre el pecho del bárbaro.

—¿Qué ha movido a Marcia a sustituir una fiera por otra?

—Cuentan que se debe a despecho.

—¿Acaso Blasco es menos bestia y fiero que Arzuk?

—Mi padre, comparado con el joven jabalí, es un viejo carnero, y no me refiero a la cuerna con la que Marcia le ha regalado las sienes. El lobo desconoce la agilidad de la pantera.

—Empiezo a creer que la involución del hidalgo se ha estancado; lo digo en serio, Álvaro, ahora no te rías tú, que en tiempos aún próximos, por bastante menos, habría hecho desaparecer a su contrincante.

—¡Te niegas a admitir que mi padre se está civilizando!

—¡Venga, Álvaro, deja de delirar, retoma la lucidez, que tú eres un hombre inteligente! Cambiar la piel de lobo por un pellejo de carnero a nadie cambia, y escaso cambio produce en un salvaje que el azar lo condene a soltar el espadón y coger el arpa para darse a la trova y a la buhonería musical, como tampoco me seduce que Blasco crea que la civilización se sostiene sobre los tres pilares que, por lo visto, él venera: practicar solfeo y canto, montar un harén y cubrir la cúpula de una capilla con tejas de pan de oro. Sus delirios no me cuadran, lamento decirlo, Álvaro, no me casan con su divisa de antiguo: «Cabalgar, cazar, luchar.»

—Si así lo ves...

—Y lo sostengo. Su idea de la cultura sigue siendo depredadora, confunde el templo del saber con la promiscuidad de un avispero, sus inmaduras intenciones sólo sirven para sustentar la insensata trayectoria de un loco, parecen insuficientes para que un salvaje de su calaña pueda civilizarse. ¡El bruto nace bruto y se resiste a la instrucción, por mucha lira que puntee, por mucha copla que entone o por mucha cataplasma artificiosa que busque para tapar su barbarie; la cabeza de Blasco siempre tendrá la dureza de la piedra, su cerebro permanecerá en estado mineral, admítelo, hermano, que ambos sabemos que la brutalidad de tu padre es épica!

—Prefiero no opinar.

—Tal actitud te honra. Se hace patente que en ti hay más de nuestra refinada madre castellana que del salvaje que la preñó.

—¿Te interesa conocer el previsible desenlace que se cuece en la sauna del harén?

—¡Por supuesto, sigue con la vehemente historia!

—El cuento, que a mí me entristece, a ti te apasionará, sé que te privan las historias truculentas con visos de leyenda y la que vas a oír, aun estando por originarse, ya la hacen correr de boca en boca los habitantes de la Tracia oriental. Para mi desgracia, lo legendario pronto tomará alas en la realidad tangible y no me extrañaría nada que lo que voy a narrarte en adelante sucediera. Es terrible lo que le aguarda a mi padre.

—¡Narra, Álvaro, narra!

El intendente del Vaticano se mostró acongojado durante el relato, cuya supuesta víctima iba a ser su progenitor. Narró cuanto sabía con el verbo justo y con la voz rasposa —como si rallara pan de centeno—, sin disimular su impotencia por no poder auxiliar al que le transmitió su sangre.

—Te cuento... Resulta que el fiero mongol Arzuk Traimán ha jurado decapitar a Blasco de Nieva, para luego hacer con él lo mismo que ocurrió entre otros dos desgraciados que se enzarzaron en una disputa pareja por la mujer que ambos adoraban.

—¿A quiénes te refieres?

—Se trata de personajes extinguidos, nacidos hace un siglo en el sureste francés, donde tú, Sergio, habitas. Uno de ellos, miembro de la sanguinaria saga de los Baux, también juró decapitar a su rival en amoríos, un trovador provenzal llamado Guillem de Cabestanh.

—¡Qué razón tienes, he oído hablar de tales individuos y me apasiona la historia! ¡Sigue con ella, Álvaro, por favor, sigue!

—Dicha rivalidad llegó a conocimiento de Marcia y, loca de remate por los zelos que Blasco le causaba, y sintiéndose despreciada cada vez que sorprendía a su hombre yaciendo con las restantes concubinas del harén...

—Dime cómo son las... digamos... damas que cohabitan con tu padre. ¿Cómo soporta Blasco la comunal vida de harén y la convivencia entre eunucos?

—Dicen que el recinto está repleto de palmeras, pavos reales, perfumes y triclinios, cuenta con sauna y con piletas de agua fría, donde las criadas derraman aceite de rosas de Jericó y los eunucos echan pétalos de amapola. Las concubinas de mi padre, compradas en los mercados de esclavas de la región, son jóvenes y lozanas y todas ellas están necesitadas de favores, lo que las convierte en hembras muy activas y atractivas, mucho más fogosas y hermosas que la desgastada y pobre Marcia. Esto ha hecho que la lombarda desestime su condición de favorita porque el título conlleva que el castellano no la cubra con la asiduidad y el ímpetu con que la cubre el mongol. De ahí que la Saluzzo, despechada, se haya vuelto una lunática y demande de Arzuk la máxima prueba de masculinidad que se le puede exigir a un leal amante irracional.

—No caigo, Álvaro, como no me lo digas...

—¡Que decapite a Blasco!

—¿Cortarle la cabeza?

—¡Sí, decapitarlo y, además, Marcia exige que sea por la espalda!

—¿Por detrás?

—¡A traición, Sergio, sí, mientras mi padre holgue disfrutando de las delicias de su vespertino baño turco!

—¿Eso le ha pedido Marcia a Arzuk?

—¡Como lo oyes, le ha exigido que decapite a mi padre en la pileta mientras goce de su baño y se relaje entre vahos, para después darle a beber a ella, la instigadora del asesinato, una copa con la sangre del hidalgo y su corazón encebollado como cena, sin que en el sádico guiso falte la menta y demás especias asilvestradas de la escabrosa cocina tártara!

—Tu historia me fascina, continúa...

—Hasta la fecha, poco más hay que contar, falta que la venganza se ejecute. ¡A Dios gracias, mi padre todavía vive!

—Me alegro por ti, Álvaro.

—Pero tengo malos presentimientos, las gentes de la Tracia murmuran que la Saluzzo ha puesto precio a su propia vida con tal de que Arzuk cometa el crimen y decapite a mi padre.

—¿Qué me intentas decir?

—Según cuentan, Marcia asegura que, muerto el amo del harén, degustará su dulce corazón y beberá su salsa carmesí en una ceremonia... Tras cumplir con su represalia, Marcia Saluzzo promete tomar la senda del suicidio, arrojándose a galope furioso por un acantilado del mar de Mármara, como colofón a su desmedido e impenitente amor hacia Blasco de Nieva, ya para entonces, presumiblemente, su decapitado hidalgo castellano, pues según la desquiciada, nunca más en adelante podría saborear nada tan exquisito como la carne y la sangre de mi padre.

—¡Caray! ¡No deja de ser un final hermoso!

—¿De veras lo dices, Sergio?

—Sí, me parece un final impensable en Marcia, lo que me reconforta, porque prefiero saber que Tomé, mi auténtico, bondadoso y sabio padre, compartió la mayor parte de su vida con una dama dotada con una pizca de delicadeza, que es la idea que retendré de alguien capaz de suicidarse por amor, para evitar el tener que acordarme de que Tomé hubo de aguantar durante décadas a una mujer mentalmente desajustada, sentimentalmente insustancial y previsiblemente traidora.

—Si en algo he mitigado tus pesares...

—Lo has conseguido, date por recompensado, te doy las gracias.

Unas semanas después, tras haber dejado atrás los Alpes Gláricos, un explorador regresó a galope y se reunió con el resto de la expedición, que acampaba en un pinar. Contó el vigía que a pocas leguas de allí había divisado, desde una colina, las torres del castillo de Württemberg, todavía en lontananza, afirmando haber reconocido a una mujer latina reclinada sobre las almenas.

Sergio, desbocado por el deseo de reencontrarse con Renata, montó a caballo, exigió del explorador que tomara una montura de refresco y juntos partieron a galope frenético hacia una posición que les permitiera ver a la cautiva aún con vida. Apenas unos instantes más tarde, encaramada sobre la almena, Renata sintió que también a ella se le desbocaba el pulso. El eco que levantaban los cascos de los caballos a medida que galopaban a través de los angostos desfiladeros marcó los latidos de cada corazón, el efecto telepático se había reanudado, la llamada del amor volvía a sintonizar entre los pechos de los esposos, los latidos de ambos emulaban timbales distantes tañendo el mismo ardoroso recado, algo crepitaba bajo el gélido viento y emitía sus claves y tonalidades de la manera más agitada, haciendo de los intervalos espacios sonoros. Renata oía rebotar los ecos lejanos contra las almenas y presentía que era Sergio el que corría en su auxilio. Sergio veía agrandarse la cara de Renata en cada placa de hielo que dejaba tras de sí. Los amantes sintonizaron en el acto, sus mensajes volaron a través de los calores del frío hasta salvar los fríos que queman.

Rudolph Friedrichshafen, asomado a un ventanuco de la torre sur del castillo, espiaba el fenómeno —para él inaudito— con interés. De pronto, por arte de magia, dejó en suspenso sus ancianas manías. Lo mágico fue que se le saltaran las lágrimas, pero el milagro se dio. Se emocionó con la escena y se le encharcó el lacrimal. Por primera vez en todo un lustro, desde el fatídico día en que le arrancaron los párpados de cuajo, sus ojos hallaron alivio. El reparador llanto o la bella lección que le supuso descubrir que era capaz de esconder algún remoto sentimiento dentro de su persona generó en el teutón la puesta en práctica de las reparaciones, admitiendo que su esquivo ahijado Gastón de Beuil fue abatido no tan injustamente, porque además de haberse negado a probar los amoríos confusos —es decir, la innovadora experiencia sexual que, tentación a tentación, le había propuesto su padrino—, Gastón intentó romper un amor tan sólido como el que unía a Sergio y Renata, a los que Rudolph rebautizó como los amantes de los ecos, mereciendo el ballestero que disparaba saetas de oro, si no la muerte, sí un correctivo ejemplar. Es sabido que cuando un malvado asume que goza de una sensibilidad jamás expresada cae en el cepo de la sensiblería, derivado pegajoso salido de su petrificado sentido de la compasión. Por ello, enternecido y muy agradecido, el de los ojos de culebra liberó a Renata y permitió que saliera corriendo a echarse en los brazos de su amado Sergio.

Siguió una templada pero cordial acogida a la caballería ligera que comandaba Álvaro de Nieva y en seguida el amo del castillo celebró una cena con fines reconciliadores. En el transcurso de la misma, el anfitrión, ataviado con un manto de alce oscuro, desveló su gótica personalidad bañada por las lágrimas y lloró una y otra vez ante sus comensales, aunque ninguno de ellos se fiaba demasiado de las buenas intenciones del germano. Algo latía raro en el ambiente que movía a desconfiar. Acaso los únicos que se mostraron tranquilos fueron Lorenzo y Hubby, ambos contaban con el don de detectar caldos y cubas allí donde envejeciesen y, asidos a su vinícola intuición, alcanzaron a oler desde el comedor el aroma de los soberbios vinos del Rin almacenados en los sótanos del castillo. El mágico y penetrante poder de la telepatía, aparte de comunicar por la ruta de las arterias coronarias, también enlazaba por la vía olfativa. Friedrichshafen, instalado en una emoción que hacía que sus salivosas encías desdentadas chocaran entre sí convulsa, repugnante e incesantemente, vio redoblarse su convencimiento y no pudo evitar volver a llorar, contemplando extasiado cómo el cristalino colirio natural de las lágrimas que manaban de sus ojos caía sobre la palma de sus manos para mezclarse con el viscoso gotear de sus babas, y así, moqueando y salivando, rubricó la certitud del fenómeno. La magia de los poderes telepáticos se había hecho con un adepto monstruoso en el reino de Germania.

Llantos a un lado, la cena ofreció lo que Sergio y Renata más odiaban: morro asado de jabalí, chorizo de oso y picadillo de reptiles, manjares dignos de un ser repulsivo, aunque el zumbado de Rudolph descendiera de un duque. Lorenzo y Hubby pasaron la velada en las bodegas y entonaron cantos patrióticos de Britania y de la Francia que conmovieron los cimientos del castillo. Friedrichshafen enfureció, su difusa paz se vio turbada. A tenor de lo que supo Álvaro por los criados y demás supercherías que poblaban las orillas del lago Constanza, la cabeza del zumbado escondía un saurio de extraña fiereza, un dragón dormido, y el monstruo se acababa de despertar. Sergio y Renata optaron por una reacción prudente ante el que tenía aspecto de culebra por fuera y de dragante por dentro. Cuando hicieron ademán de retirarse a sus aposentos, Friedrichshafen soltó unas lágrimas de cocodrilo y ofreció el dormitorio ducal a los enamorados. Renata miró a Sergio para sellar un acuerdo entre miradas y aceptaron la proposición. Rudolph cogió una hacha de luz y los guió a través de unos pasadizos repletos de musgo. Según ascendían por los húmedos escalones que daban a la torre norte, las risas y cánticos de los borrachos, que seguían tronando en los sótanos, se sumaron a la escena, retumbando contra los muros de piedra y contra el pelado cráneo del teutón, que se tapaba las orejas con las manos mientras adquiría un aire sepulcral.

Para Sergio y Renata comenzaba la segunda luna de miel.

Los esposos se miraron de nuevo. Era evidente, había que salir de allí. Mas se lo pensaron dos veces tras entornar la puerta de los aposentos de Rudolph y toparse con el extremado buen gusto de los Friedrichshafen, porque la alcoba estaba decorada a las mil maravillas. Sólo un artista sublime hubiera logrado verter tal perfección dentro de una geometría circular. Sin contar el sitio ocupado por una vieja puerta de nogal con un aldabón de bronce (que presentaba en el pomo a una doncella con cota de malla que, rodilla en suelo, tenía en su regazo a un doncel herido...), la parte baja de la pared se destinaba a un enorme hogar trazado en círculo donde ardían innúmeros troncos de abeto, que chiscaban llenando de chispas saturnales el rededor de la estancia, en cuyo centro se alzaba una inmensa cama con doce pies tallados en madera de nogal (que reproducían cada uno de los doce partos del Zodíaco), estando el lecho infestado de pieles vueltas de bisonte polaco y flanqueado por candelabros de seis brazos de oro macizo que sostenían sendos cilindros color ámbar elaborados con esperma de ballena, rica materia crasa que definía el retorcido estilo gótico de su morador. El fuego crepitaba con tanta fuerza que las lenguas de las llamas enlucían el techo, adornado con artesones de plata de ley; la otra luz salía, de manera más sugerente, de los cirios prendidos. La mezcla de brillos se trasladó en el acto a los ojos de Sergio y Renata. Amar y dormir en aquel recinto equivalía a mecerse en un sueño, por lo que ambos esgrimieron una fingida sonrisa de buenas noches mientras el de los ojos de culebra, para no ser menos, fingió llorar de complacencia, volviéndose real su llanto cuando los jóvenes esposos cerraron la puerta y le dieron con el aldabón en las narices. Corrido el cerrojo de hierro, los enamorados se sintieron libres y pudieron apreciar que la cantaleta de Lorenzo y Hubby había amainado su onda sonora y que, dentro del dormitorio, predominaba el sonido de las brisas nocturnas, que se colaban por los ventanucos, avivando los fuegos. Entonces, Renata pensó en el único detalle que faltaba para que la noche del reencuentro fuera sublime y, tras desatar de su cintura el cuaderno de seda que durante todo el cautiverio había mantenido oculto bajo la sobrevesta, arrancó del lomo unas hebras de cáñamo índico y las acercó al pábilo de un cirio, hasta que humearon, con lo que la velada estuvo presidida por los efluvios de Oriente. Revitalizado el encantamiento, Sergio y Renata se desnudaron, primero con las miradas, después con las manos. El momento largamente perseguido había llegado y los que huían del frío se echaron sobre el lecho para fagocitar los calores y recuperar la cuenta de los besos perdidos.

A los tres días, los amantes continuaban amándose. Ni tan siquiera descorrieron el cerrojo cuando Álvaro les subió comida en un par de ocasiones, como tampoco se dignaron hablar con Lorenzo y Hubby, cargados de noticias previsibles. La beoda diplomacia del consorcio había empapado con vapores de vino a Rudolph, logrando convencerle de que era crucial que los excelentes vinos blancos de los Friedrichshafen se aportaran a la expansión europea de «Bue & Clarendon». La aventura que empezó con el establecimiento de un consorcio vinatero, firma que más tarde se ampliaría hasta denominarse agrupación bajo la bendición papal garantizada por Álvaro, gracias a dos penetradores de mercados y alcohólicos convincentes de la talla de Lorenzo y Hubby, estaba presta para constituirse en un emporio. Casi Europa entera, es decir, la zona que se extendía desde el Patrimonio de San Pedro hasta la Selva Negra, sin menosprecio de Aquitania, Borgoña, Normandía, Provenza, las márgenes fluviales del Ródano en el continente y del Támesis en las islas, la zona entera iba a contar con unos extraordinarios caldos que llevarse al paladar. La odisea en el reino de Germania tocaba a su fin, en tanto un paraíso mercantil empezaba a vislumbrarse allende el horizonte. El rescate, mírese por donde se mire, arrojaba un gran saldo, sin paliativos. Los amantes esposos, Álvaro de Nieva, la pareja de borrachos y, por supuesto, Rudolph Friedrichshafen se sintieron rescatados de su amargo y reciente pasado y contemplaron el devenir con saneadas expectativas. En resumen:

—*Bue & Clarendon for ever!* —que fue el brindis que Hubby soltó mientras los demás alzaban y chocaban sus copas contra la suya por el futuro emporio del vino.

En el regreso a Vernuy, por ser la felicidad un asunto pasajero, ocurrió un hecho —en pleno novilunio— que obligó a interrumpir el continuado ajetreo que se traían los socios con los brindis y a dar por concluida la segunda luna de miel de Sergio y Renata. La luna ciega tuvo la culpa de aquello, la muy bellaca, asociada a unos hongos venenosos...

Durante la primera noche, justo después de que se montasen las tiendas de campaña, Renata se dirigió a los mandos del destacamento.

—Quien no permanece el tiempo necesario en el mismo sitio impide que la suerte le halle —sentenció la liberada.

—Siento no estar de acuerdo contigo, Renata, porque yo cambio de lugar constantemente y mi buena estrella nunca me abandona. ¿De dónde has sacado semejante estupidez? —preguntó el estirado del sajón.

—De Rudolph Friedrichshafen —afirmó Renata.

—¡No es una estupidez! ¡Ojalá estuviera yo con mi esposa toda la vida en el mismo sitio para que el destino no nos separara jamás! —añadió Sergio.

—¡Rudolph está grillado! ¡Brindemos por su ausencia! —aconsejó Lorenzo mientras alzaba su copa.

—¡Brindemos! —dijo Hubby, y apuró la suya.

—Tengamos la noche en paz —propuso Álvaro.

Renata, embargada por la excitación de sentirse libre, se mostró contradictoria, aunque matizó sus intenciones:

—Yo ya padecí mi prisión particular en el castillo de Württemberg y, gracias a todos vosotros, he topado de nuevo con la buena suerte. ¡Ahora me toca recompensaros por haberme salvado, aguardadme, no os mováis de aquí, volveré con una sorpresa! —se le ocurrió asegurar; luego se cubrió con una túnica de las milicias pontificias y desapareció en el bosque.

Todos los hombres quedaron estupefactos. Más aún habrían quedado de saber que la improvisación de la mujer traería el infortunio a todos, porque la que armó Renata en los setales fue de aquí te espero. Sería una torpeza propia de ella perderse en el dominio de los gnomos, pero cuantos la escoltaban en su vuelta a casa y se embriagaban al calor de las hogueras no pudieron negárselo a la dama que venía de sufrir un secuestro ignominioso, a pesar de que el hecho de dejarla ir les iba a costar un buen disgusto.

Fiel a su capricho, Renata celebró sus tremendas ganas de vivir en medio de los suelos arenosos de los pinares, donde abundan los hongos. Como había heredado el mismo espíritu aventurero de Marcia, se subdividió en anfitriona y comensal de su fiesta de la libertad, algo nada raro en Renata, pues su corazón se adelantaba a sus promesas, al tiempo que sus palabras caminaban más de prisa que su pensamiento. La euforia de la liberación la había trastocado, de ahí que confundiera unas setas con otras, en concreto la *Amanita caesarea* o de los césares con la falsa oronja, matamoscas o *Amanita muscaria*. Esta última especie, de color rojo escarlata, que por efecto del agua de lluvia o de los rayos del sol que penetran el bosque se decolora y adquiere un tono anaranjado, también fue trastocada. Renata la confundió con el tono naranja carmín de la que en un principio iba buscando y, sin saber lo que hacía, aparte de que el novilunio impedía distinguir con claridad unas setas de otras, almacenó una ingente mezcla de ambas especies sobre la túnica y, a modo de saco, lo cargó a la espalda y retornó al campamento.

Su aviso de que condimentaría un guiso reservado a los mismos dioses excitó todavía más a una tropa bien templada por el vino, que siguió con expectación la preparación de la receta, a la que Renata añadió, además de las setas, ajo a discreción, carne de liebre y zanahorias. Una vez hirvió aquella espesa pasta anaranjada dentro de un perol, los hombres fueron aportando cazos y se llevaron a la boca sus raciones entre exclamaciones laudatorias. El potaje estaba de muerte, nunca mejor dicho.

—¿Tú no lo pruebas? —demandó Sergio al notar que Renata se abstenía.

—No, querido, no me animo —repuso ella.

—¡Te estás perdiendo una delicia! —comentó él.

—¡Esto es suculento! —exclamó Álvaro.

—Me alegro de que os guste mi guiso, con ese fin lo hice. Aun así, algo en mi interior me pide que no lo cate.

—¿Estás al habla con tus tripas, mujer? ¿No será que se te han enfriado y te hace falta un buen trago de vino caliente? —bromeó Hubby.

—Quizá, porque estoy encinta —reveló Renata.

—¡Qué! —saltó Sergio.

—Espero un hijo tuyo.

—¿Desde cuándo?

—¡Desde cuándo va a ser, desde ayer! ¿Acaso insinúas...?

—No insinúo nada, yo siempre creo lo que dices. ¿Pero estás segura de que esperas un hijo?

—¡Del todo, me lo han asegurado los duendes del bosque!

—¡Si te lo han confirmado los gnomos, habrá que creérselo!

—¡Estoy preñada, Sergio, sobra la ironía!

—Perdona, Renata, lo retiro.

—Estás perdonado. Puedes besarme.

Dicho y hecho. Sergio apartó el cazo de su boca, se arrodilló ante la mujer y la besó muy tiernamente en la entraña. La armonía había vuelto, aunque volvería a fugarse pronto, cuando los hombres, Sergio incluido, empezaron a revolverse en el suelo entregados a náuseas y vómitos. Fue casi instantáneo y general; todos padecieron alucinaciones, taquicardia y, en seguida, se dilataron sus pupilas. A Renata se le había ido demasiado la mano con la seta venenosa —pero no mortal— en detrimento del hongo comestible; su receta contenía más *muscaria* que *caesarea*. Menos mal que no cayó ninguna seta letal en el potaje, como la maldita *Amanita phalloides*, porque de haberse colado tan sólo una —pensó la envenenadora accidental—, los hígados del destacamento entero habrían amanecido cristalizados y todos los hombres estarían tiesos.

A la del alba, Renata seguía despierta, era la única persona en torno a las apagadas y aún humosas hogueras que daba señales de vida. Revisaba su cuaderno, pasaba las hojas de seda con la idea de obtener un antídoto capaz de devolver la cordura a unos varones que yacían con las sensaciones suspendidas, fuera de este mundo, catalépticos perdidos y en posición de estar comiendo tierra. Por fin dio con los elementos útiles para combatir el envenenamiento, mas se le hacía imprescindible contar con ciertas sales y cierto instrumental existente en el laboratorio. Entonces, como Vernuy quedaba lejísimos y le urgía tener lo adecuado para solventar el caso, se armó de su mejor don —el de la improvisación— y tomó un pellejo de liebre, con el que obró maravillas. Empezó por secarlo entre unas brasas menudas ocultas en las cenizas y terminó apoyándolo contra un escudo de hierro hasta alisarlo con el mango de una daga; lista lámina tan ligera, cogió un carboncillo y escribió sobre ella una nota destinada a Clotilde; cuando la tuvo escrita, la enrolló, se fue hacia el carromato que cargaba con una jaula llena de mensajeras y ató la nota a la pata de una paloma, a la que dio suelta. El mensaje de Renata venía a decir:

«El destacamento se ha envenenado. Sal a nuestro encuentro en Courmayeur. Trae carros, hombres y algún alquimista. Y peras para lavativas y purgantes salinos. Urge, cuestión de vida o muerte. Renata.»

La paloma salió disparada en pos de su meta, el palomar de Vernuy.

En tanto el ave volaba, Renata tardó varios días en amarrar cada jinete a su montura y en meter a los demás hombres, también amarrados, en el carro con las ruedas más sólidas. Una espesa nevada dificultó la operación, aparte de que los envenenados permanecían en un estado cognoscitivamente nulo y atravesaban por momentos contradictorios, tan pronto habitaban la simpleza como se hundían en la tristeza, segregando jugos amarillentos sin control entre arcadas tremebundas, y la mujer debía asegurarse de que ningún integrante de aquella expedición de idos con gestos de lelos se desmandase. Ultimados los preparativos, colocó las caballerías en hileras, las ató formando una reata y lazó la brida de la primera de las bestias a una argolla en la parte posterior del carromato. Por último, ajaezó un tiro con todos los bretones disponibles, subió al pescante y ella misma condujo el carro camino de Courmayeur por los pinares cubiertos de nieve.

En la distancia, Clotilde vio aparecer una mensajera y se fue rauda hacia la palomera donde se había posado el ave. Cuando la alcanzó vio que andaba alborotado el palomar y se llevó una decepción. No era para menos, allí estaba tendida *Chala*, que había dado buena cuenta del pájaro y relamía su hocico lleno de plumas.

—¡Qué has hecho, guepardo boba! —gritó Clotilde.

Chala no se inmutó, la miró con absoluto desprecio gatuno y levantó una de sus manos, bajo la que reposaba parte de una pata de la paloma, casualmente la que trasladaba el mensaje. Clotilde se apercibió de su error.

—Perdona, *Chala*, la boba soy yo por dudar de tu astucia —rectificó la ansiosa dama.

La inteligente sensibilidad del animal admitió el fallo humano y lo perdonó exhalando un rugido muy suave. Clotilde acarició el lomo de *Chala*, se hizo con la remesa y lo que tardó en desenrollar y leer el recado de su cuñada política tardó en poner en marcha, a grito pelado, la expedición de socorro. Las personas chillan mientras que los animales suspiran.

Organizado cuanto ordenó Renata, las gentes de Vernuy se metieron en vereda. La expedición la comandó el soldado de a pie, que había dejado encinta a Clotilde y a ello unía la esperanza de tener un hijo suyo desprovisto de taras, cosa que lo había transformado en un ser muchísimo más primitivo que antes. Otra que se enroló en el convoy fue Aldonza. En cambio, la princesa Suamí, a la que ver una hembra preñada le hacía odiarla inmediatamente, prefirió no viajar, adujo tener tareas pendientes en el taller de astronomía para así ocultar su odio hacia cuanto mancillan los machos, según su lésbica manera de entender los prodigios que concibe la madre naturaleza. Respetando la turbia preñez de Clotilde, partió el convoy con los carromatos llenos de alquimistas, purgantes, sales y un montón de pequeños contenedores —obtenidos de los testículos de toro— que harían de peras hidráulicas en las lavativas.

Clotilde de Charnay, cuarta condesa de Vernuy, se sentía ufana, deseosa de lanzarse a los brazos de su conde aun portando en su vientre el hijo de otro; estaba segura de que Lorenzo contemplaría con agrado el pequeño incidente. La expedición de socorro se abrió camino como una exhalación en pos de su cometido. Ha de destacarse la marcialidad del soldado de a pie que, responsable del regalo que atesoraba su dama, se mostró imprescindible y heroico a lo largo de la senda, que allanó blandiendo el espadón como un enajenado y abriendo una especie de cortafuegos en la maleza lo bastante ancho como para que pasaran los carros a través de los montes, desde Vernuy hasta Courmayeur.

Diez nevadas después de haber salido de la villa, la expedición de socorro dio con el destacamento de catalépticos conducido por Renata. Sin perder un instante en bienvenidas, las mujeres y los alquimistas dieron a beber los purgantes e iniciaron la humillante misión de aplicar lavativa tras lavativa a la cincuentena de hombres envenenados por setas. Lorenzo y Hubby resultaron ser dos excelentes piedras de toque para saber hasta qué punto era grave el envenenamiento, y debía serlo y en grado sumo, puesto que, una vez purgados sendos caballeros, sus organismos seguían negándose a ingerir vino. Con independencia de la prueba aludida, horas más tarde, los cuerpos empezaron a responder paulatinamente al tratamiento, aunque las mentes, todavía raptadas por el veneno que fabricaban los gnomos contra cualquier invasor de sus dominios, se mantenían estancas, empecinadas en no recobrar la lucidez. El estado de catalepsia mental perduraría en los afectos durante las lunas posteriores y ninguno de los que sufrían el pasmo logró sanarse hasta pasadas las Navidades, bien entrado el año de 1208.

Para entonces, *Chala* ya había parido dos cachorros y *Amaralba* se mostraba inquieta por estar a punto de parir, aun cuando la larga preñez de las yeguas suele durar cuatro estaciones. Aldonza había quedado nuevamente encinta y Clotilde no andaba lejos de alumbrar su propio vástago. Frente a tan empreñado panorama, Álvaro, Lorenzo, Sergio y el soldado de a pie acosaron a Suamí en busca de que leyera en los astros el devenir de las esperadas criaturas, a lo que se comprometió de mala gana la princesa, que se resistía a interpretar cualquier hecho futuro por la vía astrológica como sustitutoria de la vía astronómica y repudiaba a las hembras que permitían ser explotadas a través del desgaste de portar una nueva vida en su interior. No toleraba ver vagueando a los machos mientras las hembras gestaban. Sostenía que la preñez era principalmente un error humano y no un legado imputable a las estrellas y los planetas, como afirmaban sus enemigos los brujos, que sólo achacaban la mala influencia estelar a aquellos hombres que hubiesen absorbido la exaltación de Marte sobre una Venus desterrada bajo el auspicio de la sensualidad de Tauro. Para Suamí, los astros no tenían nada que hacer en el asunto y la culpa de la perturbación del equilibrio universal se debía estrictamente a los varones.

—Hace lunas me pedisteis conocimiento y os lo di; os avisé que, debido a vuestro terco egoísmo, no iban a nacer hembras. Hoy os vuelvo a advertir: la igualdad de sexos se producirá en avalancha y cada parto arrojará macho tras macho —reiteró Suamí su profecía, encarándose con Álvaro y Lorenzo.

—Con lo felices que todos estamos por ver parir pronto a las hembras, ¿qué tienes tú, princesa de Oriente, contra los machos de Occidente, como yo? —terció el sarcasmo de Hubby.

—¡Sajón, tú, como siempre, paseas tal berza que no te enteras de lo que hablo! Por ello te aclararé cuanto vaticiné a los hombres, cuyos egoísmos, en consonancia con los placeres terrenales, propiciarán frutos cuanto menos curiosos desde el punto de vista de sus procedencias, pues la castellana Aldonza alumbrará en Provenza, en la casa condal, un hijo gestado en Germania, en tanto que la languedociana Clotilde, de sus cópulas con el tarado del genovés, mal que parirá un sietemesino dentro de una gigantesca cuba de Clarendon en las bodegas de Vernuy...

—¿Qué tienes, princesa persa, contra mi futura y diminuta criatura, pero, según predices, macho al fin y al cabo? —irrumpió el soldado de a pie.

—¡Contra ti tengo, tarado, que has violentado el vientre de una casada de bien y que, según has ido pregonando por la villa, naciste en los establos de la posada que goza de la peor fama que hay en Génova, por lo que mereces que te arrebaten el bastardo que nacerá antes de tiempo y del que no te pertenece sino su viciada fecundación! —repuso Suamí con principesca autoridad.

—¿Cuándo crees que mi hijo verá la luz? —preguntó Clotilde.

—Con anterioridad a que la luz de las estrellas descienda del cielo para iluminar la faz de la tierra —volvió a vaticinar la princesa de los abasidas.

—¿Cuándo será eso? —insistió la Charnay.

—Esta noche parirás, en la bodega, un sietemesino —sentenció Suamí

—¡Todos los niños deberían nacer donde los vinos engendran su aroma! ¡Enhorabuena, Clotilde, presiento que alumbrarás una criatura bendecida por Baco! —añadió un jubiloso Hubby.

—¡El clan del vino se verá aumentado, brindemos por el clan! —invitó Lorenzo.

—¡¡Brindemos!! —brindaron todos a excepción de Suamí.

En tal instante, después de haber apurado su copa y todavía impresionada por los vaticinios, la cuarta condesa de Vernuy rompió aguas y marchó, abrazada a su marido y a Hubby, en dirección a la bodega, para terminar de emborracharse y traer su bastardo al mundo bajo los efectos anestésicos del alcohol. Mientras se alejaban, el cinismo del sajón brotó con el ánimo de enfurecer aún más a la princesa.

—¡Enhorabuena, amigo Lorenzo, qué modo tan cómodo, elegante y limpio has mostrado procreando un vástago sin ni siquiera tener que sudarlo tú! ¡Vivan los machos sutiles, brindemos por ti! —vitoreó Hubby.

Aldonza le rió la gracia al sajón y Suamí se encrespó, enfrentándosele:

—¡No te rías, castellana, que también tú parirás otro sietemesino esta misma noche!

Ante el cariz que iba tomando la disputa, Sergio suavizó la charla.

—Suamí, ¿es cierto que los animales eligen el sexo de sus futuras crías?

—Los salvajes, sí; incluso pueden adelantar o retrasar el parto porque buscan mantener el equilibrio de la especie;

pero los que están bajo el dominio humano carecen de dicha libertad —precisó la princesa.

—Dime, Suamí, si *Chala* parió dos cachorros con los mantos color ceniza-ardilla entre los campos de lavanda, y *Amaralba*, de aplicar tu teoría acerca del predominio de los machos, presumiblemente parirá un potro, tan blanco como *Alabastro*, sobre los verdes prados cercanos al arroyo, ¿en qué lugar y con qué tonalidades crees que alumbraré yo el hijo que me auguras y que procede de Sergio? —demandó, no sin ironizar, Renata.

—¡Ahora prefiero no pronunciarme, está a punto de producirse un nuevo parto! —aseguró Suamí mirando a Aldonza.

El repentino y huidizo silencio de la castellana, que empezó a sentir agudas contracciones, confirmó los vaticinios, alarmó a Álvaro y enmudeció a los presentes. Mientras Aldonza se retiró a parir acompañada de su esposo, hubo de ser Sergio, ciertamente alterado ante el cumplimiento de la profecía, el que forzara una nueva contestación.

—Por favor, Suamí, te pido que contestes a Renata.

—Tu esposa parirá dentro de una gruta.

—¿Qué te hace pensarlo?

—¡El secreto que los dos buscáis yace con vuestros sueños!

Creado el enigma, Suamí cerró el coloquio.

Renata se encaminó hacia sus aposentos al tiempo que se cernía la noche y unos criados prendían hachas de luz en la casa condal por mandato de Sergio, que se quedó en el patio contemplando las estrellas y dándole vueltas y más vueltas al enigma. Los desacompasados y lejanos chillidos de dolor que lanzaban Aldonza y Clotilde en su fácil parir alcanzaron a oírse con nitidez; los de la castellana provenían de un torreón y los de la languedociana salían de las bodegas. Ya en su hábitat, dentro del almacén de los vinos, los beodos hicieron lo indecible para sedar a la parturienta con las mejores reservas de «Bue & Clarendon». El soldado de a pie se instaló en la estancia de los condes en posición de firme y montó guardia ante una cuba partida en dos, que haría las veces de cuna para su sietemesino una vez fuera alumbrado dentro de una recia barrica de roble. La princesa de los abasidas, después de haber sembrado duda, malestar y misterio, se dejó rodear por las mariposas de la noche y marchó a saciar su espíritu noctívago con energías nocturnas. No había errado en sus pronósticos, porque a la del alba, entre las espigas del espliego, también parió *Amaralba* un blanco y precioso potro, otro macho.

Aquella noche resultó ser un oscuro cajón repleto de asombros.

Renata se puso un claro camisón de raso y, cuando Sergio entró en la alcoba sin irse de inmediato hacia su vieja caracola para dilucidar la predicción que a ambos les concernía, intuyó que algo extraño le sucedía a su marido. Como instantes después se desplomó sobre el piso, privado de conocimiento, la embarazada dedujo que las secuelas de los hongos todavía hacían mella en él, obligándole a habitar el desconcierto propio de los envenenados, que primero caen presos del estupor, luego balbucean incoherentes sonidos guturales y, por último, se desmayan. Alarmada y presurosa, Renata abandonó la estancia y reclamó la ayuda de los de Nieva. Éstos se personaron en el acto embutidos en unos largos camisones que les conferían un aspecto fantasmagórico. Aldonza estaba igual de pálida que un destello de luna, traía un pecho fuera y sostenía en brazos a su recién nacido, ya lavado con agua de lavanda. Álvaro, contento por el nacimiento de su vástago e inquieto por el mal trago que se le pedía solucionar, recogió el cuerpo inerte de Sergio, lo depositó en el lecho y lo sacudió con fuerza por los hombros procurando reanimarlo.

—¡Hermano, vuelve en ti, soy yo, Álvaro, estoy aquí junto a tu esposa y con la mía, queremos enseñarte a nuestro hijo, tu sobrino, háblanos, queremos ayudarte! —dijo el de Nieva subiendo la voz.

Sergio no oyó nada, había recaído en las redes de la catalepsia, permanecía atrapado en el limbo que los gnomos habían tejido en su cerebro y, como mantenía las funciones adormecidas y los reflejos absortos, tampoco daba señales de vida.

—¡Dale teta, Aldonza, a ver si con leche se recobra! —ordenó Álvaro.

Aldonza le acercó el pezón al ido, llenó sus labios de calostros y ni por ésas...

Próximo a la cama, rugió un felino; tuvo que ser *Zimbad* el que alertara del prodigio que iba a precipitarse sobre Vernuy. El guepardo irguió las orejas y volvió a rugir, habiendo visto que el aura de Sergio empezaba a mecerse entre temblores, imperceptibles a los humanos. En ese instante, una fuerte luz surgida en la negrura de la noche se coló como un fogonazo en la habitación. *Zimbad* rugió otra vez ante el suceso y se refugió bajo la cama. Retornaba la danza de las luciérnagas celestes con su lluvia de estrellas y presagios a poner los corazones en vilo. Renata echó mano del manual de plantas buscando una solución a la sucesión de los fenómenos y, tras no hallarla, improvisó una pócima capaz de anular los trances. Con el soporte espiritual del matrimonio Nieva, Renata se inventó una pócima, teniendo mucho cuidado de no cometer los mismos errores de antaño, cuando una agresiva depuración alquímica dejó a Sergio durante quince meses con un pie en la tumba. Por fortuna, en esta ocasión Renata acertó con el brebaje, aunque sólo fuera a medias, y rescató a Sergio, momentáneamente, de su estado cataléptico. La pócima que le dio a beber combinaba el exudado de los nudos del tallo del bambú, por ser rico en sustancias minerales; la fumaria, hierba recomendada desde los tiempos de Galeno para mitigar las migrañas digestivas; un puñado de raíces de diente de león muy machacadas, otro gran purificador; más varias hojas de tomillo, un eficaz curativo pulmonar. El mejunje le devolvió a Sergio los sentidos, pero como desde el lecho veía que afuera las estrellas proseguían diluviando y los tres que le cuidaban en la alcoba vestían de fantasmas, fue casi imposible convencerle de que había recobrado la consciencia.

—Nunca soñé que después de muertos nos volveríamos a ver —dijo el del cuerpo recién despertado con la mente todavía ida.

Álvaro, Aldonza y Renata quisieron seguirle la corriente para evitar que volviera a recaer, y Sergio continuó con sus delirios:

—¿Recuerdas, Renata, cuando obtuve tu mano escribiéndote una nota en la que me comprometí a envenenar tus sueños?

—Lo recuerdo, amor, y lo has cumplido, por ello ahora flotamos juntos mientras nos llueven las estrellas...

—¿Acaso esto que sentimos es la felicidad?

—Lo es, sin duda, Sergio. Ahora todos estamos juntos.

—Compruebo que la felicidad sólo se alcanza estando con aquellos que de verdad te aman, y yo estoy con las personas que más me quieren y mejor me entienden.

—Verte restablecido también nos hace felices a nosotros.

—¿Por qué no están mis padres ni mi hermano provenzal?

—No sé, quizá estén dándose un baño de estrellas o no los hayamos avisado.

—¡Para ser plenamente feliz también echo de menos a *Amaralba*, sor Tadea y Selyúkidas!

—Querido Sergio, todos aguardan a que tú los llames.

—¡Cuánta razón tienes, Renata, qué descuido el mío! He de hablar con ellos...

Nadie quiso contradecir a Sergio ni se atrevieron a hacerlo cuando se asomó a la intemperie y captó un paisaje idílico que completaba su idea de la felicidad perdida, pues la lluvia de estrellas iluminaba las flores del jardín, donde *Chala* y sus cachorros soltaban zarpazos a las luciérnagas celestes que seguían cayendo del cielo, mientras el trío caballar formado por *Amaralba*, *Alabastro* y el potro blanco trotaba entre las fuentes.

—¿Cuál fue la causa de que muriéramos? —preguntó Sergio.

—Fueron los hielos; caímos todos bajo el desliz de un glaciar volviendo del castillo —volvió a improvisar Renata.

—¿Fue una muerte dulce?

—Dulcísima, mi amor, pues no nos separó.

—Yo no sabía que para ser feliz había que estar muerto... —comentó el resucitado.

Las mujeres y Álvaro se miraron —atónitos— entre sí. Convinieron que Sergio seguía padeciendo el hechizo de los gnomos. Estaban en lo cierto, puesto que cuanto padecemos está en nuestras mentes entreverado con nuestros sueños.

A veces en la vida acontecen sucesos sin que sepamos por qué. Lo llaman destino.

Quizá estuviera la clave en los astros, porque con el trisar de las golondrinas regresó Suamí demacrada y muy afligida de su deambular nocturno. Se hace bien evidente que lo llaman destino, y aparece y desaparece en nuestras vidas con la puntualidad de un mal o una bendición. Tal vez motivado por el azar, debido a causas del todo inexplicables, a lo largo de los días y las noches venideras, se encadenaron las fascinaciones con los aconteceres.

El soldado de a pie demostró no estar como una chiva, su proceder resultó épico y clarificador. En el patio, a la vista de todos, ordeñó cuantas cabras pudo hasta llenar un odre entero con leche; ajustó las esquirlas del casco a su cicatrizada masa encefálica para que no le comprimieran la zona sana de su débil encéfalo y así inmovilizó la única ocurrencia que le bullía en la sesera; bajó a la bodega, sorteó los cuerpos tirados de los condes de Vernuy, que bordeaban el coma etílico, y rescató del regazo de Hubby, trompa perdido, a su escuchimizado bastardo, envolviéndolo en pieles de nutria y sacándolo de sitio tan húmedo; ya de regreso en el patio, depositó a la criatura en el suelo, desenfundó el espadón y, cuando aquellos que le observaban pensaron que iba a degollar a la criatura de un tajo, ató a su cinto el odre y se echó a la nuca las pieles donde iba envuelto el sietemesino, sujetándolas con la mano izquierda y haciendo blandir su espadón de manera vibratoria y amenazante en la derecha. Con este porte marcial y de esta tierna guisa se fugó el tarado de la villa. La falta de reconocimiento a su tarea procreadora hizo surgir en él un férreo paternalismo y precipitó el más puro instinto paternal en el heroico personaje, que se apoderó del retoño por considerarlo visceralmente suyo y se largó por donde vino. El salvaje era un buen padre.

En partiendo el genovés y haciendo buena la leyenda del lugar, según la cual, cuando uno marchaba otro venía, apareció en Vernuy un visir que se había hecho a la mar en Izmir, allá en Turquía.

El emisario debía de portar malas y reservadas nuevas,

pues de no ser así, el palacio califal de Bagdad no hubiera desplazado un ministro musulmán —escoltado por un séquito de seis lanceros— a comunicarlas. Apercibido de la gravedad del detalle político, Álvaro sacó a relucir su diplomático saber y suplicó a Renata que siguiera cuidando de Sergio en la torre donde convalecía, en tanto Suamí y él, como intendente del Vaticano, atendían al recién llegado, que iba tocado con un turbante de hilos de oro y plata en cuyo vértice frontal sobresalía una esmeralda del tamaño de un huevo de faisán; la túnica de seda roja y los bombachos de raso verde, más un blanco cinto de tigre siberiano que hacía juego con la funda de la gumía y las babuchas, conferían al visir un porte impresionantemente digno, por cuanto los presentes hubieron de creer en la veracidad de sus mensajes.

—Princesa de los abasidas, lamento comunicarte que tu padre, el gran Selyúkidas, no ha regresado de su última levitación —informó el visir inclinando la cabeza.

—Yo lo había predicho. Hace tiempo tuve una visión y en ella vi a mi padre absorbido por una bola de fuego sideral mientras navegaba a vela en alta mar —reveló Suamí.

—Ahí arriba, entre las galaxias, ha de seguir navegando nuestro maestro de las artes e impulsor de las ciencias. La corte del califa de los abasidas llora sin consuelo su pérdida y los astrónomos de palacio exploran cada noche el firmamento a la búsqueda del cometa que lo raptó. A ti, princesa Suamí, se te reclama para que te hagas cargo de la dirección del Ministerio de Astronomía. Debes volver conmigo a Izmir. Una nave nos aguarda fondeada en Marsella.

—Tú y tus lanceros merecéis descansar hasta mañana. A la del alba yo estaré lista para iniciar el viaje de regreso.

—Gracias, princesa, haremos lo que ordenas, pero antes debo entregar una epístola póstuma del gran Selyúkidas dirigida al tercer conde de Vernuy.

—Por desgracia, mi buen amigo Tomé de Bue, el sabio conde al que te refieres, falleció ha poco y también navega en compañía de su amada Catalina por los espacios siderales. Habrás de entregar la epístola a su heredero, Lorenzo de Bue, cuarto conde de Vernuy y, en su defecto, a Álvaro de Nieva, aquí presente, pues Lorenzo suele elegir estas horas para atender los asuntos de su consorcio vinatero.

El visir depositó un rollo de pergamino en la mano de Álvaro y éste, a una indicación de la princesa, quebró el lacre y leyó en voz alta algo que le afectaba directamente, como fue el contenido del mismo:

«Mi queridísimo y fraternal amigo Tomé: A mi paso por el Bósforo, donde una galerna persistente me obligó a fondear la nave en una cala durante casi una luna, he sabido que aquel a quien siempre temiste, bien sea por desgracia, bien sea por fortuna, no habrás de temerlo más. Te informo que Blasco de Nieva, el hidalgo castellano que me aterró en el litoral francés —aun sin conocerle—, ha pasado de este mundo a subsistir en una fábula que circula como la leyenda de la cabeza parlante. Espero no herir la sensibilidad de tus hijos cuando mi relato alcance su conocimiento. Aun así, querido Tomé, atiende, porque la historia no tiene parangón. Cuentan que un renegado cruzado, tras intentar abrazar la fe y la ley del islam y ser rechazado por el *ayatollah* de Andrinópolis, la más alta dignidad religiosa entre los chiítas islámicos del lugar, desoyendo la advertencia, montó por su cuenta y riesgo un burdel con visos de casa comunal, además de un santuario forrado con pan de oro y muy particular en sus accesos, pues éstos daban a los baños turcos del harén. Y amparado en la luz crepuscular, un demonio encarnado en el cuerpo de un fiero guerrero mongol —que cubría a la favorita, en este caso Marcia Saluzzo, tu condesa ninfómana— decapitó a Blasco de Nieva de un certero y único golpe de su muy afilada cimitarra, cayendo la cabeza del hidalgo a un lado y su cuerpo a otro. No contento el mongol con su hazaña asesina, mandó a los eunucos recoger en una copa de ónice la sangre que manaba del rebanado y robusto pescuezo del hidalgo, para luego arrancar el tártaro con sus propias manos el corazón del de Nieva, órgano que condimentó y guisó con dulces cebollinos de Antioquía, ajetes tiernos de Damasco, laurel de Siria y menta de Nicea. Consumado el sacrificio, la atrocidad pasó a segunda fase, consistente en un ágape propio de antropófagos en el que participó Marcia, herida de zelos y desequilibrada como nunca. Añádase que en el transcurso de cena tan repulsiva, la Saluzzo punteó el arpa y bebió la sangre de Blasco, devoró su corazón encebollado al estilo tártaro y coitó —por vez postrera, en una orgía de placer y sangre— con el brutal asesino, un tal Arzuk Traimán, según cuentan. Hasta aquí, la historia que narro no ha hecho más que empezar, todavía falta el desarrollo de la misma, que a mí me relataron unos marineros en el Bósforo, leyenda cuyas raíces descienden en el tiempo, cuando un pope eslavo que fue empalado y vejado por Blasco y Marcia, mientras agonizaba, sentenció a ambos con las maldiciones que transcribo: "Tu cabeza será decapitada y jamás hallará la paz, ni aun después de la muerte", que fue el conjuro proferido contra el hidalgo castellano, en tanto que el de la condesa lombarda advertía: "Esa lengua acabará sedienta de amor y no será por falta de agua", habiéndose cumplido maldición tras maldición. Primero, la destinada a la que fuera tu compañera, que en su sed de loco amor por Blasco y no dando con los besos del hidalgo, por ser privativos de otras concubinas, sedienta como estaba de romance puramente espiritual, desbocó su mejor caballo hasta precipitarse por un acantilado y caer al mar de Mármara, donde se ahogó entre agua mucha, según lo vaticinado en el conjuro.»

Álvaro de Nieva levantó los ojos del papiro y tomó aire. Certificadas las muertes de su progenitor y de la madre de los Bue, sintió un dolor que le anudaba la garganta. Tuvo que pedir vino a un criado para proseguir con el escrito, pensando que el espíritu de la vid le restituiría el ánimo. Su suponer erraba y hubo de ser Suamí quien le rescatase de su errado sentimiento.

—No interpretes la epístola hasta que alcances el final, querido Álvaro, recuerda que Tomé llamaba a su mejor amigo el mercader de palabras. Tampoco olvides que Selyúkidas era capaz de trenzar el secreto de los vocablos y adelantar o retrasar su sentido, y hasta ahora, según me has leído, me parece que tu padre, aun habiendo sido decapitado, no ha conquistado la quietud que tú le presumes y que él nunca buscó —insinuó la princesa.

—¿Qué intentas decirme?

—¡Que sigas leyendo!

Suamí tenía razón, la epístola debía ser leída de cabo a rabo para que la profecía de Matías Arpad contra Blasco de Nieva se materializase en la leyenda. Álvaro apuró la copa de vino que le entregó el criado, tragó el dolor que le había hecho detenerse y continuó con la lectura:

«Tras el suicidio de Marcia, la bicéfala maldición del pope extendió sus tentáculos hasta condicionar el porvenir del castellano, aun después de tener libada su sangre, devorado el corazón y la cabeza separada del tronco. Así, querido Tomé, cobró vida la leyenda de la cabeza parlante... Yo mismo —en persona— visité la mezquita de Andrinópolis, que acoge el noble testuz de Blasco, maldecido por Arpad y cercenado por Arzuk. Recalco que cuanto relata la ruin leyenda es cierto, sin menosprecio a las escenas de canibalismo, mas has de saber que las concubinas, en honor a su amo y señor muerto, depositaron la cabeza amputada en una bandeja y la trasladaron a una hornacina excavada en forma de arco de herradura en el muro del denominado "santuario del cristiano infiel" por los defensores del credo musulmán, donde permanece incorrupta, igual de viva que lo estuvo en vida y flanqueada por unas lámparas en las que queman aceites de acebuche perfumados con rosas de Jericó. Dicho templo está custodiado por Broco y Dimas, que sofocan las hogueras provocadas por algunos exacerbados fundamentalistas decididos a prenderle fuego a una capilla que no arde por estar chapada en oro, y entre atentados, los leales capitanes —más que endulzar— increpan con su música monocorde de flauta y platillos el imposible descanso del hidalgo, cuya boca —parla que te parla...— repite y repite las dos únicas y cansinas coplas que se sabe de memoria. Si vieras, como yo he visto, a Blasco poseído por Iblís, el Satanás arábigo, no te extrañaría ver latir sus sienes lentamente y sin compás, ni ver crecer su barba igual que el matorral, ni rebrotar su cabellera como la grama. Sus ojos se abren cada día a la misma hora en que fue decapitado por el de la Horda de Oro y alumbran una lerda luz que atestigua el milagro de la testa viva, incorrupta y parlanchina. En fin, Tomé, cada cual cosecha lo que ha sembrado.

Agradecido por el trato que dispensáis a Suamí, con el firme deseo de que la armonía reine en tu familia, me despido de ti con el lema de costumbre. Amigos más allá de la muerte. Selyúkidas.»

Álvaro se quedó de piedra y la princesa, al ver su estado, movida por la compasión —o por la risa— que le causó la leyenda de la cabeza parlante, soltó unas lágrimas.

Momentos después, la noticia de que Marcia se había suicidado inundó las bodegas de tristeza. Hubby supo interpretar el dolor de Lorenzo y propuso ahogar las penas en la alcoba de la suicida; nada como rememorar la tumultuosa existencia de la condesa en la que fuera su habitación, rodeados de sus más íntimas prendas, que todavía destilaban el olor a madre. El sajón, que jamás conoció a la suya porque el quinto conde de Earscoln le adoptó por haber fallecido la infeliz durante el parto, sintió en propia carne el dolor ajeno y participó con todo su caudal emotivo en la pérdida de la madre de su socio.

Aquel dolor de caballeros quedó en suspenso cuando Suamí los sorprendió en plena llorera, ciegos de vino, entrelazados entre sí y envueltos en ajuares de mujer. En ese momento se produjo el equívoco, puesto que no era usual la estampa con la que Suamí se dio de bruces. Lorenzo vestía unas calzas con encajes burdeos y lazos amarillos, más las mismas vaporosas gasas primaverales y listadas en tonos verdes alegres y limas contentos que hicieron tan célebre a Marcia entre los artesanos del taller de arte. También Hubby contribuyó a la ambigüedad, lucía unas enaguas de tul bermellón conjuntadas con un corpiño de raso plateado mientras se probaba collares y diademas de coral. Sumados los factores, Suamí sacó falsas conclusiones y se desbocaron sus anhelos amatorios. Acabó creyendo que Lorenzo y Hubby buscaban cambiar de sexo. Con sencillez, así surgió el equívoco, pues lo único que pretendían los borrachos era disfrazarse de cortesanas en homenaje a la madre que se había quitado la vida. Como la princesa los encontró abrazados con los ojos enrojecidos de llorar, ebrios a más no poder y, encima, reencarnados en hetairas, por muchas vueltas que se le quisiera dar al asunto el enredo estaba servido.

—¡Queridas mías, enjugad vuestras lágrimas en mi pecho, descargad vuestras penas sobre mi vientre! ¡Estoy aquí para consolaros! ¡Bebamos las tres juntas y olvidémonos de todo durante esta noche! —invitó Suamí.

—¡Bebamos y olvidemos! —brindaron los varones ataviados de mujer.

El vino, mezclado con la melancolía, alimenta los equívocos. Lorenzo y Hubby acababan de inventar el nuevo luto de Vernuy. Lo que siguió es de suponer: Suamí, tras beber de manera apurada y de haberse equiparado en grados de ebriedad con las que ella veía como hembras, las envió a la búsqueda de cirios y, en retornando, se prendieron los cabos y, ya iluminada la estancia con una chispeante luz que invitaba a promiscuidades y demás atrevimientos, maquilló a sus presas con partículas de oro, peinando la lánguida cabellera del provenzal y afeitándole el bigote al sajón, tras lo cual aceitó y perfumó las partes vistas de sus cuerpos, evitando desnudarlos por completo para que no perdieran su atractivo aspecto de mujeres de la vida, extremo que excitó en extremo a la princesa.

Frente al desenfreno cedieron las tristezas y los goces de las hembras suplantaron los llantos de los machos. Fue una noche de lutos por el suelo, de rasos sobre la cama al calor de las velas y los vinos. El resultado de la confusión de sexos trajo un gozoso *tedium post coitum* que abrió nuevas vías de placer en la hombruna princesa y en los afeminados socios. La fémina, incluso desvirgada en sus más recónditos orificios, exhalaba bocanadas de júbilo y placer en respuesta a las atenciones recibidas por el dúo. Con el canto de los gallos de Vernuy, Suamí se despidió y partió con el visir y los lanceros hacia Marsella, desde donde embarcaría rumbo a Izmir. Sus supuestas y lascivas compañeras, rendidas por la pasión que despertó en ellas la sensualidad de la princesa en una velada entregada a los excesos, la despidieron desde el torreón, agitando sedas y besando enaguas. Suamí, la misteriosa señora de los símbolos, destinó sendos deseos para sus amantes. A cambio de haber gozado de manera tan convulsa durante tantas horas, la persa pactó con el universo que el provenzal jamás volvería a padecer un ataque de epilepsia, y cedió el entero poder de su magnetismo a las estrellas para que el sajón volviera a sodomizarla repetidas veces a lo largo y ancho del mapa político medieval.

Renata, a la vista de que Sergio no levantaba cabeza ni lograba abandonar su desconcierto, organizó otro viaje a la búsqueda de hierbas que posibilitaran su rápido convalecer. En esta oportunidad puso su mira sobre la feria anual de hierbas, flores y raíces aromáticas que se celebraba en Grasse, cuna de la perfumería de Occidente. No quería alejarse demasiado de la región de Provenza por si empeoraba su marido. Estaba convencida de que le rescataría de su limbo a base de drogarle con esencias.

—Te acompaño —dijo Clotilde.

—No hace falta, querida, lo hará *Zimbad*. Con mi cuaderno bajo el brazo, cabalgando sobre *Alabastro* y el guepardo a mi vera, estaré bien protegida —repuso Renata.

—Yo ya perdí mi hijo y, como tú te empeñas en cabalgar, te escoltaré y no permitiré que le suceda algo al tuyo. Me voy contigo a Grasse.

Renata tenía prisa, prefirió no discutir. Le preocupaba el mal que aquejaba a Sergio y quería atajarlo lo antes posible. Despedirse de su marido resultó traumático porque el romance los atenazaba a los dos y, sobre todo, porque tenía que seguirle el hilo sin que él notara que seguía ausente, atrapado entre la realidad y los mitos fomentados por el veneno de los gnomos. Por esto mismo, Renata aseveró:

—Me voy en busca de remedios para nuestros sueños...

—El único remedio que me podría consolar es que no partieras. Eres mi brújula y mi medicina, tu presencia me fortalece, sólo hallo paz en tus posturas. De partir, amada mía, serás absorbida por fuerzas terrenales. Pido que te quedes flotando junto a mí, piensa que transitamos por las libres sendas del más allá, ambos somos enfermos perdidos en el paraíso.

—He de partir, necesito aromas para el hijo que esperamos, sin ellos nacería huérfano de soporte etéreo, abandonado de nosotros y entre humanos enraizados a la tierra.

—¡No partas, mujer, las tentaciones que evapora el mundo te nublarán la capacidad de discernir y caerás presa en el lecho de amantes nuevos que ensuciarán para siempre nuestro limpio amor!

—Fía en mí, Sergio, no es lo que hacemos sino lo que pensamos conquistar con nuestros cuerpos lo que nos hace sucios. No conquistaré a nadie ni dejaré que nadie me conquiste a mí, mi corazón es tuyo, sólo a ti entrego mi deseo y sueño con nuestro hijo. Cuanto menos tarde en partir, menos tardaré en volver. En mi ausencia, Álvaro y Aldonza cuidarán de ti.

—¿Me abandonas?

—Tampoco es para alarmarse, amado mío, piensa que el varón solo corre menos peligro que el que yace con hembra.

Sergio se derrumbó. Sabía que en aquellos tiempos, separarse —casi siempre— equivalía a no volverse a ver.

El otro adiós entre Lorenzo y Clotilde resultó agridulce. Hubby amparó la despedida con ecuanimidad, con su proverbial sentido de la apoteosis. Improvisó un brebaje capaz de atenuar el fingido, a la par que sincero, dolor de la pareja, y combinó algo muy agrio con algo muy dulce: la vellosa hoja de la ambrosía —el ázimo manjar o levadura de los dioses— macerada en orujo de anís. La explosiva pócima levantó un incendio en el útero de la Charnay, que estalló diciendo:

—¡Lorenzo, no pongas en duda mi afán de ser fecundada, volveré de Grasse con otra preñez a cuestas!

—Clotilde, eres libre como lo soy yo y juntos lo acordamos en su día, para hacer cuanto te demande el cuerpo. Ahora bien, si puedo elegir, y evitar que yo le pueda transmitir a nuestro futuro heredero mi latente epilepsia, prefiero que te preñe un hombre de mar cuyo porte se asemeje al mío, antes que otro insuficiente psíquico de la calaña del soldado de a pie con el que te refocilaste durante mi viaje al castillo de Württemberg. Espero que no vuelvas a revolcar mi reputación. El quinto conde de Vernuy que vas a darme ha de nacer sin tara.

—¿Me esperarás?

—Te recordaré...

—¿Lo juras?

—Hasta el instante en que me mire o me hable otra mujer, lo juro.

—Entonces parto hacia Grasse contenta. En plena libertad seguiremos unidos, querido esposo.

—Mejor es ser libres, adorada Clotilde.

—¿Aunque tengamos parte de nuestro destino en contra?

—Aunque lo tengamos...

Hubby captó que prever las añoranzas antes de salir de viaje dañaba a la pareja e intentó prolongar la tirante armonía con una frase propia de él:

—De vez en cuando, cada uno y cada cosa necesita de una pausa. ¡Incluso nosotros! —musitó el sajón.

En partiendo las mujeres, los socios se hicieron la promesa de no beber una gota de vino hasta aliviar a Sergio de su malestar por la partida de Renata. Aldonza, sobrada de caños porque su sietemesino tenía leche para dar y tomar con lo que fluía de una sola ubre, alternaba la lactancia de su retoño dándoles de mamar a los cachorros de *Chala*, pues la guepardo, nerviosa por la ausencia de su dueña, no daba abasto para saciarlos.

Álvaro, siguiendo un consejo de su esposa castellana, hizo que Sergio creyera a pies juntillas una teoría que el matrimonio Nieva se inventó con el fin de empezar a rescatarle de su limbo. Habiéndole comunicado la teoría según la cual los cautivos en la patria de los gnomos solamente regresaban de dicho levitar ingiriendo manjares elaborados con las más puras energías de la tierra, Álvaro pasó a aplicar la fórmula —igualmente inventada—, dándole a entender a su hermano que, si una vez que Renata volviese de sus odiseas a la búsqueda de plantas medicinales, él pudiera sujetarla dentro del entorno de Vernuy, jamás volvería a marchar su amada, única fuente de sus angustias, ya que no cupo la menor duda de que las depresiones de Sergio se debían a los periódicos abandonos a los que le condenaba su esposa.

—¿Estás seguro que podré retener a Renata para siempre junto a mí con veladas gastronómicas de mucha enjundia? —preguntó el menor.

—Piensa, Sergio, que tanto ella como tú competís en

una arriesgada y sin par batalla de separaciones sin visos de solución, a menos que tú, de una vez por todas, te decidas a nivelar la contienda —contestó el mayor.

—¡Si Renata y yo, desde hace años, no entramos en lid alguna!

—Vosotros no lo veis, pero cuantos os vemos mover ficha en el tablero de la vida apreciamos que andáis en constante competencia. ¡Salta a la vista, Sergio!

—¿Qué me aconsejas para auspiciar una paz definitiva entre los dos?

—Ya te lo he dicho, hermano, tras conocer y aceptar la teoría, deberás dar paso a la fórmula.

Álvaro acababa de convencer a Sergio y éste, soñando con el retorno de Renata, puso manos a la obra. Primero se levantó del lecho y se restregó del rostro las telarañas y los velos del limbo que le tenían acongojado; después aisló su único mal —no saber enfrentar la vida sin la perenne presencia de Renata—, y por último se encaminó hacia el laboratorio donde solía investigar. Ya no tendría que intentar fijar el olor de los recuerdos ni permitir que los demonios de la soledad hirvieran en su adentro; de ahora en adelante —por ser otra su misión, similar aunque distinta— los dejaría fluir y evaporarse, dedicándose a condensar los más exquisitos extractos animales y vegetales para sublimarlos y materializarlos en sofisticados menús propios de la época de Tiberio, cuando los banquetes de Tribalción festejaban su apogeo y eran degustados los sesos del canario flauta revueltos con lenguas de ruiseñor. Debido a su sensibilidad y para goce de sibaritas, Sergio de Bue tardaría poco en ser reconocido como uno de los cocineros con mejor fama del sureste francés.

Hay veces en la vida en que las buenas noticias se aúnan en racimo. Sergio acababa de salir de la caverna de las sombras de sus pesares. Renata, en la lejanía, en el extremo opuesto del laberinto, supo captar los aires de bonanza. Hecha la recolecta de plantas perfumadas en la feria de Grasse, sintió que rompía aguas y, asistida por Clotilde, se internó en una umbría gruta (*baume*, en provenzal), donde alumbraría un vástago. Mas la parturienta y su comadrona tardarían mucho en saber que el recién nacido había visto la primera tenue luz de la existencia en el lugar en el que yacían los restos de María Magdalena —la sumisa furcia que enjugó con su luenga cabellera los pies de largo recorrido del Mesías—, y dentro de aquella cueva, sembrada con los restos mortales de guerreros merovingios, donde reposaban los vestigios de la primera dinastía de reyes francos, en un lugar preservado por la tradición oral como la Santa Gruta —desde que María Magdalena desembarcó en las Saintes-Maries para evangelizar a los provenzales—, allí, en olor de legados, leyendas y revelaciones, parió Renata un hijo que rondó la cuarta parte de una arroba.

La oscura cueva mística alumbraba nuevas luces. En penumbras, el simbolismo femenino que equipara el misterio de una gruta con el de la matriz terminaba de madurar un fruto compensatorio y masculino. Seguramente, el recién parido iba a recompensar durante años y años a Sergio y Renata, sus progenitores, los amantes de los ecos.

De regreso en la villa, también la languedociana comunicó algo grato por esperado, pues volvía encinta, envolviendo en sus entrañas la semilla de una noche de vino demasiado y sexo bruto entregada a un timonel lusitano de estilizada figura, con quien se había topado en la feria de Grasse cuando el marino andaba vendiendo su mercadería de especias. Clotilde presumía de poder darle a Lorenzo, cuarto conde de Vernuy, un heredero bien dotado para los embates de la mar y la conquista de nuevos horizontes.

Las Navidades que dieron paso al año de 1209 fueron tiempos felices. Sergio estuvo a punto de cautivar de manera definitiva la intranquilidad itinerante de Renata. Las recetas culinarias de Provenza, en manos de Sergio, arrojaron los apetecidos resultados. Basta citar el menú de Epifanía para convenir que el estrenado cocinero se erigió, con todo merecimiento tras aquella memorable velada, en el rey mago de los manjares. Renata y cuantos asistieron a la descomunal cena en la mansión de los Bue se vieron raptados por los guisos de Sergio y los vinos autóctonos que los regaron, elegidos por dos impenitentes y sedientos catadores con el historial viticultor de Lorenzo y Hubby. Huelga decir que todos sucumbieron ante el encanto de los sabores, haciendo bueno el dicho de: «Por el paladar, al cielo.»

El menú, sin rayar en lo excesivo, resultó exuberante. De entrada, Sergio sorprendió a sus comensales con unas cigalas asadas a la provenzal, cubiertas con puerros y ancas de rana en su crema de ajos. De segundo presentó unos solomillos de buey al aceite de oliva, con tuétano y boletos provenzales de temporada. En homenaje a su ancestro castellano y para cambiar de lo salado a lo dulce ofreció un postre muy denso pero alimenticio y digestivo: natillas elaboradas con calostros de vaca y miel de romero. Al estar Provenza entre las escasas regiones en que no se daba crédito a la superstición medieval según la cual el queso transmitía la sarna, Sergio puso término a la cena ordenando servir un queso elaborado con esencia de trufas.

Renata jamás había comido tan fabulosamente bien y prometió que sólo abandonaría Vernuy cuando resultase indispensable el viaje. Pero la posibilidad de que se lanzara a trillar caminos ya no inquietaba a Sergio, puesto que se había producido un férreo cambio en su persona: ahora, ganada la seguridad en sí mismo, vencidas las debilidades, aquellos miedos, terquedades y zelos dispersos, su emergente confianza armonizaba y equilibraba sus emociones. Había logrado descubrir que la emoción podía controlar el pensamiento y que el tan buscado elixir de los sueños —serenos y nobles— no consistía sino en aceptar darse el uno al otro de manera incondicional y única. La conciencia del amor por fin había sustituido a los egoísmos. Y Renata, fascinada, pasó a nutrirse del vuelco producido en la personalidad de Sergio. De aquí en adelante, conocedores ambos del verdadero sentido del amor, los amantes de los ecos se sintieron unidos como nunca, y a tanto alcanzaría la complicidad tejida entre ellos, que incluso sus intereses botánicos fueron compartidos sin rivalizar. Era la compenetración perfecta. Renata peregrinaría en busca de plantas para sus remedios, en tanto que Sergio, cuando no le fuera posible acompañarla, aguardaría su regreso en el taller de arte de Vernuy, investigando y creando manjares basados en aromas y sabores desconocidos.

Ninguno de los dos volvería a temer por la zozobra de su mutuo encantamiento; el elixir de los sueños y demás leyendas de Vernuy lo garantizarían. Creían tener controlada la duda que desbarata los hechizos, duda que, de brotar, a casi todos nos subdivide, nos parte en dos, tres, cuatro —si no más— personas en uno y, entonces, por no buscar lo verdaderamente único dentro de nosotros, tendemos a multiplicarnos y a entregarnos a quienes apenas nos aman. Pero como Sergio y Renata también conocían a través de los clásicos que la vida renueva su ciclo cada siete años, vivían esperanzados —entre luces y sombras—, conscientes de que los átomos que integran el cuerpo y activan la existencia iban a cumplir, nuevamente, con su misión de renovarse.

Desde el año de 1202 al de 1209, después de tanto tiempo amenazador, la vida se acababa de transformar, antes que en una peligrosa y corta historia, en un excitante y largo cuento...

Aix-en-Provence, 1995-Torrelodones, 1999.

ÍNDICE

Impreso en Talleres Gráficos
HUROPE, S. L.
Lima, 3 bis
08030 Barcelona